DENISE CHÁVEZ

POR EL AMOR DE PEDRO INFANTE

Denise Chávez es la autora de *The Last of the Menu Girls* y *Face of an Angel,* que fue galardonado con el American Book Award. Recibió un Lila Acheson Wallace/Reader's Digest Fund Writer's Award y es una fundadora del Border Book Festival en Las Cruces, Nuévo Mexico, donde vive con su esposo, Daniel Zolinsky.

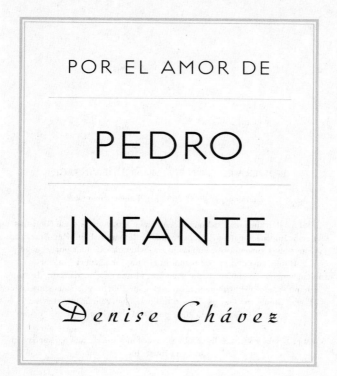

POR EL AMOR DE

PEDRO

INFANTE

Denise Chávez

Traducción de

Ricardo Aguilar Melantzón y Beth Pollack

VINTAGE ESPAÑOL

Vintage Books

Una División de Random House, Inc.

New York

Catalogado en la Biblioteca del Congreso bajo:
Chávez, Denise.
[Loving Pedro Infante. Spanish]
Por el amor de Pedro Infante : una novela / Denise Chávez ; traducción de Ricardo
Aguilar Melantzón y Beth Pollack.— Primera edición español de Vintage.
p. cm.
ISBN 0-375-72765-5
1. Mexican American women—Fiction. 2. Infante, Pedro, 1917–1957—Appreciation—
Fiction. 3. Motion picture actors and actresses—Fiction. 4. Man-woman relationships—
Fiction. 5. Fans (Persons)—Fiction. 6. New Mexico—Fiction. I. Title.
PS3553.H346 L6818 2002
813'.54—dc21   2001057455

UNA NOTA SOBRE LA TRADUCCIÓN

Este libro celebra a un pueblo y un lenguaje fronterizo. En consecuencia, hemos permanecido fieles al español que se habla allí.

Pa' las comadres,
las fénix eternas.
Y
para todos los admiradores de Pedro Infante;
para los que sonríen al oír su nombre;
para los que lo quisieron, y aún lo quieran.

Y a sus nuevos admiradores,
bienvenidos al club.

¡Que viva Pedro Infante!
¡Que viva en la inmensidad de los cielos!

"¡Ay, qué trabajo me cuesta quererte como te quiero!".

Es verdad.

— FEDERICO GARCÍA LORCA

ÍNDICE

PARTE

I

LA VIDA

NO VALE NADA

1

¡HÍJOLE! EN LO OSCURITO

En lo oscurito del cine Colón, enorme y colocado sobre una pantalla gigante, Pedro Infante, el astro del cine mexicano, se queda mirándome derechito con sus ojos negros y ardientes.

Aquí, en la penumbra sensual, se me olvida la vida que llevo como Teresina "La Tere" Ávila, ayudante de maestra de la escuela primaria de Cabritoville. Tal vez por eso me gustan tanto las películas de Pedro, me ponen a pensar en dejar de pensar o me cortan el pensamiento para ponerme a pensar de veras.

Aquí es donde me gusta soñar sentada entre familia. A la derecha está mi comadre Irma "La Wirma" Granados y al lado de ella está su mamá la Nyvia Ester Granados.

Es hora de cenar de una calurosa noche de julio. Debería estar en casa y, sin embargo, me encuentro perdida en la eterna diapositiva de El Colón mirando a Pedro Infante en la película *La vida no vale nada*. Pedro hace el papel de un solitario melancólico llamado Pablo que la vive abandonando una serie de vidas posibles y a toda clase de mujeres que pudieran haberlo amado. Es un vato buenazo que se fleta unas pampalinas increíbles que le cambian la vida cada vez que siente que ya no puede con el paquete, o sea, a cada rato.

Ay, Dios mío.

Pedro entreabre ligeramente los labios con su sonrisita de niño malcriado y comienza a cantar.

¡Ay, ay, ay!

Pedro me conoce. Sabe que añoro sus brazos. Su caricia. Su ronca voz en el oído, sus manos experimentadas sobre mi cuerpo estremecido.

Híjole.

Las grandes llamaradas de mis sueños se yerguen hasta tocar la pantalla que parpadea al tiempo que una intensa ola de luz consume la dulce, dolorosa y conocida canción de mi nunca dicho deseo secreto, mudo.

¡Uuuuy! Este vato me trae loca. Estoy hecha un trompo chillador de rojos, verdes, azules y amarillos y apenas si puedo mantenerme sentada en la butaca. Me enderezo, luego me da escalofrío y después me derrito hasta el plástico caliente y hago por encontrar la forma de sentarme a gusto. Siento comezón en las piernas, señal segura de mi agitado estado mental, de mi cuerpo inquieto. No hay tregua. Confieso que aun después de que han pasado años de su trágica muerte, estoy enamorada de Pedro, ¿y quién no lo está?

En la película, Pedro que es Pablo conoce a Cruz, la viuda que es dueña de una casa de antigüedades del mercado y le lleva el mandado a su casa. Se ofrece a quedarse para ayudarla y eso hace, le limpia, le arregla cosas y le levanta el changarro. A Pablo tampoco se le pasa lo buenota que está Cruz, aun por debajo de sus prendas de luto.

Aun después de intercambiarse miradas que habrían funcionado con cualquier otra mujer, Cruz se resiste a aceptar que ama a Pedro que es Pablo. Sin embargo, se siente halagada de que él la desee, lujuria al descubierto, sin máscaras. Sólo cuando está sola, a puerta cerrada, en su recámara, admite la terrible verdad.

¿Cómo explicarte lo de Pedro Infante? Si eres mexicana o mexicano y no sabes quién es, deberían atarte con reata de yuca y chicotearte a olote picudo a una estufa ardiente mientras te tengan zambutido en un barril de fideo batido. Si perteneces a otra raza y etnia cultural, pues ya es hora de que sepas del más famoso de los cantantes y actores mexicanos.

Pedro nació el dieciocho de noviembre de 1917 en Mazatlán, Sinaloa. Murió en 1957 en un avionazo, en Mérida, Yucatán. Tenía cuarenta años y estaba en la cúspide de su fama. Fue el actor más importante del cine mexicano de los cuarenta y los cincuenta, lo que se denomina *La época de oro del cine mexicano*. Muchos lo conocen como "El ídolo del pueblo". Algunas gentes hasta lo llaman el "Dean Martin de México", pero es más, mucho más que eso. Fue más grande que Bing Crosby y hasta que Elvis Presley.

La vida real de Pedro fue igual de apasionada que la que representó en la pantalla. Ahí está su primera novia, Lupita Marqués, con la que tuvo una niñita. Luego está su aguantadora esposa María Luisa. Luego llegó Lupe Torrentera, la joven bailarina que conoció cuando ella tenía catorce años y quien le dio una hija, Graciela Margarita, cuando cumplió los quince. Lupe fue la madre de otros dos de sus hijos. Y, desde luego, estuvo Irma Dorantes, la joven actriz que protagonizó muchas de sus películas y se convirtió en la mamá de su hija, Irmita. Este matrimonio fue anulado una semana antes de su muerte.

Entre estas mujeres estuvieron muchas otras, de algunas recordamos los nombres, de muchas no. Y nunca podremos olvidar a su madre, doña Refugio, a quien le decían doña Cuquita. Ella fue la primera mujer que verdaderamente quiso a Pedro. Éste era de esos hombres que cuidan a las mujeres de su vida, desde doña Refugio hasta María Luisa, hasta todas sus amantes. Pedro vivió una vida enormemente rica y buena o infernalmente complicada.

Si yo hubiera tenido la oportunidad de nacer antes y en otro lugar, tal vez hubiera hecho por andar con Pedro también. Pero nací en Cabritoville, U.S.A., en la frontera de Texas y México, cerca de El Paso. Lo más que podré acercarme a Pedro Infante será los jueves en la noche en El Colón. Aquí dentro el tiempo hace un alto. Aquí dentro quiero imaginar lo imposible, dejar mi vida a un lado durante un par de horas.

Nyvia Ester está sentada detrás de una mujer que habla y habla cada vez que Pedro que es Pablo hace alguna gracia en la película, o cuando hace visajes con sus lindos ojos, lo cual nos pone tan calientes y pegajosas como las palomitas de maíz con mantequilla que asimos en las manos, aun cuando sabemos que murió hace años.

No me hace falta más que un poquito de silencio y mucha oscuridad. Y que el baboso que está del otro lado del pasillo deje de estar haciendo ruidos con los labios secos y murmurando bajo su respiración calenturienta.

Cuando de repente Pedro que es Pablo toma a Cruz en los brazos se cierne un silencio profundo y sagrado.

Luego oigo que Nyvia Ester solloza fuertemente. Irma suspira, un ruidito de puro placer que apenas se escucha. Yo me escurro por la butaca, la cabeza apoyada un instante en el respaldo de plástico y luego, nerviosa, me enderezo con el temor anticipado de lo que habrá de suceder. Es la escena en que Cruz le regala a Pablo el reloj de oro que fuera de su padre. No aguanto más. Ya sé lo que va a pasar.

Me parte el alma ver cómo de madrugada Pedro que es Pablo abandona a Cruz siendo que ella ya le ha regalado el reloj de su padre. Más tarde, ella despierta y se da cuenta de que él se ha ido y corre gritando su nombre escaleras abajo. Mas él no regresará jamás.

Pedro que es Pablo es de esos que no pueden serle fiel a ninguna mujer. No es que no quiera, es que no puede. Tampoco es posible que se quede con Silvia, su amiga la prostituta. Eventualmente gana lo suficiente trabajando de panadero como para liberarla del dueño del burdel a quien le debe dinero. Pero, cuando al fin lo encuentra para agradecérselo, esperanzada pasar el resto de su vida a su lado, se sorprende de que él no quiera.

Otras aventuras, otras mujeres, una vida descontrolada. Pedro no puede dejar de enamorarlas y dejarlas.

Riéndose a carcajadas, el hombre sentado al otro lado del pasillo aplaude cuando Pedro que es Pablo despierta de nuevo en una cama, esta vez con Silvia.

Ni siquiera Cruz pudo frenar a Pedro que es Pablo, hacer que se estuviera quieto, que encontrara una vida tranquila. La quiso pero no le tocaba. No hay descanso para los desarraigados como él. Sólo el trago le aliviaba el dolor. A Silvia le tenía lástima. ¿Y Marta? Ay, pues una distracción menor. ¿Cómo iba a amar a nadie Pedro que es Pablo si ni siquiera se quería a sí mismo?

Dentro de El Colón la temperatura está a noventa grados Fahrenheit. La planta baja y la galería rebosan de gente de todas las edades, de familias que revolotean unas cerca de las otras, de jóvenes enamorados, de parejas de gente grande que descansan como moscas atolondradas alrededor del bebedero. Afuera hace todavía más calor.

Los hombres casados deambulan por el mostrador de la dulcería para comprar una coca y mirar con insistencia a las muchachas, chiflándoles su visto bueno en suave exhalación, una pequeña bocanada para echar fuera la tensión sexual mientras sus esposas se sumen en las butacas agradecidas por el momento de paz mientras se jalan y se acomodan las pantaletas que traen hechas bolas. Alguien saca una bolsa de plástico toda churida y llena de tortas y otro saca una arrugada bolsa de papel del mandado llena de mangos maduros. El suelo es testigo de la hambreada que ha suscitado la oscuridad. Las coberturas de los dulces yacen pegadas juntas a los bagazos fibrosos de caña de azúcar que nadie quiere examinar con mucho detalle. Los vasos de cartón hechos bola y las cajas del esquite están metidas entre las butacas, y las bolas de chicle masticado están pegadas bajo los asientos.

Las voces claman sin cesar a los artistas de la pantalla, sin titubeos ni vergüenzas, como si el público los conociera, como si fueran amigos, hasta familiares.

"Te quiero, Pablo", le dice Cruz a Pedro que es Pablo.

La mujer que está sentada detrás de nosotras le contesta: "Y yo te quiero a ti, Pedro".

Ya me está poniendo nerviosa. Se sabe todos los parlamentos de la película y se los repite a sí misma. Yo también me conozco todo el guión pero no lo digo en voz alta.

En la oscuridad de El Colón Pedro Infante podía hacer lo que quisiera, y lo hacía. Cantaba, montaba caballos, motocicletas, carros, autobuses y le sacaba la vuelta a la tragedia como ninguno. Nadie se escabullía de tantas mujeres, de tantos hombres, de sus noviazgos egoístas, de todas aquellas situaciones terribles e impropias, como lo hacía Pedro en *La vida no vale nada*.

"¿Y las palomitas?", le susurro a Irma, quien apunta al bolso de palomita grande que tiene Nyvia Ester. Ambas sabemos que no lo veremos por largo rato. Pronto alguien tendrá que regresar a la dulcería para conseguir que se lo llenen de nuevo gratis y ésa no seré yo. Las palomitas de El Colón son saladas y grasosas como Dios manda. Irma dice que huelen a aceite caliente, a maíz, a las manos sudadas que voltean las tortillas en pueblitos desconocidos, a vidas de hoy vividas en tiempo pretérito, a luchas antiguas, al húmedo aliento de niños chiquitos, a animales viejos, moribundos, que descansan cerca de adobes que se desmoronan, a demasiadas vidas que se la parten por cualquier migaja de esperanza. Sólo la Irma es capaz de entender los significados socioculturales de los distintos tipos de esquite.

Yo digo que tiene que ver con la forma de echarle bodoques de mantequilla sin importarles el colesterol. Por favor, nunca me den una bolsa de palomitas de ayer sin antes haberlas calentado lo suficiente como para que se derrita la mantequilla. No hay nada que me gusta más que algo grasoso y salado, a menos de que sea grasoso, salado y caliente. O fruta cristalizada tan empalagosa que haga que los dientes se te enrosquen hacia adentro.

Mis gustos son sencillos y mis necesidades comunes, pero se vuelven extraordinarias en lo oscuro. ¿Qué sé yo de añoranzas ancestrales?

Y así y todo, dice Irma que por eso estamos aquí años después de la muerte de Pedro. "Tere, estamos cumpliendo el destino que nos fue señalado por aquellos que pasaron antes de nosotros, las multitudes cuyos sueños en blanco y negro me han permitido soñar a colores y cuya miseria y dolor, deseos y esperanzas han nutrido nuestro porvenir".

"Lo que usted diga, comadre", le susurro en lo oscuro. "Me parece bien esa teoría. Pero, mujer, ¡nomás mire a ese hombre! Me importa madre qué tantos años tenga de muerto. Yo quiero saboreármelo".

"¡Ay, tú!", dice Irma.

Pero sé que entiende lo que le digo. Y ella sabe que yo sé que entiende.

Cuando veo las películas de Pedro estoy viendo cómo frente a mí se pasean, las vidas de mis gentes pasadas, presentes y futuras. Pedro Infante pudo haber sido mi padre. Tenía la edad de mi padre cuando yo nací. Es el hombre como deseamos que sear nuestros hombres. Y es el hombre que nos imaginamos que somos, si somos varones. El hombre que hubise querido que nuestras hijas quisieran. Pedro es la parte hermosa de nuestros sueños. Y sus facciones aún pueden calentarme la sangre de mujer como manteca que chilla en un sartén viejo pero fiel. Nomás de verlo hace que mi pequeña sopaipilla empieza a pulsar en la vieja y rechinante butaca bajo todos los dobleces y pinzas de la ropa, nomás dame un poquito de miel.

Tenía un cuerpo hermoso. Levantaba pesas, cosa que no hacían muchos mexicanos entonces. Cuando pienso en los mexicanos que conozco, nunca los imagino levantando pesas. No son de los que hacen ejercicio, andan muy ocupados jalando afuera arreglando el techo o limpiando o camellando en el azadón o correteando chamacos propios o ajenos o plantando legumbres en el patio trasero.

Cuando veían a Pedro de boxeador o montado en una moto sabían que era un hombre que se adelantaba a su perezoso tiempo. Como era robusto, hacía sus propias piruetas y maniobras, ya fuera pelear contra Wolf Ruvinskis, el mango actor mexicano que enseñaba mucho pecho durante esa época del cinematógrafo, o ir agarrado de mil uñas sobre el techo del camión que lo llevaba por el interminable y polvoriento camino a la capital y a los brazos de

Cruz que lo esperaban. Pedro hizo el amor con incontables mujeres y es difícil hacer mejor ejercicio.

Era increíblemente guapo como sólo pueden serlo los mexicanos. No te lo puedo explicar; sólo una mexicana o una gringa intuitiva sabe lo que quiero decir. La guapura y la sensualidad se te trepan despacito y luego te pegan de golpe en la frente. Entre más contemples a un hombre como Pedro, observes sus gestos, le mires a los ojos, te deleites con su sonrisa única y sus fuertes brazos, su cintura delgada y buena pierna, y te des cuenta de cuán gentil y seguro de sí mismo se porta con la gente de todas las edades, y ves cómo lo quieren, mas empezarás a comprender un poquito de lo que Pedro Infante significa para mí y para los demás socios del Club Norteamericano de Admiradores de Pedro Infante Nº 256.

Sólo hubo un Pedro Infante y fue un hombre y eso que soy muy quisquillosa cuando de hombres se trata.

Es algo bueno. No como Graciela Vallejos, la prima bizca de la Irma, que mira a los hombres como palos que flotan en el agua y que pueden recogerse cuando a ella le pegue la gana. Ni tampoco soy como la Irma que se pasa de apretada y rara vez alguien la saca.

A Irma no le gusta nadie, es que son muy esto y muy lo otro. Muy *deste*. Esa es la palabra que usa mi comadre para decir muy ya sabes qué. Por ejemplo, "Tere, lo que sucede con nuestro presidente es que es muy *deste*". ¿Y qué dices de su esposa? "Pues es que es muy *deste*. Y no nomás eso, yo pienso que también la prensa ha sido muy *deste* acerca de *deste*".

Para Irma casi todos los hombres huelen a gárgaras de *Lavoris* o a pollo frito, o sólo les interesan las nalgas o las piernas o las chichis de una chava que ni siquiera saben cómo deletrear y algo que de veras le molesta. También odia a los hombres que escriben como si estuvieran en tercero de primaria. Le dio aire a un contador público titulado que conoció en el club La Tempestad, nuestro cuartel general de los fines de semana, cuando le dio su tarjeta de presentación, el número de su casa garabateado como si lo hubiera escrito un niño, los dedos engarruñados alrededor de la pluma mientras agarraba una lata fría de cerveza Coors con la otra. "Ya te imaginarás cómo lo haría en la cama", dijo Irma. "Se convertiría en puros dedos todos por ninguna parte y además, estaba tomando Coors. ¿Qué, no se ha dado cuenta de que la estamos boicoteando?".

Yo casi nunca pienso en esas cosas, las que pueden matar o darle vida a un romance, como cuando el vato trae un tic nervioso que a la larga se convertirá en una monserga, o cuando huele demasiado a loción de rasurar que encubre un olor rancio a sudor. Irma se fija en la forma en que fuman los hombres o en lo que dicen de los que fuman, que si cruzan la pierna o no, cómo se peinan, si tienen pelo que peinarse, y si no, qué piensan de sí mismos por estar pelones, cómo se abrochan las cintas de los zapatos y cómo se les ven los dedos de los pies cuando traen sandalias y también en la forma en que se toman la cerveza. No soporta un fumador o un tomador serio, igual que yo. Pero eso lo entiendo porque hay mucho alcoholismo en su familia.

Yo también he conocido a algunos tomadores. El tío Santos, hermano de mi mamá, para empezar, siempre traía una helodia entre las manos sudadas. Y luego está el Ubaldo Miranda, mi mejor amigo del Club de Pedro después de Irma. No debería tomar pero le entra. Ya lleva años que ve a un terapeuta de la Oficina Católica de Servicios Sociales para la Familia de El Paso. Paga por las consultas según lo que gana; o sea, paga lo que puede. Creo que ya se está dando cuenta por qué toma. Si tú hubieras sido víctima de estupro durante una quinceañera cuando todos estaban divirtiéndose en la sala y tú estabas en el baño sucio con el churro apestoso de tu primo mayor, el Mamerto Miranda, metido a güevo en la boca, también le entrarías al pisto porque querrías mitigar el dolor de haber perdido la esperanza.

Pero no quiero ponerme muy filosófica contigo porque está oscuro aquí en El Colón y porque ya es tarde, aunque la oscuridad y las altas horas siempre son las mejores para pensar. Siempre le estoy dando vueltas en la cabeza a este diálogo. Platico con una Tere Ávila que no está ni gastada ni apagada ni jodida. La otra Tere, la del sueño, todavía está en sus cinco sentidos y no ha perdido la esperanza. Sigo tratando de ayudarla y atajarle el dolor pero no me oye. Está muy ocupada viendo la película de su vida que se exhibe delante de ella.

Volteo a ver a mi comadre. En la oscuridad parpadeante veo que se seca los ojos. La escena del reloj le ha pegado duro. Irma es amiga como ninguna.

Mi primer marido, Reynaldo Ambriz, nunca fue mi amigo. La única otra amiga de años que he tenido ha sido Albinita, mi mamá. Se te entrega toda cuando no hace más que quedarse viéndote desde donde está parada en la puerta con tanto amor y esperanza.

La otra mejor amiga de Irma es su mamá, Nyvia Ester. Así es Irma como persona. ¿Quién se lleva a su mamá al cine todos los jueves y todavía tiene ganas de seguir haciéndolo semana tras semana y no sólo eso sino que además se divierte haciéndolo? Yo siento anticipación también pero de otra manera.

Yo no consideraría a Nyvia Ester mi mejor amiga. A mí me asusta un poco, pero la sigo respetando. Como tú respetarías a la Virgen Negra si se te parara enfrente. Así es Nyvia Ester, chaparra, oscura, correosa. Ha sufrido bastante desde que su marido la abandonó. Cualquier mujer se hubiera tenido que fajarse y más si hubieras limpiado casas por más de cuarenta años y les hubieras pagado la universidad a todos tus hijos con tus ahorros en un mundo en que no se puede ahorrar, sin hombre que te ayudara, sin seguro alguno y no habiendo cursado más que primaria allá en México.

La mujer que le gusta hablarle a Pedro en voz alta ya empezó otra vez. Nyvia Ester ya le echó miradas que matan con sus ojos de perro chato y hasta le ha gruñido como sólo una mexicana encabronada puede hacerlo, pero la ruca nomás no entiende. A mí no me molesta que le guste el cine pero, ¿cómo voy a estar de anónima en la oscuridad cuando ella está haciendo un relajo? Si no fuera por ella no habría cosa más linda que estar sentada en la tiniebla de El Colón con la Wirma en una noche calurosa de verano. Ella me detiene la Dr Pepper grande para que yo pueda sacarme un obstinado grano de maíz de palomitas de entre los dientes.

"¡Pásame el esquite, Irma!" le susurro. Lo que en realidad le quiero transmitir con eso es que le arranque las palomitas a su mamá. Nyvia Ester siempre se viene quedando con el bote. Ya para cuando nos lo regresa casi siempre está vacío. Y no sólo eso, Nyvia Ester nos hace bajar hasta el primer piso para que nos rellenen el bote, y allí tiene uno que hacer cola frente a una bola de chaparros jariosos y casados que traen unos pantalones de mezclilla tan apretados que tuvieron que habérselos metido con calzador, y unas camisas vaqueras que llevan manchas de sudor bajo los sobacos, unos vatos de cuello grueso y jorobados como toros cebú, parados detrás de ti te medio chiflan un *psst, psst* que quiere decir muchas cosas, todas ellas malas. No señor, hoy no me va a tocar a mí, yo no voy a que me rellenen el tarro de palomitas.

Me doy cuenta de que Nyvia Ester ya se está agüitando mucho con la ruca de atrás. Le dice en voz baja "silencio por favor" y la mujer la tira a león.

"¡Sssh!", dice Nyvia Ester.

"¡Sssh usted!", le contesta la mujer.

"¿Pos qué pedo te traes?", dice demasiado fuerte Nyvia Ester. Alguien grita, "¡Dile que se vaya al diablo!".

"¡Silencio, por Dios! ¡Que hay niños en el público, tenga cuidado con lo que dice, cabrona!".

La cosa se pone tensa. Un viejo vestido de lo que pudieron haber sido camisa y pantalón blancos oficiales camina por el pasillo con los hombros caídos. Al llegar donde Nyvia Ester le golpea el hombro con los dedos. Es lo único que semeja a un acomodador que jamás se haya visto por aquí. Cuando se pone muy lleno también ayuda en el mostrador de la dulcería. Nyvia Ester se levanta indignada entre una algarabía que le grita, "¡Señora, allá enfrente!". Nyvia Ester voltea y le dice a la señora causante de todo: "Vieja testaruda sin vergüenza". Y se sienta entre aplausos.

La mujer se levanta y todo el mundo la abuchea. Momentáneamente vencida, se sienta. El viejito sordete pero caballeroso levanta la voz: "Señoras, por favor, ¡cálmense!". Todo el mundo lo festeja. La película se detiene al tiempo que el proyeccionista le grita al público que se calle desde su caseta. El público abuchea, chifla, grita y taconea el piso chicloso aplastando cajas de esquite y moliendo las palomitas hasta convertirlas en fino polvo. Después de un rato, como motor viejo, la película por fin echa a andar de nuevo, los parlamentos densos y borrachos, Pedro que es Pablo le dice a Cruz que la ama y todos vitoreamos. El viejito se regresa arrastrando los pies hasta tropezar con un niño en la oscuridad. "Ay, mamá", éste grita de dolor. Más ruido. Más siseos. Más desmadre, pero ahora se organiza en la parte de atrás. Dos jóvenes empiezan a pelear.

"¡Jóvenes infelices!", grita una señora de edad maldiciendo así a la juventud entera. "¡Tontos!", dice un hombre haciéndole segunda a lo que siente la primera.

El viejo acomodador se acerca y les dice que se salgan. Los dos jóvenes agüitados se largan llevándose consigo a sendas novias flacuchas que traen la greña bien enmarañada y atascada de *spray* para acabar de partirse la madre en el callejón de atrás del cine.

Por fin se tranquilizan las cosas. Pedro que es Pablo camina por una playa costera en busca de Leandro, su padre.

Ahí adentro de El Colón puedes mirar al mero, mero, al merito, nuestro querido Pedro Infante, el hombre más guapo del mundo, enamorar a las mujeres más hermosas del planeta. Tú como él, también puedes ser feliz hasta la eternidad. Él es el hombre que queremos que nos dé un hijo. Es el hombre que quisiéramos ser. Ay Pedro, el más afortunado y desgraciado de los hombres. Muerto a los cuarenta. Papi, todavía te echamos de menos.

A mí no me importa que el piso de El Colón esté chicloso, pegajoso y mojado de tanta Coca-Cola vaciada. Ni tampoco me importa que los chavos avienten cáscaras de naranja, pedazos duros de pan bolillo o cajas de esquite desde la galería ni que todos estén a hable y hable ni que canten junto con los músicos ni que sea una calurosa noche de verano y que las piernas se me peguen a las butacas húmedas y desvalijadas. Ya ni me importa tampoco que la señora que se sienta detrás de Nyvia Ester haga tanto ruido. Todos somos niños en lo oscurito. Aquí adentro nadie nos observa ni nos dice qué es lo que debemos sentir.

Dentro de El Colón estoy más cerca de mi gente de lo que jamás estaré afuera bajo el sol picante. Aquí somos una colectividad y somos fuertes. Nada ni nadie puede negarnos eso.

Cada uno de nosotros añora a Pedro por la realidad que crea: un mundo de belleza, de perfección física y de canción.

Nomás fíjate en las expresiones de Pedro. Ningún actor del mundo ha trabajado más con las cejas que Pedro. ¡Sin contar sus brazos, los más expresivos que jamás haya visto! Los tiene muy varoniles, lo cual resalta por el tipo de camisas que usa, de manga corta desde el hombro. También se pone muchos suéteres, casi todos hechos a mano. En su autobiografía, *Un gran amor*, Lupe Torrentera, la mamá de tres hijos de Pedro, dice que ella le tejió el suéter con que sale en la película *Pepe el toro*.

A pocos hombres les quedaría ponerse uno de esos suéteres pegaditos o aquellos trajes medio huangos que tanto pegaron en los cincuenta. Ahora le pones uno de esos trajes a algún actor que según el esto es actor moderno y lo conviertes en un pinche payaso. La mayoría de los hombres han perdido su gracia natural.

Aunque no hagan más que colgar, haciendo puño o quietos, los brazos de Pedro dicen un chorro. También da unas zancadas. Hasta sus piernas son expresivas, ni hablar de sus pies. Y Dios nos libre de que se quite la camisa. ¿A quién se le hubiera ocurrido que los pezones masculinos pudieran expresar coraje?

"Ejem, ejem". El vejete de enfrente está que gargajea como gallo loco. Se le ha de haber trampado algo en el cogote. Cuando ya creíamos que se le había pasado, escupe el gargajo culpable en el pasillo cerca de Nyvia Ester. A ella eso le cae como bomba.

Es difícil poner atención con todo lo que nos sucede alrededor, la risa de la gente, el llanto, los suspiros, los masticados, los eructos, el hipo, los aplausos. Eso sin contar las palabras metiches, engatusamiento, llamados de atención, interrupciones, de intercesión y de ánimo que vuelan entre público y pantalla. Sin embargo, sólo mirar a Pedro me hace regresar la atención.

Confieso que nunca he sido muy buena para esconder los sentimientos en lo oscuro. Es mi talón de Aquiles. Comencé a soñar cuando era niña y nunca he dejado de hacerlo. *La vida no vale nada* es, en realidad, una película violenta. Sólo que no te das cuenta de lo brutal que es hasta que termina.

Al final, Pedro que es Pablo lucha con Wolf Ruvinskis. Wolf quiere quedarse con una pirujilla resbalosa que se llama Marta. ¡Quién sabe qué le habrá picado al Wolf Ruvinskis para que se hubiera fijado en una mujer como Marta! Ella se había estado acostando con el papá de Pablo, uno de esos mexicanos que están haciéndose viejos y tienen que probar su panzona virilidad pintándose el pelo negro como betún o metiéndose con una mujer más joven que ellos. Ella también ha andado tras de Pedro que es Pablo pero él no quiere nada con ella aun cuando siempre se anda echando sobre la arena frente a él como sirena jariosa naufragada. Todos hacen aspavientos de miedo cuando el Wolf Ruvinskis tira a Pedro que es Pablo de un chingadazo y luego lo arrastra al agua salada para ahogarlo mientras que la Marta, que se siente menospreciada y quiere venganza, lo acusa.

Pedro que es Pablo parece que desmaya cuando el Wolf Ruvinskis le zambulle violentamente la cabeza en las olas que se quiebran pero luego se restablece y avienta al Wolf para la playa con una sarta de putazos. Deja tirado al Wolf sobre la arena de la playa como quebrado en un montón.

Mientras tanto, allá en el pueblito, la mamá y los hermanos de Pablo se las ven con la pobreza más absoluta. Ambos hombres, padre e hijo, por fin se dan cuenta de que tienen que regresar a casa y cuidar a su gente. Todo sale bien, seguro, como debe ser, para los hombres. A lo macho bravío.

Y sin embargo, a mí me quedan dudas. Miro entorno a El Colón. ¿Nadie más se ha molestado? ¿Y Marta qué? ¿Qué sucederá con ella? ¿A nadie le importa?

Una Marta agria y encabronada le echa una larga mirada a Pedro que es Pablo quien se aleja caminando hacia un atardecer esperanzado del brazo de Leandro, su padre reencontrado. Ambos son la maldición de su pequeña e inútil existencia. Wolf Ruvinskis, aquí cerca, chisporrotea tratando de agarrar aire. Marta lo ve con asco y resignación.

Aun cuando no he salido de la oscuridad de El Colón, ya quiero cambiar mis sueños, los sueños de Marta, pero siguen pasando los reconocimientos de la película.

La vida no vale nada.

Pedro Infante. Rosario Granados. Lilia Prado. Domingo Soler. Magda Guzmán. Wolf Ruvinskis. Hortensia Santoveña.

Nyvia Ester agarra su bolsa y se desatasca de la butaca con pequeños movimientos arriba y abajo, balanceándose de lado como si fuera cangrejo, las piernas zambas, tambaleantes, hasta que se endereza. Irma le toma la mano a su madre y le ayuda a subir la pendiente hacia la puerta que lleva a los balcones y al vestíbulo, la mujer de atrás chasquea los labios, levanta su pesado cuerpo de la butaca y desaparece en la noche incierta.

La música de la película sube de volumen abandonado al dramatismo sin el menor dejo de preocupación.

Yo me quedo sentada en el cine un poco más, los ojos todo llorosos, de lágrimas tristes, lágrimas de esperanza. El corazón se me parte como cuando no puedes amar al hombre que quieres: un hombre como Pedro.

2

"P" DE PENDEJA

Estaba limpiando la casa un domingo por la mañana cuando llamó Irma y dijo: "Agarra *La Crónica de Cabritoville* del domingo. Ahora siéntate, Tere. Abre la sección de bodas: B3, a media página. Es Rogelia Baeza. Se fue de viaje a Inglaterra y conoció a alguien en el museo de cera de Madame Tussaud y ahora es la señora de Melton Everson. Tienen una tienda de antigüedades en Londres".

Si la señorita Baeza pudo conseguirse un hombre entonces cualquiera puede hacerlo. Rogelia Baeza era la jefa del gallinero de mecanografía de la escuela secundario Cabritoville High. Era chaparra, de cara ancha y usaba tamaño completo de copa D para brasier. Las anchas caderas le anclaban al piso las flacuchas piernas zambas de chivo. Sus pequeños pies apezuñados eran bastante ágiles. Se trasladaba sin hacer ruido y se te aparecía de repente mientras que tú calladamente tecleabas fff fvf vvv fff fvf vvv fff fvf vvv fvf. No te dabas cuenta hasta que ya la tenías detrás de ti. Su ronca, masculina voz te retumbaba al oído: "Abajo las muñecas, las muñecas abajo". Para nosotros, Rogelia Baeza era una mujer bien poderosa. Le decíamos la cara de metate.

"¡No la chingues, Irma!", exclamé incrédula. "No la chingues. Me la estás regando, ¿verdad? Es güero, bien parecido. Es de allá. Parece pan quemado junto a él. Es más, es tan prieta que ni siquiera se le distinguen las facciones en esta foto".

"Está parada frente al sol o detrás, se me olvida cómo", dijo Irma. "Está en la sombra pero eso te comprueba que la cara no hace a la mujer. Ni tampoco a un hombre. Cuenta lo que está por dentro. Cualquier mujer puede 'conchabarse' a un hombre, si es que quiere y cuando quiera. Pero no le hace falta y menos cuando ésta sabe mecanografía".

"Después me has de recordar que fuiste tú la que dijo eso", le contesté.

"Lo dije hace años en la *prepa* y lo sigo diciendo ahora", continuó Irma. "No sólo de hombre vive la mujer, tú siempre lo has visto de forma equivocada, Tere, y no se diga más. Así piensan la mayor parte de las mujeres y por eso se meten en dificultades. O nos conseguimos el hombre preciso o mejor nada. Pero ¿quién es ese hombre? Y, ¿qué te parece la idea de que a algunas mujeres tal vez ni les haga falta un hombre? O cuando menos no lo necesiten tanto que las mutile".

"Mi padre debió haber sido el hombre preciso, Irma. El hombre correcto para mi madre y para mí. Pero no lo fue. No creo que tu padre haya sido el hombre ideal para tu madre tampoco. Así que, ¿quién chingados será pues ese hombre ideal? Además, si es que existe ese hombre preciso, tal vez todavía lo pueda encontrar".

"Bueno, ¿con eso quieres decir que aún vamos a ir a La Tempestad hoy por la noche?".

"Ahí tengo mis botas nuevas que compré en la Casa Blanca. ¿Te vas a poner el vestido colorado?"

"Paso por ti a las ocho".

"Al cuarto para las ocho".

"Poquito antes de las ocho".

"Ahí te espero".

Eso fue lo que le dije a Irma la Wirma Granados al cerrar *La Crónica de Cabritoville*.

La Irma y yo ya tenemos demasiados años yendo a La Tempestad los viernes y sábados por la noche. Es un ritual que no podemos violar. No sé ni por qué siempre recalamos allí, nunca hay con quién platicar. Una temporada dejamos de ir después de que la Irma conoció a Sal y lo perdió y que yo conocí al Chago, mi novio más reciente, que se cambió a Califas para trabajar en la construcción y me perdió a mí.

Hicimos la lucha por conseguir hombres más comunes y corrientes en un lugar más normal. En La Tempestad se juntan los mancos y los cojos para levantar movidas a quienes no les molesten los amoríos de una sola noche con vatos que no aguantan más de una hora. Fue Irma la que se dio cuenta de que teníamos que dejar La Tempestad por la paz.

"Le queda el mote, Tere. En La Tempestad estamos provocando un destino terrible. Ojalá no lo fuera pero lo es. Las señales de muerte están en todos lados. Junto al sanitario de los hombres estaba muerta una rata y junto al bebedero un montón de cucarachas. Lo que derramó el vaso fue el letrero pintado en colorete negro sobre el espejo roto del baño de las mujeres que decía "Puta Power".

Me gustaría parecerme más a Irma y fijarme en las señas y los detalles para juntarlo todo después y elaborar teorías de lo que significa que alguien se despida de ti con un beso sobre el lado de la boca y no de lleno sobre los labios. Yo le digo a Irma: "Comadre, eres bruja, mejor te debería decir La Hermana Irma pues eres capaz de predecir lo que sucederá con sólo fijarte en cómo éste levanta la taza de café o cómo eructó aquél".

"Mira, Tere, hay que seguir adelante. Veo una nueva vida para las dos".

Era lo único que faltaba. Irma reconocía los signos mejor que nadie. Y si creía que ya estábamos muy vistas en La Tempestad, dos treintonas que todavía andaban tras *el muchacho,* pues no había que buscarle más. Yo consultaba el horóscopo a diario pues también soy medio supersticiosa.

"Irma, ¿por qué no calamos el Holiday Inn la semana que viene?", le sugerí.

"Tere, yo digo que le cortemos de cuajo".

"¿Cómo que de cuajo? ¿Sin hombres o cuando menos sin los hombres que conocemos en los tugurios?".

"Como entrar en un círculo de lectores o aprender a cocinar".

Eso fue cuando tomamos el curso de cocina de cinco estrellas Robert La Grange en el Community College de El Paso y aprendimos como filetear pescado y hacer *ratatouille*. Dice Irma que el curso nos salvó la vida. Pero eso fue el año pasado.

Yo no pensaba en otra cosa que si la señorita Baeza se había podido conseguir un hombre, cualquiera podía hacerlo, hasta una divorciada de treinta años que aún no sabía escribir a máquina. No quería casarme, eso ya lo había intentado. Una vez estuve casada como por dos años cuando tenía dieciocho. Los dos éramos demasiado jóvenes. Yo creía que Reynaldo Ambriz tenía buen corazón; él me creía más madura. Yo no pasaba su manera de comer con la boca abierta y mascando de lado. A él no le caía bien mi familia. No éramos más que mi mamá y yo, así que, ¿quién sería la que no le caería bien? Él a Irma no le caía bien tampoco. Mi mamá lo quería demasiado bien. Era callado y le gustaba leer en la sala hasta altas horas de la noche. Un día dijo que ya se iba y se fue. Se llevó todas sus novelas de Stephen King, su cobija eléctrica azul cielo y su lámpara roja de lava. De veras que éramos demasiado jóvenes. Lo bueno fue que no tuvimos familia, si es que hubiéramos podido. Reynaldo era un débil sexual. Se quedaba dormido en el sofá y le desagradaba mi olor. Las mujeres lo asustaban. Temía a mi flujo menstrual. La última vez que hicimos el amor me comenzaba a bajar y manché las sábanas. Rey se volvió loco.

"Por Dios, Terry, ¿qué es *eso*?", gritó Rey. Yo le contesté: "Ya cálmate, Rey, no es más que sangre. Cuando los hombres se cortan un dedo se les bota la cadena. Las mujeres no somos así. Nosotras la limpiamos y ya. Ustedes hacen un teatro cuando hay sangre. Sólo son fluidos, fluidos y nada más. No le pongas agua caliente, eso te lo dice cualquier mujer porque el agua caliente y la sangre no se llevan. No sé qué les pasa a los hombres. Le sacan a los fluidos".

Nos casamos nomás porque nos sentíamos solos y porque queríamos casa propia. Yo trabajaba en la *Penney's* y él en la lavandería *White Swan*. Pero él ya quedó en el pasado. Una sábana vieja llena de fluido menstrual. Una mancha testaruda. El agua caliente y la sangre no se llevan. Cualquiera te lo dice.

Yo lo que quería era un amante. De primera. Con certificado de aprobación. No como Santiago "Chago" Talamantes, el último herido de guerra que se me atravesó. Chago parecía chino, con todo y un largo bigote lacio Fu Manchu y unas pestañas que siempre apuntaban un poquito para abajo. Tenía la cabeza atestada de pelo negro grueso, un dios de algún momento, de cincelado perfil de obsidiana y de labios gruñidores, sensuales y enroscados hacia arriba de vato puro.

"¿No te has dado cuenta de que muchos mexicanos le tiran a japonés, a tibetano, a indígena o chino, Tere?" a me preguntó Irma por la tarde aquel día que llegó a ver si le prestaba mi chal negro que le queda pintado con su vestido rojo. "Son una prueba elocuente de que en el mundo se ha dado siempre el mestizaje".

"¿Qué, qué, comadre?", le pregunté. "¿Y a qué viene todo esto?".

"Pensaba en el Chago. Me encontré unos retratos en que salen ustedes. Me impresionó lo mucho que se parece al Dalai Lama".

"¿A quién?".

"Nada menos que un hombre santo a nivel mundial, nomás. El líder espiritual exiliado del pueblo tibetano".

Así fue cómo me enteré de la existencia de Su Santidad el Dalai Lama y de que en realidad yo nunca quería volver a enredarme con el Chago Talamantes, ni aunque fuera muy guapo, ni aunque tuviera raíces muy santificadas.

Por fin me había recuperado del Chago, ese vampiro psíquico, el chicano más culo alto del mundo, que apenas sabía escribir su hombre, ¿verdad? O cuando menos estaba a rece y rece que así fuera.

Dios mío,

Ayúdame a encontrar un hombre bueno.
(Pero no demasiado bueno.)
Alguien que sepa hablar.
(No un güiri, güiri.)
Mándame a alguien que tenga huevos y que le guste bailar.
(Todo el mundo sabe que al que baila se le perdonan un chingo de pecados.)
PD: Ah, y que no sea muy peludo.

3

LA TEMPESTAD

*M*ás tarde, esa misma noche, la Wirma y yo estábamos apretujadas en su mini baño color de rosa, arregladas de pe a pa y listas para pachanguear.

¡Híjole! Nos veíamos bien suave. Yo me había puesto una faldita corta y apretada de imitación de piel, medias negras troqueladas, una playera color marrón y unas botas blancas y altas de cintas y agujeritos que había comprado en especial con el sesenta y cinco por ciento de descuento en la Casa Blanca de El Paso. Irma se había puesto su vestido rojo preferido. La comadre tenía un busto hermoso. Si no lo sabré yo que se lo he visto desenvainado. Los hombres no dejan de darle llegones, pero nomás abre la boca y la mayoría huye. Es más inteligente que la combinación de la mayor parte de los habitantes de Cabritoville, El Paso y Juárez juntos. Dice que hay tanto menso por aquí, que ella seguro que es material de M.E.N.S.A.

Estábamos paradas tan cerca de los espejos del baño de Irma, que los habíamos ahumado con el aliento. Limpié uno con un *Kleenex* rosa que luego tiré al bote peludo rosa *Pepto-Bismol* de la Wirma. Al intercambiar lugares, Irma quiso verse de arriba a abajo en el espejo grande que estaba sobre el lavabo, mientras yo me examiné bien de cerca la cara en el espejo más pequeño del botiquín y me di cuenta de que no me había sacado el pelo negro que me salía del lado derecho de la cara. Llamé la atención a Irma con el dedo de la uña roja pintada con *Trueno de amor* y luego me lo apunté a la cara. La comadre, callada, me pasó unas pincitas con cuidado. Eso es lo que adoro de la Wirma, siempre sabe lo que estoy pensando.

Yo estaba con mis dudas de los viernes, como siempre, e Irma lo sabía.

"Cabritoville es muy chiquito. Es triste darse cuenta de que estamos a punto de desperdiciarnos tirándoles nuestras vidas a unos perros acabados y sarnosos en La Tempestad. No sé por qué nos pasamos allá las noches de viernes y sábado. Y más cuando ya reconoces las señales".

"Tú eres la que quieres regresar allí".

"Pensé que nos alegraría la vida. Tal vez esta noche se aparezca algún desconocido".

"Ningún desconocido ni ninguno que esté vivo ha cruzado el portal de La Tempestad desde que el artista de cine ése, cómo se llama, una noche pasó a chuparse una chela camino de Santa Fe".

"¿Cómo se llamaba ése?".

"No era tu tipo, Tere. ¿Te diste cuenta de que traía pintadas las uñas?".

"¡Ay! ¡Y me viste bailar con él y luego cachondeármelo como veinte minutos en el pasillo de atrás del bar entre tandas de Bennie y los Chingabarrios cuando luego luego te diste trompa de que traía las uñas pintadas!".

"A mí me cayó sura desde el momento en que le puse los ojos encima. Pero tú perdiste la cabeza. Otra vez. Estabas sentada junto a mí dando golpecitos con el pie al ritmo de 'Mamá si puedo' y enseguida te me esfumas. Yo ni sabía que andabas haciendo eso que estabas haciendo en el pasillo detrás de la barra. De haberlo sabido te habría arrastrado para la casa".

"Tengo que largarme de este pueblo".

"¡Ay, tú! A mí me encanta aquí. Yo no me voy a ningún otro lado".

"Bueno, si tú no te largas pues yo tampoco".

"Si está escrito que me tengo que encontrar a alguien y yo no ando buscándolo, me tendrá él que encontrar a mí dentro del casco de la ciudad. Así que, ¿para qué vamos a salir entonces?".

"Todavía me estoy recuperando del Chago Talamantes. Ese hombre me bajó el nivel de confianza en mí misma. Nomás quería cerciorarme de que todavía me quedaba una chispa de vida adentro. Y además, me di cuenta de que la banda, Los Gatos del Sur, era buena".

Irma se alisó el pelo por última vez, se jaló la cintura del vestido rojo, se levantó un poquito el tirante del brasier y me echó una mirada a los ojos.

"¿Ya estás lista, Tere? Yo ya estoy. Voy a apagar las luces. Yo manejo, ¿okay?".

"Te digo, Wirma, una chava ya no puede descontarse a bailar unas cumbias y regresar luego a si chantecito sin que se te agüiten todas las chismoleras del vecindario. Y se te echen encima armadas de sus machetes mentales vengativos y de sus palabrotas. Todo el pueblo —mejor dicho el Club de Admiradores, mejor dicho Ofelia 'la cabrona' Contreras— es una chirinola que tiene que enterarse de lo más cochino del chisme de la vida de todos menos de la suya. Todo el mundo sabe con exactitud cuántos meses pasaron después de la boda de tus padres hasta que tú nacieras. Todos saben quiénes fueron los padres de tu padre, que si fueron gentes decentes o no y a quién le entregó tu madre su preciosa y resguardada virginidad y a qué edad y también saben si el desgraciado fue tu padre. Como cosa natural, todos saben si te estás acostando con alguien de forma regular. Tal vez hasta sepan si cogen sabroso o no".

"Cabritoville es un buen lugar donde vivir, Tere, y tú bien lo sabes", dijo Irma.

"Cierto, si eres casada y no coges", le contesté.

La Wirma le estramó el pelo fino, largo y color de rosa a la muñeca duende del llavero hasta que le quedó puntiagudo. "Tú y yo tenemos raíces tan profundas aquí que nunca podremos escaparnos de ellas".

"Eso me temo, Wirma. Sí, me gusta bastante Cabritoville, aquí se vive a gusto si eres una vieja chismosa como la Ofelia Contreras a quien le gusta hablar acerca de la sanguijuela con que está casada, que trabaja en White Sands de mecánico automotriz, o si estás felizmente casada y tienes hijos que están en la liga deportiva de béisbol o tocan en la banda de la escuela y te gusta hornear pasteles de crema de plátano en tus ratos de ocio y tu marido pertenece a un club de boliche como Sista Rocha. Pero para cualquier mujer que tenga la desgracia de ser soltera y que quiera seguir noviando, Cabritoville anda como con veinte años de atraso. Las mujeres todavía usan lentes de ojos de gato porque piensan que están de moda y los hombres aún se ponen brillantina con agua para apaciguarse el pelo. Salir de noche quiere decir irse a La Tempestad o al *Dairy Queen* para comprarse un *Dilly Bar*".

Para mí sería más aburrido Cabritoville también, si no fuera que yo siempre ando en boca de todos. Ya desde que nos divorciamos Reynaldo y yo, era blanco del chismorreo de la Ofelia Contreras, socia de nuestro Club de Admiradores y de su inseparable compañera Elisa Urista. De acuerdo con ellas yo soy una parrandera que siempre ando buscando divertirme a cualquier hora, en cualquier lugar y con quien sea.

Tal vez sea porque tengo los ojos cafés muy claro o porque cuando estaba en la escuela casi siempre sacaba setentas y ochentas y que me gané el premio de la que más trazas tenía de convertirme en monja. Cómo me gustaría verlas a Ofelia y a Elisa bailando a todo dar al ritmo de Los Gatos del Sur y calzando botas altas de medio muslo.

Y sin embargo, hay algo peligroso y excitante de vivir sobre la raya, aunque en La Tempestad ese "filo de navaja" no sea más que el pedazo de alfombra roída con que siempre me tropiezo cuando ando allí.

En la oscuridad oí una voz que reconocí con disgusto.

"¡Éitale, Tere, prima!", gritó Graciela, al acercársenos llevando un whiskey con soda en una mano.

Graciela abrazó a su prima Irma durante casi una hora. Cuesta trabajo imaginar que Irma sea pariente de Graciela. Sí, de carne y hasta algo de sangre; totalmente increíble.

Traté de hacerme la que no la había visto pero no había dónde esconderme. Además, nos tenía atrapadas frente al laguito de los peces. Yo miré hacia abajo.

El laguito de los peces está en medio del mentado Salón del Dorado Atardecer. Allí vive un pez chino medio correoso que ya debería haberse muerto envenenado por todos los centavos que la gente ha aventado al estanque por aquello de la buena suerte. Pánfilo Zertuche, el viejo y ya cansado pez chino, que había bautizado con el nombre de nuestro jefe de policía, el "Tuche" Zertuche, estaba comiéndose lo que parecía un chile con queso.

La Tempestad ya estaba de ambiente cuando llegamos. Era viernes por la noche y eso ya era suficiente razón para celebrar. Además de los de siempre que se encontraban sentados en los lugares de siempre en sus poses de costumbre y repasando sus ya desgastados argumentos acerca de las armas de fuego, la condición de la juventud gabacha, la religión y las diferencias que existen entre los méxico-americanos, los chicanos y los latinos, estaban dos vaqueros bien guapos de sombrero y botas vaqueras. Uno llevaba una elegante camisa roja y negra con punteras de plata en las orejas del cuello y el otro vestía camisa de mezclilla azul marino y una hebilla de concha nácar. Estaban arrimados a la barra y hablaban con Pollo, el cantinero. El cachito de barba que llevaba al centro del mentón le daba el aspecto de changuito curioso.

Todavía era temprano y se sentía anticipación en el ambiente. Cada vez que se abría la puerta todos los que estaban en La Tempestad volteaban a ver quién era. Esta noche sería la que se encontrarían al hombre perfecto o al equivocado. Los Gatos del Sur se dejaron caer con una versión bien chida de "El rey" y es difícil pensar en mejor canción para arrancar la velada musical en Cabritoville. El único elemento desconcertante era Gabriela Vallejos, que estaba parada frente a mí, obstruyéndome la vista del salón, de la banda y de los dos guapos vaqueros.

"Nos conseguí una mesa cerca de la banda", dijo Graciela volteando a verme.

"¿Cerca de la banda? ¿Por qué no mejor en un rincón tranquilo para poder platicar?", le contesté molesta.

"No empieces, Tere", me advirtió la Irma.

Me chocaba que me vieran con la Graciela, era capaz de acercárseles a los hombres y de sacarlos a bailar. Ésa no podía quedarse sentada, ah, no, tenía que pararse como chihuahueña jariosa y dejársele ir derechito al vato que le pareciera estar más puesto. Claro que muy seguido ése era el vato menos listo del salón, como el Juez de Paz Gallegos que estaba sentado enseguida de Florinda, su celosa esposa, o un grupo de estudiantes iraníes de la universidad que estaban sentados del lado opuesto del salón pero cuyo olor llegaba hasta el baño de las mujeres que estaba detrás de la barra.

Graciela nos condujo a la mesa a Irma y a mí. Alguien nos pegó un chiflido y al voltear a ver encontramos al Munchie Mondragón, un ex-novio de la Graciela que se encontraba sobre la tarima con Los Gatos del Sur.

"¡Órale, Gracie!", le gritó a la Graciela quien lo tiró al león.

"¿Qué haces allí, Munchie?", le grité.

"Estoy supliendo al guitarrista. Se enfermó".

"Ah", le dije y le dije adiós con la mano. El Munchie medía como uno cuarenta sin tacones y le brotaba la gracia cantinera. Los defectos sólo le resaltaban bajo la luz del día. Graciela lo ignoró y se apuró a tomar su asiento, dando a conocer su obvia intención de no jalarse una silla adicional. Tuve que entretejerme para aquí y para allá alrededor de varias mesas llenas de puros borrachos desmadrosos y todos conocidos: Dolores Morales Duncan y su aburrido esposo el Doug, Chepa Sosa y su hermana la Angie, ambas viejas quedadas tomadoras de carrera larga, la señora Véscovo y su hijo Pepe que puso expresión de terror cuando le rocé el brazo sin querer. Cuando regresé a la mesa, Graciela ya había pedido unas bebidas para ella y para Irma pero para mí no.

"¿No te encanta, amiga?", me dijo la Graciela volteando a verme. "La Tempestad, el ambiente, el color, el ruido".

"¿Ambiente? ¿Quieres ambiente, Graciela?" le dije. "Vete a Juárez al bar La Gruta. Allí sí que hay ambiente".

Se me desató un chorro de plática sin pausa. Mala pata, Graciela me había sacudido la memoria.

"El Chago y yo siempre íbamos a La Gruta. Era uno de sus lugares favoritos. No era un vato elegante pero le gustaba la elegancia de las estalactitas que colgaban desde el techo, las mesitas redondas adornadas con velas y las vasijas de gardenias que el mesero nos llevaba. Sí, para el pinche Chago no había cosa mejor que estar allí en La Gruta dejando que todo Juárez, El Paso y Cabritoville girara alrededor de aquellas falsas paredes pétreas superrepintadas de pintura chafa dorada. El ropero pequeño que parecía sacado de una película de Humphrey Bogart en que una mujer se acerca a tu mesa vendiendo cigarros que trae colgados del cuello en una caja de madera. Eso es ambiente. Aquí en La Tempestad lo que hay es la tristeza de tres mujeres desesperadas que deberían estar viendo a Johnny Carson en el *Tonight Show* metidas en sus pijamas".

"¿Has visto esas gardenias a la luz del día, Tere?", sonrió Graciela con desprecio. "Están todas pasadas y marchitas. Pos qué suave tu ambiente. Me daría miedo ver ese lugar de día. Seguro que estará atestado de caparazones de cucaracha".

"¿Qué chingados es un caparazón de cucaracha, Graciela?".

"El cuero que deja tirada la cucaracha cuando cambia de piel o pelecha o lo que haga cuando deja tirada esa chingadera. Apestan".

"Voy al baño, ¿me acompañan?", dijo Irma y se levantó. Yo ya sabía que quería irse a la casa y eso que acabábamos de llegar.

"La Gruta no es tan chida como dicen, Tere. Es como una ilusión".

"Ah, pos a mí me gusta la ilusión", le contesté.

"A ti sí. Lo peor de La Gruta es que además de las gardenias marchitas y las estalactitas de mentiras, para hacer pipi tienes que treparte al baño por un escalereado que están por caerse y luego tienes que leer los letreros de las puertas de los baños: 'Chuy y Lucha. Chuy y Margarita. Chuy es puto'".

"Chécate las paredes del baño de aquí de La Tempestad: 'La Gracie y el Munchie para siempre'".

"Muy chistosa, Tere", dijo Graciela. Se lanzó sobre los nachos de a gratis de la hora feliz que iban pasando en un carrito y regresó a la mesa con dos platos rebosantes.

Yo no aguantaba el olor a manteca, pero la Graciela sí se zampó las tostadas con ganas. Estaba contenta, se le notaba. Era la rezongona de siempre. Criticaba esto, se quejaba de aquello. Me recordaba a ciertas socias del Club de Admiradores: Ofelia Contreras; Elisa Urista; Margarita Hinkel, por señalar a las peores.

¿Pero en dónde estaba la Wirma cuando la necesitaba? Me dirigí a la barra para pedir una bebida.

"Tere Ávila, ¿qué te tomas?".

"Ahorita te digo, Pollo", le dije recargando el cuerpo en la barra y apuntándolo hacia un globo plateado que giraba reflejando a destellos las parejas que pasaban bailando, interminables remolinos locos de colores y de movimiento. Le seguía el palpitante, bombeante ritmo de Los Gatos.

Una mujersota ya entrada en años perdió el equilibrio junto al estanque y por mero se cae adentro con todo y un plato de nachos que llevaba en la mano. Se detuvo a tiempo pero zambulló el plato en el agua lamosa. Cuando lo sacó ya no traía comida, se le había resbalado.

Me solté riendo de la pobre mujer y me vi reflejada en el gran espejo dorado que estaba detrás de la larga barra de madera que reflejaba el salón entero y lo que yo clasificaría como estilo mercado mexicano antiguo de decoración para cantinas: muchos sarapes viejos del Mercado Juárez doblados como abanicos sobre las paredes, anuncios de cerveza *Budweiser* y *Coors* (bien sabían lo del boicot pero les importaba madre con tal de vender cerveza) y una bola de viejos sombreros manchados, pósters de Baby Gaby y de Al Hurricane, una foto firmada del Trini López y otra del Willie Nelson con el pelo rapado de sardo, fotografías del Tino "El Cuate" Sotero, el dueño, con su mujer e hijos, Tino con el alcalde, Tino de traje azul marino, banda roja y gorro de plumas blancas de los Caballeros de Colón, Tino de peregrino a la Basílica de Nuestra Señora de Guadalupe en México, Tino en el Caesar's Palace Las Vegas.

El Pollo estaba mezclándole su menjunje especial —algo que se llamaba "Machete del Diablo"— a Graciela, una mujer que le daba tres y las malas a cualquiera en la tomada.

Sentí un cosquilleo en el cuerpo. Sabía que me veía muy suave con mis botas blancas.

Tuche se me acercó bailando un paso doble que más parecía la forma de caminar de un cócono. Traía a su ruca de volantín en remolino, luego se la arrejuntaba para seguir bailando pegaditos una versión sensual de "Mujer." Su esposa, la Vivi, se asomaba por sobre su hombro para echarle ojitos a Simón "El Squeaky" Suárez que trabajaba en el juzgado. El Squeaky era buen bailarín y eso le permitía seguir rondando los corrales.

Me quedé parada en la barra como unos diez minutos tirando rollo con el Pollo acerca del pulque.

"Mira, Tere, los gringos no entienden el alto contenido de azúcar puro como nosotros. Observa a tu alrededor y verás a la raza bebiendo de uno y otro sabor, dulce y salado. Los gabachos están en pañales cuando se trata de lo dulce y pegajoso, ni hablar de lo elástico y lo resbaloso. Me refiero al pulque. Allí es donde los gringos son unos bebés. Les da miedo la viscosidad que da al pulque su valor medicinal y casi sicodélico de droga natural".

Mientras tanto, el Pollo le mandó varios machetes a Graciela y bastantes vasos de agua con cáscara de limón para la Irma.

Graciela trabajaba de cajera en el correo y no había machete que la dejara tumbada el día siguiente. El licor nunca parecía afectarle. Podía estar a tome y tome y aún sacar fuerzas para reventarse de cumbias contra cualquier cosa que Los Gatos tocaran.

Me tomé un par de Tecates y al terminarme la segunda recordé que no había comido. Allá a lo lejos escuché mi propia voz tipluda reverberar contra las paredes de mi conciencia súperelevada al tiempo que me desplazaba rumbo al baño de las mujeres.

"Pásate lo más fuerte que tengas, Pollo. ¡Un ruso negro!".

El pasillo largo de atrás de la barra que llevaba a los sanitarios estaba atestado de fotos de Tino y su familia. Un hombre grande y gordo se lavaba las manos en el lavabo de medio pasillo que olía a meados. Me saludó moviendo la cabeza y yo seguí adelante. Ya antes me había querido sacar a bailar pero yo me había negado.

Cuando regresé a la mesa, Graciela me miró con ojos saltones y molesta. Nada había cambiado en lo que me parecían dos semanas desde que me había ido.

"¿Así que, desde cuándo tomas rusos negros?", me preguntó Graciela.

"Desde que me harté de cuba–libre y daiquirí pues".

"No sé cómo puedes tomarte esas bebidas empalagosas", dijo Graciela arrugando la nariz como si alguien de la mesa se hubiera tirado un pedo secreto.

"Mira, Graciela Vallejos, no te me pongas criticona. Tampoco sé cómo te puedes inflar todos esos machetes. Ah, y ya que estamos entradas quiero preguntarte cómo es que pudiste bailar toda la segunda tanda de la semana pasada con ese estudiante extranjero. A mí me llegaba su peste hasta acá. Regresaste oliendo a chiva".

"¿Qué, me estás diciendo cabrona, Tere Ávila Ambriz?", bufó Graciela.

"No. Yo sólo dije que tu compañero apestaba".

"Los verdaderos culpables fueron el Popeye Rosales y su carnal, el Wimpy. Habían estado trabajando en la lechería de su papá horas antes ese mismo día y no se habían bañado".

"Okay", dijo Irma seria, y caminó a sentarse entre nosotras. "¿Se van a estar en paz las dos antes de que se peleen?".

"¡Ya quisiera que fuera mi compañero, Tere! Al que oliste no fue a Fayed sino al Wimpy. A éste lo topamos en la pista de baile.

Fayed olía a *English Leather*. Nos citamos para vernos aquí hoy en la noche. Va a traer a su amigo Mohammed".

"Ah, no, Graciela. A mí no me andes embaucando citas con desconocidos".

"¿Desde cuándo estás tan pendeja, Tere?", dijo Graciela y a Lupe le pidió que le trajera otro machete cuando la otra pasó a tomar los pedidos.

"Bueno, pues sí soy una cabrona. Vivo en Cabritoville, ¿que no? Tu bronca, Graciela Vallejos, es que andas muy desesperada por cacharte a un vato, se te ponen los ojos de plato cuando les miras a los hombres solteros. Irma, si a mí se me ponen así los ojos, tírame un balazo".

"¡Ya aliviánense las dos, perdónense. ¡Graciela, dile que te perdone!", imploró Irma, intentando hacer las paces. Se acomodó la playera hacia arriba pues se le estaba resbalando del lado izquierdo.

"Gracias, Wirma", le susurré, ya andaba bien incróspida.

"Al menos déjame presentarte a Mohammed", dijo Graciela con voz chillona y apartó su silla de la mesa.

"Yo no salgo con desconocidos", le dije con firmeza.

"A Fayed le relumbran los dientes de lo blancos que son. Se lo dije y me contestó que si se me hacía guapo, debería ver a Mohammed quien había sido modelo en París, pero que prefirió estudiar agricultura en la universidad del estado para luego regresar a Irán y ayudarle a su gente. Él y Fayed son como hermanos".

"¿Qué tal si mejor le paramos allí por ahora, Irma?", dije asqueada.

Estaba claro que no nos iba a salir nada esa noche. Los dos vaqueros chulitos se habían ido de repente y el aire fresco que habían metido cuando llegaron se había contaminado de humo de cigarro.

"Ya vamos a aventar la toalla. Tengo que trabajar temprano y no he sacado la basura y además, nadie nos ha sacado a bailar. Está muerto el lugar", dije y me levanté para salir.

"¿Por qué no te quedas conmigo, prima? Yo te llevo a tu casa después", Graciela le dijo a Irma con urgencia.

"Tengo que llevar a Tere a su casa, prima. Yo manejé", le dijo Irma y tomó su bolsa.

"Llámale un taxi, prima," dijo Graciela mirándome derechito con sus ojos de caricatura destrampada. Le arrancó la bolsa a Irma y la apretó contra su pecho.

"No, no voy a mandar a mi comadre en ningún taxi, Graciela. No, creo que debemos irnos todas juntas. Así que dame mi bolsa".

"Las mujeres no deben andar solas en las cantinas, Graciela. No se ve bien. Hay que andar en bola", le dije con ganas de que entrara en razón. "Y además, aquí no hay nadie. Están Louie 'El Baboso,' Jimmy Twitlinger que ya cumplió los setenta y cinco y tiene una pata jodida, Carl el misterioso, que se sienta solo en el rincón cerca del baño de los hombres, Popeye, el Wimpy, el pinche Juan Galván con su yeso del accidente automovilístico, ¿quién más? Algún que otro tipo que parece que acaba de llegar del oleoducto de Alaska".

"No sé por qué no quieren calmarla un ratito, Tere. Ya debe de llegar pronto el Fayed. Y lo mucho que yo he hecho por ti". La Graciela estaba haciendo un pancho ahí mismo en la mesa y la gente empezaba a darse cuenta. Hice una seña para que nos sentáramos todas.

"¿Cómo qué?", le dije fuerte pero en voz baja. "La Irma y yo siempre nos la pasamos agüitadas porque nunca te quieres largar de los bares hasta que nos corren".

"Te vas a arrepentir, Tere. El Mohammed podría ser tu última oportunidad. Bueno, a lo mejor para siempre no, pero sí en un ratito", dijo Graciela queriendo aplacarme. Pero yo no iba a caer.

"Si anduviera buscando en serio no estaría aquí en La Tempestad, Graciela. ¿Cuándo hemos conocido aquí a nadie que valga la pena? De veras".

"Irma sí conoció a Sal y sí hicieron un gran romance".

"Sí, y luego se murió. Mejor que nunca lo hubiera conocido. Le dije que no anduviera con camioneros. Nomás sirven para romperte el alma".

Y con eso, Irma prorrumpió en llanto. Ahora sí que había llegado la hora de largarse. Le arranqué a Graciela la bolsa de Irma y le di un *Kleenex*. Sal era un camionero que había conocido Irma hacía unos años en La Tempestad. Se habían enamorado pero luego Sal había muerto.

"Perdóname, Irma", le dije arrepentida. No había querido herirla. Nunca hablábamos de Sal, era nuestro acuerdo tácito.

Ya se iban a casar si no hubiera muerto. ¿Quién hubiera pensado que un hombre como él fuera alérgico a las abejas? Parecía cuento de pasquín. Andaba quitando un panal cuando lo atacaron. Después, los oficiales del Control de Animales pesaron veintidós libras de abejas que lo atacaron.

"¿Estás bien, Wirma?", pregunté compungida. No había duda, ella era bien aguantadora. La mayoría de las mujeres no se hubieran recuperado de los golpes que la vida le había atestado a la Wirma.

"Yo manejo", dijo Irma por fin.

"Uy, mira al mango ese que está del otro lado del salón". Apuntó Graciela hacia la entrada.

"Es el Wimpy, Graciela. Ponte los lentes, muchacha. Cuando ya te está gustando el Wimpy, es hora de pelar gallo. Así que ya vámonos, Wirma. Dame la llave comadre, yo manejo".

"No, no es el Wimpy, Tere, uf, ¡si conozco al Wimpy! Yo digo el vato de los pantalones de mezclilla apretados. Está parado junto al anuncio de la *Budweiser*".

"Déjame ponerme los lentes. Ya ves, me acabo de comprar los bifocales que me recetaron. Así que, ¿de quién hablabas?".

Me puse los lentes y eché una larga mirada.

"Ah, ah. ¿El chaparrito que trae los pantalones de mezclilla como pintados y que le aprietan los huevitos como gallina ponedora a sus crías? No lo conozco, nunca lo había guachado. No, es seguro que nunca había venido a La Tempestad. ¿Lo conoces tú, Graciela?".

"No te lo estaría señalando si lo conociera, Tere. Estaría allá, del otro lado del salón, no parada aquí hablando contigo".

"¿Tú lo conoces, Irma?".

"¿A él? Sí, es Lucio Valadez".

"¡Lucio Valadez!", dijimos a coro Graciela y yo. Yo sabía de él, ella no.

"¿Ése es Lucio Valadez?" dije sorprendida. "La última vez que lo vi, estaba en la secundaria. Así que, ¿dónde se había metido?".

"Estaba fuera", respondió Irma.

"Ya sé que fuera, pero ¿fuera dónde? Mmmm mmm", dije echándole un ojo pulgada a pulgada de su apretado cuerpecito. "Yo no conozco a *ese* Lucio Valadez. Yo conocía a un chavalillo chaparrito y flacucho que habían mandado al colegio militar de Socorro".

"Está casado, Tere. A lo mejor está separado, no me acuerdo, y tiene una hija", dijo Irma. "Vive en El Paso".

"Bueno pues, vámonos, Irma. Ya estoy cansada. La semana ha sido larga", le dije, queriendo quedarme pero sabiendo que debía irme.

"Todas las semanas te parecen largas, Tere. Tu bronca es que no sabes divertirte", dijo Graciela con ese modito escurridizo, gatuno y criticón que era tan suyo.

"¡Chingao, Graciela! ¿Tú crees que es divertido venir a La Tempestad todos los viernes y los sábados por la noche a buscar hombres disponibles y encontrarte con el Wimpy y el Popeye tratando de caerle a una pinche pendeja que ni se imagina lo jodidos que son? Vámonos. Yo manejo, Irma".

"No me chingues, amiga. Los Gatos del Sur todavía ni tocan 'Tiburón' y ya me estás echando. ¿Por qué amiguita, Tere Ávila?".

"Vámonos de aquí, Irma", dije y la tomé del brazo.

"Ponte águila, Tere, pela bien esos ojotes cafés porque puede ser que el hombre de tus sueños se esté preparando para llegarte y decirte, 'Órale chula, ¿bailamos, nena?' Y tú ¿dónde chingados andarás? ¡Sacando la basura!".

"No empieces, Graciela. Ya es tarde. Y Tere tiene razón, ya nos tenemos que ir", dijo Irma terminantemente.

"Ay, pues, si mi prima quiere irse, nos vamos. Yo las sigo en mi carro. Pero, ¡Chihuahua, Tere, si apenas empieza la noche para los jóvenes de verdad!".

Graciela me sacó la lengua y se dobló un párpado para arriba como lo hacían los chavos de primaria, con las pestañas para adentro.

"¿Te acuerdas de la secundaria?", dijo Graciela con su modito sangrón.

"Yo ya me voy a la casa, Irma, ¿tú te quedas?", dije disgustada.

"Claro que me voy, Tere", dijo Irma. "Nos vinimos en mi carro, voy a manejar y yo traigo las llaves". La muñequita de duende del llavero ya empezaba a bailotear como cuando quería regresar a casa.

"Ay, mamá, Los Gatos empiezan a tocar 'Tiburón, Tiburón, Tiburón, Tiburón'. Yo no puedo irme todavía nomás no puedo. '¡Tiburón, Tiburón!'". Graciela se levantó, se quitó la camisola de seda y se dirigió hacia la pista de baile.

A Graciela Vallejos nada le importaba más que bailar el "Tiburón". ¡Tenía que menear las nalgas aplastadas, las piernas galgas, y las chichis de *hacky-sack* al ritmo de su canción favorita! "Tiburón, Tiburón, Tiburón, Tiburón". ¡Pobrecita! Carecía de toda dignidad. Observé cómo la güisa sacudía aquellas extremidades de coyunturas gelatinosas y cómo se le arrimaba lo más cerca posible al señor Huevos. Fue la demostración más guacarienta que hubiera visto jamás.

Irma y yo nos volteamos a ver. Estábamos varadas en el salón del Ocaso Dorado del bar La Tempestad de Tino, cuando menos hasta que terminaran de tocar el "Tiburón". Un a noche de viernes más en Cabritoville, U.S.A.

4

MIS TREINTAS

Eso sucedió la semana pasada.

Hoy en la noche se enfermó mi mamá y me pidió que yo echara su rollo en el cursillo al que asistía.

Un cursillo es como un movimiento popular religioso y disidente que existe dentro de la Iglesia Católica, una especie de retiro comunitario de fin de semana que ha hecho ampolla entre la chicanada. Un rollo es una plática espiritual. El rollo de mi mamá era acerca de la caridad.

"Hija, ¿puedes ir en mi lugar y leer mi rollo?", me preguntó Albinita débilmente. No tuve corazón para negarme.

"No conozco a nadie allí, Mamá".

"Sí cómo no", dijo. "Conoces a mi comadre Ermelinda; tiene cara de buena gente".

Sí, como las momias de Guanajuato.

"Ah, y está Ubaldo. Tú conoces a Ubaldo".

"¿Ubaldo Miranda? ¿Que es socio del Club de Admiradores de Pedro Infante Nº 256? ¿*Ese* Ubaldo? ¿Ése asiste a los cursillos?".

"Es él que sirve el vino en misa. Es diácono".

Es un alcohólico encubierto, pensé. Es joto y su novio, el señor Cornubia, es gerente del *Dairy Queen*. Además de repente es uno de mis mejores amigos. Pero no me atrevía a decirle nada a Albinita. Después de todo, ella era mi madre.

"Es muy devoto; el mismo Cristo. Hasta se parece a Cristo por su barba oscura".

A mí se me hacía que mejor parecía una anémica y flacucha versión del Kris Kristofferson con una bola de pelitos largos que se le paraban por aquí y por allá como que hechos bola para simular una barba en el lugar donde no había mentón. Pero, ¿quién era yo para discutir con mi madre que era una santa viviente?

"Ojalá pensaras en Dios alguna vez, Tere. Él sí piensa en ti".

Fui al cursillo. Tenía que ir. La junta se llevó a cabo en un salón de actos viejo de la parroquia donde el piso estaba cubierto de linóleo amarillo. Además, el salón estaba decorado al estilo de los lugares donde se llevan a cabo las ventas de artículos usados: un póster enmarcado de la famosa pintura del Salman, el vidrio roto dentro de un marco honrado, un retablo hecho a mano del Sagrado Corazón de Jesús amarrado con alambre de púas, dos grabados que se estaban enroscando, uno de San José y el otro de quien pudo haber sido o San Antonio o San Judas, un bulto muy viejo de San Martín de Porres, su carita santa y negra descarapelada y mostrando el yeso blanco de su interior de las espaldas. También había un Vía Crucis pintado a mano, seguramente pintado por alguno a quien le habían amarrado las manos por detrás y varias mesas dobladizas de dos metros de largo que formaban una "U" gigante. Yo me senté hacia atrás, cerca de la puerta, a un lado de un aparato de aire lavado que goteaba. Detrás de mí, en la pared, estaba una pila de estampitas religiosas. Tomé una y la leí.

Oración de Santa Teresa

Cristo no tiene cuerpo en la Tierra
más que el tuyo.
Ni manos más que las tuyas.
Ni pies más que los tuyos.
Es a través de tus ojos que Cristo mira

su compasión al mundo.

Con tus pies caminará para hacer el bien.

Con tus manos bendecirá

a la gente ahora.

En la madre. Tenía que escaparme de allí, pero ya.

Una viejita chaparrita que traía puesta una mantilla roída parecía la encargada. Me hizo una seña para que fuera. Estaba perdida. No me iba a escapar con facilidad.

Me rodeaba una bola de mujeres calenturientas de mediana edad que hablaban en lenguas. De repente, de la nada aparecieron tres mujeres y me rodearon. Una de ellas era la comadre Ermelinda quien me agarró del brazo y me jaló para el altar. Me susurró algo acerca de un testimonio. Traté de pelarme pero dos guaruras celestiales más me arrinconaron. Una mujer alta y correosa traía puesta una camiseta que decía "De Colores" y repetía las palabras "Gracias, Jesús". Ahora todos me miraban. Tosí y tartamudeé que era la hija de Albinita Ávila, lo cual desató otro coro de *sha-na-ná* y de "Alabado sea Dios". Me retiré ante las protestas de Ermelinda y de una señora gorda que se me hacía conocida. Encontré una silla doblada allí cerca y me dejé caer. Una de las guaruras quiso imponerme las manos en oración sobre la cabeza para echar fuera cualquier demonio holgazán. "No, no", le dije repetidas veces y me resbalé hacia abajo del asiento. Se escuchó un suspiro colectivo de decepción. Todos habían esperado un despliegue mayor de la hija de Albinita Ávila.

El aire se sentía dulce y pegajoso del sudor de mujeres humedecidas en estado de éxtasis religioso. Me llegó fuerte, principalmente porque no estaba muy segura de qué era lo que yo creía. Estaba enojada con Dios y Dios había sido frío e indiferente conmigo.

Resulta que conocía a algunas personas, pero no a las que llamaría amigas. Casi puras viejitas, amigas de mi mamá, que necesitaban la virilidad de Dios porque todas ellas habían perdido en la vida, todas eran divorciadas, solteronas o mal casadas con borrachos y golpeadores que las tranqueaban los fines de semana cuando

salían de la cantina como a las dos o que tenían hijos que les escul-
caban las bolsas para sacarles dinero para la droga.

Una fantasma cubierta de encaje negro con ojos de zorra hereje se
me echó encima, no eres digna de traernos el rollo de tu sagrada
madre, elegida por la divinidad. Finalmente una tal hermana —quién
sabe quién mírenme-lo-santa-que-soy— se aventó el discurso.

Me levanté tan callada como pude, pero accidentalmente tiré la
silla plegable de metal. Ermelinda me hizo señas de que me quedara. Desesperada, miré alrededor y tosí. Me apunté a la garganta.
Asintió con la cabeza. Dolor de garganta. Sí, repetí la mímica.
¡Qué lástima!, me dijo con los ojos. Sí, pensé, qué lástima. Me fui
de puntitas hasta la salida de atrás y paré en el baño para revisarme
la mascarilla. Traía embarrado el rimel de los ojos. Me apliqué un
poco de colorete.

¿Y a quién me topo más tarde el mismo día? A Graciela. Después, como sonámbula, me vi dirigiéndome rumbo a La Tempestad. No había forma de evitarlo, ¿verdad? Soy una paloma mensajera.
Tere "PME" Ávila. Paloma Mensajera Estúpida sin nada que
hacer más que terminar en el salón del Ocaso Dorado.

"Me voy a pegar un tiro, amiga, es la Tere. Oye, Tere, ¿ya
sacaste la basura?", gritó La Tuerta.

Nunca encontré la maldad para burlarme de su mirada chueca,
de sus ojos perdidos como buscando el consuelo espiritual o cuando
menos físico de alguna fuerza que estaba a la vuelta de la esquina,
un poco más allá de lo que podía ver. Nomás una, nomás una vez
hubiera querido enfrentármela directamente al ojo, a cualquiera
de los dos o a los dos ojos si fuera posible, para decirle a la pinche
vieja chueca ¡que se largara a chingar a su madre, que pelara gallo
o que simplemente se muriera a la chingada! Pero no podía. Casi
era mi pariente. O cuando menos pariente de unos medio parientes, lo cual la convertía en pariente.

Graciela y la Wirma estaban sentadas en una mesa con tres
vatos. Graciela había tenido razón al menos una vez en su vida.
Mohammed era el hombre más guapo que había visto hasta ese
día de mi vida. ¿Que si era guapo? A Omar Sharif, lo haría pare-

cer menudo de la semana pasada. Como lengua dejada en el solo. Como queso fundido con moscas.

Comencé los treinta años con ojos de venado, la cara de luna y llena de esperanzas. Los hombres eran un sueño, flojones, carne medio asada puesta a rostir, sin expectativas. Unos eran buenos, otros malos, otros medio buenos y medio malos y otros eran *MALOS,* que quiere decir *chidos* en totacha.

Cuando pienso en mi supuesta juventud me imagino luces de discoteca y energía ansiosa. Conservo la imagen de Graciela, Irma y yo sentadas allí en nuestra mesa de siempre junto a la banda, mirando hacia la puerta de enfrente y esperando alguna pista, alguna señal que nos indicara si quedarnos o salir corriendo. Estamos en espera de ver si al ratito entrará alguien que nos lleve a una vida mejor.

Después, como no ha entrado nadie suave por la pesada puerta, me siento tambalear por el pasillo de La Tempestad como becerro recién nacido, resoplando y con las piernas trembleques.

Casi siempre mi meta era llegar al baño, pero parecía que estaba como a dos millas, cuando saltando hacia adelante con aquel paso borracho que te lleva tan lejos que parece que hasta se ha salido de ti y ha llegado allá antes de que te toque llegar. Tu otro yo se colocará de pie frente a ti mientras que tu yo aletargado se acerca, preguntándose qué onda con el otro yo que está ahí de pie tan orgulloso y desafiante.

Todas las semanas abría de golpe la puerta del sanitario de mujeres amarillo pálido de La Tempestad, echaba un ojo hacia adentro del cuarto mal alumbrado, luego me echaba hacia enfrente impelida por una fuerza invisible. Rodaba en cámara lenta hacia el único excusado que, tenía puerta. Parecía que flotaba hacia abajo y enseguida despertaba en el momento de aterrizar con un fuerte estallido sobre el despostillado asiento de cerámica. Gruñía y me decía: ya nunca jamás. En realidad ni me gustaba tomar ni emborracharme así que, ¿por qué lo hacía? ¿Por qué? Todas las veces eran la última, me lo juraba a mí misma y maldecía a Tino Sotero, el dueño, porque nunca había suficiente papel higiénico en el baño.

El tiempo que me estaba en el baño parecía una eternidad, un juego de estrado de gestos en cámara lenta, acciones ridículas apenas ejecutadas. Por el espejo roto veía que se me subían los colores a la cara, tenía rojos los cachetes y tenía los labios fruncidos en anticipación de no sé qué. Con el tiempo dejé el puerto seguro de aquel nido nocturno, una bebé deshilvanándose hacia el mundo soñando sueños de la vida amniótica de nonatos inocentes. Una pareja cercana bailaba un pasodoble al ritmo de un vals pegajoso, de los que les gustan a los amantes, a medida que otras parejas de cuerpos disparejos se frotaban y ondulaban uno contra el otro, empanada de anguilas, en el tenue ambiente cargado de sexualidad del único lugar donde los cabritovillanos podían probar del fruto prohibido, del otro lado del estanque fabricado por la mano del hombre, en los recovecos más profundos del desierto chihuahuense, un lugar libre y salvaje.

Siempre me adelanté a mi época. O cuando menos así pensaba un vato que una vez me sacó a bailar en la quinceañera de Jasmín. Jasmín es la sobrina preferida de Irma. Me refiero a aquel tipo que le sacaba a mirarme a los ojos cuando me hablaba. Bailábamos al ritmo de "Behind Closed Doors" y me di cuenta de que estaba bien nervioso y que le sudaban las manos.

"¿Cómo puedes mirarle a la gente a los ojos? ¿No te da vergüenza?", me preguntó.

"¿Qué? No te oigo".

"¿No es difícil mirarle a los ojos a la gente? Nunca había conocido a nadie que me mirara a los ojos como tú me miras a los ojos, me das miedo. ¿Por qué me miras a los ojos?".

El vato se llamaba Sonny. ¿Te has dado cuenta de que el sobrenombre más popular para los vatos o chavos chicanos es Butch o Sonny? "¡Ese Butch!" ¿*On tá* Sonny?" "¿Has visto al Butch o al Sonny ése?"

Butch no es nombre que quede fácilmente entre los chicanos, pero te encuentras al menos a un Butch o a un Sonny en toda familia chicana. No me sorprende que los hombres que no te pueden mirar a los ojos se llamen Butch o Sonny. Pero, algunas veces, cuando los hombres te están mirando derechito, tampoco te están viendo.

A los treinta, no sabes por qué pero piensas que las cosas van a ser distintas. Crees que ya por fin terminaste de jugar la vieja mano de estar soltera, que ya dejaste atrás a todos los novios vagos, los amantes desquiciados, los repulsivos. Ya te has pasado la mitad de la vida en la oscuridad del salón del Ocaso Dorado en el bar La Tempestad del Tino durante incontables horas felices, infelices y pareciera que todas las noches de viernes y sábado desde que andabas en pañales sorbiendo cuba libre aguado. Ya casi decidiste nunca más probar una cuba libre o un daiquiri. No toleras el sabor ni del ron ni del vodka ni tampoco el tequila (que tal vez sea el último en partir.) Sientes que si tienes que sentarte a una mesa con Irma y Graciela Vallejos, su prima tuerta hambrienta de hombres, la de un ojo café que le sale para este lado y el otro medio zarco que tira para el otro, buscando vato con desesperación, ya mejor salte caminando a la carretera 478 y acuéstate sobre el pavimento hasta que alguno pase manejando una troca de redilas llena de jalapeños y te machuque.

Eres un venado atolondrado por los faroles de esa hambre de coger. Es una condición terrible y degradante para una mujer atractiva e inteligente de treinta años que todavía le anda pegando a los bares. Irma y yo nunca nos vimos como Graciela, ávidas y demasiado desesperadas locamente obsesionadas con la idea de que un hombre, el que fuera, la haría feliz.

Son muchos los cuentos, muchos finales terribles, demasiados vatos, jóvenes, viejos, novatos, zorros, hijos de mami, chavos huérfanos, buenos bailarines, malos para el tango que movían sus tristes cuerpos como insectos ensartados en alfileres. Pobrecitos. Y pobrecita de mí. Diviso la puerta que al mecerse se abre a un cuarto sucio iluminado de luz amarillenta. Ésa era yo a los treinta años.

5

LA "P" GRANDE

Cuando nuevamente vi a Lucio Valadez iba cruzando a zancadas la cafetería de la Escuela Primaria de Cabritoville, con unos pantalones de mezclilla tan apretados que se los pudiera haber pintado con pistola, rematados por un par de botas Luccheses de cuero de marrano pintado.

En una charola llevaba tacos, frijoles, ensalada de fruta, una cajita de leche de chocolate y una galleta de payasito y se desplazaba por un aire denso de chavalitos. Pensé que si Pedro Infante hubiera estado en ese instante en la cafetería de la Escuela Primaria de Cabritoville llevando en la mano una charola con tacos, frijoles, ensalada de fruta, una cajita de leche de chocolate y una galleta de payasito, caminaría igualito.

Seguro de sí mismo, sin miedo. Puro chingón.

Al menos hasta que llegara a las mesas plegables de metal donde estaban sentados los de tercero. Se agachó, se sentó a horcajadas sobre la banqueta en que su hija Andrea se terminaba su galleta de payasito y su leche, sin haber tocado los tacos ni los frijoles. Las Luccheses de Lucio se levantaron al aire y casi volteó la charola cuando quiso deslizarse dentro del asiento aguantaniños. Aterrizó de golpe en el linóleo oscuro. Yo estaba cumpliendo con mi compromiso haciéndole de ayudante de cajera durante la comida del Día de los Padres, un rito anual que se había fundado hacía algunos años el director, el Sr. Perea. Andrea había llegado anteriormente y se había dirigido hacia la mesa de su clase sin que la acompañara ninguno de sus padres.

Lucio se había retrasado mientras que la mayor parte de los niños se encontraban contentos acompañados de uno o ambos padres. Cuando llegó su papá, Andrea pareció sorprenderse, encantada un instante y luego se le oscureció la cara. Hacía pucheros. Yo no alcanzaba a oír lo que él le decía ni lo que ella contestaba; la cafetería resonaba con la cacofonía de voces infantiles y una resaca de regaños paternos: "¿Qué, no te vas a acabar la comida?". "¿Por qué te comiste el postre primero?". Y "¡Cuidado, cuidado, cuidadito que vas a tirar la leche!".

Me cayó bien la forma en que Lucio se le acercó a Andrea, una de esas maniobras suaves y resbalosas de las que una niña ni cuenta se da de lo que está llevando. Le dio un toquecito juguetón per debajo de la barbilla y luego le hizo cosquillas por debajo de la nariz. Se le iluminó la cara con una gran sonrisa y en eso Lucio se sacó algo de la bolsa. No pude ver qué era pero a Andrea se le llenó la cara de alegría. Ella abrazó fuerte a su papá y él le devolvió el abrazo y la tuvo en sus brazos un ratito. Me recordó un momento tierno que sale en *Los tres huastecos* donde Pedro el bandido está acostando a su niña. Se va al otro cuarto pero la niña le sigue llamando para que le traiga agua, para que le cuente un cuento, para lo que sea, valiéndose de todas las tretas que usan los chavitos para no dormirse.

Veía cómo Andrea y Lucio repetían su juego tan conocido y tan amado, él convenciéndola de que comiera y ella rehusándose, él azuzándola un poco más y ella sacándose, él queriendo comprarla ofreciéndole cosas y ella renegando un poquito. Él le ofrece la Luna, las estrellas y algún dulce o algún juguete y ella finalmente, vencida, le echa una que otra miradita. Cuando ella lo hace, él voltea con una cara de alegría hacia la invisible multitud de la cafetería de la escuela de Cabritoville, un público imaginario de cientos de personas quienes saben que él es el orgulloso padre de la única y queridísima Andrea Valadez, la niña más perfecta y hermosa del mundo, la princesa cuyo destino era parecerse más a su familia que a la de su pobre madre. Y no sería nadie más que ella y sólo ella el único amor verdadero de su vida.

Lo vi mirándola como hubiese querido que mi padre me hubiera mirado a mí. Estaban tan contentos, tan enteros por sí solos. Y fue en ese momento, cuando el amor se estiraba entre ellos como alambres invisibles que me propuse encontrarme a alguien que me quisiera así, como Lucio amaba a Andrea, a lo tuyo es mi corazón, sol de mi querer. Alguien que amara a la nena y a la mujer en que se había convertido.

Cuando terminó la comida y sonó la campana, el hosco centinela que nos requería regresar a nuestras vidas cotidianas, vi que Lucio le tomó la manita a Andrea en la suya, y que Andrea se le acercó a él y lo abrazó como si se despidiera de él para siempre. Le emparejó el sedoso pelo güerinche sacándoselo de la cara, como lo haría un amante, y le dio un beso suave en la frente, como Pedro el bandido había besado a su hija, aun cuando era una rebelde salvajona, abrazándola tan fuerte como podía antes de que el mundo y todas sus mujeres metieran mano.

Eso fue cuando me enamoré de Lucio Valadez.

Si hubiera sabido entonces que años más tarde aún sería una asistente educativa flotante, me hubiera aguantado la clase de mecanografía de la señorita Baeza.

Cuando andas sobres en Cabritoville, la cama es un terreno muy agreste. Al rato te marean con la "A" mayúscula, o en mi cultura, con la "P" de la gran puta.

Ya te conté de todas las noches aburridas y las desmañanadas de La Tempestad. Lo que no te he contado es por qué me junté con el Lucio.

Podría contestarte en breve, que nací jodida, pero eso sería demasiado sencillo. La respuesta larga tiene que ver con quién soy y con dónde vivo.

Mi madre tenía dos hermanos, Santos y Onelio, el cual se

murió de las heridas que recibió en la Segunda Guerra Mundial. Santos era casado pero, gracias a Dios, nunca tuvo hijos. Quirino, mi padre, no se murió de nada. Albinita nomás se lo encontró muerto una mañana en la cama. Tal vez le había dado un ataque de corazón o una embolia, sepa la bola. En 1955 no se usaba hacer autopsias, al menos en mi barrio no se usaba. Las únicas autopsias eran las que les hacíamos los chavales a los animales callejeros. Sapos aplastados, saltamontes sin ninguna pata, un chanate sin ojos, cosas de ésas.

"¡Quirino! ¿Quién le inventó ese nombre a tu papá, Tere?", me preguntaba la Irma a cada rato.

"¿Y qué chingados es lo que te parece tan raro de mi familia, Irma? ¿Y en tu pinche familia no tienen unos nombres bien locotones, tu hermana la Pío, que es afectivo de Pioquinta, y desde luego está tu hermano Arturo, al que le dicen Chichi y a su hijo Chichito, Arturito. Y qué me dices de tus primas la Gloria Cebolla y la Quica Mota?".

Me doy de santos de que no tengo hermanas ni hermanos, es mucha gente de quien andarse preocupando. Quiero decir que si fueran personas que de veras te cayeran muy de aquéllas y que estuvieras de acuerdo con ellos, o que hasta tuvieran cosas que les gustaran a todos, pues ése sería otro boleto. Pero la neta es que la mayoría de nosotras no tiene nada en común con sus parientes. Pues a la hora de la verdad mejor le tengo confianza a un desconocido que a alguien de mi familia. No me preguntes cómo. Tal vez porque he visto el infierno que Irma ha tenido que aguantar.

Yo estoy agradecida de que mi familia es pequeña porque así hay menos suite que quede mal conmigo. Y así, yo también tengo a pocos con quienes quedar mal. Con la gente que considero mi familia inmediata ya me he bronqueado y los he perdonado. O cuando menos estoy queriendo perdonarlos. No ha sido fácil. Hace unos años me di cuenta de que tenía que liberarlos a ellos si quería liberarme a mí misma. Dejé ir a mi Quirino, mi padre, por haberse muerto y dejarnos abandonadas a Albinita y a mí.

Tal vez deba perdonar a mis abuelos, muertos todos, como a

todos mis antepasados, ya que en eso estamos, por habernos legado los genes de putas y cabrones.

Y luego debería agradecerles habernos dejado los genes sanos que nos hicieron soñarnos mejores, más fuertes y más cariñosos de lo que somos.

El perdón no se genera de un día para otro a menos de que así lo quieras. La mayor parte de nosotros tenemos que tragar mucha mierda para finalmente darle la vuelta a esa maldita esquina. Yo estoy perdonando a mi primer esposo, Reynaldo. No por haberme dejado sino por lo cabrón que fue cuando se largó. No hay mucho que contarte de mi vida que no sea el disco rayado, del dolor, perdonar y hacer la lucha por olvidar, dolor, perdonar y hacer la lucha por olvidar.

Mi única familia de verdad ademas de Albinita, Irma y los miembros del Club Norteamericano de Admiradores de Pedro Infante Nº 256. Y los personajes de las películas de Pedro a quienes Irma y yo conocemos tan bien o mejor que a nuestros propios parientes.

Irma y yo conservamos las descripciones de todos los personajes de las sesenta y dos películas de Pedro, algunas de ellas cortas, con la sinopsis de cada película, ordenadas en un cuaderno rojo y comparamos nuestras notas.

Ya hace rato que venimos estudiando el "factor güero" en las películas de Pedro. Un día me empecé a dar cuenta de que casi todas las heroínas o las protagonistas femeninas eran rubias, güeras reales u oxigenadas, pero güeras. No es que las mexicanas no puedan o no deban ser güeras. Hay muchas, muchas güeras mexicanas, pero yo no les tengo confianza a las güeras méxico-americanas y te puedo sacar una güera oxigenada méxico-americana a la hora que sea.

Tengo que empezar a llevar la cuenta de las güeras en las películas de Pedro.

En *Los tres huastecos* hasta la hijita es güerinche.

Me encanta *Los tres huastecos*. Es una de las películas más dulces de Pedro.

Trama:

Pedro hace de triates. Uno es un cura, otro es un militar y el último es un malandrín jugador, borrachín chupatequila, mevalemadroso padre de una niña de tres años, que sale vindicado al final de cuentas, pero sólo cuando los hermanos ya se han intercambiado mucha ropa.

Análisis:

Pensándolo bien, aparecen chorrocientos de güeras en las películas de Pedro. Sí están un buen número de mujeres de pelo oscuro, pero las güeras dominan.

Pero sucede otra cosa en *La mujer que yo perdí.* María, la indita, cuyo padre fue criado del abuelo de Pedro, es india pura y habla náhuatl. Se enamora de Pedro que se llama Pedro en la película. Pedro se anda escondiendo, falsamente acusado de asesinato. Claro que Pedro está enamorado de una güera rica que vive en el pueblo. Pues ya desde el principio podría haberte dicho que un amorío con María tenía muy pocas posibilidades. La indita pertenecía a otra clase social; debería quedarse con su novio indígena celoso. No sorprende nada que se interponga entre Pedro y una bala y que se muera en sus brazos. La indita tenía que morirse por no ser güera. Qué pinche.

"En las películas de Pedro se puede aprender mucho acerca de la cultura mexicana, la estructura de clases, las relaciones entre las mujeres y los hombres, las mujeres entre ellas, los hombres entre sí, tanto como de los patrones de integración colateral", dijo Irma.

"¿Qué, qué comadre?".

"Que las películas te dicen lo que aceptan o rechazan los mexicanos en sus vidas", me traduce.

Sé que la Wirma siempre será mi maestra. Me encanta que ella diga todo lo que me pasa por la mente pero que a mí se me hace imposible poner en palabras. Cuando la oigo hablar es como si me escuchara hablando a mí misma si yo pudiera hablar como ella.

"Tú y yo ya nos deberíamos haber doctorado de puro ver películas de Pedro, Tere. Sabemos más acerca de la raza que la misma raza. Si algún día regreso a la escuela será para titularme en cultura mexicana. Así podríamos enseñarles a los mexicanitos de caras morenas que no hablan español y a los gabachitos que sí lo hablan, lo que quiere decir ser mexicano. Y mexicana. Y así, lo que quiere decir ser humano".

"Híjole, Wirma, te aventaste, ésa. Si todo el mundo entendiera lo que en verdad es cultura, estaríamos mucho mejor".

Cuando Reynaldo Ambriz, mi esposo fantasma, se largó para Pico Rivera, California, a ver qué se reventaba por allá en la industria de las lavanderías, yo me aguanté en la Penney unos años más, hasta que ya no aguanté el departamento de enseres domésticos. Luego encontré un anuncio en el periódico en que la Casa de Azulejos Tafoya buscaba una cajera. Pensé: eso lo puedo hacer yo. Tenía experiencia de cajera y siempre me había gustado trabajar con dinero. Me aventé de volada con Tafoya y agarré el jale. Ahí me quedé unos buenos cinco años hasta que al señor. Tafoya le dio un ataque de corazón y su viuda cerró el negocio. Los Tafoya siempre se portaron a la altura conmigo y la señora. Tafoya me dio una carta de recomendación para las escuelas de Cabritoville, con atención a su prima Emilia, que según resultó, se retiraba en junio de maestra de educación bilingüe.

Cuando cerró la Casa de Azulejos me encontré en la oficina de la escuela platicando con el director, el señor Perea, quien conoció a mi padre. No me había titulado en la universidad pero mi linaje hizo las veces de título. Así fue cómo conseguí el jale de ayudante educativa.

Entro a las ocho de la mañana a diario y salgo a las dos y media de la tarde. El día de trabajo no es muy largo, el salario más o menos, un poquito menos que lo que ganaba en la Casa de Azulejos, pero no importa. Vivo en un pueblucho donde no hay más que un caballo, dos perros y un gato, en una casita al lado de la casa grande de mi mamá. No pago renta y me voy a comer a su casa a la hora que quiera. Llego temprano a la escuela, me tomo un café con las empleadas de cocina: Oralia; Dora; Nancy; Felia;

y la Chole. Ahí nos estamos sentadas un recle, nos comemos una docena de donas azucaradas y platicamos de hombres. ¿Quieren uno? ¿Tienen uno? ¿Te hace falta otro? ¿Por qué?

"Yo no sé por qué hablan tanto de hombres tú y las mujeres con las que trabajas", dijo Irma sobre lo que había sido un plato lleno de enchiladas "navideñas" en el Súper Taco de Sofía.

"Nos divertimos", le contesté. "Y además, ¿de qué más hay que hablar?".

"¿Pues qué tal de arte, de cultura, de literatura? Casi todas las mujeres se la pasan chismoleando de los vatos. ¿No te has puesto a pensar lo aburrido que es eso, Tere? ¿Por qué no platicamos un rato acerca de nosotras mismas? De lo que queremos, de nuestros sueños, independientemente y separadas de los hombres?".

"Ya se te subió la "PH". La pura histeria. Se te nota".

"Quiero terminar de comer tranquila. El mundo no gira alrededor de los hombres, aunque tú pienses que sí. Pásame una servilleta y deja allí el asunto, Tere. ¿Qué tal la escuela?".

"Una chavita de sexto me dijo que su novio de catorce años quiere coger. Me repitió que la tenía muy grande. ¿Grande? Pues de volada supe que el chavo ya se la había dejado ir. Yo le dije que lo olvidara".

"¿Así que estás haciendo de consejera, eh? ¿De cuándo a acá tienes título para hacerlo?".

"La vida me ha titulado, comadre".

"Seguramente, Tere", dijo Irma riéndose y limpiándose la boca. "Ya estás lista, vámonos. Tengo que llegar a La 'W' Voladora. Ahora estoy llevándoles la contaduría".

"¿Es el pinche motelucho chafa ése que dirige un gringo albino?".

"Me imagino que te refieres al señor Wesley".

"¿El es el 'W' de La 'W' Voladora?".

"Es muy buena gente, Tere. Pero tú no reconocerías a un hombre buenazo aunque te mordiera una nalga".

"Ningún buenazo jamás me mordió ninguna nalga. A eso me refiero".

"Dame la cuenta comadre, a mí me toca. Después de la siguiente junta del club me llevas al *Dairy Queen* y me disparas un helado *Blizzard*".

Ahora tengo que confesar que cuando entré a la Escuela Primaria de Cabritoville, no sabía cómo pensaban los niños pero los llegué a respetar. Qué mentes más deductivas. Se dan trompa de todo antes de que les digas ¿qué ondas? Y son bien directos en asuntos que los adultos esquivan. Si te huele mal la boca, un niño te lo dirá. Con los chavos no valen las mentiras ni las decepciones, no, no me mires a los ojos, me estás poniendo nerviosa.

También quiero darle chicharrón al mito del macho o de la macha de una buena vez. A lo mejor así me dejas en paz en la cena de la enchilada cuando te acercas para decirme en secreto qué debo y qué no debo hacer y cómo debo vivir mi vida. Un pueblo como Cabritoville está lleno de viejos y de viejas cabrones. Quiero que quede claro que ser macho o macha no siempre está tan mal. Con que seas macho o macha de buena manera. O sea, si examinas cómo definen "macho" los mexicanos. Para ellos, macho tiene que ver con la fuerza y el orgullo y con ser responsables, no con lo que el idioma inglés le ha hecho a todo un pueblo. En inglés, macho significa dominante, rígido, chauvinista, condescendiente y netamente feo. Mi cultura sufre de haber sido traducida demasiado. Por eso tenemos una generación de chicanos que se llaman Butch y Sonny y una generación de Jennifer Maries, Vanesas y Shirley Anns. ¿Qué sucedió a los nombres hermosos en español que les poníamos a nuestros niños: Neria Esmeralda María de la Luz Ángela de la Paz Reina Altagracia.

Nomás ponte a oír la música de esos nombres y verás lo que te digo. Si hemos podido crear una generación de picudos bebedores de *Coors,* y déjate de joder con que no coma uvas porque las estamos boicoteando, y de chavales fiesteros pendejones, también pudimos crear a sus parejas, las mujeres de greña esculpida, de cuerpos artificiales y uñas gigantes que visten Levis planchados que compran en la tienda de departamentos *La Popular,* y cuyos nombres todos son algo así como Kimberly Ann Guzmán y Lisa Jane Velásquez, pronunciados "Gusmon" y "Velascuis".

Tuvo que ser un iraní quien me enseñara lo que significa cultura. Luego te cuento de Mohammed. Era un verdadero caballero y se merece lo mejor. Yo me convertí en mexicana pura gracias a Mohammed.

Pero ni se te ocurra decir nada acerca de los hindúes o de los iraníes o de cualquier cosa del Medio Oriente en Cabritoville porque la gente reacciona como si le mentaras la madre. Lo mismo sucede con el curry. Los cabritovillanos podrán chuparse un plato de chicharrones mantecosos hasta enfermarse y también entrarle a la lengua, a la cabeza o a las tripitas y se podrán chupar una pata de marrano y los cueritos de pollo en salsa de tomatillo como si no hubiera mañana, pero menciónales el curry y abren unos ojotes.

No saben qué hacer con nadie que no sea angloamericano o mexicano, y aún así, no tienen ni siquiera la cultura suficiente como para llevar una conversación. He asistido a demasiadas cenas familiares, casi todas en casa de Irma, que me parecieron horrendas. Los tíos se juntan en la sala con toda la riunfla de primos, quienes más tarde se reunirán en el patio trasero con sus Coors en la mano a platicar de los congales de El Paso, principalmente del Príncipe Machiabelli. Siempre que el Príncipe Machiabelli p'acá y que el Príncipe Machiabelli p'allá.

Las mujeres se desplazan por la cocina como libélulas locas en su afán por preparar platillos horribles que no se los deberían dar de comer ni a su perro enfermo. Como unos ejotes congelados estilo francés con aros de cebolla de lata. No es que sean tan malos pero ¡deberían preparar algo más de vez en cuando! ¿Y luego los camotes enlatados con bombones? O la insípida ensalada de macarrones y la ensalada de papa que sin duda compraron en el Ronnie's Bag and Carry o en alguna tienda de comida de mayoreo de El Paso. Ni me hables de los taquitos de tortilla dura y el queso fundido Velveeta y sí, me gusta ¡pero ya es demasiado! Ya basta de flautitas de queso fresco y chile verde o alas de pollo en chile y albóndigas suecas y las salchichas enanas en salsa roja. ¡Ya basta de comida traducida, sea americana o mexicana!

Yo ya no conozco a nadie que cocine de verdad a no ser Irma o yo. Le dije a Irma que ¡nunca había visto comida tan guacarera como la que dieron en la boda de su hermano el Butch! Menos mal que a la Irma y a mí nos gusta cocinar. Para nosotras, la vida está llena de buena comida y conversaciones agradables acerca de cosas importantes. ¿Tú crees que alguien de la familia de Irma hable de libros? ¡N'ombre! Nunca he visto un libro en la casa de su hermana Pío. Y no para allí, sino que la Pío admite orgullosamente que ella odia la lectura. Su esposo es el presidente municipal del lugar y no encuentras ni un solo libro. Es pavoroso. Si no fuera per mí, la Irma no asistiría a sus cenas familiares, pues le parecen bien aburridas. Yo le digo que nos vayamos juntas y así observamos el drama humano, y la verdad es que tu tío Pablo ya se está poniendo viejo, Irma. Yo le digo, nosotros no escogemos a nuestra familia, Irma, sólo a nuestros amigos.

Análisis:

Cabritoville, U.S.A. Un mundo fronterizo cuyo horizonte lo conforman mujeres sin número que buscan un lugar donde descansar a la sombra de sueños moribundos como los álamos que han quedado demasiado lejos del río.

Cabritoville, U.S.A. Un mundo en la penumbra de hombres que luchan por ser hombres, de hombres que no dejan que otros hombres sean hombres ni tampoco que las mujeres sean como ellas son. Cruces de fronteras por todos lados, en la garita fronteriza uno te dice que eres forastero, que no mereces vivir aquí, ni ahora ni nunca. Alguien te dice que eres ilegal y no sólo ilegal sino que eres un número. Una persona sin cara. Una de miles. Nada más otro extranjero que hay que expulsar. Monto total hasta ahora: 1956.

Nombre: Manuel.

Nombre: José.

Nombre: María.

Nombre: Lucha.

Lugar de procedencia: Cabritoville, U.S.A.

Te conozco muy bien y trato de perdonarte.

Cabritoville, residencia de demasiados muchachos americanos cuyos nombres no recuerdo. Muchísimos muchachos morenos cuyos nombres sí recuerdo. Y he salido con ambos. Odio los comportamientos prejuiciosos por parte del que sea, sin importar el color de la piel. Cuanto más lo pienso, mas pienso que la gente más prejuiciosa que conozco ha sido mi familia y la de Irma. También me corresponde admitir que yo misma he sido prejuiciosa a veces. Yo creía que Rogelia Baeza era carne de perro y que nadie nunca iba a querer echarle un lazo y nada, que me equivoqué.

Me cae muy sura cuando los chavos blancos o los chavos del color que sea ven a una mexicana o a cualquier mujer étnica y piensen por dentro: Toda mi vida he andado buscando a alguien como tú. Eres la mujer de mis sueños sin etnia. La amante gitana de mi vida desapasionada. ¡Ven a mí, mi mamasota étnica!

He conocido a algunos de esos hombres, casi a todos al principio, gracias a Dios.

¿Qué tipo de pueblo/estado/país es éste en que si opinas algo siempre te encuentras a alguno que se burle de ti? Algún flojonazo, tío, tía, primo resbaloso o aburrida amiga de tu tía que no tiene creatividad, que no sabe leer, y que no sabe cocinar, y a quien siguen invitando a las cenas familiares del Día de Acción de Gracias y de Navidad a pesar de que son los seres humanos más tapias y conflictivos del bendito mundo de Dios.

Estos tipos ocupan un alto lugar en la lista del factor bovino. Es un sistema de evaluación que Irma inventó. La bovinidad se traduce en índice de estupidez, aunque he sabido que las vacas son muy inteligentes. Y no quiero que se me acuse de que insulto a las vacas. Amo a las vacas. Nomás que a Irma y a mí no nos cae bien la gente pendeja. Ya hemos clasificado la personalidad bovina por muchos años y te digo que hemos encontrado ejemplos de todo en Cabritoville, particularmente en las reuniones de la familia de Irma.

Cuando se vive en un lugar como Cabritoville, parecería que la mierda lo circunda. Uno huele las vacas de la lechería Hernández desde cualquier punto del pueblo. Pobrecitos animales. ¿Cómo te gustaría estar encerrado en una fábrica dejando que te ordeñen el día entero? ¿Que a diario te jalen los pechitos para acá y para allá bajo el solón ardiente? A mí me dan lástima las inocentes becerritas acurrucadas contra sus mamás, luchando porque les toque un poquito de sombra, por sacar las patas del lodo, las tristes cabecitas trompudas metidas entre las rejas de los cercos para comer un poquitito de alfalfa toda sequita de haber permanecido años a lo largo del camino mientras que la gente como yo pasa manejando rumbo a El Paso de compras a La Casa Blanca. Y luego que ves cómo el Wimpy y el Popeye se gastan el dinero de las familias vacunas en La Tempestad, se te quiere desgarrar el alma.

¡Putos! Quiero que sepan que yo les digo putos.

A veces me siento como una vaca que se la pas a debajo del sol en esperas de la sombra que nunca llega. Así es, te hieren, perdona y trata de olvidar.

Así estaremos, la Irma y yo, en la reunión familiar, sólo que nosotras somos las únicas familiares que nos importan; ella se me quedará mirando y yo a ella. Después, una de las dos dibujará en el aire una "P" grande. Nadie sabe qué es lo que hacemos. Han de creer que nos estamos espantando las moscas. Luego ella dibujará en el espacio una "B" grande entre puntos de exclamación. Nos reiremos ante la mirada de todos y luego los voltearemos a ver como si no quebráramos un plato.

A la familia de Irma les gusta estar sentados. Se andan de silla en silla, de un lugar de descanso a otro. No es gente que dure mucho de pie. Tampoco son muy platicadores y menos de nada serio. Nunca he comprendido por qué se ofende la gente cuando quieres platicar, pero de a de veras, y eso, claro, significa que tienes tu punto de vista.

No fue hasta que conocí a Mohammed que me di cuenta de que la gente podía juntarse a debatir sus ideas y hablar de política o de arte o de literatura sin que alguien se pusiera bien pedo y se largara de la casa amenazando con volver armado.

Yo he tenido la mala suerte de discutir acerca del Pat Robertson y su Club 700 en una reunión de familia donde se me acusó de haberme emborrachado. Así que ahora nomás me siento, me relajo y me dedico a ver las telenovelas familiares. Yo le digo a la Irma que los deje que hagan su baile del ahorcado hasta que te desmayes de jalón pues no puedo llevar ningún ritmo Ávila y Granados y que yo le entro y me salgo cuando tenga ganas. Ya ni mi familia ni la de Irma me caldean tanto como antes, gracias a Dios. Ya me di cuenta de que no son más que gente como otra cualquiera. Un poco más jodida que la de costumbre, pero en eso, ¿qué hay de nuevo?

No he conocido a mucha gente interesante en las situaciones familiares de los Granados pero si a algunas memorables. Por ejemplo, el señor guapo, ya grande, que estuvo en la boda de Butch y que nadie sabía quién era. Irma creía que era de Califas, un primo de la hermana de su mamá que vivía en Fontana. Butch y su nueva esposa Elva no lo conocían. Todo el mundo creía que era pariente de alguien. Yo sí estaba segura de eso, si no ni madres que lo hubiera dejado entrar a mi habitación después esa misma noche.

Nos habíamos echado ojitos a escondidas durante toda la boda y luego seguimos en el baile. Que si sabía bailar. No soltaba bien las caderas pero sin que eso lo afectara. De lo contrario, en los momentos precisos le ayudaba a contonearse un poco raro. Como pareja de baile me apretaba y me llevaba firmemente como a mí me gusta. Nunca supe cómo se llamaba pero me echó ojitos y hasta se sentó junto a mí cuando sirvieron el bufete de bodas. En una ocasión bajo la mesa le rocé la mano que no estaba ni caliente ni sudorosa de los tamales que habían servido. El forastero estuvo muy cómico y muy popular, quienquiera que haya sido. "¿Cómo, no era pariente?", le pregunté a Irma el domingo por la mañana después de darme una ducha, pero ya para entonces se había ido y aunque hice lo imposible por conseguirlo nunca supe cómo se llamaba. Se había registrado bajo Plásticos Pacheco. Sin dar ciudad. Sin dar teléfono.

El señor Plásticos Pacheco andaba entre los cincuentaimuchos y los sesentaipocos años, muy distinguido, el pelo blanco canoso le rodeaba la cara, no muy corto, lo suficientemente largo para peinarlo con los dedos. Tenía la piel pulida color de azúcar morena sin poros que se le vieran, del tipo de piel que a las mujeres las vuelve locas. También traía un bigote grande y casi todo negro. Irma empezó a llamarlo el señor Bigote. Cómo no dejó su tarjeta de presentación o su número de teléfono.

Después del baile subí a mi habitación y luego tocaron a la puerta. Me asomé por la mirilla y vi al Bigote Bailarín. ¿Qué hago? ¿Lo ignoro? ¿Lo dejo entrar? ¿Qué? Pues mira, comadre, francamente estaba encantada, le dije a Irma más tarde. Sin decir palabra me dirigí a la puerta, le miré a sus penetrantes ojos aztecas y apagué la luz mientras que jalaba B.B. para la cama. Era un hombre maduro, no tuve que explicarle nada y él no me tuvo que explicar nada tampoco. Qué alivio. Nos fundimos.

En conclusión, ¿quién habrá sido el señor Plásticos Pacheco? ¿Me quieres decir que no era el primo de tu madre que venía de Califas? ¿Habrá sido un vendedor que estaba hospedado en el hotel y que se había colado a la boda? No me digas, ésa. ¿Me estás madereando, verdad? ¿Crees que ya me llevó pifas, verdad? Ay, Diosito, Irma, si le dices esto al que sea te juro que nunca te vuelvo a cocinar nada de lo que te gusta de la Julia Child. Prométeme sobre la tumba de Pedro Infante que no le dirás a nadie que acabo de dejar entrar a mi habitación del Sheraton del aeropuerto de El Paso al más delicioso *Modern Maturity* que jamás he agarrado con estos puños y que él se trepó a mi cama tamaño *king* y que después guachamos el *Tonight Show.*

¿Así que por qué te lo estoy contando? Porque a lo mejor se te aparece tu príncipe azul de la nada y luego así nomás desaparecerá. O si no, el que creíste que era tu sueño dorado resulta ser un ogro.

"Si le dices a quien sea lo del Bigote Bailarín, Irma, te juro sobre *Cómo hacerse experto en el arte culinario francés* que yo pongo el chisme del Delmore Benavídez que te hizo de chulito varios meses, hasta que por fin te lo llevaste a la cama aquella predestinada y única ocasión", le dije cuando estábamos empinadas comiéndonos unas sopaipillas en el Súper Taco de Sofía ya entrada aquella semana.

Supo que me la había clachado cuando le mencioné al Delmore Benavídez.

Mira, yo no lo vi de cerquita como la Irma, así que no puedo atestiguar la verdad del asunto pero no tengo por qué dudar de mi comadre. Ella me hizo jurar que a nadie le diría que el vato tenía la flauta más chiquillo del mundo, de anillo tamaño número cinco.

Mejor Delmore con sus hermosos pensamientos y fino idioma que algún vato con cargo de conciencia, separado de su esposa y verga de caballo, eso digo yo.

Mejor que el Blue Jay, aquel hippy medio avejentado pero guapo todavía que conocimos ambas en La Tempestad el invierno del 1969. Tanto Irma como yo nos lo habíamos echado al plato, pero no lo supimos hasta después. Estaba retechulo, con sus besos duros, su apretado cuerpecito, sus manitas peluditas y sus nalguitas bien apiñadas. (Siempre me he enamorado de esos hombres chaparros de espaldas chicas. Cuando estás con ellos sientes como si abrazaras a un niño, y a decir verdad, generalmente así es.)

Me pregunto cómo he sobrevivido más de treinta años en este mundo sin que nadie me haya notado ni me haya dicho nada luego acerca de la "P" grande y negra que traigo enyesada en la frente. Tal vez les prevenga ver la "B" gigante que llevan sobre la propia.

Análisis:

Cabritoville, U.S.A.

El potencial no es la realidad.

Evaluación:

Ya, ¿pa' qué?

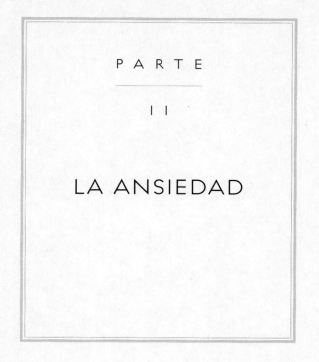

PARTE

II

LA ANSIEDAD

6

AQUELLA NOCHE

*A*quella noche fue la primera vez que Lucio y yo hicimos el amor y todo lo que debió salir perfectamente se jodió. Había esperado aquel momento mucho tiempo, desde que lo había visto en La Tempestad. Y, sin embargo, ni me imaginaba que algo fuera a suceder. Y estuvo bien que no supiera nada pues si no tal vez no hubiera pasado nada. Eso si lo quieres ver desde ese punto de vista. Si quieres verlo de otra forma, tal vez habría sido mejor para todos que nada hubiera pasado. Pero sí sucedió.

La primera vez que vi a Lucio fue en La Tempestad. La segunda vez fue en la escuela primaria de Cabritoville. La tercera sucedió en la exhibición pirotécnica que hicieron los Caballeros de Colón el cuatro de julio en el Parque Álamo, cerca del río. El ruido se oía por todos lados: detrás de nosotros tronaban cohetes de bengala, un grupo de niñas escribía letras gigantes estilo elefante con luces de bengala y un poco más allá, sobre la misma calle, más elevados y más poderosos que los de los Caballeros de Colón, comenzaron rugidos y truenos nunca vistos en Cabritoville. Algunos vatos se habían descolgado hasta Sunland Park para comprarse una caja de cohetes a $79.95 —de los cohetes alacranes negros tamaño familiar— y los estaban prendiendo entre toques de mota cerquita del Súper Taco de Sofía y de los álamos de la acequia. Híjole, ojalá que no le hayan prendido fuego a nada, cuanto menos a esos hermosos arbolotes. Principalmente, a la Gabina, mi árbol predilecto. La primavera había estado seca y no había muchas esperanzas de que lloviera en el verano.

Esa noche fue un desmadre pirotécnico. Daba miedo ver lo mucho que a los Cabritovillanos les gustaba el susto chafa pero estruendoso. La Irma y yo nos habíamos ido juntas a ver tronar los cohetes pero a ella no le gustó el ruido y se regresó a su casa temprano. Yo conocía a todos lo que allí estaban, la misma raza apagada, seca, polvorienta y vacuna de La Tempestad, nomás que ahora iban con sus mujeres y sus hijos. Ya me iba cuando divisé a Lucio. Sus ojos se engancharon a los míos como faros de carro y me dijeron mami, mami, mami. Los míos seguían parpadeándole: papi, papi, papi. Mohammed y yo no éramos mucho más que un cuento triste y corto. Chago era una pesadilla recurrente de "secuestrados por un ovni". Pensé: ¿Y quién nos va a separar?

Lucio estaba parado solo junto a un álamo. Cuando se me acercó me llegó el tufo de licor. Ay, andaba borracho. Fue cuestión de un momento. Duro rodaron los dados en seguida.

"¿Así que cómo te llamas?".

"Teresita Ávila, como la santa".

"¿Quién?".

"Santa Teresa de Ávila, la santa española".

"Ah, así que eres una santa, ¿o qué ondas?".

"Ni mais, ¿y tú?".

"¿Qué, me ves cara de santo?".

"Así que, ¿cómo te llamas?".

"Lucio Valadez".

"Mucho gusto".

Sentí que el calor se me trepaba por las piernas. Escuché que en el fondo Los Lobos tocaban "La Bamba". "¡Yo no soy marinero. Yo no soy marinero. Por ti seré. Por ti seré. Por ti seré. Bamba. Bamba. Bamba. ¡Bamba!". Para ti papi, un barco de oro. Quise resollar pero no pude. No importa porque me quería morir ahí mero en ese instante como el tío Willi de Califas de la Irma, el que regresó a casa después de muchos años de ausencia. Se murió bailando y cantando en mero en medio de una fiesta de jardín, mientras la música rugía y resonaba como tambor gigante dentro del carro de un cholo que va repartiendo su túncatatúncatatúnca a medida que se desplaza por la calle y te deja temblando donde estés. El tío Willie nomás se desplomó y se peló.

Lucio me invitó a tomar una copa. Yo me ofrecí a manejar. No me di cuenta hasta que nos habíamos subido a mi carro que lo que él quería era que nos fuéramos a su habitación, la número diecisiete del Motel Sands. Su casa fuera de casa.

Bueno, pues ni modo.

Aquello ya había terminado antes de que hubiera terminado.

Así, Tere, pinche puta cabrona, comenzó todo. Esta vez haz caso, muchacha. Nomás esta vez.

Aquella noche no me había rasurado las piernas. Las traía peludas y secas y ahora que recuerdo, no me había lavado ya sabes dónde desde anoche. Todo pasó tan de volada que ni tiempo tuve de preocuparme por lo limpia o no que andaba o que si no me apestaba allá abajo o que si las piernas las traía como lijas o que si los talones los traería suavecitos pues como era verano y todo y ya sabes como se te engrietan los talones a los meses de andar en puros guaraches. (¡Cuando me hago pedicuras en Juárez te encargo el montón de callos del talón que me quitan!) Si hubiera sabido que le iba a hacer el amor a Lucio no se me habría olvidado pensar en los pies. Aunque casi ni pisaron suelo esa noche, pero ¿qué si sí? ¿Qué si con ellos le rozo a Lucio su piel de bebé? Habría conocido a la mujer iguana en persona. Pero, ¿se habría dado cuenta?

Aquella noche no tuve tiempo de pensar si me había sacado los pelos del pezón o los pelos que me salen en la barbilla o el pelo negro que me crece en el lado derecho de la cara junto a la patilla, ese pelo loco solitario que me obliga a estarme revisando. Estaba demasiado atolondrada como para andar pensando en cualquiera de esas cosas que preocupan a las mujeres cuando están a punto de hacerle el amor a un nuevo pretendiente.

Aquella noche estuve como una perra cochina y jariosa. Era una loca pero no en el buen sentido de la palabra. Luché con Lucio pero no me entregué completamente. Estaba asustada de mi cuerpo y de no ser una amante suficientemente buena. Tenía miedo de estar con él porque ya lo quería y ya no quería quererlo. No quería tocarlo nunca porque sabía que cuando lo tocara ya no podría echarme para atrás. No terminaría hasta que terminara y aún entonces no terminaría. Me sentía cansada, incómoda y no me estaba tomando la pastilla. Había dejado el diafragma en casa y me atemorizaba que su semen se me trepara por dentro demasiado pronto. ¿Y eso qué? Lo que pasa es que no estaba preparada físicamente. Recuerdo el momento terrible en que tenía la cabeza colgada sobre el pie de la cama tamaño *gigante* y las piernas al aire como si pedaleara de la misma forma que lo hacemos Irma y yo viendo el video de "lonjacicio". Lucio estaba apoyado sobre mí a media cama y yo seguía pensando: esto no está pasando. No está pasando. No estoy lista. Estoy fea y me estoy reteniendo. Él no me quiere. No es posible que me quiera. Yo te quiero, Lucio, te quiero pero no estoy lista. Se me olvidó rasurarme las piernas. Dejé el diafragma en la casa y me falta algo para poder estar aquí entera. Lo siento.

"¿Te gustó?".

Como si fuera poco, volteé hacia arriba y vi que una hormiga se me trepaba al pie derecho. Se detuvo en el centro del dedo gordo. Traté de sacudírmela con la mano y en eso Lucio se abalanzó y soltó un grito. Sacudí el pie hacia el techo y Lucio acabó. Si dentro de cien años me preguntaras qué cosa recuerdas más de aquella noche, tendría que decir que el dolor. La picadura de hormiga duele muchísimo.

Aquella noche. No recuerdo nada de cómo sentía a Lucio adentro de mí. Ojalá lo recordara. Mil veces desearía recordar lo que se siente la primera vez. He rodado la escena en la mente mil veces y no veo más que a mí misma colgada de la cama y que la sangre se me había ido a la cabeza. Estoy metida en una llave rusa sexual con un hombre que gime y yo estoy muy preocupada porque no se me salga el pelo del bikini. Hay algo terrible con este tipo de recuerdos. Querer repasar la escena. Soñar la escena como si fuera por primera vez, saber que el momento ya ha pasado y que no estuviste de lo mejor.

Ésa es la dificultad que hay, que siempre ha habido entre Lucio y yo. Yo no era perfecta y quería serlo. Y él también quería que yo lo fuera. Mas fueron mis imperfecciones las que lo ahuyentaron. Eso es lo que siempre he sentido. Le gusté durante un tiempo, a cada tanto, y tal vez hasta me haya querido en esos ratos pero no era cosa que durara, así, como el orgasmo. A Lucio le gustaba estar dentro de mí, dentro de mi cabeza, de mi corazón, de mi órgano sexual y, cuando se salía, allí estaba yo frente a él, emitiendo un brillo de imperfección. Una mujer de mala postura, dientes chuecos, alguien que entonces no ganaba para comprarse ropa bonita y que aún no puede, alguien de piernas un poquito pandas, que es del otro lado del pueblo, no me había graduado de la universidad. Olía a comida, a trabajo, a niños. Lo quería demasiado y eso no lo dejaba en paz, y lo hacía hacer muecas de dolor y darse la vuelta y seguir caminando hasta salir por la puerta giratoria que me lo regresó tantas veces sólo para que se largara de nuevo.

Aquella noche no me había preparado mentalmente, Lucio me agarró desprevenida. Me dijo que yo le gustaba, ¿diría que me quería o que quería quererme? No me acuerdo de sus palabras. No estaba escuchando bien, traía la vista borrosa. El corazón se le salía por la boca y no podía respirar. Traía el estómago hecho nudo y me imprecaba: "Cabrona pendeja, hoy es la noche". Pero no puede ser. No estoy lista.

Aquella noche traía la mente débil y la de Lucio andaba fuerte. No éramos iguales. Yo era la mujer cogida y él era el hombre erguido sobre mí mientras que yo yacía lacia sobre la cama como costal de chile verde, un saco mojado sin soportes. Seguía pensando que me iba a desplomar pues estaba en posición precaria. Yo era una cogida de caricatura. No podía respirar, los brazos y piernas me colgaban como muñeca de trapo. Me sentía tonta e idiota, humillada e indigna. A cada rato pensaba: me estoy reteniendo. No me puedo entregar. Tu esposa está al otro lado del pueblo. Tu mamá se está muriendo de cáncer aquí por esta misma calle en la otra esquina. Tu hijita es una de mis estudiantes favoritas de la primaria de Cabritoville. Veo tus anchos ojos cafés frente a mí. Tu anillo de bodas brilla con la luz parpadeante del televisor y alguien vende un trapeador nunca visto en la tele. No puedo respirar. Me ahogo.

Aquella noche era una toalla mojada, una toalla vieja, gastada de tanto uso, se habían secado con ella demasiado. Yo quería que Lucio se comprometiera conmigo, que me dijera, PARA SIEMPRE. Que dijera: Tere, tú eres el aire y el viento y el sol y la lluvia. Que dijera: Mujer, voy a dejar a Diolinda; no es perfecta, ah, es hermosa. ¿Crees que iba a escoger una mujer fea para que fuera la madre de mi hija? Es lista, talentosa, pero no me comprende. Es una buena esposa, bla, bla, una buena cocinera, bla, bla, una buena mamá, bla, bla, una buena nuera, bla, bla, bla, hasta a mi mamá le cae bien y eso ya es decir mucho.

No recuerdo todas las palabras de Lucio pero le siguieron a sale y sale a medida que me contaba de su vida diurna y luego la nocturna y su vida amorosa y su vida mental y su vida del sueño y de lo famélico que estaba como hombre hambriento en una isla desierta que se ve forzado a beber agua salada para sobrevivir.

Aquella noche no estaba preparada espiritualmente. Yo soy y siempre seré católica. No voy a la iglesia muy seguido pero cuando paso frente a una me persigno. También voy a misa de vez en cuando para que no se me olvide cómo. Continuamente pienso que debo ser mejor persona. Siempre traigo a la muerte muy cerca. Un poquito atrás del purgatorio. Soy buena con la gente, no le hago daño. No soy enojona sino una mujer simpática. Hablo en voz baja y respeto a los demás. Cuando me enojo nunca subo la voz, ni grito por gritar. Temo al infierno y busco el cielo. Creo en el limbo y que las almas de los niños chiquitos van al mismo lugar que las de los animales que mueren a los lados de los caminos. Al bendito cielo de las criaturas inocentes, el cielo más alto, donde cada mansión es nombrada y llamada por un Dios misericordioso.

Aquella noche no estaba preparada para pecar pero chin que sí pequé y que me condené y desde entonces jodida siempre estaré. Perdón. Me repito esa oración en voz alta cada vez que me pongo a pensar demasiado. Lo siento pero no pude evitarlo. No quería que aquello pasara, y aunque hubiera querido pararlo, no fue posible. Mi suerte estaba echada. Mi pecado declarado. *Aquella noche. Aquella noche.*

Después de hacer el amor y de que Lucio se durmiera, traté de quitarle el anillo de matrimonio. No para robármelo. Sólo quería ver qué tan apretado le quedaba y si le había crecido la piel del dedo alrededor. Tenía que ver si traía cochinada o comida en las ranuras. Agitada, me di cuenta de que el anillo no se movía para nada. Lo traía bien apretado. Lucio roncaba suavecito cuando salí. Llevaba mis calzones en la bolsa. No había forma de que nadie le pudiera sacar nunca el anillo.

Te digo, Teresieux, he pensado demasiado en aquella noche. Antes me acordaba de todos los detalles. Los remolinos del tapete rojo, lo que pasaban en la tele, cómo se sentía Lucio al tacto, pesado, un poco sudado. Me había sorprendido lo pequeño de su espalda, había creído que era un hombre más grande. Parecía más grande vestido. Desnudo era más chaparro de lo que esperaba, de estructura más compacta y era casi de mi estatura y por otra parte su cuerpo era duro y se le tensaban los músculos de los brazos y tenía manos hermosas, un poco chatas pero hermosas, las uñas manicuradas pero sin barniz, el fino y ligero vello que le cubría las manos era muy suavecito y cuando le toqué las manos quise llorar de alegría y quedarme nomás tirada con él en la cama durante horas, sin decir nada, sin hacer nada, sin ser nada, sin pensar nada, sólo amándolo y no convirtiéndome en una nada dentro de otra nada y que esa nada no se preocupara de nada.

Aquella noche fui una nada pero de otra forma. Fue el inicio de mi nada con Lucio, esa nada que prosiguió demasiado tiempo.

Aquella noche. That night.

Aquella noche. That night.

Aquella noche. That night.

7

MI TOCAYA

En nada me parezco a mi tocaya, la otra Teresa cuyo nombre llevo con orgullo fraternal y bastante atrevimiento. Nomás a la raza se le ocurriría sellar a alguien para que lleve el mismo nombre de uno. No conozco otra cultura en que haya más relaciones entre gentes que no sean parientes de sangre. En español ni siquiera es necesario ser pariente para estar emparentado. Por eso yo a Irma la llamo comadre, aunque no sea yo madrina de su niño/a. La quiero tanto que me la he emparentado.

Pero según yo, de veras no creo que tenga mucho en común con mi tocaya, la Santa Tere. Mi tocaya fue una mujer que permaneció para siempre sin que la tocara ningún mortal y ahora está deificada eternamente. Albinita, mi mamá, me bautizó por ella. Santa Teresa de Ávila —una española bendita, una santa de la iglesia— una mujer bendita ni más ni menos.

Ya llevo un rato haciéndole surco a la autobiografía de Santa Teresa de Ávila. No sé si termine de leer el libro algún día. No es lectura fácil. Bastante pesada, intensa. Pero si me lo propongo también puedo con lo intenso. Y sin embargo, se me hace difícil leer el libro con rapidez. He leído la introducción como tres veces. Seguido he tenido que dejar de leer para poder pensar. Pero cuando lo dejo se me olvida lo que estaba pensado. Las imágenes que traigo en la cabeza se me enturbian cuando leo a la otra Tere.

La Wirma me regaló el libro para mi más reciente cumpleaños. Primero se me hizo un regalo medio extraño. "Cuando tu viaje de avión se convierta en brinca brinca, o cuando te pegue la gripe, o cuando estés en el meollo de un amorío —el cual puede hacerte sentir más o menos de la misma manera— debes leer cosas espirituales", había escrito Irma en la tarjeta de cumpleaños.

Como resultado de mi lectura, empecé a escribir una lista de todas las formas en que me parezco a mi tocaya. Nomás para ver cómo ando. Y para enumerar las áreas que tengo que mejorar.

MANERAS EN QUE NOS PARECEMOS Y NO NOS PARECEMOS MI TOCAYA Y YO

Santa Teresa de Ávila	*Tere Ávila*
Mujer.	Igual.
Nunca se casó.	Se casó una vez, aunque yo no diría que estuve casada. Si eso es estar casada, nunca quiero casarme otra vez.
Mística.	No encuentro ni madres en que me parezca, ni literal ni figurativamente.
Española.	Mexicana/chicana de sepa. ¡Que viva la raza!
Nació en 1515. Murió en 1582.	Vivo en el mundo de hoy.
Tuvo padres cariñosos.	Tiene madre cariñosa. Su padre falleció hace mucho.
Amó su trabajo.	Mucha falta le hace un trabajo de tiempo completo que pague más.

Vivir asistente educativa ambulante no es ninguna carrera, pero hay que ver que esto es Cabritoville, U.S.A.

Sus guías espirituales fueron varones: García de Toledo; Pedro Ibáñez; Domingo Báñez; Francisco Borgia; Pedro de Alcántara; y, claro, San Juan de la Cruz.

Sus guías espirituales son mujeres: Albinita Ávila; Nyvia Ester Granados; Irma Granados.

Veía visiones.

Nunca supe qué fue lo que me pegó.

Se apoyaba en el juicio de demasiados hombres para que le dijeran si sus visiones eran santas o si eran obra de Satanás.

¿Qué mujer no ha sido tildada de bruja / hija de puta por algún hombre?

No tuvo hijos ni quiso tenerlos.

Doble igual. Aunque si pudiera tener una hija como Andrea lo pensaría dos veces.

Al principio se le hizo difícil la oración.

Nunca me causó dificultad. Aunque asisto poco a la iglesia, con sólo tomar un rosario en la mano me calmo.

Raíces sefarditas / conversas.

Lo mismo.

Casi la procesó la Inquisición.

Ha sufrido el chismorreo proverbial de "interrogaciones" por parte de los socios del Club de Admiradores, principalmente a Ofelia Contreras, una mitotera febril que no tiene otra ocupación que el chisme y destruir reputaciones.

Estatura mediana.	Lo mismo.
Más rechoncha que espiritifláutica.	Lo mismo.
Tres lunares: uno bajo el centro de la nariz, otro sobre el lado superior izquierdo de la boca y un tercero debajo de la boca.	Dos lunares en la espalda. Uno en el lado derecho de la cara cerca de la patilla; le sale un pelo que constantemente tengo que estar sacando.
No quería nada con los hombres mortales.	Sólo quiere amar y vivir con un hombre mortal.
Escribió su autobiografía.	Todavía no he empezado.
Jodida por la duda.	Lo mismo.
Escogida de Dios. Quiso ver a Dios durante muchos años.	Simón que yes. ¿Y quién no desea ver a Dios?
Santa.	Santa no.
Finalmente vio a Dios.	Aquí estoy esperando.

Cuando avance más en la lectura del libro, voy a consultar a la Wirma. Ella ha leído a todos los grandes: San Agustín; Florecillas; el obispo Sheen; Billy Graham; Oral Roberts; Rod McKuen. Sabe tanto acerca de los santos y de la vida de santidad que busca el regreso a casa para estar con Dios, que bien pudiera enseñar un curso de eso en la Universidad del Estado: *Búsqueda de Dios 101*.

Yo, por otra parte, soy una mujer que vive en pecado, en el desierto de la vida, en las orillas de un lugar que se llama Cabritoville, U.S.A. El hombre que quiero es casado, es rico y es cinco años menor que yo.

¿Qué fue lo que me atrajo de Lucio? Era un niño que tenía

una criatura. Apenas tenía veinticino años cuando primero lo conocí. Había tenido a Andrea a los diecisiete. Era medio atrabancado, medio salvaje. Me gustó lo que vi. Muchos años he andado buscando al niño que se ha perdido dentro de muchísimos hombres.

Lucio trabaja como agente de seguros eventual y como vendedor de carros de tiempo completo en El Paso. La agencia de allá es una sucursal del negocio familiar de ventas de carros Valadez Ford de Cabritoville. Lucio está casado con Diolinda Pérez Valadez. Se separan por temporadas pero siempre se reconcilian. Su noviazgo fue uno de esos asuntos de pueblo mexicano pequeño. Ambos eran mexicanos de la alta, buenos partidos con miras universitarias que se habían arranado y nunca se habían titulado. El papá de Lucio, Lucio padre, fue gerente de Bar Chorrito por muchos años. Se murió de un síncope cardiaco hará una década cuando andaba en el techo de la cantina revisando el aire acondicionado. La hermana de Lucio, Velia Valadez Schwagerman, maneja la agencia de carros, un negocio de higiene canina junto a un restaurante de hot dogs. Uno se llama Perros y el otro Más Perros. Todo ello está en un pequeño centro comercial de Cabritoville. Su mamá, Cuca, conocida también como la Vieja Bruta (la V.B.) se está muriendo de cáncer del estómago.

La familia Valadez es rica para los tamaños de Cabritoville. Es una familia dueña de muchos de los negocios de un pequeño poblado. Sin embargo, sería difícil adivinarlo si uno observa las costumbres miserables y la tacañez de la señora madre. Lo pichicato de la familia no les llega por parte del padre de Lucio, sino por parte de su madre la V.B. Tiene reputación de ser una negociante calculadora que habrá de petatearse con el primer dólar que hubo ganado atascado en los pliegues de su enorme brasier acorazado. Lucio no se le parece. Puede ser caballero y generoso. También es un buen comerciante a quien le interesan la vida y la gente. Le gustaría volver a la universidad, pero dice que ya es demasiado tarde, que perdió la oportunidad de hacerlo cuando le entró al negocio de los seguros.

"Pero puedo seguir aprendiendo, Tere. Por eso siempre traigo un diccionario. ¿Sabes qué quiere decir *pip?*".

"¿Como en Gladys Knight y los Pips . . . ?".

"No . . .", dijo y luego abrió su *Diccionario Random House de la Lengua Inglesa* y anunció en voz alta: "Página 1010". Lucio siempre buscaba palabras y luego decía en que página se encontraban.

"*Pip*. Uno de los segmentos pequeños de la superficie de una piña".

"Así que así se llaman esas cosas. Siempre tuve curiosidad, aunque nunca los llamé de ninguna forma. Si lo hubiera hecho, seguro que les hubiera llamado *nubs*", le dije.

"¿*Nubs?* ¿A qué te refieres, Tere?".

En verdad nunca me había puesto a pensar cómo se llamaban esas cosas pero a Lucio le gustaba el diálogo a ciertas horas del día y esperaba que se le respondiera.

"*Pip*. Buena palabra del día", dijo Lucio con certeza. "La onda es mantener la mente activa, Tere, seguir aprendiendo acerca del mundo. ¿Has visto las pruebas de vocabulario que salen al final de *Selecciones?* Voy a empezar a guardártelas para que aumentes tu vocabulario".

"Está bien", le contesté sin mucho entusiasmo. Faltaba más. Andar cargando un diccionario todo el día, haciéndome un bultote en la bolsa junto con los *Kleenex* y el maquillaje. Pero si eso quiere Lucio pues tendré que darle por su lado.

Lucio hubiera sido buen maestro; lástima que el negocio de seguros se le atravesó a su educación. No hace más que hablar de su niña Andrea, que va en tercero y que le está enseñando a hacer esto y aquello. Debo reconocer que Lucio es buen papá. La chiplea pero es estricto con ella cuando tiene que ver con la tarea. Apuesto que hace que Andrea se aprenda a diario diez palabras nuevas o más como lo está haciendo conmigo. Quién sabe las que habrá pasado Diolinda. La ha de haber metido a cursar el Dale Carnegie o el curso de lectura de la Evelyn Wood. No conozco a la Diolinda pero a veces le tengo lástima. Si así se porta conmigo, ¿cómo no será con ella?

A Andrea la veo a diario en la cafetería o por el pasillo en donde trabajo. Asiste a la escuela aquí en Cabritoville porque Lucio piensa que es mejor escuela y que se va a beneficiar del ambiente de pueblo chico. A Andrea la trae un chofer todos los días desde El Paso. Es una pobrecita niña rica, pero aún no se da cuenta.

Andrea y los demás niños de la primaria de Cabritoville me conocen por mi nombre. Me dicen *Miss Terry*. Yo trabajo con los chavalitos de primaria. Un día me toca en un salón, otro día en otro. Hago de "flotadora". Pero soy una "flotadora" muy responsable y la llevo bien con el cuerpo docente. Un día de éstos que se abra una posición permanente seguro que consigo el trabajo de planta. Un trabajo que pague.

Se me cansan las manos después del día de trabajo. A otras personas se les cansan los pies o les duelen las piernas o les molestan los hombros o se les entumecen los dedos. A mí se me hinchan las manos de tanto levantar cosas, de limpiar, de doblar, de meter, de enderezar y de desarrugar todos los días como asistente educativa. Antes era ayudante de maestra hasta que un día, a uno más encumbrado que yo se le ocurrió cambiar la descripción de mi empleo. Ahora que todos somos muy ¡uf! los que recogen la basura se llaman ingenieros de reubicación del desperdicio y los que cambian casas de la compañía de mudanzas Bekins se dicen especialistas de recolocación. Yo soy asistente educativa. Una ayudante de maestra. Llámenme como les dé la gana. Nomás déjenme trabajar.

¿Alguna vez te has preguntado quién limpia las cochinas y apestosas ranuras de plastilina de colores que se acumula en las mesitas de trabajo de veinticinco chavalitos de segundo año donde acabaron de fabricar macetas miniatura de *Play-Doh* para el Día de la Madre?

¿Te has preguntado quién lava las bandejitas de plástico blanco de las acuarelas llenas de feas mezclas de colores que un grupo de artistas atrasaditos crearon allí mismo en un dos por tres? ¿O quién limpia con la esponja los chorreros de pintura roja y azul que se han corrido por los lados de la cocina de juguete y el refrigerado que están a la izquierda de las mesas de trabajos manuales?

¿Quién se sienta después del turno escolar con los niños agüitados que lloran porque a sus padres se les olvidó pasar a recogerlos? ¿Y quién les echa porras durante las largas horas esperanzadas el día de visita de los padres en que tanto a papá como a mamá se les olvidó aparecerse por allí?

¿Quién limpia el vómito y recoge la orina?

¿Quién atiende los moretones viejos bajo las camisetas cafés de cochinas, las cortadas, las quemaduras, la sangre seca de las pantaletas deshilachadas? Yo soy la que atiendo a esos pobres niños maltratados, la que quiere abrazarlos, que acostada llora por la madrugada porque no sabe qué más hacer.

Yo los escucho, oigo lo que me cuentan.

Oigo a mis muchachitos cuando guardan silencio y cuando hacen ruido. Los escucho cuando se acurrucan en los rincones de sí mismos. Escucho los raspones que apenas les salieron y los raspones fuertes. Escucho el terrible silencio fantasmal de una niña a quien su padre le da de cintarazos y su madre le pega con la escoba. Escucho lo que nunca se oye, lo que no debe ni pensarse.

Quiero que cuando ya estén grandes, después digan, "¿Te acuerdas de Miss Terry, la señorita de la primaria de Cabritoville, la que era cariñosa con nosotros? ¿La que nos escuchaba y nos respetaba? ¿La que era estricta pero buena?".

Alguna vez quería ser maestra. Pero como le sucedió a Lucio, la vida se atravesó entre lo que estaba haciendo y lo que de veras quería hacer.

La primaria de Cabritoville tiene como trescientos alumnos. Sin contar los de la Secundaria Mesa que está del otro lado del camino que nos divide y que se vienen a comer acá mientras que les remodelan su cafetería/salón de usos múltiples. Ya sabes lo que eso significa para mí: más trabajo, me duelen tanto las manos que las tengo que meter en manzanilla caliente de noche en casa. Se le llama *camomile* en inglés. A ver, yo quiero saber cómo es posible que *manzanilla* se traduzca a *camomile*, dime tú.

No les basta con que me las tenga que ver con mis veinticinco de segundo año, sino que además, el director, el Sr. Perea, me llama para que ayude en la cafetería. Los vándalos de la Escuela Mesa me mantienen bien alentos, pues la mitad llega sin contraseña para comer y unos hasta sin qué comer. Tratan de meterse a la cola sin que me dé cuenta, echan a un lado a mis nenes y hasta peor, les roban la comida a los chiquillos, sí, aquí por debajo de mis narices. De garras nagualonas, los pantalones a media nalga, agarrados de sus bolsas de papitas y de dulces de canela como espantapájaros que vuelan en el viento, empujan a todos los que están formados. Son adolescentes flacuchos como muchos, puros ángulos y filos puntiagudos que viven jalándose y empujándose.

Cuando ves a los chavos te preguntas qué estarán soñando.

Cuesta trabajo pensar que algún día estarán procesando pensamientos como los míos: pensamientos de noche en el día y de día en la noche. Se les olvidará que no tienen que soñar bajo la luz del sol y que tampoco deben elaborar planes en la noche mientras que los demás no quieren más que dormirse.

Meterse con un hombre casado es igual de peligroso que fumar en el baño cuando uno es adolescente. Echas el humo por la tela de alambre de la ventana y rezas que no entre tu mamá y te sorprenda in fraganti: después, cuando por fin tienes que salir del baño porque alguien está pidiendo entrar a gritos, sin muchas ganas le echas la culpa a algo que te atacó las tripas, que tuvo que haber sido el chile verde. No sabes bien si puedes seguir fingiendo pero tienes que hacerlo; pues queda de por medio tu enfermizo honor personal. Crees que no va a pasar nada, que todo va a salir bien, pero entonces es cuando entra tu mamá con su nariz de perro sabueso y sus ojos de perro caza. Creíste que habías tapado el delito pero se te olvidó lo más evidente. Tu mamá se asoma a la taza del excusado y descubre la bacha que se quedó cuando olvidaste soltarle al agua. A lo mejor hasta le soltaste pero ya ves cómo las bachas no se van sino que salen a flote.

Nunca resulta fácil, ¿verdad? Lo malo es que crees que nadie los podrá encontrar a ambos, ni su esposa ni tu mejor amiga. Así que se alocan. Le das un golpe duro al cigarro prendido nomás por ver tu aliento, por demás humano, frente a ti. No sabes ni qué decirle a Dios, cuanto menos a tu madre. Estás enamorada de un Lucifer vivo y brillante. Y él te quiere a ti también.

Es un amor privado. Estás desesperada y sin dignidad. Pasas manejando por su casa a todas horas para ver si está allí, paseándote nomás, como si la vuelta y vuelta te fuera a tranquilizar, como si saber en dónde está te ayudara a descansar. Dejas recados disfrazados en la máquina contestadora que nunca nadie te contesta, le sigues llamando y siempre está ocupado o nadie contesta. Si contesta la esposa tú le cuelgas. Si contesta su hija Andrea te sueltas llorando y juras no volver a llamar. Pero llamas. Y esperas que no te reconozca la voz. Irma, tu mejor amiga, por fin te dice disgustada: "Ya déjalo descansar en paz", pero no puedes. Un año o cuarenta es igual. No puedes dejarlo, mucho menos dejarlo en paz. Aún esperas esa llamada. Que entre por la puerta y te diga: "Tere, me equivoqué. Te quiero, chula. Perdóname. Fui un pendejo".

Mi cuento no es ningún musical de niña gabacha. Ninguna chingadera de lo que será será. Ningún *Pillow Talk* de Doris Day, ni tampoco una Doris que hace pucheros y más pucheros porque el Rock Hudson la sorprendió en ropa interior en fondo sin querer, o porque la besó medio chueco en el cachete cuando se le habían pasado las copas de champaña e híjole-ya-es-hora-de-regresar-a-casa.

Este cuento es acerca de las traiciones a media noche, de la otra mujer, del otro, de las llamadas a altas horas desde un chorro de casetas telefónicas del Holiday Inn o del Sheraton, tu casa fuera de casa. Hace días que no hablas con tu chulis así que te encuentras algún rincón donde parquear las nalgas y buscarlo en lo oscurito provista de mucha morralla. Le susurras, ay precioso, que lo quieres a él y sólo a él, que tienes que verlo, diosito, al tiempo que le echas otro montón de pesetas al teléfono.

Mi cuento es tan de a devis como no hay otro. No hay vuelta

atrás, corazón. Si no quieres quemarte no le entres a la lumbre. Siempre hay un dicho en español para llegar al meollo del asunto. Cada chango en su mecate y yo en el mío. Cada chango tiene su cadenita así que si tu cadenita de metal te aprieta, alalba.

Si quieres un romance, búscate una novelita rosa. Si buscas misterio vete a sentar a la iglesia. Si quieres encontrar paz no sé ni qué decirte.

La mayor parte de mis en sonaciones suceden durante la noche. Me encuentro en la cama con Lucio haciendo el amor. Es más, de día nunca he estado con Lucio. Entonces regresamos a nuestras vidas separadas. Sé que lo quiero y pienso que él me quiere a mí también. Principalmente ya muy de noche. Dice Irma que para querer de veras a alguien, lo tienes que conocer, de mañana, tarde y noche.

Estas cosas deberían preocuparme, me preocupan. Son cosas que sabes en la cabeza pero que haces a un lado porque estás muy empelotada.

"Yo nunca sueño", me dijo Lucio una tarde, queriendo apantallarme, en nuestra habitación del Motel Sands. Hay un Motel Sands en todos los pueblos que conozco. Me parece loco que yo venga a terminar aquí a las arenas movedizas.

"¡Que nunca sueñas! Eso es como decir que no lees libros, Lucio. ¡Imagínate no leer libros! Claro que sueñas, lo que pasa es que no recuerdas los sueños", le dije, muy segura de mí misma.

"De veras que no sueño, Tere".

"¿Que no *sueñas*? Yo sueño como en película, Lucio. Ya que empiezan siguen y siguen. Hasta con Pedro sueño. La última vez yo estaba en la playa de *La vida no vale nada*".

"No sé por qué estás a dale que dale con ese vato".

"¿Has visto sus películas?".

"No, no voy a ese cine. Nomás los mexicanos pobretones van a ver películas allí".

Tenía ganas de decirle, "Ay Lucio, ¿qué te pasa?", pero mejor le dije, "No te sientes bien, ¿verdad?".

"Es el calor. Mejor déjate de Pedro y vente para acá. Él no está aquí pero yo sí. Después te haces para allá. Así dormiremos mejor".

"Sí, mi amor . . .", le dije dándole golpecitos en la mano como lo hace Albinita, mi madre, para calmarme cuando sabe que estoy con los pelos de punta.

Hicimos el amor y luego Lucio se cambió a la otra cama. Quise sacarle conversación pero no se pudo.

Olvídate de Lucio, la mente se le para a las 10 PM. A veces me pregunto de qué hemos platicado Lucio y yo. Debería grabar secretamente alguna de nuestras conversaciones. Diría algo así como: Él dice "ajá" al final de cada oración y yo hablo de cosas profundas.

"Lucio, ¿sentirán las estrellas?".

"Ummm".

"Cuando los pajaritos dejan el nido, ¿pensarán en sus mamás?".

"Ummm".

"¿Nunca has pensado cómo comienza el cáncer y cómo les crece a unos y a otros no? ¿Y cómo unos se mueren de ataques de corazón pero otros de paros renales?".

"Ummm".

"¿Sueñan las avispas, Lucio?".

"Ummm".

"¿Por qué será que cuando uno sueña a los muertos, ellos nunca te hablan en voz alta, con la boca?".

"Ummm".

"Y hablando de sueños, Lucio . . . ¿Por qué será que cuando ves en sueños a un muerto lo puedes abrazar pero nunca puedes verlo a la cara mucho tiempo?".

Después del último "Ummm" largo sabía que Lucio ya se había dormido.

Ojalá pudiera encontrarme a alguien con quien platicar y no de deportes ni del clima de Cabritoville. Todos sabemos que aquí hace un calor de la chingada y que es más aburrido que una cafetería para viejitos el martes por la tarde, pero no se lo digas a Margarita Hinkel que es socio de nuestro Club de Admiradores y cuyo esposo es dueño de la franquicia del Luby's de aquí. Y que no te empiece a contar la hermana Rocha el último chisme del Padre Gato, su párroco, que envenena a los gatos con anticongelante y luego los echa en el río. Y por amor de Dios no le preguntes a la Ofelia Contreras por qué son distintos los católicos y los Testigos de Jehová, pues ella es o era de éstos últimos, hasta que les dio una patada tanto a los *aleluyos* como al Papa para meterse con Pedro.

Lo malo es que fuera de Irma y a veces Ubaldo, no encuentro a nadie que me escuche cuando es importante, particularmente ya muy de noche cuando no me puedo dormir y no quiero más que quedarme tirada en la cama discutiendo acerca de mis sueños, como el del gigante que ronda una chocita en la que estoy escondida con una bola de desconocidos, o el del fin del mundo cuando diviso una enorme ola en la distancia y voy corriendo, trepando una montaña o en el que me miro convertirme en cuervo y veo cómo me sale el pico de la cara. Ah, pues sí hay con quienes platicar a la luz del día pero, ¿a esa hora quién tiene ganas de platicar? El güiri güiri diurno es duro. Yo quiero a alguien que me abrace y me platique cosas profundas.

Si entonces hubiera sabido lo que hoy sé, en ese preciso momento me hubiera levantado de la mancha húmeda de la cama y habría dejado a Lucio Valadez así como Pedro dejó a Marta en aquella playa solitaria y muerta de *La vida no vale nada*.

Pero no lo hice, ¿verdad?

La película tuvo que seguir a pase y pase.

La espera es la parte más exquisitamente dolorosa de querer a alguien.

Si esperar fuera penitencia, sería una santa.

8

EL PUNTO AZUL

rma y yo estábamos sentadas en el restaurante Punto Azul de la carretera 478. Se llamaba El Punto Azul por la marca azul que aparece en la revista *The Enquirer*. Essie Torres, la dueña, es una loca del punto azul. Se rumore que el punto azul puede traerte buena suerte. Hay que meditar acerca del punto azul, pasarlo sobre objetos, llevarlo en la cartera y dormir con él bajo la almohada. Yo llevo mi punto azul en la bolsita de la morralla ya van más de seis meses. Es más, cuando primero recorté el punto azul y empecé a blandirlo por todos lados y a rezarle, Lucio apareció en mi vida.

Irma y yo estábamos sentadas en el cubículo del rincón del Punto Azul. Yo estaba de espaldas a la puerta e Irma me daba la cara para poder observar quién entraba a esas horas de la noche. Era uno de los pocos restaurantes de Cabritoville que no cerraban antes de las nueve los jueves por la noche. Hubiéramos preferido irnos al Súper Taco de Sofía pero ya había cerrado.

"Así que, ¿qué quieres hacer de tu vida, Tere?", me preguntó la Wirma al tiempo que nos encorvábamos sobre unos sándwiches de queso derretido con doble ración de pepinillos y ensalada de repollo. Aún no nos habían traído las papitas con chile colorado que Essie Torres dio por llamar "papas fritas a la española". Irma era buena para hacer preguntas salidotas.

"Yo sé lo que quiero y lo que no quiero, pero nunca he sentido que me ayude verbalizarlo".

"Si en este momento se te concediera un deseo y pudieras pedir cualquier cosa de todo el mundo, ¿qué escogerías, Tere?".

"Querría vivir y amar. Nunca he deseado nada más, comadre. Celebrar mis bodas de oro . . . con mis hijos, allá en el salón del Club de los Renos, o en el de los Alces, más bien en el de los Veteranos de Guerra, pues con las tarifas sube que sube hoy en día".

"¿Sabes cómo se llama un alce hembra? Vaca. Aunque sus mujeres no se autodenominan vacas. Se dicen las mujeres de los alces".

"Bueno, pues a mí me daría igual ser vaca que alce. Lo único que siempre he deseado es tener familia, tampoco la casita con cerquita blanca de tablitas sino un jacalito sólido de enormes paredes de adobe salpicadas de nichos. Un pedacito verde de zacate —sé que es mucho pedir zacate en el desierto— pero ahí está. Quiero sentarme afuera en las noches calurosas a comer sandía en el patio y reír. Tendría plantas de por aquí y florecillas del campo y uno que otro animalito cariñoso. Agrégale una alberca y ya estufas. Después de vivir contenta en mi casita con mi viejo y mis chavales, quisiera celebrar mis bodas de oro con una misa solemne, muy solemne, y la renovación de nuestros votos, vestido blanco de cóctel, con una orquídea de *corsage,* seguido de una segunda luna de miel a Las Vegas o a Cancún.

"Imagínatelo, Irma: mi viejo y yo nos casamos. Nuestra boda es un viajecito a Juárez para vernos con un juez. Nos arranamos a la usanza fronteriza con una noche de pasión en el Hotel Cortés. No sé para qué pagamos por la habitación. Permanecemos despiertos toda la noche haciendo el amor. Es delicioso. Y qué importa que no sirva el aire acondicionado y que al día siguiente en el jale nos sintamos como los calientes lagartos polvorientos que están en el estanque de agua rebotada del centro de la plaza. A la mañana siguiente desayunamos en la Kress y comemos en el Oasis —yo un sándwich con tocino, tomate y lechuga y él un sándwich de pavo con todo— y luego regresamos a casa manejando. Él ni duerme, se va derechito al trabajo, yo me duermo a sabiendas de que me toca el turno de noche. En realidad nunca nos vamos de luna de miel porque ambos estábamos trabajando requeteduro, pero, ¿es que el amor no lo vale todo? Así es y así fue, ¿y no fuimos de lo más felices entonces?".

"Sabes, yo tampoco quise nunca más que eso", dijo Irma. Me percaté de que los ojos le lloraban y me sorprendí.

"¿Estás bien, Irma?", le dije dándole un empujoncito con el codo.

"Sí, Tere, estoy bien. El que una persona llore de vez en cuando no quiere decir que no esté bien. Soy igual de humana que cualquier mujer".

Se me hacía difícil ver a Irma porque le estaba dando la cara a la luz de neón tembleque que la Essie ya tenía que reemplazar.

"Sabes, Tere, dentro de ti hay algo oscuro".

"¿Que qué?".

"Tú eres lo que se llama una belleza trágica".

"No entiendo qué quieres decir, Irma".

"Eres como la Ana Karenina".

"¿Quién?"

"Fue una mujer que se mató de amor. Tú me recuerdas a ella".

"¿Ah, sí? ¿Cómo dices que se deletrea su apellido?".

"K–a–r–e–n–i–n–a".

Acerqué mi bolsa.

"¿Y eso qué es?".

"Mi cuaderno de palabras. Me lo dio Lucio. Tengo que aprenderme al menos diez palabras a diario. Estoy expandiendo mi vocabulario. Aunque te voy a decir, comadre, no ha sido nada fácil. Lo que sí es que no soy nada como la Anna, como se llame. Yo no me voy a matar de amor como ella. Yo más bien soy de las que primero mataría a alguien con sólo las manos antes que matarme a mí misma".

Alcé el cuaderno y miré a Irma. Ya se había calmado y le estaba llegando a las papas fritas españolas.

"Oye, Wirma, ¿nunca has oído hablar de doña Meche? Ubaldo me estaba contando de ella".

"¿Y ella quién es?".

"Es una curandera que vive a un lado de la carretera 478. Cura lo que sea. A Ubaldo le había salido un ojo de pescado y no se lo podía quitar con nada y además, el Sr. Cornubia lo traía de un ala. El tipo estaba obsesionado. He estado pensando ir a ver a doña Meche. Tú sabes, para preguntarle acerca de Lucio. Dicen que es buena".

"¿Y para qué carajos quieres consultar a una vidente, Tere?", casi gritó Irma. "Yo te leo la orilla de tu sándwich de queso horneado y te digo que Lucio nunca se desprenderá de su esposa y su hija. Es triste, Tere, tener que pagarle a alguien para que te digan lo que piensan que quieres que te digan. Yo comprendo que sientes una profunda necesidad de encontrar a Dios. Por eso te regalé la autobiografía de Santa Teresa en tu cumpleaños. Pero ir a buscar a doña Meche no, no creo".

"Te entiendo, Irma. Hubo una época en que le llamaba a diario al vidente, hasta que me llegó el primer recibo del teléfono, claro. Pero para que lo sepas, comadre, yo no soy de las admiradoras de doña Meche. Tengo paciencia, comadre, y me puedo esperar. De veras que sí. Yo de veras creo que Lucio va a dejar a Diolinda. Sólo es cosa de tiempo".

"No tienes remedio", dijo Irma disgustada.

Irma y yo acabábamos de llegar manejando desde El Paso donde habíamos visto *Las mujeres de mi general* en el Colón. Pedro Infante hace del general revolucionario Juan Zepeda. Entra a Ciudad Martínez acompañado de su güisa, Lupe. Luego le pare un hijo. Después de muchos malentendidos —incluyendo uno en el que Pedro-que-es-Juan se junta con su antigua novia Carlota quien miente y trama para separar a los amantes— las cosas terminan con un final feliz. Bueno, tan feliz como pudiera esperarse en la Revolución en que se pelean los soldados y se disparan armas desde los torreones de la ciudad mientras que se carga en brazos a un niño recién nacido. Al menos los amantes permanecieron juntos hasta caer al final.

"Comadre", dije y volteé a ver a Irma que traía la barbilla toda chorreada de la famosa salsa verde de la Essie. Se la limpié y empecé de nuevo. "Comadre, vamos a hablar de nuestra lealtad".

"¿Lealtad?", dijo Irma agarrando un puñado de servilletas y desparramándoselo como babero sobre su prodigioso busto. Prodigioso —adjetivo. Extraordinario, como de tamaño o cantidad. Sinónimos: sorprendente, estupendo, fascinante. Página 1056. El busto de la Wirma era tan enorme como maravilloso.

"Irma, lo que quiero decir es que lo único que he deseado de Lucio es el tipo de lealtad que Carlota le muestra a Juan Zepeda ante el peligro en *Las mujeres de mi general*".

"Lo malo de Lucio, Tere, es que está tapado y jodido".

"Va más allá comadre", repliqué.

El verdadero problema era Andrea, la hija de Lucio.

Estaba leyendo *Confidencias de un chofer, la historia del gran amor de Pedro Infante,* estaba acostada en el sofá de Irma después del trabajo y en *shorts.* Mientras colgaba los pies descalzos por encima del respaldo sonó el timbre. Irma estaba calentando la cera para depilarnos las piernas. Era algo que quería calar. Yo era su conejilla de indias.

Leía una conversación entre Pedro y su viejo amigo don Ruperto, quien estaba enfermo. Pedro intenta consolarlo diciéndole, de repente, que don Ruperto lo va a enterrar a él. ¡Ninguno de los dos sabía cuán cierta había sido aquella declaración! Sólo una semana más tarde Pedro había muerto en aquel terrible accidente de vuelo rumbo a la capital en viaje de negocios, con un changuito de mascota para Irma Dorantes ("Mi Ratón") y su hijita Irmita. Me levanté molesta. A mí nadie, pero nadie, me interrumpe cuando estoy leyendo, ni siquiera la Wirma. Ya a estas alturas aprendió a no meterse entre Pedro y yo.

Cuando abrí la puerta vi a Andrea frente a mí y en la banqueta. Al pie de la escalinata estaba Lucio de pie.

"Hola, *Miss* Terry", dijo alegremente.

"¡Andrea!", respondí anonadada. Lucio se había sorprendido de verme tanto como yo de verlo a él.

"Ando vendiendo cosas para Navidad", replicó Andrea con alegría, sintiéndose satisfecha de sí misma. "No sabía que vivía aquí, Miss Terry".

"No, no vivo aquí", respondí mirando a Lucio. "Ésta es la casa de una amiga mía".

"Papi", gritó Andrea. "¡Ven!, ésta es la señorita de la que te platiqué, de la escuela!". Llamó a Lucio con la mano. Él se acercó remilgoso.

"Papi, ella es Miss Terry. Y, Miss Terry, él es mi papá", Andrea dijo orgullosa. Horrorizada, me miré las piernas. Me había dejado crecer el vello para el "experimento" de Irma. Me percaté de que Lucio me estaba recortando los shorts grasientos.

"Hola, soy el Sr. Valadez".

"Tere Ávila", le dije muy formal.

"Mucho gusto", dijo Lucio muy reseco.

Él y yo nos dimos la mano rápidamente.

En ese momento entró Irma con una cazuela de agua caliente. Cuando nos vio se dio la media vuelta y salió del cuarto.

"Ella es Irma", le dije a Andrea. "¿Gustan pasar?", pregunté.

"En realidad ya debemos irnos, Andrea", respondió Lucio. "Tu mamá nos está esperando. Además, ya es tarde. ¿No ves que la señorita está ocupada?".

"Sí, Papá, cómo no", reviró Andrea con un tono despreocupado. Entró a la sala y Lucio permaneció afuera junto a la puerta.

"¿Andas vendiendo cosas?", le pregunté con dificultad y me senté en el sofá.

Andrea me pasó un catálogo de cosas como para regalo de Navidad: botes de *Orosuz,* frascos de gomitas, un Santa Claus de cerámica y un nacimiento de chocolate blanco. Hojeé rápidamente el catálogo y luego miré a Lucio.

"Casi todos compran dulces", explicó Andrea. "A mi mami no le gusta el chocolate. A mí sí me gusta. Y a mí me gusta el pescado y a mi mamá no".

Regresaba a las dulces de mantequilla de cacahuate y a los pelmazos de nuez. Pero Andrea era buena vendedora, segura de sí misma, dueña de sus actos.

"Puede ordenármelo hoy y pagármelo después, cuando lleguen las cosas, Miss Terry. Dígame cuántos. Allí a un lado".

"El 7736", dije. "Las dulces de mantequilla de cacahuate. Y el 3492, el rollo de nuez".

"He vendido muchos pelmazos de nuez. El 3897. ¿No quiere uno de ésos, Miss Terry?".

"Sí, dame uno de ésos también", le dije muy quitada de la pena.

"¿Dónde vive, Miss Terry?", preguntó Andrea.

"Aquí cerca", le contesté, mirando directamente a Lucio.

Traté de taparme las piernas con uno de los almohadones rosas de Irma.

"¿No quieres algo de tomar?", pregunté.

"No, ya tenemos que irnos. Mi papá, mi mamá y yo vamos a salir a cenar. Nos vemos, Miss Terry. ¡Adiós!".

"¡Adiós, Andrea! Nos vemos", le grité. "Mucho gusto, Sr. Valadez", le dije a Lucio, quien me echó una mirada.

"Igualmente", dijo Lucio a secas. Le puso el brazo a Andrea sobre los hombros cuando se retiraban. Ella levantó la vista para verlo y sonrió. Él le regresó la sonrisa y luego le jaló el cabello. Ella le pegó en el brazo fingiendo reñir. "¡Te juego unas carreras a la camión!", le gritó ella. Él la dejó ganar. Yo todavía alcancé a oír que se reían dentro de la camión.

Andrea se despedía de mí con la mano. Yo le regresé el saludo. Luego entré a la casa.

Deseé que todos hubiéramos podido meternos a la casa y que Andrea se hubiera dirigido a su recámara para terminar su tarea mientras que Lucio y yo nos quedáramos platicando de lo que habíamos hecho ese día.

En vez de aquello me senté en el sofá, las piernas apoyadas en una mesita de centro mientras que Irma entraba de nuevo y revolvía la cera caliente caminando rumbo a mí. Luego me embarró la cera color miel en una pierna. Cerré la frágil copia de la fotonovela que le había tomado prestada. "Lea usted la continuación en la edición dominical de *Confidencias de un chofer*", decía la última página, tentando al lector para que comprara la siguiente entrega. Pero la revista había sido publicada en 1957. Yo no conocía a nadie que tuviera la continuación.

Continuará.

La historia de mi vida.

"Lo malo de Lucio es que es más americano que mexicano. Nadie nunca le enseñó quién era verdaderamente, ni tampoco quiénes fueron los suyos ni quiénes son. No tuvo abuela ni abuelo. No tuvo madre ni padre cariñosos que le enseñaran quiénes habían sido y de dónde habían venido ni para dónde se dirigían. Es de lo más desarraigado que hay", dijo Irma sin inmutarse. La comadre lo tenía todo analizado como de costumbre.

"¿Desarraigado?", pregunté.

Saqué la edición universitaria de mi *Diccionario Random House de la Lengua Inglesa*. Lo acarreaba en una bolsa de plástico tamaño mediano que compré en la tienda de la esquina de la calle El Paso, renombrada por las mesas inmensas llenas de canastas atiborradas de una miscelánea de objetos para el hogar, juguetes, adornos para el pelo, coloretes y ginseng. La administraban unos coreanos y vendía a los mexicanos que cruzaban a diario la frontera para venir a trabajar y a comprar en El Paso. La red de plástico era de colores naranja, rojo y amarillo y era del tipo que utilizamos muchas mujeres fronterizas por barata, eficiente y colorida.

Leí del diccionario: "Página 358. 'Desarraigado —adjetivo. Aislado o enajenado de su ambiente nativo o acostumbrado'. Así que es un mexicano sin raíces: ¿Eso es lo que tú dices, Wirma?".

"¿Qué, noto alguna rajadura en el amor que le tienes al ratón hediondo de Lucio Valadez?", dijo Irma exasperada.

"Vamos a decir que estoy pensando las cosas. Lo he estado haciendo desde que vimos *Las mujeres de mi general*. Me afectó de veras, Irma. No me la saco de la cabeza, como la película *La cabeza*. ¿Nunca llegaste a ver esa película? Se trata de un ruco que se despierta y se da cuenta de que no es más que la pura cabeza. Sin estar pegada a un cuerpo. Está descansando en una camilla cuando el doctor loco le enseña la cabeza con un espejo. Te deja temblando".

"Esa película la vimos juntas, Tere, ¿no te acuerdas? Fue cuando teníamos diecisiete años. Estuviste con los ojos cerrados casi toda la función así que tuve que estarte diciendo lo que sucedía. Luego nos fuimos a la casa caminando porque no teníamos carro. Y tú estabas tan afectada que guacareaste allí en el lote baldío enseguida del Coronel Sanders".

"Está bien, eso es lo que quiero decir. La lealtad. La confianza. En lo duro y lo tupido. Nada de que te encuentras en una camilla con un doctor loco".

"Creo que por fin empiezas a ver la luz, comadre", dijo Irma con énfasis. "Tú no eres tonta por casualidad, eres tonta por decisión. Cuando te enamoras de un hombre casado o eres una pendeja o una cabrona".

"Yo creo que soy de las dos, Irma", le dije. Metí mi punto azul en su lugar del diccionario pero antes lo sobé dos veces.

Pero me gradué de la prepa y lo tengo a mucho orgullo. No soy universitaria, aunque sí tomé un curso por correspondencia del Colegio de Belleza Tedley de El Paso y terminé con honores.

Estoy de acuerdo en que tengo algunos huecos en mi educación. Falté cuando enseñaron las tablas del 7, del 8 y del 9. Las de multiplicar. Si me preguntas cuántos son x, tengo que pensarlo. Si me preguntas cuántos son 9×6 me pongo temblorosa. Si me pides que deletree "adapt" me da calentura. El posesivo, ¿cuál posesivo? Ni me pidas que empiece a diagramar oraciones. Nunca fui buena diagramadora y pude haberlo sido. Me gustaba dibujar líneas diagonales hacia arriba o hacia abajo, pero se me dificultaban los adverbios. Los míos nomás colgaban en el espacio. Lo mismo me pasaba con los esquemas.

Para mí el posesivo se traduce en Lucio Valadez. Lo que intento hacer aquí y ahora es diagramarte y esquematizarte mi vida. Busco las palabras pero no conozco ningún diccionario que explique lo que siento.

No soy de las que se quedan a la mitad del camino, ése es un lugar muy peligroso. Observo desde las gradas. No soy demasiado religiosa; ni demasiado seria, ni demasiado conservadora. Ni demasiado inculpadora. Ni demasiado criticona. Ni demasiado, tú sabes. Demasiado *deste*. Soy optimista menos cuando me atacan esas depresiones oscuras que generalmente se deben a que me baja el azúcar o a que llega ese periodo del mes en que empiezo a pensar en Lucio Valadez. Lo único que puedo hacer cuando me agüito es calmarme y rezar hasta que me sienta mejor de nuevo.

Conozco el bien y el mal pero no me ha ayudado conocerlos. No hay forma alguna de que la Santa Tere, mi tocaya, se hubiera metido en un lío como éste con Lucio Valadez.

Sé distinguir entre una película buena y una mala y entiendo lo suficiente como para saber que estoy en una película muy mala. Se llama *La vida de Teresina Ávila,* o *Sexo criminal:* una historia de pasión desordenada; una mujer; un hombre; chispas; el fuego eterno; la condena.

9

CONJUNTIVITIS

*E*l Sands es un motelito piojoso apartado de las vías principales. Ha sido un buen escondite por la forma en que hay que darle la vuelta al edificio para llegar a los cuartos que están por detrás junto al río. Hay que estar parado dentro del agua para ver quién llega y quién sale. Y aún así estoy nerviosa. Lucio está nervioso. Ya se nos acabó la gracia del Sands pero seguimos a dale y dale. El otro día, Uvalia estaba en el *lobby* y me vio caminar hacia atrás; su hermana trabaja de mucama en el Sands. Tuve que irme inventando excusas.

Las excusas de Lucio son legión. Le dice a Diolinda: "Voy a comprar unos cigarros", y regresa tres horas más tarde después de encontrarse conmigo en el Sands. ¿Cuánto se puede uno tardar en comprar una cajetilla de cigarros? ¿Cuánto puedes hacerle al pendejo en el gimnasio después de terminar una sesión fuerte de ejercicios? ¿Cuánto tiempo hay que pasear al perro? ¿Cuántas veces por semana puedes salir con los compas? ¿Y cuánto tiempo tengo que aguantarme olerte el perfume de otra mujer, pinche puto?

No quería pensar en el aroma. Mi aroma sobre Lucio o el aroma de Lucio sobre Diolinda. Sé lo que se siente al oler a otra mujer sobre tu hombre. Conozco el aroma, seguido me huelo las partes blandas del brazo, tras la muñeca, en el hueco del brazo, esa zona sensual que pocos han tocado. Me imagino lo que sentirá

Diolinda cuando me ha olido sobre Lucio. Dice Lucio que, afortunadamente, el sentido del olfato de Diolinda se ha alterado permanentemente. Es probable que no pueda oler nada, principalmente después de la última vez que le operaron la nariz. Se le jodieron los senos. Algo así.

Tener un sentido del olfato tan fino ha sido la maldición de la familia Ávila. A mí me llega el tufo de una persona desde el lado opuesto de la calle, el flujo menstrual desde el otro extremo del pasillo, la clamidia en un elevador y el olor de otra mujer sobre mi hombre tan pronto como éste entra por la puerta.

Tenía que haberme visto con Lucio como a las cuatro, en su habitación, la número diecisiete, que daba al arroyo por detrás del Sands. Creímos podernos esconder tras el ruido, el colorido, la locura, entre los preparativos para la boda de Andy, su sobrino. Nada más que una hora o algo así. El "algo así" siempre era lo peligroso.

Lucio pagaba una mensualidad por la habitación. Aún vive en El Paso con Diolinda. Sólo utiliza su habitación del motel esporádicamente, cuando viene a visitar a su mamá Cuca, la V.B. y además conocida como la mamá de todas las cucarachas.

Me estacioné a la vuelta del Súper Taco de Sofía. Cuando no hubo moros en la costa caminé por detrás del restaurante. Me asomé en el momento en que, de repente, Pinco Mondrales dejaba caer la carne de una hamburguesa sobre el tapete de hule, se agachaba, la sacudía y la echaba de nuevo sobre la plancha grasosa.

El restaurante de Sofía estaba cerca de una antigua hilera de álamos que circundaban el parquecito cercano al río, junto a una vuelta arbolada del Río Grande donde se rumoreaba que vivía La Llorona. Las fuerzas vivas, hoy en día una riunfla de viejos chaparros, hocicones, barrigones y medio tapados, habían bautizado el lugar el Parque Cortés durante un festival citadino el año pasado. El parque honraba a Hernán Cortés, claro, sin mencionar jamás a su guía/traductora/amante doña Marina, La Malinche de la leyenda, una traicionera que vendió a su pueblo a los conquistadores españoles. Ay, ¿se estaría repitiendo el mismo acto? ¿Sería Lucio el conquistador y yo la mujer cuyo nombre permanecería en la historia?

Lo único que no había cambiado en todos mis años de crecimiento eran los álamos junto al río. Estaban viejos pero elegantes todavía, a pesar de que se les habían colgado las trepadoras y ni los soltaban por nada. Su sombra era lánguida y misericordiosa.

Cuando muchacha, me sentaba junto a los viejos álamos y de otros feos arboluchos más pequeños, cuyos nombres no conocía. Todos los años, los árboles más chaparros y menos graciosos daban un fruto extraño. Las grandes bolas tenían una superficie cacariza como si fueran sesos verdes. Algunos les llamaban manzanas caballunas. Un amigo de Irma que había estudiado biología en la Uni del Estado les llamó naranjas *Osage*. No importaba lo que fueran. Las bolas eran fuertes, inútiles y se descartaban. Cuando me regresaba a casa vagando por el camino largo, me encantaba patear la fea fruta magullada que nadie nunca se comía.

Era una flaca larguirucha con pies de plátano, la cara vacía y aplastada de sandía, mi corazón grande como el cielo, mis sueños verdes como las hojas del enorme álamo al que llamaba la Gabina. Nadie se llamaba así, era un nombre que yo había inventado. Yo era ese árbol solitario, Gabina, una mujer llena de misterio, de un alma tan honda que nadie se atrevía a verme como era realmente.

Seguido me sentaba en los cuartos silenciosos a la sombra de la Gabina, una muchacha tomada poco en cuenta por todos los hombres. Mi padre ya hacía mucho que había muerto y Albinita no tenía en su vida más hombre que Dios.

Me detenía a descansar bajo la Gabina en las tardes calurosas. Mucho antes de que estuviera el Súper Taco de Sofía. Mucho antes de la famosa chimichanga de lujo con crema agria y guacamole. Mucho antes de Lucio Valadez.

Y mucho antes de que descubriera el viejo diafragma de Albinita, muy escondidito en el recipiente de plástico verde y brillante donde se guardaban las medias, con sus largos hilos jalados muchas de ellas. Me acorraló el olor a los pies de mi madre mezclado con ese otro olor. Un olor de mujer que conocía de entrar al baño unos momentos después de que Albinita se hubiera sentado al excusado, sus piernas flacas abiertas de par en par, la orina caliente y punzante chorreando desde su lugar oscuro.

¿Qué era aquella cosa de plástico gris que había encontrado en la bolsa de las medias de Albinita? Hendí el sombrerito de hule. ¿Quién eres? ¿Para qué sirves? ¿Desde cuándo estás allí? Y con esa pregunta regresé el círculo de plástico y lo metí más adentro de la bolsa de las medias, en un rincón cerca de la copia de *Amantes y libertinas* que tenía Albinita, un libro secreto que sólo ella podía leer, un libro que ella conservaba allí, para cuando . . .

"Ni tampoco era del todo la suerte lo que la hacía escoger hombres que sangraran libremente; inevitablemente habían sido cortados de la misma tela endeble, pues indómitos e indomables, nunca pudo amar a hombres fuertes. Tales hombres eran demasiado como ella —demasiado independientes, demasiado dominantes . . . George Sand fue demasiado rebelde como para que la dominaran".

Lucio me estaba esperando.

"Te compré algo, Tere".

"¿Ah, sí? ¿Qué?".

"Biscochos".

"¿Biscochos? Sabes bien que estoy tratando de perder peso. Desde que te conocí he engordado diez libras. Son tantos garapiñados que nos comemos en la cama. Ay, lo siento. Gracias, nene, de veras. Me encantan las galletas. ¿Quién las hizo?".

"Mi mamá".

"Ah. ¿Y ella cocina?".

"Son las mejores. Aquí te las dejo a ti. Así que, ¿qué hora es? Tengo una hora".

Siempre se me olvidaba tener cerca "la cosa del pantano" y ya casi en el momento de que consumáramos nuestra unión secreta y maldita tenía que parar e insistirle a Lucio: "Querido, espera un minuto. Por favor, me tengo que poner 'la cosa'".

Me metía en la otra mitad de la habitación, el cuarto de la vergüenza, para ponerme el monstruo del averno antes de que me viera mi querido, antes de que se molestara, porque yo era la responsable, como mujer a mí me tocaba encargarme de *eso,* simpre encargarme de *eso.* Me hice uno antes de Lucio. Me lo hice cuando anduve con Chago pero nunca le dije. Me hubiera obligado a casarme con él y yo no estaba lista. Pero aun antes de que pensara qué hacer, perdí el bebé. Eso sucedió y fue cuando rompimos.

Salté al pequeño cuarto. Los senos húmedos se me bamboleaban, sudorosos de la lengua de Lucio, aún llenos de su sudor. Un oscuro pelito suyo se me había enroscado como alambre alrededor de un pezón.

"El marciano", descubrí desamparada, lo había olvidado en la cajuelita del carro que estaba estacionado en la calle cerca del Súper Taco de Sofía. Me tardé cinco minutos en hacer ese viajecito y al querido, precioso nenito no le gustó. Pero qué importaba. ¿Qué no, chulis? Pues nones, porque el Lucio quería recoger a la V.B. en su casa y llevarla a la cena-ensayo del Holiday Inn. La mosca entremetida, cuyas alas acídicas tocan todo lo que se encuentran, lo estaba esperando.

Pero estuvo bien que saliera al aire frío de la noche. Lucio había dejado la llave de su habitación colgada en la cerradura y unos adolescentes estaban fumando marihuana allá atrás.

Me fui al carro y tomé el recipiente rosa que estaba en la cajuelita, donde lo mantenía por si acaso, y me regresé a nuestra habitación del Sands. Prendí la pinche luz y Lucio gritó: *¡Me lleva la chingada! ¡¿Qué chingados?!*

¡Ay! ¡Querido! ¡Mi vida! ¡Mi amor! Grité mientras llegaba a tropezones a mi caja de noche donde tenía guardada la manteca Morrell's y saqué la pinche "criatura del planeta X". Me tropecé con las botas Luccheses de Lucio y me pegué en el mismo dedito del pie que ya me había machucado el jueves un chavo de segundo año, mierda, por estar en el jale como lo hacía todos los putos días de lunes a viernes, junto con una bola de chavalitos pesados y pobretones de primaria, incluyendo al cabroncito que casi me quiebra el dedito del pie.

Me regresé saltando a la coja, me quité la ropa y permanecí parada allí, las chichis sueltas y caídas, como pescados muertos, los pezones ligeramente adoloridos de los primeros mordiscones locos de Lucio cuando primero me acosté. Lucio se había dormido de nuevo y roncaba como un león.

Le atasqué un chingo de lubricante al "Bebé de Rosemary" apachurrando la letra "L" de Lucio-papacito-no-puedo-vivir-sin-ti-chulis-eres-el-único-de veras-el-único dentro de la cara de plástico. Doblé la orilla hacia adentro y me lo metí en el cuerpo, eterno campo de batalla donde busco encontrar la misericordiosa oscuridad.

Diegüito, el pirulí de Lucio estaba lacio como cualquier gusano de álamo viejo. Lo moví suavemente. Sin decir palabra Lucio me montó. De repente, Diegüito cobró vida a medida que los muy esperados besos de Lucio me chupaban la vida y nos molíamos uno dentro del otro. Éramos una islita en medio de una cama de agua tamaño *king*. Nos mecimos y rodamos en lo que cada quien deseaba que fuera una marea sin fin.

Y nunca, ni una sola vez, ni siquiera cuando Lucio se venía, separó su boca de la mía. Nunca nadie me había besado así. Nadie tampoco lo haría después, ya después de que hiciera mucho que se hubiera ido. La boca de Lucio cubrió la mía con una vergüenza deliciosa. Tal vez la siguiente vez no se interpondría "Godzilla" entre nosotros.

Sólo habría piel suave, tibia y elástica, el jugo de sabor amargo inconfundible, el cachondo y rodante mar de nuestra pasión y tal vez, a lo mejor, un pequeño renacuajo nadaría liberado para anidar en el estanque de mi sexo y se convertiría en un pez para que nade libre.

A las seis y media, después de darme una ducha que empezó bien y de repente se volvió frío, fui escondiéndome al carro con el acondicionador pegado aún al pelo mojado, regresé a casa por el camino largo, vagando por el pueblo con el suero de Lucio goteando de la vagina. No fue hasta que llegué a casa y que me quedé sentada en mi pequeño y maltratado Hyundai colorado frente a mi departamento que me di cuenta de la horrible verdad.

Ay, Dios de mi vida, Diosito de mi corazón, ¡chingao! Se me había olvidado el diafragma en el Sands. ¡No! ¡No podía ser!

¿Habría dejado el diafragma en la recámara/sala o cómo se llamara ese cuarto multiusos de Lucio donde hacíamos el amor y donde casi nunca dormíamos, o en la mesita de madera de mentiras que está junto a la cama de agua tamaño *king?*

¿Habré dejado el "demonio" sobre la mesita de noche en su receptáculo rosa *Pepto-Bismol,* un ojo color carne que se asoma respetuosamente cerrado? ¡Tengo que haberlo dejado en la cajita! Así tendría algo de dignidad. La mucama lo recogería sin pensarlo y lo tiraría a la basura, una cosa más que se había olvidado.

Pero no. ¡Ah, no! Lo había dejado expuesto, babeante e hinchado, roñoso, una herida abierta en la cara de la vida, en la jabonera de la ducha sucia del Motel Sands que estaba en el lado pulguiento culo de perro del pueblo tras las vías del tren. Un recuerdo chorreante de mi trasgresión más oscura.

El Motel Sands era uno de un número indeterminado de los Motel Sands del mundo, sólo que este Motel Sands estaba situado en el centro de mi pueblo natal en el cual difícilmente podía extraviarse un diafragma a plena luz y donde era aún más difícil recuperarlo de noche antes de que se hiciera la limpieza matutina.

Olvídome del diafragma. No importa. Se puede reemplazar. Me compro uno nuevo y ya. Del tamaño que sea. Me voy a la clínica de planificación familiar de la esquina de Río Grande y Main y le hablo a Irma, quien les llevaba la contibilidad. Irma podría revisar mis archivos: tabletas de prevención de la natalidad desde los dieciocho, un Papanikolau irregular que requirió un punto de congelación cervical, un caso terrible de mastitis, infecciones vaginales de levaduras que explotaron de un día para otro y desaparecieron con igual facilidad y, finalmente, un susto de la tiroides que me llevó a dejar la consulta de mi ginecólogo de siempre, el Dr. Cuchillo, cuando me contó irrepetibles cuentos de dolor femenino con los ojos bien abiertos de miedo: chichis hinchadas, vaginas goteantes, vulvas calenturientas y gruesas de dolor. Cuchillo se había retirado y ahora soy cliente regular de la clinica de planificación familiar, donde pago una tarifa según mis medios. Está bien así, ya que mi sueldo de la Primaria de Cabritoville no habrá de cambiar muy pronto. No ha subido en la *Dow Jones*.

Irma será amable conmigo. Entenderá. Conseguir un diafragma nuevo es como pedir comida para llevar en el Súper Taco de Sofía. Nomás entra por detrás. "Deme lo mismo de siempre, un sándwich de tocino, lechuga y tomate con chile y una ración de papas fritas. Sin queso. Al diablo, démelo con todo".

Tal vez ya me debería olvidar de conseguir un diafragma. No estoy casada y ya tengo edad para tener un niño si quiero. Nadie me lo puede negar si eso es lo que desea mi cuerpo. No hay ninguna madre chillona y enfermiza que llore tras bambalinas. "Ay, ay, ay", no hay padre barrigón corajudo que grite, "El honor de la familia . . . ¿Y tú quién te crees?".

Dios mío, lo que odio doblar esa cosa para metérmela en la vagina. Se siente como si fueran ligas viejas. Cuando está blandita se convierte en un monedero arrugado que me guiña cuando se extiende. Me sonríe como el único y cansado ojo gris de la vieja Lerma, la voceadora bizca de la sonrisa pendeja, la que siempre lleva el mismo traje de payaso, unos *shorts* nagualones a rayas y una blusa color de rosa y se pasea por el camellón de la Calle Ranchitos.

Es una pendejada que me meto en el cuerpo como que no quiere la cosa. *¿How you? ¿How you?* Así habla La Vieja Bruta.

Conozco el dolor que deja el sexo después de una noche de coger en exceso, el estómago duro y cosquilleante. Asquerosa, hurgo dentro de la vagina para buscar y destruir. Sale el domo resbaloso color carne con un pequeño estallido, el sonido que hace una sandía verde al rajarse. Llevo la cosa al lavabo y la enjuago para quitarle el semen blancuzco amarillento.

He intentado tomarme las pastillas pero las odio. Siempre se me olvida tomármelas y luego tengo que tomas el doble a sabiendas de que son para los días equivocados, mierda, la semana equivocada y sabiendo que me harán sentirme enferma, reseca y de mal humor. El diafragma es peor, es un asesinato muy premeditado, sólo que me estoy matando a mí misma. Soy alérgica a la jalea espermicida. Me saca ronchas, de alguna forma me enferma. Eso fue lo que me sucedió con la punta de la cerviz, demasiada jalea, demasiado coger, demasiados cogidones duros sobre colchones blandos con algún desalmado.

Odio el olor a medicamento de la grasa asesina, aunque se supone que es inodora. Odio cómo se siente la jalea, no dulce como su nombre, de chabacano o de zarzamora, sino grasosa como un dedo lleno de manteca *Morrell,* pegajosa cuando me lavo las manos al hacer bizcochos, y ya es muy tarde para recordar que el agua no quita la manteca.

La manteca no es otra cosa que grasa animal. ¿De qué animal? ¿De qué grasa? Con la jalea te limpias las manos embarrándola en una toalla o en toallas de papel y aún así te queda una mugre babosa y resbalosa entre los dedos. Así se te queda pegado el semen de un hombre —con un uñado de grasa desconocida de un animal que tiene mucho de haber muerto que no sabía a quién o a qué traicionaría.

Es horrible tener que usar esa cosa que tanto odias, aun cuando el amor te llega fuerte y locamente bueno por parte de un hombre sin quien no puedes vivir.

Siempre me la pasaba preocupándome de que alguien nos encontrara en el Sands a Lucio y a mí. Cabritoville es un pueblo demasiado chico. Ya se nos acabaron todos los trucos de que se valen los enamorados para esconder su amor y hasta más. Nos hemos visto en toda clase de moteles escondidos de Cabritoville a El Paso, de El Paso a Juárez, rotando los lugares pero siempre regresamos brevemente al movedizo Sands.

Las cosas han girado alrededor de nuestras copulaciones frenéticas, ahorcadas conversaciones a media noche desde teléfonos públicos situados en medio de frías carreteras vacías y de los vestíbulos llenos de humo que huelen a cerrado de innumerables hoteles de paso y paradas escondidas de camioneros.

Todo regresa a lo mismo: el susto del diafragma perdido.

¡Aaaayy! ¿Por qué no había dejado el diafragma en su estuche color de rosa sobre el muro pequeño que divide la habitación, un acto lógico y natural? Revisé los cajones para que no se me quedara ninguna ropa interior, ningún fondo, ninguna cámara, no que hubiera guardado nada ahí, ¿o sí? No me acordaba. Lo único que recuerdo haber requerido en la habitación es el diafragma. Lo único que había querido hacer en ese cuarto era hacer el amor con Lucio y quedarme dormida en sus brazos. Eso si él hubiera tenido tiempo de quedarse dormido y no hubiera tenido que salir corriendo para hacerle algún mandado a alguien de su familia, casi siempre a la V.B., cuyos cánceres largos y exigentes sólo se le apaciguaban por las noches con una pintita de whiskey de la siempre abierta tiendita Stop-and-Go.

Tal vez alguien pudiera ayudarme. La hermana de Uvalia limpia los cuartos del Sands. ¿María? ¿Marina? ¿Cómo se llamaba la hermana que limpiaba? ¿Marta?

Entre al triste vestíbulo. No encontré a nadie. Oprimí el timbre del mostrador. Ensayé en la cabeza lo que iba a decir.

Estimada Marta:

Usted no me conoce pero yo a usted sí. Quiero decir que conozco a su hermana Uvalia. ¿Cómo está usted, Marta? ¿Qué tal? Yo me llamo Tere Ávila, una amiga de su hermana. ¿Podría, no le molestaría, por favor, revisar a ver si no dejé un diafragma en la regadera del cuarto número diecisiete? ¿Podría, es decir, quisiera —por favor— ponerlo en una bolsa de papel y dejármelo en el mostrador del motel? Yo regresaré para recogerlo después. No, eso no iba a funcionar. Así que inventé escenas imaginarias para explicarme el olvido del diafragma a mí misma y para Marta, la hermana mucama:

Yo, Teresina Ávila —anglosajona— rellena-aquí-el-nombre, mujer casada y rellena-el-hueco-nombre-anglosajón, mi esposo, un hombre bueno y amoroso y nuestros hijos, Junior y Brenda Ávila–nombre anglosajón, y Muffie, perro anglosajón, nos quedamos en su hotel. Mi esposo, un hombre anglosajón simpático y amoroso que también cocina, me espera al volante de nuestra vagoneta anglosajona. Quiere que salgamos temprano. Denver está muy lejos y *su tía*, Lula, nos está esperando.

Si quisiera podría convertir a mi leal esposo anglosajón en mexicano y hasta mejor, un hombre medio anglosajón y medio mexicano tolerante, buena onda y amoroso pero no, tener una tía Lula significaba que se trataba del peor tipo de anglosajón, según Graciela, alguien de Oklahoma, lo único peor, repetía seguido Graciela, que una mexicana de Oklahoma era una mexicana que *se creyera* anglosajona. Graciela las traía contra Oklahoma. Algún día le preguntaría por qué. Lo más seguro es que tuviera que ver con un hombre de Oklahoma que hubiera conocido en La Tempestad.

Sólo conozco a una vieja amiga que se haya casado con alguien de por allá, al sur, al oeste, al este, al norte, cualquier dirección anglosajona y *¿Cóumo eistá iusted?* Ahora sí que machucaba un acentote de la totacha de por allá.

"Terry, *cóumo mei goustareía veinir a sou casa para visitarlous a iusteides y a moma para la naveidad but non poudeir. Dexter y lous hemelous traerme corriendo di eiste ladou del arrouyo para el outrou. Ey más quei eiso, tner conflictou coun el hueigo dei los Wildcats. ¡Y tu sabeir coumou sentir Dexter dei lous Cats! Queireir venir perou tener quei deicirleis quei Flat Prairie ser mei casa now. ¡Cabritoville ser cousa pasada! Dígotei Terry girl, querer veinir but nou poudeir*".

¿*Poudeir*? Ésta nació y creció en Cabritoville–amiga–prieta–como–pasa–que–vivía–del–otro–lado–de–las–vías–del–tren. María Refugio del Carmen Benavídez. ¿Quesque dijo *poudeir*?

Ahí la tienes dándosela de gabacha cuando todos sus parientes mexicanos se llamaban *Plutarco* o *Chamala* o *Fila* o *Piro* y vivieron en Cabritoville y se casaron con Tumbia y Mecho, Chevito ya hace mucho que se peló.

Estuve a timbre y timbre en el mostrador unos diez minutos

hasta que finalmente una mujer anglosajona que parecía estar muy cansada y tenía unos dientes gastados de roedor se acercó para saludarme.

"Señorita . . . sabe que dejé algo en la habitación. ¿Podría pedirle a la mucama, creo que se llama Marta, que me acompañe a la parte de atrás?".

"*¿Qué cuartou fuei?*".

"No estoy segura. Creo que la número diecisiete, sí la diecisiete".

"*¿Traer identificashón?*".

"Estaba visitando a un amigo".

"*¿Ou, sí? ¿A quién?*".

"Hubo una fiestecita allá atrás. Creo que el señor se apellidaba Valadez".

"*Señour Valadez nou hacei fiestas that I know. Él gustar leyer librous*".

"Estuvimos un grupo. Conozco a Marta, ella me podría acompañar allá atrás".

"*Martha nou estar*".

"¿Puedo pedirle prestada la llave? Dejé una pulsera. Me la quité. Ha de haberse caído por allí".

"*¿Qué tipo de braceletei . . . Señorita . . . ?*".

"Señora, eh, López . . . es decir Ávila, López Ávila, soy amiga de la familia Valadez".

"Ah, no me diga, ándele pues. Aquí tiene la pinche llave. Ya la he visto antes, no crea que no, señorita. Vaya atrás y saque la pinche cosa esa que le falta. Ándele. Y me regresa la llave".

No es que el diafragma trajera escrito mi nombre, pero era cuestión de principios. Y lo molesto del asunto. Y encima de todo la vergüenza.

La horrible realidad del caso era que todo el mundo y su chivo sabía que la Vieja Bruta era la reina de Cabritoville. Y no importaba que la reina chiva, la gran cabrona, se estuviera muriendo, aún así tenía poder para cambiar las vidas. Pronto todo Cabritoville sabría, si es que aún no se había enterado, que yo era la doña madre que traía perdido el diafragma y ahora *Todo el mundo* que conociera a Lucio o que supiera de él también lo sabría.

Había olvidado el diafragma en la regadera mohosa, del azulejo color beige que tenía las esquinas manchadas de color café, cuya cebolleta era una corneta larga que apuntaba hacia abajo al infierno. El cochino tapetito del baño color crema estaba empapado y enredado de pelos chinos como alambres. Seguro que no eran míos ni tampoco de Lucio. El escalón que llevaba a la regadera estaba enjabonado y resbaloso. Nadie nunca había limpiado estas regaderas con detergentes antisépticos ni con amoníaco perfumado a limón. La regadera olía a viejos tubos de agua enmohecidos. Cuando prendías el agua las llaves te mentían. La caliente era la fría y la fría la caliente. Oí el profundo tremor de agua atrapada, luego el largo chillido metálico de su libramiento, lo cual me recordó que aquí no era mi casa, que nunca podría ser mi casa. Estaba aquí por una única razón, sólo un propósito.

Yo, Teresina Ávila, había perdido toda vergüenza.

Marta, la hermana de Uvalia, hubiera tenido que recoger mi diafragma con una toallita de papel café para luego tirarlo arrugando la nariz e intentando mirar hacia otro lado sin dejar de pensar: cochinos, marranos, sinvergüenzas. Aquí estoy. Yo. Para limpiar esta mierda. ¡Fuuuuchi, fuuuchi!

Ya adentro de la habitación me fui derecho a la regadera. Efectivamente, allí estaba "la cosa del pantano", toda mojada y lustrosa como una nave extraterrestre. Lo recogí y lo metí en una bolsita de papel. También recogí la bolsa de bizcochos que Lucio me había traído del ensayo para la boda. Lo mejor sería regresarme a casa y prepararme una taza de café negro fuerte. Regresé al vestíbulo de puntitas para regresarle su llave a la mujer rata.

"Gracias".

"*Sei*".

Puse las dos bolsas sobre el mostrador y le regresé la llave. Salí tan pronto pude.

Y cuando llegué al carro me di cuenta de que sólo llevaba una bolsa.

¡Ayyyy! Ya no podía regresar.

¡Bizcochos!

Saqué una galleta de la bolsa. Estaba demasiado seca.

10

MINUTA DEL CLUB NORTEAMERICANO DE ADMIRADORES DE PEDRO INFANTE N° 256

*L*a apertura de la reunión se verificó a las 7:45 de la noche por parte de Nyvia Ester Granados, la presidenta.

Presentes: Nyvia Ester Granados, presidenta; Irma Granados, vicepresidenta; Tere Ávila, secretaria; Sista Rocha, tesorera; Catalina Lugo, parlamentaria. Miembros en general: Concepción "Connie" Vallejos, Elisa Urista, Ofelia Contreras, Merlinda Calderón, Francisca "Pancha" Urdiález, Tina Reynosa, Margarita Hinkel y Ubaldo Miranda.

Habríamos comenzado antes pero se fue la luz como a las 7:15 PM cuando Carlos Jr., el hijo de Sista Rocha, metió unos nachos en el hornito eléctrico y tostador de pan. Eran demasiados los aparatos eléctricos que tenían funcionando al mismo tiempo: la lavadora y la secadora de pelo de su hija Raquel. Tuvimos que esperar hasta que Carlos padre llegara de jugar a los boliches para que prendiera el corta–circuit. Los primeros quince minutos de la reunión se verificaron a la luz de las velas, lo cual resultó muy romántico.

El reporte de la tesorera tuvo que esperar hasta que regresó la luz. Sista Rocha contó $24.59 que se sacó del brasier. Las cosas andan como nunca de mal. Del Wayne, el hijo de la tesorera anterior, Onelia González Johnson, le esculcó la bolsa a ésta y se robó las cuotas de la membresía para alivianarse con coca. Le deseamos la mejor de las suertes a Onelia en su nuevo empleo de Amarillo, Texas. Sentimos tristeza de saber que al Del Wayne lo mandaron a la Penitenciaria de La Tuna.

Catalina Lugo propuso que Sista abra una cuenta bancaria lo antes posible. La secundó Francisca Urdiález quien solicita que se le llame Pancha de aquí en adelante.

Irma Granados sugirió que deberíamos considerar el recabar fondos para financiar el peregrinaje anual al Panteón Jardín de la capital de la República para el aniversario de la muerte de Pedro el 15 de abril. Todos los miembros han expresado su deseo de ir menos Concepción Vallejos quien solicita que se le llame Connie si a Francisca se le va a llamar Pancha. A Connie la van a operar de la vesícula ese mes. Nos avisará si es posible cambiar la fecha de la operación.

Sista Rocha recomendó que hagamos una venta de enchiladas para recabar fondos en el salón de los Caballeros de Colón. A Ofelia Contreras no le pareció buena la idea de ponerse a cocinar miles de enchiladas rojas grasosas y sucias justo antes de Navidad cuando hay que cocinar tanto bizcocho azucarado y sucio.

Entre otras sugerencias de actividades para recabar fondos están rifar una pintura de Pedro Infante sobre terciopelo, creación de Ubaldo Miranda, y organizar un baile de Navidad en La Tempestad Cantina de Tino.

Ofelia Contreras dijo que si hacíamos una actividad para recabar fondos en esa barra de mala muerte y antro de iniquidad disfrazado de cantina en donde los hombres levantan sus movidas y no sé qué más, ella renunciaría al club.

Elisa Urista secundó la propuesta.

El resultado de la votación fue de 8 a 5 a favor de la cena de enchiladas, 12 a 1 en contra de la pintura sobre terciopelo y 10 a 3 contra el baile.

La sección sobre ideas de actividades para recabar fondos se aplazó hasta la próxima junta por la Señora Presidenta.

Sista Rocha se aseguró de que estuvieran apagados todos los

aparatos innecesarios y nos pusimos a ver *Los gavilanes,* que se estrenó en 1954. Pancha dirigió la discusión.

Juan Menchaca, representado por Pedro Infante, era un moderno Robin Hood mexicano vestido de negro al estilo de El Zorro. Discutimos los pros y los contras. Todos estuvieron de acuerdo en que les quitara el dinero a los patrones y se lo diera a los pobres, todos menos Margarita Hinkel quien no pensó que la película sentara buen ejemplo para nuestra juventud.

Tina Reynosa dijo que a Margarita ya se le había olvidado lo que era luchar para sobrevivir porque era rica y su marido trabajaba en la cafetería Luby's y así ella podía comer asado al estilo de Salisbury, papas asadas y té helado la hora que ella quisiera. Los demás tenemos que llevar lonches de salchicha para comer a mediodía. Tina aconsejó a Margarita que ya no hablara de pobres y ricos.

Merlinda Calderón dijo que elchisme que a ella le había llegado era que la mamá, la Sra. Menchaca, no le hubiera dicho a su hijo Juan que Robertito era su hermano y prevenirles así a todos mucho dolor después.

Ofelia sugirió que no hubiera habido ninguna película si la señora Menchaca hubiera hecho eso. Además, si Merlinda no se daba cuenta de que lo que sucedía en *Los gavilanes,* tampoco era sorprendente que no supiera que su hija, la Rebecca, se la pasaba en el Súper Taco de Sofía con un pachuco cabeza grasosa de Sunland Park que estaba lleno de tatuajes y manejaba un carro *lowrider* colorado que llevaba pintada la leyenda "Reina de la noche" en letras negras chorreadas sobre el cofre.

Merlinda le llamó HP, o sea hijaeputa, a Ofelia. La Señora Presidenta les dijo a todos que se callaran el hocico.

Ubaldo preguntó que si alguien quería un pajuelazo de whiskey en el chocolate caliente.

La Señora Presidenta sugirió que nos comportáramos como gente decente. La votación resultó en 12 a 1 en contra del pajuelazo de whiskey.

La Señora Presidenta pidió que guardáramos un minuto de silencio mientras recordábamos a Pedro Infante y le agradecíamos él habernos traído tanta alegría y felicidad.

Ubaldo Miranda cantó "Amorcito corazón", una de las canciones más conocidas y más queridas de Pedro. En nada se parecía a Pedro Infante con tanta tosedera y sacudida de nariz. Se disculpó al extremo por la gripe pero la Señora Presidenta le dio alas para que siguiera cantando cuando le dijo que "hasta Pedro se resfriaba".

A pesar del resfrío, los miembros del Club de Admiradores pensaron que éste de verdad sentía la música de Pedro. Tina Reynosa comentó que la voz de Ubaldo había mejorado. ¿Que cómo era eso? Ubaldo se conmovió tanto que prorrumpió en llanto y tuvo que comenzar de nuevo.

Hasta un hombre es capaz de amar a Pedro Infante, dijo Merlinda Calderón. Todos los miembros del club se le quedaron mirando a Ubaldo. La Señora Presidenta le pidió a Tere que consolara a Ubaldo quien aún lloraba.

Pancha sugirió que Pedro Infante era el mayor de los cantantes mexicanos, incluyendo a Jorge Negrete quien se le hacía demasiado flaco a todo el mundo, que le faltaba carne en los huesos. Tina Reynosa dijo que José Alfredo Jiménez tenía una vozarrona pero que por favor le taparan la cara con una bolsa de papel.

Connie comentó que el pobrecito de José Alfredo sólo tenía cuarenta y siete años cuando murió. Irma dijo que aparentaba mucho más. Tina señaló que Pedro sólo tenía cuarenta en su fallecimiento y todavía se veía bien.

Elisa dijo que Javier Solís no estaba nada mal, es más, estaba buenote, pero así y todo velos a todos y ninguno le llegaba a Pedro.

La Señora Presidenta propuso que se votara para nombrar a Pedro Infante el cantante mexicano más distinguido de todos los tiempos. Irma Granados secundó la propuesta. Todos los miembros votaron en pro.

La Señora Presidenta llamó a tratar asuntos nuevos.

Entre dichos asuntos se incluyó el reporte de Elisa Urista para actualizar los vislumbramientos/atisbos/*sightings* de Pedro. Elisa reportó que la cadena Univisión pasará un programa en que se viajará a un pueblito del interior del país (México) para encontrar a un viejito que dice que él es Pedro Infante, que en ese momento no contaba con informes más detallados pero que estuviéramos pendientes. Ella llamará a la estación de tele de Juárez para obtener la información y nos la hará saber. Nosotros nos llamaremos en cadena para planear juntarnos en el departamento de Irma Granados a ver el programa en su tele a colores de pantalla ancha.

Bajo nuevos asuntos también se trató la propuesta de Ubaldo Miranda de que nos conectáramos con la organización hermana de Ciudad Juárez, el Club de Admiradores Mexicanos Nº 777, para que en la siguiente junta nos peguemos unos tragos y cenemos juntos en el Kentucky Club.

Tere Ávila secundó la propuesta. El voto resultó en 10 a 3 en contra de la parte de pegarse unos tragos en el Kentucky Club.

Tal vez comer a mediodía, dijo la Señora Presidenta, pero no vamos a pagar ninguna fianza para sacarlos del tambo si se nos pelan como la última vez, Ubaldo.

Se designó a un comité para que viera lo del intercambio con el club de Juárez para tomar el té en el Museo de Bellas Artes y luego salir de compras al Centro Comercial del PRONAF y al mercado viejo.

El comité consta de Nyvia Ester Granados, Catalina Lugo y Margarita Hinkel, quien ha ofrecido transportar al grupo en su amplia van siempre y cuando nos mochemos con la gasolina.

La Connie sugirió que saliéramos temprano para que nos hagan la pedicura en el salón de Belleza Maritza y sacarle a las colonas de la tarde que se hacen por el Puente Chamizal.

Pancha secundó la propuesta pero con la condición de que pasáramos por la panadería de la 16 de septiembre para comprarse el pastel de tres leches, que adora su marido el Mikey, y un par de docenas de bolillo.

La junta siguiente se llevará a cabo el ocho de diciembre en casa de Tere Ávila. Habrá intercambio de regalos. Que ningún regalo pase de los cinco dólares. Los miembros sacaron papelitos de un sombrero viejo que Sista había bajado de la pared para esa ocasión.

Sista reportó que había comprado el sombrero en un pequeño comercio que quedaba atrás de la Basílica en el D.F. El dueño del negocio le había dicho que aquel sombrero se lo había puesto Pedro Infante. No había podido comprobarlo pero se lo había llevado de cualquier forma como recuerdo de su viaje a la capirucha.

La Señora Presidenta les recordó a los miembros que la junta de Navidad sería de traje (sus propias bebidas y botanas).

Merlinda exhortó a Ubaldo a que se abstuviera de tomar licor en esta fiesta de Navidad. ¿Te acuerdas del año pasado? Todos lo recordaron. Merlinda dijo que su alfombra ya nunca quedaría igual que antes. Se votó para animar a Ubaldo para que dejara de tomar. Todos los que estuvieron a favor dijeron "¡Seeei!"

Tina sugirió que termináramos ya pronto con la sesión porque se tenía que levantar de madrugada para llevar a Sammy, su hijo, a repartir los periódicos de su ruta y además, quería saber por qué habían cambiado las juntas de viernes a lunes.

La Señora Presidenta aplazó la pregunta para la semana siguiente.

Ofelia secundó la propuesta de que se diera por terminada la sesión.

La Señora Presidenta terminó la junta. No encontraba su martillo así que le pegó a la mesita de centro con la mano y quebró un florerito azul.

La junta terminó a las 10:35 de la noche.

PD: Algunos miembros se hicieron locos para que les tocaran las golosinas. Sista sacó sus famosas puchas, la repostería de bodas que sólo ella sabía hacer. Ya tenía más de un mes haciendo repostería para la boda de su hija Raquel que sería el primero de diciembre.

Por cierto que todos los miembros están invitados. Si quieren traer comida, acuérdense que a Sista todavía le hace falta ensalada de macarrón y cualquier ensalada de gelatina, principalmente la de color verde con cuajada y nueces como la que hacen en Luby's (¡¡jintazo!) y que es tan sabrosa, o la de niveles de muchos colores —eso si tuvieran tiempo de hacerla— y cualquier otra cosa que se les ocurra y que le quede a los tacos. La boda es el primero de diciembre a las cuatro de la tarde en la Iglesia del Sagrado Corazón y la recepción comienza a las seis de la tarde en el salón de los Caballeros de Colón y seguirá hasta la misa de las once de la mañana del domingo. No se crean. Pónganse muy elegantes. No dejen de ponerse su levantachichis, dijo la Sista. Van a tocar Los Torcidos.

Minuta de la junta mensual del Club Norteamericano de Admiradores de Pedro Infante Nº 256.

Respetuosamente presentado por la Secretaria, doña Tere Ávila.

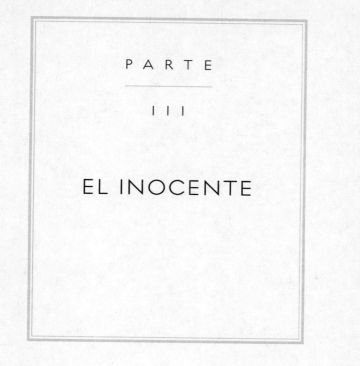

PARTE

III

EL INOCENTE

11

OTRO PEDROTÓN

"¿Quieres ver *Arriba las mujeres?*", preguntó Irma.

Estábamos en su cocinita color de rosa sacando la comida de las bolsas grandes de papel del supermercado. Ambas habíamos desistido de ir a La Tempestad —otra vez— pues no teníamos citas formales y como en tantos otros fines de semana en que no hacíamos vida social, nos juntábamos en casa de ella para cocinar un comelitón. El menú de esa noche llevaba espagueti, albahaca fresca, un pomo congelado de chile verde de Hatch y un platón de nuestros quesos predilectos: para mí queso cheddar fuerte y para Irma Monterey Jack y aceitunas negras para las dos.

Irma vive en una casa tamaño mediano de dos recámaras cerca del Parque Álamo, por los álamos viejos que están cerca del río. Es un lugar agradable si tienes que vivir en Cabritoville. Yo vivo cerca de lo que se supone que es el centro detras de la estación de bomberos y del *Tastee-Freez*.

El cuarto más grande de la casa de Irma es el que llamamos el cuarto de Pedro. Está hacia el fondo de la casa y lleva al patio de atrás. La característica principal de la habitación es un póster enmarcado de Pedro Infante en *El enamorado*. La apuesta cara de Pedro luce una sonrisa de oreja a oreja y sostiene un par de pistolas engatilladas a la altura de los codos mientras que, a sus espaldas, un grupo de forajidos asalta una diligencia y el conductor barbudo levanta las manos. La enorme cara sonriente de Pedro queda a la izquierda de quien lo observa y en la esquina derecha con un aire de "ya te llevó la chingada, papacito, estoy que no me la acabo con mi colorete rojo brillante" está la Sarita Montiel, la actriz española que durante la Época de Oro era una de las pocas mujeres que se daba el tú por tú sexual con Pedro. Híjole, la mujer era hermosa. Irma tiene una buena colección de pósters de Pedro de los años cuarenta y cincuenta que ha venido comprando a lo largo de los años y que aún tiene que enmarcar.

Una ventana grande del cuarto de Pedro da al pequeño pero bien cuidado patio trasero lleno de chabacanos, manzanos e higueras. Irma es jardinera y le encantan los rosales y los árboles frutales tanto como Pedro Infante.

Eso que ha hecho la Wirma en el cuarto de Pedro es mágico, como si fuera un altar viviente, todas las paredes color de rosa, una televisión grande que parpadea imágenes de Pedro al estar aquí, allá, al hacer esto, luego lo otro, y los árboles frutales fuertes y callados como fondo, Pedro le echa una mirada socarrona a Carmen Sevilla en un póster de la película *¡Gitana tenías que ser!*

En momentos como éste somos conscientes de que la vida es demasiado perfecta. Nunca sabemos bien cuánto más habrá de permanecer así. Pero en este momento somos una hermandad de mujeres que manda al carajo al mundo de fuera de este cuarto y más allá de ese patio demasiado fresco.

A veces, después de un largo día de verano, de temperaturas por arriba de los ciengrados Fahrenheit, por la tarde salimos y nos acostamos sobre una cobija bajo los árboles para ver caer los aerolitos. Ambas tenemos alergia al zacate y, cobija y todo, siempre nos metemos rascándonos y picadas por la enormidad de las muchas vidas únicas y paralelas de allá afuera.

Nuestra actividad favorita, sea la estación que sea, es hacer nuestro Pedrotón semanal. Irma se pone una de sus camisetas rosas tamaño extra grande, que se han lavado tanto como para que se les haya roído el cuello, con unos pantalones cortos negros y unas chancletas color rosa.

Le encanta el color rosa y casi toda su decoración es así, rosa como la chingada: cada habitación de tono diferente desde el sofá color de zarzamora del cuarto de Pedro y la cobijita tejida color rosa mexicano que luce al troche moche por encima, hasta un mínimo de diez cojines de peluche rosa, las pinturas florales sobre las paredes que Irma había pintado ella misma, tanto como su colección de muñecas duende rosas que cubren un estante entero del librero del cuarto de Pedro.

Y sin embargo esas tardes no tienen nada de elegante. Nos ponemos la ropa más bolsuda y cómoda, el pelo en rulos de plástico rosa con rodillos de esponja gris debajo, detrás y a los lados para amortiguar el dolor de nuestro régimen de belleza auto impuesto. No nos importa quién nos vea porque no nos verá nadie. Y eso es lo delicioso de esas noches de nuestros queridos Pedrotones. Sin hombres ni otras mujeres que nos distraigan, nos enfurezcan o nos pidan nada.

Yo me pongo una gran camisón que dejo en la habitación de Irma en un cajón que ella me ha dado. Se sabe que puedo quedarme dormida durante los Pedrotones, con frecuencia tan pronto como mi cabeza toca la almohada especial que guardo en el lugar designado del clóset del pasillo. Algunos de los mejores sueños me los he echado en el sofá largo, que la Wirma tiene en el cuarto de Pedro, durante un Pedrotón agotador y estimulante.

La Wirma me deja dormir hasta tarde la mañana siguiente. Cuando despierto me regreso a limpiar mi casa esa mañana ocupada del sábado en que sientes que deberías estar haciendo algún trabajo importante. A veces, la Wirma y yo nos vamos a desayunar al Súper Taco de Sofía. Otras veces nos hacemos gofres o comemos yogur natural dependiendo de si esa semana Irma está a dieta o no.

Podemos ver dos o tres películas de Pedro sequidas mientras comemos y platicamos de hombres. Lo cual quiere decir que yo hablo de Lucio e Irma escucha. Después, agotadas, nos dormimos en el inmenso súper sillón reclinable de Irma que está en el cuarto de Pedro, estiradas sobre el sofá más grande del mundo que ocupa todo del espacio que no ocupa el televisor a colores.

Ya para estas fechas, Irma ha amasado una colección increíble de videos de Pedro Infante. Grabó casi todas sus películas cuando las pasaron en programas de madrugada por la tele. El año pasado estuvo superocupada para el aniversario de la muerte de Pedro, el quince de abril. Queríamos irnos a México para la gran celebración pero yo no me pude zafar del trabajo y ella estaba estudiando para sus exámenes orales. Nyvia Ester fue con Sista Rocha y no regresaron hasta haber secado las garras de tanto exprimir, como dice Sista. El año que viene, Irma y yo iremos al panteón con los demás del Club de Admiradores.

"¿Así que quieres ver *Arriba las mujeres* o no, Tere?", me pregunta Irma medio impaciente.

¿Qué, andará de malas esta chava?, me pregunto.

"No, Irma, no quiero". Respondo decidida y saco la tabla de picar y empiezo a cortar cebolla, de las que te hacen llorar. No me molesta hacerlo pues tengo ganas de llorar de cualquier forma. Cualquier excusa me sienta bien.

"Si es necesario que sepas, Wirma, me siento triste y traicionada por el mundo. Quiero afirmar mi lado macho. Creo que tengo que odiar a alguien. Esa película está demasiado mansita para mí, Irma. La última vez le di un setenta de panzazo y no he cambiado de parecer. De veras que esta noche quiero odiar. ¿Qué sugieres?".

"¿Tienes genio de odiar a tus papás o de odiar a todos los hombres? ¿O nomás de odiar a todo el planeta? Si es de odiar a tus padres podríamos ver *La oveja negra* y *No desearás la mujer de tu hijo*. El padre que allí sale es bien cabrón".

"Ando de un genio más de odiar a los hombres".

"¿Así que esta semana no has sabido nada de Lucio, Tere?", dijo Irma cuando vaciaba las cebollas para freírlas en una sartén. Preparaba su famosa salsa de espagueti.

"¿Y quién dijo eso? Yo no dije más que quería odiar a los hombres. A todos los hombres. Y sin razón alguna. Porque me da la gana. Nomás porque sí".

"Entonces tiene que ser *La vida no vale nada* seguida de *Los hijos de María Morales*. Después de cualquiera de esas dos películas vamos a desencadenarnos una rabia. Lo que Pedro Infante y Antonio Badú le hacen a las mujeres del pueblito de *Los hijos de María Morales* nos va a encabronar lo suficiente. Podremos odiar a los hombres todo lo que nos plazca y luego terminaremos. O podemos cenar calladamente y ver algo triste como *Sobre las olas* en que Pedro hace del compositor Juventino Rosas. Te acuerdas de que pierde a Lolita, la mujer que ama, y luego muere él antes de que se le reconozca su talento verdadero. Nos hará llorar. Y después nos quedaremos súpitas como bebés. ¿Así que dónde pusiste los ajos? La última vez no le pusiste y la salsa quedó insípida, Tere".

"Eso es lo que me encanta de ti, comadre, siempre sabes lo que siento. No como el Lucio, pues sabes qué necesito y cuándo. Así que pásame la tabla de picar".

Por ejemplo, justo antes de nuestros periodos, siempre vemos una de dos tandas dobles: *Nosotros los pobres* y *Ustedes los ricos* o *Un rincón cerca del cielo* y *Ahora soy rico,* dos chilladoras seguidas que le suben al volumen de nuestro agüite menstrual. Si nos hace falta risa vemos *El inocente.*

"Me encanta *El inocente*. ¿Por qué mejor no vemos ésa?", dijo Irma. "A lo mejor hasta te aliviana, Tere. Dios sabe que te hace falta. No me acuerdo cuándo fue la última vez que te carcajeaste. Ándale, es una de las películas más chistosas de Pedro".

La Wirma tenía razón. No quieres ver más que *El inocente* una y otra vez. Allí Pedro hace de mecánico automotriz que se llama Cruci que es gerente de un changarro de auxilio vial y se dedica a ayudar a conductores que se han quedado tirados. La víspera del año nuevo recibe una llamada de Mané, una joven ricachona que lo hace que la lleve, manejando su carro, hasta la casa de sus padres en Cuernavaca. Cuando llegan, sus padres no están. Suceden varias cosas hasta que se emborrachan para celebrar el año nuevo. También tiene mucho de romántico el asunto pues, sin que ninguno de ellos se dé cuenta (¡!), ambos se quedan dormidos en la misma cama, sin malicia alguna, después de la noche de juerga. Por la mañana, los padres y el hermano los encuentran juntos dormidos y los hacen que se casen. La situación resulta terrible hasta que Mané descubre que de verdad está enamorada de Cruci.

"¿Sabes lo que adoro de Pedro, Irma? Que no es gandalla. No es como casi todos los hombres. Cuando se queda dormido con Mané, no tiene nada de sexual el asunto. Eso es lo que me gusta de él, que nunca tomó a la fuerza a ninguna mujer".

"Nunca tuvo que hacerlo, ¿para qué? Nomás velo. Es un caballero, y en caso de que sucediera, yo en mi caso particular respondería que sí. ¿Así que qué te parece si nos echamos *El inocente?*"

"No sé, Irma. Esta noche no tengo muchas ganas de reírme", le dije mientras sacaba y limpiaba la tabla del queso. Irma odiaba que yo hiciera eso pues no concebía que nada que estuviera en su casa impecablemente limpia pudiera estar mejor.

"¿Qué tal *Los tres huastecos?*".

"Eh . . ."

"Sí, te entiendo. Una película como *Los tres huastecos* tiene varias salidas. Nunca sabes de qué genio acabarás después de verla así que es medio riesgosa. Podrías molestarte con los tres hermanos o encabronarte con el factor güera o podrías morirte de la risa con los desmadrosos cambios de vestuario, nunca se sabe. Ahora que, si te quieres poner seria y pensativa, *Sobre las olas* estaría de aquéllas. Aunque si quieres ver un mono que te aliente para seguir adelante contra viento y marea está *Pepe el toro*. Mira, en la película Pedro sigue siendo pobre, su esposa y sus cuatitos se mataron en un accidente, su negocio de carpintería está en bancarrota y cuando trata de sacar el chivo como boxeador, mata a su contrincante por accidente".

"Ésta es una noche iracunda de gritarle–al–cielo–cabrón–y–a–la–puta–madre–que–trajo–al–pendejo–ése–a–mi–vida–nomás–para–hacer–que–sangre–mi–ampollado–corazón. Tenemos que buscar la tenebra. Tenebra de a madre. Al cuerpito resbaloso de Lucio no le he visto ni el polvo hará una semana. Ni flores, ni recados, ni siquiera una pinche llamadita para decirme. 'Uy, estuvo chido. ¿Y a ti te gustó?'".

"Lo siento, Tere. Pero no hay nada que hacer. Está casado y tan tan. ¿Así que dónde dejaste la botella de vino que trajiste?".

"No empieces, Irma. Para que lo sepas, se está enfriando en el refri. Chingada, cuando menos el Lucio pudo haberme hablado para contarme alguna mentira. 'Ay, mamacita, estuvo padrísimo. Se me queman las habas por estar de nuevo entre tus brazos. Estás como para empezar a mamar por la pata de la cama mamacita'".

"A mí el Lucio no se me afigura como el tipo de persona que le diga 'mamacita' ni a ti ni a nadie. Ni siquiera a una mamacita", dijo Irma. "Te dije que compraras vino tinto".

"Se me olvidó".

"Sabías que quería vino tinto".

"Y yo quería blanco".

"Tinto con la pasta".

"¿Quién dijo?".

"Nada menos que un millón de italianos y el capítulo diez de *Cocinando a la italiana con mamá y papá* de Robert La Grange".

"Fusílame pues. Por una parte tienes razón, el Lucio no es de esos vatos cariñosos, tiene un nivel muy bajo de cachondez. Es hombre de acción".

"Ah, ¿así que no le gusta cachondear?", dijo Irma sorbiendo un largo espagueti hacia la boca. "Todavía no está para ti, pues, para mí ya se pasó".

"Nunca he dicho que no le guste el cachondeo. ¿Por qué mejor no nos concentramos en la cocina? ¿Y el pan dónde quedó?".

"No, si *no estoy* de curiosa. Tampoco tengo que saberlo. O sea que no me lo tienes que contar todo. Yo no soy más que tu comadre".

"A final de cuentas en realidad no estamos hechos el uno para el otro. Yo soy de hueso más grande y me gustan los hombres más altos, más jalados y rellenitos. Y sin embargo él está bastante desarrollado para su tamaño. No es que sea chaparro. Nomás no es un hombre grande".

"¿Y es *deste*?"

"No, no es nada *deste*. Será vendedor de seguros pero tiene las manos blanditas. Son las manos de alguien que labora apartado del trabajo. Ni tampoco tiene la panza del que trabaja tras el escritorio sin hacer ejercicio. No está empolvado. Ni tantito. No como el señor Perea, el director de la escuela".

Esta es otra de las formas con que la Irma y yo calificamos a los hombres. ¿Están empolvados o frescos? Los empolvados son los que se ven grises y lacios. Los frescos son los que les corre la sangre por las venas, a los que todavía les queda un poco de jugo en la lata, que todavía saben a algo, me entiendes.

"Sí, el señor Perea está empolvado. Si lo vieras encuerado tal vez podrías seguirle el esquema de las tripas y contárselas una a una. No es bovino pero está empolvado".

"¿Así que qué es lo que hace el Lucio, Tere? O sea, ya sé que vende seguros, pero ¿a qué se dedica en realidad?", me dijo Irma al darse una pirueta, bailarina que se desplaza en círculo, para escurrir la pasta en el lavabo. Dejó que el agua fría bañara la pasta para que no se pegara, decía que lo había leído en algún lado. Yo no estaba de acuerdo y me resistí a creerlo. Yo siempre he escurrido la pasta y la he regresado a la olla sin enjuagarla. Dos estilos distintos y dos distintas pastas. Una medio chiclosa y la otra al dente.

"El Lucio tiene nada menos que la compañía de seguro más exitosa del sur de Nuevo México y el oeste de Texas. Ha estado metido en lo de los seguros desde que estaba en la prepa cuando su padre lo metió a trabajar a la Oficina de Préstamos y Seguros Valadez. La parte de los préstamos de la Oficina de Préstamos y Seguros Valadez dejó de estar bajo la dirección de Lucio. No le interesaba andar jodiendo a la gente para que le pagaran cuentas atrasadas. Velia y él compraron el Centro Cabritoville, el sitio comercial que alberga el negocio de belleza para perros de Velia y el de perritos calientes adyacente suyo también. El Lucio dice que con el tiempo abrirá una rama de su compañía de seguros allí. Si bien es cierto que el papá de Lucio echó a andar el negocio de los seguros, nunca se le acercó a lo que llegó a ser bajo la tutela de Lucio."

Eso le dije a la Irma porque me caía bien Lucio. Podrás decirle casi todo a tu mejor comadre, pero hay cosas que no se comparten con nadie. Cosas de una persona que por lo regular no te dabas cuenta de que te gustaban hasta que ya no estaba en tu vida.

Me gustaba que no le diera vergüenza estar encuerado. Se paseaba por el cuarto así nomás, como si se sintiera completamente a gusto desnudo, sin ponerse nervioso ni estarse viendo de reojo como muchos, avergonzados y preguntándose lo que estarías pensando de ellos, que si los huevos les jalaban demasiado al colgar, o que si los tendrían muy chiquitos o si tendrían bien puesto el taco. Yo les diría que a nadie le importa un pito verles su chimichanga. Cuando menos no a todas horas. ¿Dónde quedó el romance? ¿Dónde está la música? ¿Qué sucedió con el misterio?

Así que ya estuvo suave con la flauta de pollo del mentado Lucio, no seguí regresando al cuarto por eso pero él sí me gustaba. Me gustaba su sonrisa y la bondad que creí haberle encontrado. Me acuerdo de cómo trataba a Andrea y lo mucho que la quería y la cuidaba. Me hizo que deseara tener más de aquello que nunca tuve. Y me hizo olvidar que no tenía derecho a ninguna de esas cosas, principalmente con él. Me hizo añorar aquello que nunca pensé que fuera mío, como un hogar, una familia, alguien a quien tomarle la mano en aquellas noches tan, pero tan largas, en las buenas y en las malas.

"Estamos aquí pues, Tere, dos mujeres sin hombre", dijo Irma cuando esponjaba un cojín rosa de felpilla del lado suyo del sofá. "Y nos queda ver *Arriba las mujeres* casi a la perfección. Es la película que vamos a ver".

Irma iniciaba su conocida rutina de anidarse. Esponjaba los cojines, bajaba la intensidad de las luces. La pasta ya estaba lista y la salsa se estaba calentando.

"En realidad no me gusta *Arriba las mujeres* tanto como a ti, Wirma", le dije y saqué las copas de vino.

"Es una de las películas primerizas de Pedro, Tere. Es anterior a la liberación femenina y por muchos años. A mí me encanta ver que las mexicanas mangoneen a los mexicanos. Rara vez sucede en el cine y en la vida real casi nunca. Vamos a comer bien y luego nos dormimos para luego despertar puras de corazón. De nuevo esperanzadas y listas para otra sarta de chingadazos y listas para dar pleito o recibirlo. ¿Qué dices, comadre? Y si piensas en Pedro sacarás el valor y la esperanza para seguir adelante. ¿Cómo es posible que un carpintero que nació en Mazatlán y se crió en Guamúchil, Sinaloa, siquiera pudiera pensar en convertirse en el actor de cine más importante de México y el cantante favorito más querido? La gente le decía 'El peladito', el don nadie, pero se levantó de la oscuridad y eso no es cualquier cosa".

"Sabes, Wirma, nunca se me había ocurrido, pero Pedro anda al mismo nivel que Jesucristo y la Virgen de Guadalupe. Nomás de pensar que ambos Pedro y Cristo eran carpinteros me hace sentirme santificada".

La trama de *Arriba las mujeres* es sencilla: una mujer pueblerina llega a la gran ciudad para aprender "las artimañas femeninas" de las hijas de su compadre, habiendo dejado a su novio, un querendón e inocente campesino que Pedro interpreta. La muchacha y su padre encuentran la casa patas arriba, la mujer y sus dos hijas vestidas muy machorras y al padre un pelele mandilón ante la dominadora y liberada de su esposa quien viste un traje con saco cruzado de hombre y una corbata de hombre. La película tenía posibilidades pero el sueño de la igualdad para las mujeres resulta insostenible, ni entonces, ni ahora. Parece que a las mujeres siempre les ganan los hombres. Siempre tienen que rendirse o acceder para mantener el honor o hacer lo imposible para mantener la paz. *Arriba las mujeres* se desinfla al final.

Arriba las mujeres es una de las primeras películas de Pedro. Se filmó en 1943 y, aunque Pedro aparece tímido y un poco torpe en la película, ésta sigue teniendo algo maravilloso de cualquier forma. Te la pasas buscando a Pedro pero éste nunca aparece. Está en el pueblito esperando a que su novia regrese como una gran dama que sabe coser y tejer y sacarse sabrosos guisos de la manga. No lo vemos durante buena parte de la película aunque reaparece al final.

Me levanté por unas papitas fritas que Irma siempre mantiene en lo alto de un armario de la cocina por si hubiera necesidad de balancear, con comida chatarra, los buenos alimentos que estábamos por disfrutar.

"Ya siéntate, Tere. Ya me cansé de verte ir y venir. Ya casi está la salsa y luego comeremos. Siéntate a descansar. Yo voto por *Arriba las mujeres*".

"¿Estás segura?".

"Tere, será *Arriba las mujeres*. A lo mejor hasta te mete un poco de juicio, aunque lo dudo, ya has recorrido demasiado el camino de no volverás. La película se adelantó a su tiempo. Fue una película peligrosa, o pudo haberlo sido, si las mujeres hubiesen seguido retando el papel que les había tocado desempeñar dentro de una sociedad masculina dominante y no se hubiera rendido al final. Ándale, es una buena película. Casi perfecta. Pues como yo estoy en el limbo y tú en el infierno. ¿O será al revés?".

"¿Tú en el infierno? ¿Cómo es eso?".

"¡Siéntate!".

"Bueno pues, ya me senté".

"Esta noche es el aniversario. ¿Te acuerdas?".

"¿Qué aniversario? ¿Ah, de cuando conocí a Lucio?".

"Esta noche hace tres años de que murió Sal".

"Perdóname, Wirma, se me olvidó".

"A Sal y a mí nos gustaba ver juntos *Arriba las mujeres*. Nos peleábamos por la liberación femenina —sí o no— y luego hacíamos las paces. Estaba pensando en Sal y yo y eso me hizo pensar en el Sr. Wesley".

"¡El señor Wesley!", dije al levantarme a checar la salsa. "¿El Sr. Wesley? ¿Te refieres al Sr. Wesley, tu patrón, el viejito que parece una salamandra albina, ése Sr. Wesley, el ruco, el viudo, no me digas que el palo viejo y empolvado al que le llevas las cuentas?". Me desplazaba por el cuarto como títere enojado. "¿Ése? ¿El vato que es dueño del motel viejo que está por la carretera 478? ¿Cómo se llama?".

"La 'W' Voladora".

"La 'W' Voladora. No me digas".

"El Sr. Wesley es un caballero".

"Y también el mejor amigo de tu papá, con todos sus setenta años, el señor Caballeros de Colón".

"¿Y qué pasa con los Caballeros de Colón? ¿Qué ondas, Tere?".

"Yo nada. Nomás porque el primer hombre de edad que se interesó sexualmente en mí era Caballero de Colón. Era amigo de mi papá. Siempre que lo veía se me acercaba y trataba de abrazarme y pegárseme. Le parecía bonita, ¿de acuerdo? Y cuando se había echado unos tragos en las fiestas se dejaba venir derechito a mí. Primero me asustaba y luego me adulaba. Pues era bien parecido. Y, pues sí, me parecía buen tipo. ¡Quiero que quede claro que no tengo nada en contra de los Caballeros de Colón! ¿Te acuerdas de Casimiro, el hijo de doña Ermelinda, la mejor amiga de mi mamá? Él era Caballero de Colón. Casimiro fue uno de los mejores y más creativos amantes que jamás haya tenido, exceptuando a Mohammed tal vez. Es increíble lo que puede hacerse con un abanico chafa, de papel, de un dólar diecinueve, de la *Walgreens*".

"Ya estuvo, Tere".

"Así que, ¿qué ondas?", le dije mirándola derecho. "No me digas que el Wesley te trae canicas. Cómo atrae un viejo setentón . . ."

"Tiene cincuenta y pico".

". . . a una chava como tú que está en su flor y nata. Dime que no es verdad".

"Es buena onda", dijo Irma al caminar a la cocina y probar la salsa del espagueti. La seguí hasta allí sin creerle aún.

"También tu abuelito".

"Ay, Tere. ¡Si nunca lo conociste!".

"¿A quién, a tu abuelito o al señor Wesley?"

"A los dos. Sólo digo que no había pensado en el Sr. Wesley

como verdadero hombre hasta ayer. Pásame la pimienta", dijo con voz de mando. Ella había convertido en arte el sazonar la comida.

"¿Nomás no te cae el veinte, verdad? Él es un vejete y tú una joven. Ya sé que Sal fue el amor de tu vida —ayyy, no quería hacerte llorar, Irma. Tú quisiste a Sal. Y Sal era un buen hombre. Para ser troquero. De acuerdo, tendré que aprender acerca de los troqueros, Sal era un caballero. Ya me tienes toda loca. No me confundas más, Irma. Yo sólo quiero lo mejor para ti".

"Tere, ya tranquilízate, ¿quieres?", dijo ella recuperándose rápidamente. "No he dicho que quiera 'nada' con el Sr. Wesley. No ando con él ni me voy a casar con él. Es mi patrón y yo le trabajo como contadora. Nada más. Abre los ojos y asómate al mundo, *sí hay* hombres gentiles en él. Muchos de ellos hombres buenos. No hay por qué quedarnos atascadas en los mismos patrones para toda la vida. Por el contrario, Lucio es un baboso. Te tardas muchísimo en darte cuenta de las cosas como son, Tere. Si alguien lo sabe soy yo, la que intentó enseñarte mecanografía".

"Pero nunca tuviste que enseñarme a cocinar. Mira, vamos a dejarlo por la paz. Yo no te hablo del Sr. Wesley si tú no me hablas de Lucio".

"Tú lo has dicho, comadre. Sabes, es increíble que uno siga viviendo con una sola idea acerca de alguien para luego, de repente, darse cuenta de cómo es en realidad. Como el Sr. Wesley".

"Ah, así que vamos a empezar de nuevo. Yo voy por los platos y tú me cuentas todo el desmadre".

Irma me siguió a la cocina.

"Ayer fue el día de la secretaria. Yo estaba en la oficina del fondo de La 'W' Voladora y entró el Sr. Wesley. Me asustó. Ambos nos reímos y en eso me invitó a comer al Súper Taco de Sofía para celebrar el día de la secretaria. Se disculpó pues no quería que yo pensara que era su secretaria, sino que era más su 'colega,' me dijo. Ha sido un buen cliente. Pero yo no me esperaba aquello".

"¡No! ¿Te llevó al Súper Taco de Sofía en vez de llevarte al Cattle Brown? ¿O al Golden Corral? Además, se trataba del Día de la

Secretaria. Podrías haberle sacado un par de margaritas o un pescado a la Luisiana cuando menos".

"Qué pues, Tere, sabes bien que el Pinco Mondrales cocina las mejores enchiladas rojas del mundo. De eso traía antojo. Cuando llegamos allí, el señor Wesley me tenía un *corsage*. ¿Lo puedes creer?".

"No".

"Una orquídea".

"Te apuesto que con Sofía no se habían visto orquídeas hasta ayer".

"Siempre te tienes que burlar de las cosas serias. Era un *corsage* de orquídea. Ya está bien de espagueti". Me hizo señas con la mano para que parara. "Y ponme más salsa. No quiero que se me haga todo *deste*".

"¿Y qué otra cosa sucedió además del *corsage* de orquídea?".

"Comimos a gusto y platicamos de La 'W' Voladora. Pero eso no fue lo que me impresionó. Cuando íbamos saliendo, una viejita como de setentaitantos u ochenta años entró por la puerta principal. Estaba confundida y se paró en el centro de la pieza. De repente soltó un gargajeo terrible. Un ruido horroroso. No puedo ni describírtelo. Parecía que se estaba ahogando. Fue cuando el Sr. Wesley se levantó y la ayudó a sentarse. Lo vio y se le notó una chispa en los ojos. Tere, él la hizo regresar desde la muerte. Yo lo vi, luego le llevo un poco de agua. En seguida, se disculpó. Lo último que supe de él fue que iba ayudándole a la señora a llegar a su carro".

"¿Qué, era su esposa?".

"Ay, Tere, ni la conocía. *¡Nadie la conocía!* De repente entró. A mí me dio lástima verla tambalearse así en medio del lugar. Dios nos libre, ojalá que cuando lleguemos a ese trance haya alguien que nos ayude a sentarnos".

"¿Así que nomás se descontaron?"

"Él la iba a llevar al hospital. Intentaría buscar a su familia. Tenía que haber algún familiar. Ojalá que sí".

"Ya estuvo bueno de hojas de albahaca", interrumpí. "La salsa es de chile y albahaca, no de albahaca y chile. Ahora salpícala de piñones".

Irma continuó. "Allí me quedé sentada en el cubículo pensando en la mujer. Y luego me puse a pensar en lo tierno y amable que había sido el Sr. Wesley. ¡Y con una extraña! Y luego pensé hacia dónde apuntaba mi vida. Pensé en aquella vez que estando en el Súper Taco de Sofía, un hombre se me había quedado viendo. Finalmente se acercó. Era un arquitecto de Albuquerque que estaba trabajando en un proyecto aquí en la ciudad. Comenzamos a platicar. No, no me había gustado. Un gabacho de grandes e hirsutos bigotes color de arena. Informes. Le colgaban unos mendrugos de queso Monterey Jack en el bigote. Así que, ¿de quién habrá sido *el trailer* Gulfstream donde terminé aquella noche sabiendo que no debería hacerto?"

"¡No!".

"¿Como que a ti no te ha sucedido, verdad?".

"Está bien. ¿Así que quieres pan francés con parmesano?".

"Bueno. Pues allí me tenías en aquel trailer caliente, sin aire acondicionado. Lo seguí viendo después en contadas ocasiones, pero nunca me cayó de veras bien. Sí era profesionista pero hacía una bola de ruidos cochinos y chapoteados".

"No me digas nada asqueroso, que estamos por empezar a comer".

"¿Te recuerda algo? 'Está bueno ¿A ti te gusta? Sí, me gusta. Ay, mamacita, sí que me gusta'".

"Ay, ¿y qué tiene que ver el arquitecto con el Sr. Wesley que no sea que las cosas comenzaron en el Súper Taco de Sofía?".

"No tienes idea de lo que digo, ¿verdad? Te hablo acerca de mi tío Juventino y el poder del amor. Eso es lo que te estoy diciendo".

"Ahí fue donde me perdí, Irma", le dije. "Así que vamos a comer".

"¿No puedes pensar más que en la comida, Tere? ¿Y el amor? ¿Luego la dignidad? ¿Y el respeto? ¿Y la ternura? La gentileza. De eso hablo".

"¿Qué me quieres decir?".

"Hay tantos hombres amables y cariñosos. No tienes que conformarte con menos".

Irma y yo nos llevamos las mesitas de la tele para el cuarto de Pedro. Me tomó de la mano y rezamos una Acción de Gracias en silencio por la pasta de chile y albahaca. A Irma no le gustaba rezarle a Dios en voz alta, principalmente antes de comer.

"¿Por qué nunca bendices los alimentos, comadre?".

"Rezo en silencio en memoria de alguno de mis antepasados. Hoy lo hice por mi tío Juventino".

"¿Y él quién fue?".

Irma se había levantado por la sal que olvidamos. Luego la seguí para traer las servilletas.

"Era tío de mi mamá, así que era mi tío abuelo".

"¿Sí, Irma? Yo nunca sé muy bien quién es quién. Si tuviera más parientes, tal vez entendería los lazos familiares que habría entre la parentela y el por qué de cada uno".

"Si te parece difícil el linaje en inglés, nomás chécatelo en español. Bisabuelo p'acá y bisabuela p'allá".

"Gracias a Dios no tengo mucha parentela", dije. "Mejor organiza tú esas cosas en tu mente y dime lo que tenga que saber".

Me estaba peleando con la mesita de la tele para ajustarla e Irma vino a ayudarme.

"Mi tío Juventino era el tío de mi mamá. Le habían dado una merced para que se asentara cerca del río. Para lo que valía. Unas cuantas casas y lo demás desierto. En el oeste de Texas y con eso te digo todo. Algún día te llevo para allá, Tere, a visitar mis raíces. Desde ahora te digo que allí no hay nada. Lo que cada quien considera sagrado es muy subjetivo".

"¿Qué, qué, comadre?".

Por fin Irma se sentó a comer, pero luego se acordó de que le faltaba algo más, las aceitunas. Fue a traerlas pero se llevó su vaso y luego lo olvidó en la cocina. Cuando regresó por el vaso se sentó en el mostrador.

De repente se me quitó el hambre y dejé el plato. La servilleta se me cayó al piso y cuando me agaché a recogerla, tiré el vino sin querer y tuve que ir a la cocina a traer toallitas de papel. Irma me limpió un lugar del mostrador y me hizo señas de que me sentara. Luego se sentó ella. El teléfono estaba sobre el mostrador así que mientras me platicaba se puso a desenredar el alambre dejando que el audífono colgara y diera vueltas.

"El tío Juventino fue el primero de la familia que se vino desde *el otro lado*. Él les ayudó a pasar a todos los demás. Déjame pintarte el cuadro: el oeste de Texas. En verano.

"Hacía tanto calor que de suerte encontrabas un arbolito que te cubriera con su poquita de sombra. Te sudaba la frente, la nuca, los sobacos, entre los dedos y seguramente entre las piernas. El inmisericorde y calcinante sol de terciopelo rojo no daba tregua".

Agarré el alambre del teléfono.

"¡Nomás cuéntame, Irma! ¿Por qué siempre tienes que estar a voy y voy con algo en las manos? ¿Qué, no puedes platicar sin estar de angurrienta?".

"¿Quieres que te cuente el cuento o no, Tere?, Por Dios, ¿cómo eres tan obstinada?".

"¡Obstinada!".

"¡Sí, obstinada! Siempre tienes que estar corrigiéndolo a uno. Y ya deja ese pinche diccionario".

"'Obstinado —adjetivo. Que se adhiere firme o perversamente a su propósito, opinión, etc.; intransigente'. Página 918. ¡Esa eres tú, Granados! Así que acaba de contar".

"El tío Juventino conocía esos rumbos como la palma de la mano. Y la cuevita con su manantialito. La Cueva de los Torres. No importaba que no descansara más que una hora más o menos. Luego regresaba a trabajar contra la roca inflexible, de regreso a la mina. Setecientos pies bajo la tierra. En la cuevita la piedra abrigaba; en la mina hacía que le doliera la espalda, que los riñones se jalaran, que el hígado brincara, que el corazón se desbocara y que los brazos quisieran acostarse y no levantarse jamás.

"Nadie sabía cuanto dormía Juventino. Era padre de doce hijos de los cuales ninguno tenía esperanza de futuro. Era un hombre exprimido por las gran cantida de bocas que tenía que nutrir. Su suegra vivía con ellos y también una sobrina tontita huérfana. Todos en dos habitaciones. El otro lado los había seguido hasta este lado. Y fue durante la depresión. Con razón había nacido retrasada la niña de su hermana Josefa. Ésta siempre decía que su niña no había recibido alimento suficiente durante aquella época terrible. ¿La depresión? Dame un minuto y te escribo un poema, decía el tío Juventino".

Estaba sentada con las piernas cruzadas mientras que Irma me narraba el cuento de su famoso tío. Se nos estaba enfriando la comida pero no nos importaba. Después la recalentaríamos. Ambas sabíamos que no hay nada mejor que un buen cuento.

"Cuando el tío Juventino por fin despertó era de noche. O así parecía en la inmensa oscuridad. Tardado para despertar, lo despertó un resuello agudo. Sentía un peso sobre el vientre. Estaba vivo".

"¿Qué podría ser?

"Un animal.

"¿Qué animal?

"Juventino abrió el ojo izquierdo despacito y luego el derecho. Oscuridad casi total.

"¿Qué era?

"Ayúdame, mi Diosito.

"La criatura aún dormía.

"Juventino sintió el peso frío de una piel como de vaqueta. Una gran víbora de cascabel se le había enroscado sobre el vientre. Despreocupada, pasiva, la gran víbora circundó la húmeda calidez de la carne de Juventino. No es posible decir cuánto tiempo permaneció allí tirado mi tío Juventino. Pudo haber sido cosa de minutos, de horas o de días. El tiempo se detuvo".

"¿Pero tu tío Juventino pudo por fin escapar de la serpiente, o no, Irma?". Y me levanté porque se me había dormido un pie.

"No sé cómo, Tere, pero sé que sí porque después vivió muchos años. Yo nunca conocí a mi tío Juventino, ya hacía mucho que se había muerto cuando yo nací, pero sus cuentos sobrevivieron. Cuando algo extraordinario o raro le sucedía a algún pariente de mi mamá, seguro que ya le había sucedido a mi tío Juventino".

"¿Nunca les contó cómo se había escapado al fin?".

"Lo único que dijo fue que lo había salvado el poder del amor".

"¿Cómo es eso?".

"No es lo que tú crees, Tere. Sí le rogó a Dios que lo salvara pero después de rezar, analizó la situación. Decidió que Dios no tenía mucha ingerencia en el asunto. Y si la tuviera, no tendría mucho tiempo para injerirse. Mi tío Juventino meditó un ratito. Lo que sacó en limpio en aquel momento fue que tenía que comunicarle a la víbora el poder del amor que todo lo cubre. El amor eterno. El amor sin miedo. El amor sin diluir y sin restricciones. El amor desde el ser más alto hasta el más bajo y vuelta. Le habló a la víbora en su mente. Fue casi como un sueño en vigilia. Tal vez haya cruzado sueños con la serpiente. O tal vez la serpiente lo haya soñado a él. Fue una comunicación muda. Mi tío Juventino nunca pudo explicárselo, sólo decía: 'Amé a la serpiente y la serpiente me correspondió el amor'".

"¿Eso es todo? ¿Así fue cómo se escapó de la serpiente?", le dije mientras caminaba para que se me fuera el calambre de la pierna. Me serví otro vaso de vino.

"Ése es el cuento del tío Juventino y del poder del amor".

Irma recogió su plato y luego el mío y echó la pasta de nuevo a la olla. Prendió la hornilla para recalentarla.

"¿Ya estás lista para ver *Arriba las mujeres?*".

"¡Lo que sí es que te revientas unos cuentazos comadre . . . !".

"Aprende de ellos, Tere".

Me quité las chanclas, extendí las sábanas sobre mi lado del enorme sofá de Irma y observé cómo meneaba la pasta. Estábamos listas para iniciar otro Pedrotón.

"Cómo chingados que no, Irma. ¡No se puede uno acostar con cualquier cabrón que uno levante en el Súper Taco de Sofía! Los bigotes color de arena llenos de queso debieron haberte prevenido. Debiste haber visto las señales. Y por lo que atañe al señor Wesley, yo pienso que está muy polvoriento".

"Qué chistoso lo que puede ocasionarte una película, ¿no, Tere? Te hace reír y llorar y cantar por dentro. Y te hace darte cuenta de que una mujer puede vivir sin un hombre, principalmente si el hombre al que ama no la quiere de verdad. Pero cuidado cuando ella de veras quiere al hombre. Una víbora es una víbora, comadre. Las puedes amar una vez, pasaran un rato juntos, pero luego tienes que alejarte".

"Bueno pues, apaga las luces ya".

12

PUTAS, ¿Y QUÉ?

Toda familia tiene su puta. En nuestra familia soy yo. Esto sólo aplica a nuestra generación de los Ávila y los Ramos. En generaciones anteriores y más secretamente jodidas no había ni puta ni puto designado.

En la familia de Ubaldo Miranda, él fue el puto designado, aun cuando su sufrida madre nunca admitiera en voz alta que a su nene le gustaran los hombres, particularmente los que se parecieran al Pedro Infante de los últimos años.

Ubaldo y yo caminábamos por el parque Adams, que llevaba el nombre de un gringo que no vivió de nuestro lado mexicano/chicano del pueblo pero que había hecho mucho para ayudar al barrio. Era alguien que había crecido hablando español con sus amigos mexicanos. Le gustaba la comida, la cultura y la vida vibrante y desmadrosa de la frontera, su pequeña orilla del mundo, el desierto chihuahuense que le había quemado hasta el espírtu y le había dejado marcado. Cabritoville era su pueblo natal. A diario cruzaba la membrana invisible entre el lado este, donde tenía su tienda y donde vivían las familias más pobres, y el lado oeste, donde sentaban su corte las familias aristocráticas adineradas. Adams juró ayudar a todos sus hermanos y hermanas —negros, blancos, mexicanos, asiáticos— las generaciones vivas descendientes de todos los antecesores que colonizaron pero nunca domaron el oeste. Se necesitaba un alma templada para vivir en Cabritoville y Harold Adams era un hombre de agallas.

Cuando menos ése era el mito que habían inventado Adams y familia, un cuento que perpetuó un pueblo que deseaba creer que todos se llevaban bien, un relato que se había convertido en su propia realidad. El por qué verdadero del cruce de Adams de un lado al otro del pueblo era que Lupe, la madre de cinco de sus siete hijos, vivía en aquella parte del pueblo, en una casita que él había comprado a poca distancia y por la misma calle donde quedaba su tienda de abarrotes. La casa la habían pagado los braceros llegados de México para cosechar el algodón, la lechuga y la cebolla, las familias de la mano de obra barata campesina que necesitaban harina, aceite y un poquito de whiskey para poder continuar y que encontraban lo que les hacía falta en el Mercado Público Adams.

"Es difícil imaginarlo, Tere, pero cuando murió el Alcalde Adams, toda la gente del pueblo asistió a su funeral. Claro que para entonces Cabritoville sólo contaba con tres mil habitantes. No es que haya crecido a pasos agigantados. Pero probablemente seamos uno de los pocos lugares del mundo donde la gente de veras se lleva bien. Aquí es tan caliente y polvoriento que hay que llevarse bien".

Ubaldo podía ser considerado cuando quería y era muy inteligente. A mí me gustaba oírlo hablar cuando estaba tranquilo, no cuando se convertía en el joven iracundo que odiaba toda su vida que había vivido en su pueblucho natal que tan poco amor le prometía.

El parque Adams estaba casi vacío si no fuera por dos cholitos de pantalones nagualones que estaban cerca de las gradas de cemento que daban a la calle Sedillo. Intentaban prender un cigarro en la ventisca. Era un domingo como a las 7:45 de la tarde y el cielo estaba cubierto de nubes gris oscuro que llegaban por el noroeste. La tormenta inminente tenía algo de misteriosa. Se veían las siluetas de los árboles contra la vasta inmensidad del horizonte entero, oscuro contra el cielo azul grisáceo. A nadie le hubiera sorprendido si algún árbol sencillamente se hubiera alejado caminando ya que eran tan enormes, tan vivos y llenos de movimiento nervioso.

"Me gustaría que lloviera fuerte toda la noche, Ubaldo", le dije.

"Ay, no, no puede llover ni mucho tiempo ni muy fuerte", contestó. "Mi mamá vive en una llanura que se inunda y me preocupa su casa. Tiene que llover bien, pero despacio y continuo —no demasiado tiempo".

"Con tal de que llueva".

"¿Te has dado cuenta de lo mucho que hablamos de la lluvia aquí en Cabritoville, Tere? Vamos a sentarnos en aquella banca del otro lado del camino que da a los álamos de allá. Podremos ver acercarse la tormenta".

"No sé si deba sentarme cerca de los árboles si amenaza tormenta".

"Qué miedosa eres, mujer".

"Sabes qué", empecé a decirle envalentonada por su comentario, "siempre te he querido preguntar, ¿cómo hiciste para ingresar al Club de Admiradores?".

Ubaldo empezó a patear una piedrota por sobre el zacate descuidado. El parque era del tamaño de una cuadra grande de la ciudad, con parches trasquilados de zacate Bermuda seco, rodeado de álamos viejos. Estábamos parados en lo que alguna vez fue el Río Grande que serpenteaba por el valle antes de que lo desviaran.

"Yo conocí a Nyvia Ester en el *Come-On-and-Drop-In*", replicó. "Se fijó en que yo tocaba todas las canciones de Pedro que había en la rocola. Es todo un personaje, pero no hace falta decírtelo".

Ubaldo empezó a caminar imitando a Nyvia Ester: toda una aleteante reina del gallinero con un acento que te pegaba entre ceja y ceja.

"Mi mom y mi dad se fueron con los jewes para levantarse, no para to heng los brazos wid la plebe que no wanna work. Mucha de mi pípol no wanna to work. Y cuando lo wanna dey work con un puto o una puta

como el SIN, la FBI o la CIA, que es otra güey of seyin El Gran Puto, El puto mayor. ¡Que Dios me proteja del diablo!".

Y ahí Ubaldo se santiguó a la Nyvia Ester, un gesto elegante que terminó con un beso exagerado en los labios.

"Odio esa palabra", dijo Ubaldo poniéndose serio. "Así me decía mi papá cuando era chamaco. Y a mi mamá le decía puta. '¡Ey puto! ¡Tú puto! ¡Sí, tú, puta, ven acá!' Era malo. Mi madre me hubiera ahorrado tiempo y dolor si se hubiera sincerado conmigo cuando chavo y me hubiera dicho, 'Tu padre es un caso problemático. Está enfermo'".

"Los muchachos entienden".

"Sí cómo no. Igual que como tú y yo sabíamos absolutamente todo lo que les sucedía a nuestros padres y de cómo se comportaban y de cómo nos decían una cosa y hacían otra. Bueno, de cualquier forma, así fue como ingresé al Club de Admiradores. A mí qué me importa que sean una bola de viejas pedorras. Tú no, Tere. Sin que se comparta una neurona entre todas ellas, no quieren nada conmigo. Tú eres la única miembro del Club de Admiradores que me cae bien, sin contar a Sista Rocha. Ella es como una hermana mayor. Y, desde luego, está Nyvia Ester. Esas brujas juzgan perverso que ningún hombre pertenezca a un Club de Admiradores de otro hombre. Evidentemente se han corrompido de vivir en los EE. UU. por tanto tiempo. En México siempre te encuentras miembros varones de los Clubes de Admiradores de Pedro Infante. ¿Qué vamos a decir de todos los mariachis que todavía lo quieren y todos los hombres del Sindicato de Policía Motociclista? Respetan a Pedro por su trabajo en *ATM: A toda máquina*, cuando hizo de acróbata motociclista que se gana su lugar en el escuadrón acrobático".

Ubaldo tenía razón. Generalmente tenía razón pero nadie le hacía caso. Ubaldo no sufría ningún mal que no se le quitara pasando una temporada en un centro Betty Ford, si sólo tuviera con qué hacerlo.

María Luisa, su madre, de a tiro lo había echado a perder. Vivía con ella cuando no tenía novio, por lo regular algún viejo que trabajaba en el Campo de Proyectiles de las Arenas Blancas reparando camiones del ejército o alguien que trabajaba de noche en el Puente de Zaragoza. Yo nunca quise entender a Ubaldo ni sus acciones y, como resultado, nunca me molestó lo que hiciera. Era un joto mexicano/chicano que vivía en un pinche-pueblucho-chafa-garrapatudo-de-perro-paralítico-atascado-de-mierda-lleno de putos y putas escondidos. Lo que necesitábamos en Cabritoville era una súper limpia cósmica.

"Vamos a seguir caminando, Ubaldo, antes de que oscurezca, aunque llueva".

Cruzamos el campo abierto que estaba frente al foro. Los cholitos se fumaban sus cigarros. Por fin se largaron rumbo a la Carnicería Rodríguez —"Nosotros la cortamos, usted la cocina".

El foro estaba atestado de graffiti, en gran parte obsceno. Muchos *chingapacá* y *chingapallá*. Allí arriba estaba el típico mural chicano: animales, vegetales y minerales en el mítico país de Aztlán, pero más grandes, más prietos y más feos que de costumbre. Seguro que el primo de alguien y el primo de ése lo habrán pintado en verano para las fiestas del cinco de mayo, un evento patrocinado por el club de niños o el de niñas o por las juventudes Lulac.

Algunos recuadros de héroes chicanos resaltaban en las esquinas: César Chávez, el padre del Sindicato de Trabajadores Campesinos Unidos, Vicki Carr, nacida y criada en El Paso, y otros héroes chicanos contemporáneos cuyas caras ahora estaban borroneadas, llenas de grafiti, pintarrajeadas de bigotes negros, de ojos morados y de lagrimones que escurrían de las fosas oculares. Ahora eran legendarios para una generación avejentada de boinas cafés, chicanos fronterizos que aún creían en los sueños de aquéllos, de lograr la justicia y la igualdad para todos, particularmente para la chicanada.

Ubaldo se detuvo para leer algo por el lado trasero de la cancha para la banda que jamás albergó ninguna banda. Era un imán para un grupo de tecatos y teporochos y de otros tipos de mala muerte, babosos, peludos sin dinero ni jale que se la pasan de esquineros en el *Come-On-and-Drop-In* "orale y déjate cai y luego se van a desaguar entre los matorrales cercanos a la fuente del parque Adams".

Ésa es cita directa de la Nyvia Ester Granados, quien trabajó en la cocina del *Come-On-and-Drop-In,* a un par de cuadras por la misma calle y que tuvo que vérselas con la raza de la cruda y del menudo.

Pasamos caminando al lado de varios álamos, reliquias de otro tiempo, los troncos cafés llenos de nudos y cubiertos de graffiti, cruces cholas y las iniciales de enamorados grabados en las cortezas. Unos rostros imaginarios escudriñaban la creciente oscuridad desde la carne disecada de los árboles gigantes. La lluvia parecía acercarse. Ya se olía y casi se sentía que la tierra ansiosa se alzaba a la expectativa, las plantas estirándose para tocarla. Un gato salvaje corrió rápidamente hacia su escondite próximo a un generador eléctrico que surtía de electricidad a las luces del parque.

"¿Quieres que nos sentemos en una banca, Tere?".

"Un ratito. Me encanta esta hora del día".

Ubaldo y yo nos sentamos en una de las bancas de cemento. Luego se dio un silencio incómodo.

"¿Tere, puedo hablar contigo?".

"Claro, Ubaldo. ¿De qué se trata?".

Ubaldo cerró el puño izquierdo y lo cubrió fuertemente con su mano derecha en ademán de coraje e impotencia.

"Sabía que algo no andaba bien contigo," le dije. "Andabas borracho en la última junta del Club de Admiradores. Cuando dijiste que andabas resfriado, yo sabía que había algo más. Y cuando no podías dejar de llorar, de veras que me preocupé. Luego chocaste el carro contra el del señor Reyes".

"Sabes, he estado yendo a ver a un terapueta en El Paso desde hace mucho tiempo. Él piensa que todo comenzó con mi primo Mamerto que empezó a meterse conmigo desde que yo tenía cinco años".

"¡Por Dios, Ubaldo!".

"Era más grande que yo y me amenazaba".

"¿Y por qué no le dijiste a tu mamá?".

"Me dijo que le diría a todo el mundo que yo era puto".

"Ay, Ubaldo".

"No había a quién decirle nada, ¿de acuerdo? Y yo creía que era malo, así como me lo había dicho mi papá".

"Cómo lo siento, Ubaldo".

Quise tocarlo extendiendo la mano pero Ubaldo se había levantado y caminaba de aquí para allá. Caminé hacia donde estaba. Miraba el muro que le quedaba enfrente. "Mira, Tere, chécate esto. Creí que había visto algo aquí. ¿Puedes leerlo?". Señaló a la pared. "Putas, ¿y qué? Culeras. Si no les gusta, préstenos el culo, ¡hipócritas! Firma Marisela".

No pude decir otra cosa que "¡híjole! ¿Por qué tiene que ser tan horrible la gente?".

Empezó a soplar el viento. Por fin bajaba la temperatura. Ubaldo había levantado un palo y escribía palabras sobre la tierra. Miré hacia abajo y vi escrito. "Soy una puta" frente a él.

"¿Y eso qué te parece, Tere? 'Soy puta. ¿¡Y qué!? Si no te gusta, préstame el culo, hipócrita'. Al menos Marisela tiene los huevos que a muchos les faltan cuando se trata de ser hombre en cuanto al sexo".

Ubaldo tiró el palo. Siempre estaba nervioso, dando golpecitos con los pies, moviendo de arriba abajo la cabeza, haciendo alguna forma de música con su cuerpo angurriento. Era un tipo bien parecido pero muy flaco con sus lustrosos ojos oscuros que observas en las fotos de los sobrevivientes de los campos para prisioneros de guerra, o de los hombres que han salido de su escondite. Costaba trabajo creer que tenía veintitantos, menos de treinta, pues parecía más grande.

Tengo que confesar que me sentí atraída a él, como se sienten atraídas las mujeres a los hombres que jamás conocerán íntimamente, a los hombres que no tienen interés sexual en ellas, los hombres que son como hermanos desvalagados, hermanos a quienes quisieras abrazar y acariciar, si sólo te dejaran hacerlo.

Y sin embargo, una vez nos tocamos de tal forma que casi me provoca el llanto. No los catos fraternales que le gustaba que nos diéramos, ni los coscorrones que yo le daba sobre el brazo para decirle que se apurara, o ándale pues o ay tú.

Sucedió ya tarde una noche que habíamos ido al cine. Lo llevé a su casa porque no tenía carro. Su último novio lo había dejado prángana y se había conchabado a un niño bonito. Cuando nos despedimos, Ubaldo me tomó la cara entre sus manos, me trazó los labios con un dedo y luego me besó suavemente. En seguida se retiró y me dio un abrazo de oso. De súbito se había metido a la casa de su madre y me dejó queriendo más.

"Todo el mundo es puto o puta si les das la oportunidad, Tere", dijo Ubaldo con demasiada facilidad. "Principalmente si les das la oportunidad".

"Pues yo no estoy de acuerdo con Marisela", le contesté. "Es muy cruda ella y tampoco estoy de acuerdo contigo ni pienso que crees lo que dices. No nacimos feos, nos hicimos así después, ya que el mundo y otra gente nos hubiera herido o ya que nos herimos nosotros mismos".

"Es tan cruda que trae la piel volteada de adentro para afuera", agregó. "Bueno, pues yo tampoco estoy de acuerdo con ella. Oye, mira esto. Alguien le ha contestado a Marisela".

Ubaldo leyó la pared por debajo de la declaración de Marisela.

"Putas son ustedes . . . y si tienen un problema dígannos. A ver, generalmente no se encuentran este tipo de cosas en Cabritoville", dijo Ubaldo maravillado.

"¿Ah, sí? Pues revisa el excusado de La Tempestad".

"Quisiera hacerlo, Tere, pero no puedo poner pie en ese tugurio. Desde que el Sr. Dairy Queen y yo quebramos. Su cuñado es el dueño del lugar y el cono con bola doble siempre va allí con su esposa".

"Qué ondas, Ubaldo. Ya ponte serio aunque sea una vez. Me tienes preocupada".

"Sí, ya sé. Todo me cansa ¿No te cansa a ti? Cuando pienso en el sexo o en el amor, como quieras llamarlo, no salgo de lo mucho que hay que luchar para mantenerse uno contento día tras día. Año tras año. Una persona y luego otra".

"¿Y qué vas a hacer, Ubaldo? Qué bueno que estás viendo a un terapeuta. Eso te va a ayudar".

"Últimamente, he traído muchas cosas en la cabeza. Cosas de la vida. Tú sabes. *Broncas*".

"¿Y eso qué tiene de nuevo? En todo hay *broncas*".

"Esta vez son *broncas broncas*".

"¿Broncas?".

"Sí, broncas. Como que un día tal vez me largue de Cabritoville sin decirle a nadie. Nomás me esfumo y no regreso nunca. Me iré al sur, Tere. A México. Para encontrarme a un Pedro Infante. Será un poco más viejo que Pedro cuando murió, de cuarenta y cinco, cincuenta, sesenta, setenta, qué chingados. Guapo. De buena voz. Te lo digo ahora. Si algún día te das cuenta de que me he largado, sabrás que me he encontrado a mi Pedro".

"¿Y por qué harías eso, Ubaldo?".

"Ni aunque mi madre se esté muriendo regresaré. No tengo que estar aquí para quererla . . . Oye, nomás te prevengo. Tú sabes, por si algún día sabes que ya me fui".

"Te estás portando como un loco pero yo sé que no lo estás".

"O me encuentro a mi Pedro o muero en el intento. Mi nuevo novio vive en El Paso pero le ofrecieron un trabajo en Dallas. ¿Quién sabe? A lo mejor me cambio para allá con él. Él no es el bueno, sabes, pero tal vez en Dallas . . .", especuló Ubaldo.

"¡Adiós!", le dije. "Eso dijiste el año pasado y todavía estás aquí".

Me gusta mucho usar las palabras de Albinita para expresar incredulidad.

"Tu madre se va a morir", le dije y en el momento me arrepentí de haberlo dicho. "¿Y ése quién es?".

Ubaldo siempre decía que ya se iba para algún lado pero nunca salía del pueblo más de un par de días. Y ahí lo tenías en la siguiente junta del Club de Admiradores con los ojos todos colorados, haciendo esfuerzos para no tomar licor, quedándose dormido de llorarle a un mecánico o a un albañil que lo había dejado plantado, con un pie plantado en el infierno y otro en el purgatorio.

"Es de familia de abolengo de Chihuahua. Tú no lo conoces".

"No me digas. Se parece a Pedro".

"¿Cómo lo sabías?".

"¿Y qué, me lo vas a presentar alguna vez?".

"No. Víctor no quiere conocer a mis amigos. Aparenta ser muy varonil".

"Ah, uno de ésos. ¿A qué se dedica?".

"Tiene un negocio de alfombras".

"¿Vende alfombras?".

"No, las limpia".

"Ay. ¿Por qué no mejor te largas a Las Vegas o a Disneylandia y así te desahogas?".

"Tengo que irme de Cabritoville, Tere. Iniciar una vida nueva. Es triste admitir que tus mejores años los pasaste en el asiento trasero de un Boneville durante la corta, sudorosa hora de comida de un regidor o cogiendo en seco en el vestíbulo de una iglesia fría antes de la ceremonia del miércoles de ceniza".

"Ay, Ubaldo, si te dejas, este pueblo te mata. Pero es tu casa. Nomás no te imagino viviendo en Dallas".

"¿Qué pedo? Aquí nunca he conocido a nadie de mi misma edad. Parece que siempre me toca quedarme con los vejetes".

"Cálmala, Ubaldo. Aliviánate. No tienes que irte de Cabritoville".

Ubaldo ya no esuchaba. Se veía muerto de cansancio.

Traté de poner mi mano en la suya. Estaba temblando y luego se apartó.

"Pensé ir a darle una vuelta a doña Meche antes de irme. ¿Quieres ir conmigo, Tere?".

"¿Quién es doña Meche?".

"Es una curandera. Yo tenía un mezquino que no se me caía por nada y cuando el Sr. Cornubia de la Dairy Queen me empezó a dar carrilla, necesitaba ayuda. Ella me dijo que conocería a un desconocido guapo, no muy alto, no muy prieto y que me iría de aquí".

"Bueno, digamos que te vas de aquí, ¿cómo voy a saber que llegaste bien y cómo sabré que por fin encontraste a Pedro? ¿Me vas a mandar una postal o algo?".

"No esperes nada grandioso. Será una pequeñez. ¿Quién sabe lo que ha de ser? Te voy a sorprender".

"Me lo prometiste sobre la tumba de Pedro Infante, recuérdalo".

"Mejor por la esperanza de ver a Pedro algún día".

"Bueno, por la esperanza de ver a Pedro".

"Me estoy quemando, Tere, soy demasiado apasionado. Igual que Pedro. Por eso lo quiero. Él sabía cómo vivir".

"¿De veras, Ubaldo? No sé muy bien. La gente como Pedro siempre se consume muy rápidamente. Yo no quiero vivir así. Yo quiero ser estable, por dentro, donde cuenta, no un ánima sola envuelta en llamas".

Ya estaba oscuro, las nubes de la tormenta se nos habían echado encima secretamente.

"Ubaldo, ya debemos irnos", le dije.

"Vamos a seguir sentados otro ratito. Cuéntame un cuento".

"¿Quieres un cuento, Ubaldo?".

"Un cuento de amor. Yo lo comienzo. Estoy parado junto a Pedro".

"Es hermoso", le seguí.

"Empieza a cantar".

"Ahora tú y Pedro bailan en la playa de *La vida no vale nada*. Él te lleva pegadito".

"¿De veras?", dijo Ubaldo. "¿Cómo de pegadito?".

"Muy pegadito".

"¿Muy, muy pegadito?".

"Ay ay ay. Pegadititos. Aplastados el uno contra el otro. ¿No sentiste una gota, Ubaldo?".

"No. ¿Y tú?".

"Ya vámonos. Algo sentí. Ya oigo los truenos".

"Están muy lejos".

"¡Ya empieza a llover, Ubaldo! ¡Uuyy, rápido! ¡Estamos a dos millas de mi carro! ¡Córrele!".

"Corre tú, yo camino. Allí te veo".

"¡Ay, me estoy empapando! ¡Apúrate, Ubaldo!".

"No puedo".

"¿Cómo que no?".

"No lo haré".

Los truenos ya estaban más cerca. La lluvia había llegado desde el noroeste, como antes ya lo había prometido. Corrí por el aire húmedo y cargado. Ubaldo se quedó atrás. Luego se oyó el crac de un relámpago y éste se me emparejó, me tomó de la mano y corrimos contra el viento.

13

¿QUÉ ES?

¿Qué es lo que no te gusta de mí, Lucio? ¿Que sea demasiado mexicana o no lo suficiente? ¿Que sea demasiado pobre, demasiado analfabeta? ¿Que me crea mucho o no me crea lo suficiente? ¿Que sea demasiado pegoste o demasiad independiente? ¿Que esté demasiado vieja? No es que la Diolinda sea ninguna gran belleza aunque alguna gente crea que sí lo es. Puros huesos con dos chichis artificiales y puntiagudas como toronjas verdes, una melena teñida de negro y una nariz cada vez más chica. Es una profesionista, se lo reconozco. Y tiene su representación de la Mary Kay. Si no fuera por eso, ¿qué te daría por casarte con ella? Es una lacra espiritual, Lucio, una lacra.

¿Que sea muy bocona o muy callada? ¿Que piense demasiado o no lo suficiente? ¿Será el timbre de mi voz que sube y baja? ¿Que me ría demasiado? ¿Será mi humor brujesco torcido? A veces te pones tan serio, Lucio, no tienes sentido del humor. Y me estás volviendo loca con ese diccionario.

"¿Sabes lo que es un perigeo?", me preguntó anoche apenas.

"Claro que no", le contesté. Yo tengo mis limitaciones.

"Página 987. 'Perigeo —sustantivo. El punto de la órbita de un cuerpo celestial, principalmente la Luna, o un satélite artificial, cuando se encuentra más cerca de la Tierra'".

Ay, Lucio. ¿Y a mí qué me importa el perigeo? Siempre estás

consultando palabras. Y yo siempre estoy tratando de encontrar su significado. A mí me importas tú y a ti te importan las palabras. ¿Por qué no puedes hablarme como me hace falta que me hables? ¿Por qué no puedo oírte decir las palabras que necesito que me digas: Te quiero, Tere. Te quiero. ¿Y a veces por qué me dices pequeñas mentiras inocuas? ¿Y hasta algunas muy gordas?

¿Qué es lo que no te gusta de mí? ¿Será la postura que se me comienza a jorobar? Me has dicho que camino ligeramente agachada. ¿Será mi ropa? No te gustó mi trajecito de terciopelo naranja y rosado del que me sentía tan orgullosa, esa prenda que sólo me puse para ti. Albinita me lo regaló, y sí, me parecía maravilloso. ¿Que me visto muy rupa, muy llamativa, muy apretada, muy huanga? Estás a diciéndome constantemente que no me vista como mexicana con vestidos de Juárez. ¿De qué estás hablando? Los mexicanos se visten como pueden. ¿Cuándo me compraste tú un vestido, Sr. Barón Dandy? Te gustan mis chichis. Éstas son de a verdad, de pe a pa, así que, ¿qué te importa qué me ponga?

A veces te portas de forma muy cruel y prejuicioso contra tu propia gente. Me siento muy triste por la forma en que te expresas acerca de los mexicanos, como si tú estuvieras más arriba y fueras más que ellos, tú que andas para todos lados cargando un diccionario buscando la palabra correcta, esa palabra que habrá de confirmar que eres mejor y más digno —de qué, no sé muy bien.

¿Que estoy muy chaparra? Ni tanto, tengo buena estatura para ser mujer y más para un hombre como tú. Ni que fueras tan alto. Es más, eres chaparro para ser hombre. Tienes una espaldita y te hacen falta nalgas, ni hablar de la cintura. Desnalgado. Chaparrón. Piernas de pollo.

Y también se te sube lo hijo de puta. Al principio no me quería fijar pero ahora veo que puedes ser un cabrón. No como la gente suele ser cabrona. Nunca me has pellizcado ni golpeado. Pero nunca me has dicho que me quieres. Cuando yo sé que sí me quieres. Piensas como hijo de la chingada. Y haces ruidos. Ruidos incoherentes. Eso es ser culero. Resuellas cuando mando por correo mis cinco dólares para mi hijo adoptivo de la India o cuando les mando dinerito a los veteranos paralizados para que me manden sus lindas tarjetitas postales con perritos o gatitos. Eso es de lo más pinche que puedes hacer. Y lo peor es que continuamente me niegas tu amor. Tal vez eso sea lo peor que alguien pueda hacer. Es antinatural y viola las leyes de Dios y de la naturaleza. Si es que haya alguien que se vaya al infierno debería condenarse por no haber amado como hubiera podido.

¿Así que dónde me falla, Lucio? ¿Que estoy muy flaca? ¿Muy gorda? Dices que te gusto con algo de carnes. Estoy suavecita y eso te gusta también. Siempre me repites que estoy muy suavecita. Pues yo creo que eso es bueno. Estoy suave como mujer, no suave como masa de panecillos listos para hornear. (A mí me gustan los panecillos y me apena que a ti no. De esa masa salen muy buenas donas también. No hay más que hacerles un agujero en el centro, freírlas y rodarlas en azúcar morena. Pero tú nunca los has probado. No sabes lo que te has perdido.)

¿Que traigo celulitis detrás de las rodillas o bajo los sobacos que salta del brasier o de la panza que me cuelga sobre la línea de la pantaleta? (Te está saliendo una pancita, cuidado. No te lo había comentado hasta ahora. Si lo hago es porque tú sacaste a relucir lo de mi panza un día que te sentías cabrón, que recientemente es cada vez mas frecuente.) No todos podemos tener vientres de tallador, las mujeres debemos ser redondas. ¿Te da miedo que se me cuelguen las carnes de los brazos como a todas las mujeres que trabajan en el Súper Taco de Sofía o en la Choza de Menudo?

¿Que camino muy aprisa, muy despacio, arrastrando los pies, o será mi forma de ponerme de pie con una cadera hacia fuera o con las manos sobre ambas caderas? Como lesbiana extremista, me has dicho. ¿Qué tienes en contra de las mujeres?

¿Será mi forma de dormir de lado, nunca boca arriba? ¿Que ronco? Antes roncaba pero ya no. Si quieres hablar de ronquidos nomás mírate al espejo. Si no me crees te pondré una cinta que grabé cuando estuviste roncando una noche que no podía dormirme. Te grabé para que no me digas que te lo estoy inventando.

¿Que tengo mal aliento por la mañana? Deberías olerte a ti

mismo, señor Criticón Eterno. A todos nos huele mal la boca por la mañana ¿Que no? Yo trato de meterme al baño antes de que despiertes para arreglarme, pero no siempre es posible. Y no ha habido muchas mañanas de ésas, Sr. No-puedo-quedarme-toda-la-noche-pues-tengo-que-llevarle-su-botella-de-whiskey-a-mi-mamá-para-que-se-pueda-dormir. Y además, si es que alguna vez te quedas, generalmente no nos besamos por la mañana. Lo que te gusta es brincarme rapidito de ladito de changuito sempre que estoy de cara contra la pared.

¿Son las arrugas que tengo entre los ojos? ¿Será la cara de preocupación que me dijo mi madre que me aparecería si seguía viendo el mundo lo hacía y como lo hago? ¿Son las arrugas permanentes de la sonrisa a los lados de mi boca como bigotes de carne?

¿Son mis manos feas, feas como las de mi padre? ¿Son las coyunturas grandes, la seca piel de alrededor de las uñas que parece que nunca me puedo quitar? ¿Será que soy mi propio sobador y que me puedo tronar me los dedos y el cuello y la espalda? ¿Será que me gusta leer cosas que tú nunca leerías: *El Enquirer, El Star, El Weekly World News*? ¿Será que de un historial de mala alimentación y que como cosas que tú nunca te comerías: salchichas de Viena, tacos de carne embutida, maíz de menudo de la lata, frijoles refrigerados sacados de la hielera y cuajada con pimientos morrones? ¿Será la forma en que bato los huevos, fritos a medio fuego hasta que se hacen una plasta amarilla salpicados de mucha sal? (Me dijiste que te daba asco la forma en que batía los huevos. Amor, nomás te vieras hartando chicharrones, la grasa corriéndote por los labios carnosos mientras le chupas los tuétanos al hueso roto. Nunca había visto a ningún hombre chupar carne como lo haces tú, pareces un oso hormiguero.)

¿Será de la gente de la que vengo? ¿Los Ávila, los Ramos? ¿Es la gente que quiero, la gente que tú nunca podrías querer? ¿Será que tú odias a tus padres, principalmente a tu madre, y que yo adoro a la mía? ¿O será que sientes celos de mi madre, esa conejita callada que siempre tiene miedo y siempre se encuentra parada en el marco de la puerta viendo a ver que me hace falta? ¿Será la memoria de tu padre, un hombre duro y crítico y arrogante muy pero muy parecido a ti? ¿Será que Cuca, tu madre, la única mujer del mundo que pudo haberte infundido la misericordia, fracasó? ¿Será a ella a quien ves cuando miras a todas las mujeres, especialmente a mí en los momentos que me odias? ¿Será tu hermana Velia? ¿Será porque ella tiene las nalgas del ancho de un camión de mudanzas y porque se parece a ti? ¿Te da miedo que yo esté echando nalga grande? ¿Serán los hermanos y las hermanas que nunca tuve? ¿Que no entiendas lo que quiere decir ser "familia"?

¿Será mi desaseada casita de la calle Bowser, las arañas en el baño y las hormigas en la cocina? ¿Serán los pósters viejos que cuelgan de mis paredes: Janis Joplin, el presidente Kennedy, el Che Guevara, el papa Juan XXIII, Pedro Infante en *Necesito dinero*? ¿Son mis ollas viejas, mis sartenes costrosas, la estufa antediluviana a la que niegas acercarte? ¿Son los tapetes gastados que tengo, con pelos del Diablo, el viejo perro de mi madre que se fugó? ¿Será la forma en que limpio o que no limpio la casa?

¿Qué cosas he hecho o no he hecho? Dímelo y las arreglo. ¿Será la comida del refrigerador que me dijiste: el *Cheez Whiz,* una botella de champán barato? ¿Será porque digo hielera y no refrigerador? ¿Serían las dos comidas que te preparé, la primera un mazacote gris de legumbres y arroz, un guiso que antes me encantaba (Irma, mi comadre, me dio la receta), pero cuando te la hice a ti me salió mal? ¿Fueron las tortitas para hamburguesa vegetariana que te hice la noche que llovió y goteó el techo sobre los archivos del seguro que habías puesto sobre la vieja silla reclinable que huele a meados de gato, un recuerdo de Angelita, la gata de mamá que ya murió? ¿Serían las aceitunas negras, las sardinas y la cebolla que me oliste en el aliento el día que viniste y que no te esperaba y estaba trapeando el piso de la cocina con la garra que había comprado en Juárez, que se le caen pedazos de borra y se endurecen en las esquinas de los gabinetes de la cocina? ¿Sería que traía puestos los rulos color de rosa y la vieja bata traqueteada azul cielo de mi mamá, esa bata que odias?

¿Serán mis espejos demasiado viejos, ya casi ausentes de azogue, principalmente el que está en el baño frente al excusado que me pediste que quitara porque veías a Diegüito en él cuando hacías pipí? ¿Eso sería?

¿Era eso, Lucio? Nomás dímelo.

¿Será el deseo visible que siento por ti, el calor que me sale por arriba de la cabeza, una calentura que me envuelve? ¿Será el nudo caliente de mi clítoris, denso como la roca, el dolor que me crece con sólo pensar en ti? ¿Es la forma en que lloro cuando no estás, mi cara roja y fea, mi voz enojada de deseo, la triste, triste forma que tengo de mirarte cuando te vas manejando, una mirada que espera demasiado? ¿Será la forma en que te digo adiós con la mano como si me despidiera para siempre? ¿Será el lugarzote abierto que tengo para ti en el corazón, el deseo feroz de tu carne, tu espalda, tus muslos, tus besos? ¿Besos que sueño siempre pero que nunca puedo recordar completamente hasta besarte de nuevo? ¿Será mi forma de amarte, toda hambre y bravura sin vergüenza, como pocas mujeres quieren a un hombre? ¿Será mi forma de besarte —como no deben besar las mujeres— en los lugares que nadie debe besar? ¿Será eso? ¿Será que quiero demasiado? ¿Que amo demasiado?

¿Qué será de veras? ¿Será que juré sobre la tumba de mi abuela Chencha que no podría vivir sin que me besaras allá abajo? No sabía lo que era un verdadero orgasmo hasta que te conocí, Lucio. Si no pudiera sentir tus labios allá abajo y acá arriba y por debajo de allí y sobre y alrededor de allá y no pudiera venirme así, una pared azul que tiembla y ennegrece... me... me... no sé que haría. Nomás me...

¿Será eso?

Por favor no me llames si no has resuelto ser mi amante. No quiero ser tu amiga. Si me llamas estate listo para amarme como yo te amo a ti. Con ambas manos al volante ardiente. Ya sabes mi teléfono.

La Tere.

14

UNA MUCHACHITA

*S*iempre me dan lástima los niños de las películas de Pedro. Está la güerita malcriada de *Los tres huastecos* representada por María Eugenia Llamas, que requiere mucha atención y te pone de pelos luego luego. Echada a perder hasta la médula y que podía portar pistola tan chiquita. Pero sé bien que no ha de ser fácil ser la hija de un bandido.

La niña de *Angelitos negros* es verdaderamente lastimera. Sabía que su mamá, Ana Luisa, no la quería porque ella era negra. La escena en que la niña se pone harina en la cara para hacerse más blanca te rompe el alma. No había cosa que pudiera hacer para que su madre la amara.

Chachita, la niña adolescente de Pedro en *Nosotros los pobres*, también traía una bola de problemas. Pedro, que hace de un carpintero que se llama Pepe el Toro, la mima. Pepe sabe por qué lo hace. Tenía que esconder la realidad de que su madre era una piruja. Y no había forma de sacarle la vuelta. La mujer había vivido una vida terrible y Pepe no quería nada con ella. Fue muy triste cuando, después, Pedro le reveló a Chachita que la puta moribunda era su madre en realidad.

De nuevo, si Pedro que es Pepe desde el principio sólo le hubiera dicho la verdad a la gente que tenía que saberla, se hubiera evitado mucho dolor. Pero así no hacemos las cosas los mexicanos. No sabemos cómo evitarnos el sufrimiento. Yo tengo que saberlo. Y Pedro debió de saberlo también. Pero no, tuvo que hacer creer que Chachita era hija suya haciéndola que creciera intolerante y gritona.

Todos estos niños, casi todos niñas, llevan vidas atormentadas. Hay niños varones en las películas de Pedro pero tienden a morirse muy pronto, como el niño enfermo de *Un rincón cerca del cielo*, o el Torito, el hijo de Pedro en *Nosotros los pobres*, que muere quemado vivo. Qué vidas tan dolorosas y qué horribles muertes. A las niñas en cierta forma les va mejor, si esque se pueden considerar más fáciles a sus vidas. Ser mujer en México durante los cuarenta y los cincuenta era condena a cadena perpetua de trabajos forzados. Lo mismo digo de crecer en Cabritoville, U.S.A., en los cincuenta y los sesenta. Lo digo en serio, hay maneras menos complicadas de entrar y salir del mundo.

Niño/niña/niña/niño, todos los niños de las películas de Pedro se las ven negras, sin importar la clase social, la época o el color de su cabello. Lo mismo les sucede a todas las mujeres. De cualquier edad. Aunque si tuvieras un dolorímetro y probaras a güeras y morenas al azar, sacarías que las güeras vivirían vidas mejores. Menos Ana Luisa en *Angelitos negros*. Lo que ella le hizo a Pedro y a su hija de doble raza es imperdonable. Esa mujer tiene que irse a un infierno eterno por sus pecados, que fueron muchos.

Hasta a los recién nacidos les va mal en las películas de Pedro. ¿Cómo te gustaría que te trajeran de un ala como mono de peluche al mismo tiempo que tuviera sitiada tu fortaleza? Pobrecita nenita la de *Las mujeres de mi general*. Tal vez por eso se noten más las muchachas en las películas de Pedro. Aguantan mejor bajo fuego, pueden gritar y hacer desmadre; no están sujetas al mismo destino oscuro que la mayoría de los hombres.

Cuando examinas el papel de la mujer en el cine mexicano, todavía vive bajo el yugo de sus padres, de sus hijos, de sus maridos y de sus hermanos. Quisiera poner en fila a todas las mujeres que aparecieron en las películas de Pedro y mirarlas bien y bonito largo rato. Híjole, allí sí que hay de dónde escoger. Pedro le dio vuelta a cada una de ellas y cada una le dio la vuelta a Pedro.

Y sin embargo, Pedro mantuvo muchas y largas relaciones con mujeres. Ahí está su amistad con Sara García. De veras que cultivaron una tierna amistad dentro y fuera de la pantalla. Sara García amaba a Pedro y se nota que él la amaba a ella. Y está su amistad fuera del cine con Blanca Estela Pavón, la actriz que protagonizó *Los tres huastecos, Nosotros los pobres, Ustedes los ricos, La mujer que yo perdí, Vuelven los García* y *Cuando lloran los valientes*. Cuando ella murió en un avionazo en 1949, él se puso inconsolable.

Sus amistades con varones en el cine fueron muchas. Estuvo Luis Aguilar en *ATM: A toda máquina* y *Qué te ha dado esa mujer* y Antonio Badú en *Los hijos de María Morales*. Pero, así como sus relaciones con las mujeres, sus amistades con hombres fueron adquiridas con dificultad y problemas.

La Wirma y yo nunca nos hermanamos a la india cortándonos el dedo y mezclando nuestras sangres oscuras. Lo más que nos acercamos a eso fue cuando en la prepa compartimos una caja de Tampax que nos habíamos robado en la Woolworth porque las dos traíamos la proverbial regla al mismo tiempo y la cola para pagar había estado demasiado larga. Somos tan cuatitas la Wirma y yo, que hasta se nos sube el PMS al mismo tiempo. Sólo que en este caso el PMS no significa Síndrome Post Menstrual sino Pobrecitas Malditas Sinvergüenzas. Así nos autodenominábamos cuando nos llegaba el período a la vez. Yo le digo a la Wirma que ya llegó *la puta* y ella me confirma que ya ha llegado la visita.

Si pensamos que a la Irma y a mí nos fue del carajo cuando crecimos en Cabritoville, U.S.A., y sí nos fue, qué no habrán sufrido los niños de las películas de Pedro. Todos aquellos chavalitos mugrientos pobrecitos en aquellos pueblitos dejados de la mano de Dios y en las pululantes calles de la ciudad. Todos crecimos soñando que la fabulosa vida de Pedro algún día podría ser la nuestra.

Irma había discutido este tema conmigo durante demasiadas y largas horas. La Época de Oro fue un tiempo mágico del cine mexicano pero también inició el ciclo de confusión que abarcó desde Quirino a Albinita a Reynaldo, Mohammed, Chago y Lucio y luego a mí.

"¿Cuándo terminará el ciclo de la ilusión, Tere?".

"¿De qué hablas, comadre?", le dije a Irma.

"Hablo de los pecados de los padres y las madres, las abuelas y los abuelos. De una raza jodida por los sueños de celuloide".

"Allí me perdiste, Wirma".

"Sabes bien de qué hablo, Tere, pero no quieres admitirlo. Tiene que haber una manera mejor de vivir nuestras vidas que no sobre el jodido filo del amor obsesivo. En espera del amante soñado que nunca llega, el caballero en su destelleante Trans Am que no deja de admirarse en el espejo o el hijito de mami que vive del Welfare y le habla por teléfono a diario a su progenitora mientras que la comida que le hiciste se le enfría. ¿No te he mencionado al vato que se parece a Pedro que es oficial del SIN, está casado, toma cerveza Coors y ayer deportó a su madre? La vida de Pedro nos debería servir de lección".

¿Que Pedro no sabía que no podía o no debería y que si lo hacía la vida y las cosas que amaba se le echarían encima y a final de cuentas lo derrocarían? Pedro debió de saber que él había causado que su niño muriera de pulmonía en *Un rincón cerca del cielo*. En esa película se veía tan perturbado porque era muy egoísta. ¿Que no lo sabría y que no se habría percatado de que él tenía la culpa de todas las maldades que ocurrían en todas sus películas?

Ubaldo a eso lo llama karma. Siempre habla de que el karma esto y el karma lo otro.

Yo le digo que Irma tiene una tía que se llama Carma. Apócope de Carmen. Pero nomás se me queda mirando como si acabara de entrar de andar sacando hierba mala al mediodía en el calorón de julio.

Yo digo que la muerte de Pedro en un accidente de aviación fue su karma. Como también fue el karma que Blanca Estela Pavón, una de sus protagonistas femeninas y su mejor amiga, haya muerto de su propio avionazo. Yo sí creo que Pedro murió en aquel avión. Además, él quería morir así. Había dicho, "Yo nací para ser aviador . . . Debe de ser hermoso morir como los pájaros, con las alas abiertas".

Pedro nació para volar. "Quiero morir volando y que me entierren con música".

Yo no sabía lo que era el karma hasta que conocí a Ubaldo. Tampoco sabía lo que era una *chadra*. Siempre estaba con que una u otra de sus *chadras* estaba desequilibrada, que traía un dolor síquico aquí o allá y que le hacía falta que le balancearan el aura, una especie de Sal de Uvas Picot cósmico que lo dejaría como nuevo.

"¿Qué es una *chadra, Ubaldo?*", le pregunté una de muchas veces que conversábamos por teléfono ya muy de noche.

"¡Chakra! ¡Chakra! Dilo correctamente, Tere. Es un centro de energía del cuerpo. Te voy a llevar un libro para que te ilustres".

"No gracias, Ubaldo. Ya tengo bastante con andar cargando el pinche diccionario que me dio Lucio. Espera un momento. Ni esperanzas de encontrar la palabra chakra aquí. Ah, pero, ¿a que no sabías que un *chacma* es un mandril grande color café grisáceo? Página 221".

"Tere, eres un caso perdido".

"Estoy demasiado ocupada viviendo mi vida como para andarme preocupando por el karma o las chakras, Ubaldo".

"Eso era lo que me temía, Tere. Ya tienes que ponerte firme y cortar con Lucio. Ahí está su hija. ¿Qué, nunca has pensado en su hija?".

Todo el mundo siempre lo dice, que la amante nunca piensa en los hijos de su amante casado. Quiero que sepas que yo casi no pienso en otra cosa.

Andrea Valadez.

Una muchachita.

Si es que Lucio y yo nos separamos, y cuando lo hagamos, será a causa de esa muchachita.

Sí, los niños me parten el alma, principalmente las muchachitas como Andrea.

Las muchachas como yo, pues ya traemos el corazón hecho

pedazos. Así entramos al mundo y así saldremos, aún sufriendo un periodo cósmico y queriendo limpiar el sangriento cochinero.

"¿Que no, nenita?".

Todos los días veo a Andrea. Como a todos los demás niños de la Primaria de Cabritoville, me llama Miss Terry.

"Hola, Miss Terry. ¿Cómo amaneció?".

Cada vez que la veo se me rompe el alma. Es una niña hermosa. No se parece a Diolinda, no tiene figura oscura y ardiente, ni el ceño alto, ni pestañas gruesas, ni pómulos salientes, ni piel aceitunada. Se parece más a su papá. Delgada, tranquila, segura de sí misma, aun a su tierna edad. Una belleza frágil, casi transparente. Pestañas pálidas y un rostro delicado, pequeño y acorazonado. Me recuerda a las niñas que aparecían en las películas de Pedro. La preciosa y precoz niña de la rubia con quien se casa y que vive en el pueblo. La nieta del hacendado, no la criada indita que quiere a su patrón sin esperanza de nada. Andrea nació para una vida mejor.

Y sin embargo tiene algo de Chachita, algo de la bandidita chiple, algo de la hija perdida y no amada, algo de pequeña sirena y demasiado de la muchachita de padre confundido.

No debía verme besándome con su papá en el estacionamiento de la Primaria de Cabritoville.

Ya había terminado el día escolar. Los muchachos esperaban sus camiones. Lucio llegó en su troquita blanca. Me hizo señas de que me acercara y luego me pidió que me sentara allí con él un rato. Me dio miedo pero me subí a la troquita. A sabiendas de que no tenía más que tocarlo y sanseacabó. Todo terminaría. Lucio me besó con fiereza, como Pedro había besado a la casada resbalosa que lo había ido a buscar en *El gavilán pollero*. Primero con fuerza, la segunda vez más suavemente y la última vez con ternura.

Cuando levanté la vista, sin aliento, vi que Andrea estaba allí de pie frente al camión. Había algo horrible en su mirada, una cara de incomprensión y luego le cubrió el rostro la desilusión infinita. Lucio levantó la vista para toparse con los ojos ardientes de Andrea. Luego me hizo a un lado, el rostro ensombrecido.

"Mierda, Tere. ¿Qué has hecho? ¡Te he dicho un millón de

veces que no te puedo querer! Tengo familia. Ahora bájate del carro. Tengo que llevar a Andrea a la casa. Y no me llames. ¡Haz lo que quieras pero no me llames!".

Los niños saben quiénes son sus padres desde muy pequeños. Y sabemos lo mucho que nos van a herir. Así como también conocemos las fallas de nuestros amantes. Las mujeres que nos traicionan son las que más nos hieren, porque se trata de una traición nunca esperada.

Lucio se bajó de la troca y se fue con Andrea. Trató de abrazarla pero ella se apartó y lo miró con asco. Ninguna mujer que no fuera Chachita pudo haber herido tanto a Pedro cuando lo miró con odio puro en *Nosotros los pobres*. Andrea se mordió el labio y me di cuenta de que luchaba por no llorar. Tal vez haya sido una niña rica chiplona pero ahora ya le había perdido la confianza a su padre. Me fui caminando rápidamente a la cafetería. A Lucio se le veía desconcertado, y al alejarse, Andrea iba agarrada de la ventana medio abierta, de espaldas a su padre. Yo sabía que Lucio la llevaría a tomar helado o le compraría un juguete para convencerla de que le prometiera no decirle nada a su mamá. Trataría de reparar el daño, pero nunca lo lograría. Y con el tiempo dejaría de preocuparle. Pero Andrea nunca olvidaría. Y de eso estaba muy arrepentida.

Me sentía mal por Andrea y por mí. Ya no nos miraríamos a los ojos y ella se repegaría contra la pared en cualquier ocasión en que se sintiera cerca de mí. Y ya jamás me sonreiría como antes lo hacía. Se acabarían sus respetuosos "¿Cómo le va, Miss Terry?".

No había a quién pedirle disculpas y a alguien tenía que confesarle mi pecado. Pensé en ir con el Padre Ronnie, pero los miércoles salía de la ciudad, generalmente jugaba en el casino Speaking Rock de Ysleta donde le creció el fiado. No podía darle la cara al Padre Gregorio, el español de fuerte ceceo que olía a confesionario polvoriento y condescendía a hablarte con su acostumbrada voz gangosa y te recordaba por qué la Inquisición había tenido su origen en España. O el Padre Gato cara de piedra que mata gatos y avienta los cadáveres al Río Grande. De golpe de pecho, Dios mío. (El tipo se aventaba sermones terribles en los velorios, muy seguido sin mencionar al difunto.) ¿Cómo me iba a acercar a ninguno de ellos?

Mejor le llamé a Irma.

"Comadre, nos vemos en La Tempestad a las cuatro para la hora feliz".

"¿Qué sucedió, Tere?", preguntó Irma por el teléfono. Se olía que algo no andaba bien.

"No me preguntes nada ahorita, comadre. Traigo el corazón que se me quema".

"¿Qué, no te acuerdas que ya habíamos dejado de pistiar, Tere? Y además, no quiero que nos veamos en La Tempestad. Te dije que ya había visto las *señales*. Mejor paso por ti a las cinco y nos vamos a tirar un verde".

"Aquí te espero", le dije agradecida.

No quería fastidiar a la Irma, pero si alguien podría con el paquete era ella.

15

OTRA CANTALETA DE POBRECITA DE MÍ,

HÁGANME CASO

"Irma, he perdido mi centro. ¡Quiero suicidarme!".

"No lo hagas", me dijo sin mucha preocupación. "Vamos a dar la vuelta hasta que te alivianes. ¿Qué te parece si nos vamos por el camino viejo a El Paso y luego paramos a tomarnos una *A&W root beer*?".

"Me parece muy bien. ¿Pero qué tal si *primero* vamos por las *A&W* y *luego* seguimos al valle?".

Fuimos al *A&W* y pedimos dos tarros grandes congelados.

"¿Así que qué te pasa?", dijo Irma.

"Andrea nos vio besándonos. Lucio y yo estábamos en el estacionamiento. Ay, comadre, Lucio me gritó que me bajara del carro y que lo dejara solo. Y ahora Andrea lo sabe todo".

El nuestro era uno de los cuatro carros que estaban en el *A&W*. Alguien que traía un Impala verde oscuro nos saludó con la mano.

"¿Quién era?", pregunté trémula.

Irma respondió al saludo, "No estoy segura . . . ¿Así que qué ondas, Tere?".

"Yo quiero a Lucio y creo que él me quiere a mí. Pero no quiero que Andrea salga herida".

Irma volteó a verme. Noté que estaba enojada. Se tomó lo último que quedaba de la *root beer*, dejó su tarro congelado y me miró directo a los ojos.

"*Crees* que te quiere. ¿*Crees* que te quiere? No es lo mismo que *saber* que te quiere. Y además, nunca te podrá amar. Se quiere demasiado a sí mismo".

Lo bueno es que ambas ya más o menos nos habíamos terminado las root beers porque Irma le pitó fuerte el claxon y una mujer demasiado vieja llegó sobre patines a recoger nuestra bandeja. Irma le dio un dólar de propina y salimos de ahí a lo ni-me-hables-ahora-que-no-sé-qué-decir.

Manejó como unos veinte minutos sin decir palabra mientras que yo miraba pasar la campiña por la ventana por la carretera 478. La cosecha de chile colorado estaba lista, allí tirada en los campos de secado recogiendo potencia de la tierra. Ya casi todas las cosechas se habían recogido: la lechuga, la cebolla, el maíz. Los copos cochinos de algodón aún permanecían en los campos secos esperando a que la maquinaria los separara de los tallos. A los árboles todavía no se les caían las hojas pero se veían cansados. Ya el verano casi había terminado y el calor le había chupado la vida a muchas cosas. Una calma decidida se cernía sobre la tierra cansada de producir desde hacía ya mucho y que parecía lanzar un suspiro de alivio.

Hacía tanto tiempo que no manejaba por entre las granjas que quedaban al sur de Cabritoville, granjas que se anunciaban como Los Grijalva y La Hacienda de los Domínguez o simplemente Reyes, en letreros de madera pintados a mano sobre puertas tembleques que se abrían a varias hectáreas de tierra muy bien querida y de propiedad privada. Le agradecía a Irma que me hubiera llevado allá, a un lugar que ambas amábamos. Era un paseo al que siempre que había podido había llevado a su tío Pablo, que se estaba muriendo. Ya que estaba en silla de ruedas, aquello había sido el último lazo con su antigua vida como cultivador de chile. Amaba la libertad de subirse a un carro y salir a la carretera mientras se asomaba por lo que parecían interminables calles de nogaleras y matas de algodón, los chiles brillantes rojo sangre tomando el sol. Irma le explicaba pacientemente: "Allí está la iglesia vieja, tío, a donde ibas con mi tía y, ¿te acuerdas de aquella casa? La prima de tu esposa antes vivía allí. Y allá fue donde mataron al hombre. ¿Cómo sucedió aquello, tío? ¿Te acuerdas?".

Cuando el tío Pablo de Irma se estaba muriendo, ésta fue la última carretera donde lo paseó, por medio de una excursión imaginacio, a las tres de la mañana, cuando estaba acostado en la cama del hospital, cuando sus hijos y sus hijas dormían profundamente en sus casas. Le tocaba ese turno. Y fue cuando terminó, con ella, sobre aquel largo trecho de carretera rumbo al sur.

Cuando la Wirma y yo andamos por esa carretera se nos olvida lo grande que somos en comparación con nuestro sufrimiento.

Luego de pasar La Mesa nos regresamos, un poquito más allá del restaurante bar de Chope, y volvimos a Cabritoville.

Terminamos por los grandes álamos de atrás, cerca del Súper Taco de Sofía y a un lado del parque en que Lucio y yo nos conocimos. Divisé a Gabina, mi árbol preferido. Todavía parecía fuerte. ¿Cuánto más duraría así?, me pregunté. ¿Cuánto tiempo viven los árboles? Yo sabía que me había fastidiado el karma hacía años. Pero si no, quisiera volver como árbol. Así como Gabina. Un álamo grande y saludable sobre la ribera de un río tranquilo.

Irma me había traído aquí exactamente porque sabía que era mi lugar preferido de Cabritoville, era un lugar donde no me podría mentir a mí misma.

No hay nada más hermoso y lleno de vida que un álamo saludable, con sus hojas brillantes al viento, el juego de la luz sobre verde rayado, la fuerza callada y duradera de una vida que se dobla como es debido. Irma me había traído aquí para que recuperara lo que pudiera de mis fuerzas a la sombra tierna y acogedora de Gabina.

Paró el carro y me miró. Traía esa cara de no-te-metas-conmigo-comadre. Yo no la iba a interrumpir por nada sin importar lo que me fuera a decir.

Nomás se quedó mirando durante mucho rato hacia enfrente sin decir nada. Luego se me echó encima.

"Quieres estar con Lucio por todas las razones equivocadas, Tere. Tú sabes que nunca se casará contigo y que si eres su amante serás libre. Y eso es lo que siempre has querido, señorita 'libre como un pájaro' Ávila. Quieres liberarte de responsabilidades, librarte de a de veras y liberarte de obligaciones. Ser libre de hacer tu voluntad y hacerla con quien te dé la gana. Pero lo que de veras me molesta es que tú piensas que lo necesitas para que le dé valor a lo que tú vales por ti misma. No sé por qué. Lo tratas como si perteneciera a una casta superior, como si te importaran las clases sociales. Lo único que buscas es la vida fácil, Tere. Pero la vida fácil nunca es fácil. Y ser libre no quiere decir estar presa en una llave de candado sexual con alguien que nunca te querrá. Algún día despertarás y te darás cuenta de que has amado las cosas equivocadas, al hombre equivocado y que tal vez ya es hora de que le atines".

Las palabras de Irma me pegaron duro y me puse a llorar.

Nos abrazamos. Si alguien hubiera pasado por ahí habrían pensado que éramos dos amantes escondidos uno en brazos del otro.

Irma me dio un *Kleenex* y me sonó la nariz.

"Gracias por el sermón", le dije riendo a través del llanto.

"Yo sólo quiero lo mejor para ti, comadre", contestó Irma.

Eso es lo que me gusta de Irma. Es un ser humano altamente desarrollado. Tiene buen karma. Tiene limpias las chakras. Cuando la veo, me siento más y más despejada y no tan jodida. Ya fuera de la fea y sangrante garra de la vida. Okey, soy teatrera, me agarraste. El día estuvo de teatro, un momento dramático, y me estuve sintiendo dramática de a madre.

Lo único que me hacía falta para aterrizar era un plato de tacos —no, unas enchiladas rojas con huevo— que me refiné en el Súper Taco de Sofía.

Para comprender cómo pude en algún momento imaginarme una vida junto a Lucio Valadez, tienes que saber varias cosas.

De veras lo quiero desesperada, honesta y sinceramente.

Sincera, honesta y desesperadamente lo deseo. Él es mi droga. Mi amor mental.

Estoy desesperada, sincera y honestamente jodida.

Honestamente y de veras creí que si Lucio pudiera morderse un huevo y sacar fuerzas, dejaría a su mujer, Diolinda, por mí. Honesta y verdaderamente creo que es posible que Andrea, Lucio y yo vivamos juntos para siempre muy contentos, una pequeña familia feliz así como Pedro, que es el General Juan Zepeda, Lupe y su nene en *Las mujeres de mi general*. Se ven reunidos finalmente, aun cuando se enfrentan a una ráfaga de fuego enemigo al final de la película. Yo quiero creer que las personas que se aman pueden parar el vuelo de las balas.

Estaba explicándole todo eso a la Wirma, al recoger la yema de huevo que escurría con el filo de la tortilla en el Súper Taco de Sofía. El sufrimiento siempre me da hambre.

"Lucio tiene todo lo que deseo de un hombre", le dije. "Es estable, viene de buena familia. Ya estoy harta de una vida-de-tanto-batallar como la de mi mamá. Quiero matrimonio. Hijos. Una casa con techo que no se gotee. ¿Es pedir demasiado?".

La Wirma se asomó sobre un montonzote de tostadas compuestas, lo que siempre pedía, rociadas de queso finamente raspado que las desbordaba. Me echó unos ojotes helados que me prevenían que ni siguiera pensara.

"¡Detente, Tere! ¿Que no escuchaste nada de lo que te acabé de decir? ¡Despierta! Lucio es casado. ¿Que no entiendes?"

"Estoy intentándolo, comadre, de veras que lo estoy intentando".

"Hoy cada quien paga".

"Te iba a invitar, Irma, pero está bien".

Me quedé mirándome en el espejo del Súper Taco de Sofía. Estaba sentada frente a Irma junto a un extremo del cuarto, junto a la cocina, en nuestro cubículo favorito. Era un lugar adecuado donde sentarse si uno quería platicar sin interrupciones. Todos los enamorados se sentaban en esta esquina. O cualquiera que acabara de llorar y que no quisiera que se enteraran luego luego se escondía aquí.

Las enchiladas estaban picantes pero me las comí con gusto, me sorprendí a mí misma. Hay que concederle a los mexicanos que no hay como una pena profunda para abrirles el apetito.

Parece que la tragedia me saca el hambre. Después de un velorio o algún funeral me puedo hartar y no me importa que la comida sea una ensalada de macarrón con salchichas en el patio de alguna casa o una comida francesa de cinco platos. No es que éstas últimas se den con mucha frecuencia en Cabritoville. Aquí nadie jamás pone la mesa con dos tenedores. No hace falta. Es más, la gente de aquí casi nunca usa tenedores. Nosotros somos gente de comer con las manos. Claro que prefiero lo que Irma y yo llamamos comida de a devis en contraposición con la comida de a mentis que hemos engullido durante años. No me refiero a los fideos y las calabacitas y a la buena comida mexicana que ambas amamos, hablo de la dieta típica y contemporánea del mexicano que se compone de cualquier cosa mantecosa/cualquier cosa dulce/cualquier cosa salada que te encuentras sobre las mesas de los méxico-americanos a quienes no les gusta pensar en cocinar y mucho menos en meterse a la cocina.

Todas mis mejores intenciones de comer sanamente se derrumban cuando estoy en aras de la pasión o muy sacada de onda. Allí es cuando amo a Miss Debbie y al Coronel Sanders, gelatina de cereza ya preparada y ensalada de papa a la mostaza de la tienda de abarrotes Canales, bolsa de rosquitas miniatura cubiertas de azúcar pulverizado y cuantos panes de huevo y marranitos de jengibre pueda engullir de una sentada.

Irma me observó mientras que yo sola devoraba una ración de cuatro sopaipillas atascadas de miel.

"¿Te gustó eso, verdad comadre?", me preguntó.

"¿Sabes qué? Ahora que estoy sentada frente a este espejo, pienso en la escena del espejo de la película *No desearás la mujer de tu hijo*", le dije.

Allí Pedro es Silviano, el hijo sufrido de Cruz, un padre abusón, representado por Fernando Soler. No creo que haya mayor villano en las películas de la Epoca de Oro que el catrín y mujeriego de Cruz. No sólo había matado a Bilbiana, su amorosa mujer, despacito y con malicia, ¡había tenido la audacia de pensar que Josefa, la novia de Silviano, estaba enamorada de él! En una gran escena dramática de un espejo, Silviano por fin se le encara a Cruz. Es un momento que te congela la sangre. Silviano le muestra a su padre en el espejo lo vieja y llena de arrugas que tiene la cara. Algún día Cruz tendrá que darse cuenta de lo que les ha hecho a Bilbiana y a Silviano. Tiene que aceptar que se está haciendo viejo y que no puede controlar las vidas de quienes lo rodean. ¿Cuánto tiempo puede vivir un ser humano subyugado por otro? ¿Principalmente si esa persona es su madre o su padre? ¿O, aún peor, un amante?

"No puedo más que pensar que yo soy como Silviano y que Lucio es como Cruz, comadre. Me miro en el espejo y me veo como un trapeador humano. Tienes que ayudarme, Irma".

"Ven a quedarte conmigo unas semanas, Tere", me ofreció Irma. "Te tendré tan ocupada que se te olvidará tenerte lástima. Vete a tu casa y empaca tus cosas. Este fin de semana vamos a hacer un Pedrotón como nunca se ha visto antes. Nos haremos mutuamente pedicura. Haremos un chingo de comer. Podemos probar unas recetas nuevas que tengo. Y si eso no funciona, invito al Padre Ronnie. Haremos una carne asada".

Un pedazo de mí quería irse a casa en ese instante, meterse a la cama y morirse, otro pedazo quería irse a encontrar a Lucio y aventarlo a una cama —despuees de tomarse un vasote de *Alka-Seltzer* y de darse un baño— y aún otro pedazo quería que me amarraran hasta que se me salieran todos los demonios, por medio de un exorcismo de proporciones sin paralelo. Pero Irma tenía razón.

"Voy a invitar a Ubaldo y decirle que se traiga su tabla de *Ouija*. Hace mucho que no hablamos con La Llorona, comadre".

"Está bueno. Aunque no sé si sea buena idea. Como Ubaldo es un *deste* y el Padre Ronnie es un *deste*. No quiero que me echen la culpa de haber corrompido a un cura".

"¡N'hombre! Hace tiempo que he querido ver cómo imita el Padre Ronnie a Bárbara Streisand. Me han hablado tanto de eso".

"Ya es hora de que pienses en irte a un retiro. Tu vida espiritual se ha ido a la chingada con este amorío".

Irma lo tenía todo planeado. Ella me guisaría sobre el carbón ardiente. Estaba intentando zafarme después de pasar varias épocas en el infierno. Necesitaba toda la ayuda posible.

Ya era hora de soltarlo. Y con la ayuda de Dios, ya estaba lista. Recé.

Diosito:

Sé que ha pasado mucho tiempo en que no te he hablado. Lo siento. He estado muy ocupada pensando en mil cosas que no debo pensar ahora. No soy mala gente. Soy buena. Amo la vida y amo a los niños. Creo en la justicia y en la igualdad y en Pedro Infante. Lo que he hecho me pesa tanto, particularmente cuando veo el dolor en la mirada de Andrea. Ya no me puede mirar. No puedo decir que me arrepiento de haber amado a Lucio y ése es mi mayor pecado. Ojalá que me sintiera más arrepentida pero no puedo. Lo único que te pido es que me hagas un milagro como el que me hiciste la última vez que me fui de retiro. Aquella vez no quería sentir deseo sexual. Estaba allí para sanar. No resultó cuando me salió un deseo lujurioso por un mangazo de hombre que había conocido en la sexta estación del vía crucis: Verónica limpia el rostro de Cristo. Te pedí que borraras todos los malos pensamientos de mi corazón. Que me quitaras el peso de mi jariosidad. Recé para que me liberaras. Quiero agradecerte, Dios mío, por hacer que el hombre que me volvía loca fuera un sacerdote. Si no lo hubiera sido, me le hubiera echado encima después de las sesiones de oración ya muy de noche. Creo que ambos queríamos hacer el amor cachondo y apasionado en vez de hablarles a nuestros hijos interiores. Aunque se me concedió lavarle los pies al Padre papichulo y sentir sus deditos inferiores entre los dedos y darle un abrazo de oso y decirle que lo quería pero sólo como hermano espiritual. Pero te confieso que no fue suficiente. Nunca he creído que los curas deban ser célibes, y menos los guapos y jóvenes de piernas duras y mucho cabello en la cabeza. Finalmente logré deshacerme de mis deseos malvados pero no fue fácil y únicamente se me dio después de una larga

noche de estar a vuelta y vuelta. Quiero darte las gracias por mandar a una mujer ya grande a que se me acercara y me avisara de que el precioso era cura y que la gente ya estaba diciendo que estábamos saliendo demasiado juntos a caminar. No tenía idea de que el chulito fuera hombre de sotana y me causó un choque. Todavía nos escribimos para Navidad. Por su última carta me di cuenta de que ya había dejado el sacerdocio. Por fin le confesé que le traía ganas. Le gustó que le dijera eso y me dijo que tal vez podríamos juntarnos algún día. A mí no me molestaría lavarle otra cosa que no fueran los pies. Eso será si el asunto con Lucio no prospera. Lo cual me lleva a mi verdadero problema. Necesito un milagro. Si pudieras hacerme algo ahora con Lucio, como lo hiciste con el Padre guapo, de veras creería en ti. No sé muy bien qué es lo que creería pero sería un comienzo. Te agradezco cualquier ayuda.
La Tere

Me quedé viendo el espejo. Traía embarrado chile colorado en la barbilla. La mujer espejo me regresó la mirada.

PARTE

IV

DICEN QUE

SOY MUJERIEGO

16

EL PADRE DEL DOLOR

En *Ahora soy rico* Pedro hace el papel de un hombre llamado Pedro. En esa película hay mucho parecido entre Pedro y Lucio: los dos son iguales de altivos, tienen la misma manera de transformarse en ogros cuando no consiguen lo que quieren, el mismo tipo de indudable erotismo con todo y su imperfecta naturaleza de animales.

Siempre me han llamado la atención los hombres muy hombres y que les gusta mostrarlo. Irma me dice que es porque confundo la crueldad con la fuerza, la terquedad con el libre albedrío y el egoísmo con la autoestima. Yo diría que es por la jodida mala suerte del puto destino. Y cómo me llaman la atención los hombres chaparros, mandones, de espaldas pequeñas y nalgas diminutas, que traen el cinturón colgado casi hasta las rodillas porque no encuentran pantalones donde les quepan tan enormes huevos. Esos napoleones saben cómo besar a una mujer y dejarla toda mareada.

Disfrutan de su propia mezquindad y alardean de ella igual que una mujer estrena vestido nuevo. Y cuando pasan pavoneándose delante de una con su más vano, pedante y confiado aplomo, no puedes más que quererlos. Son niños malos, hombres poco dignos de confianza, terribles maridos, hijos distraídos, padres inseguros, amantes insaciables que te vuelven loca y te dejan pidiendo más.

No me gusta hablar mal de Lucio pero puede ser muy pendejo

cuando quiere y últimamente casi siempre quiere serlo. Lo mismo que Pedro que es Pedro en *Ahora soy rico*. Me da pena su linda y sufrida esposa, Marga. No sólo tiene que aguantar a un hombre que trata de suicidarse saltando de un edificio cuando fallece su hijito (aunque nomás se quiebra una pierna), también es un cojo culero que se compadece de sí mismo. Y, ¿qué le sucede a Marga? Ha cuidado a ese m'jito día y noche, lavando y planchando ajeno para que Pedro comprara cervezas con la poca lana que ella ganaba, porque no aguantaba ser un pobretón. ¿Por qué tenía que tomar hasta quedar incróspido? ¿Por qué tenía que perder el tiempo con un montón de fulanas que sólo buscaban su dinero? ¡Debió haberse quedado en casa a cuidar a su familia! Pedro que es Pedro tiene la culpa de haber quedado lisiado y con las piernas chuecas.

Ojalá tuviera un dólar por cada canción que Pedro Infante canta con voz de borracho. Eso me lleva a mi teoría de por qué les encanta tomar a los mexicanos. Entumece el dolor y a la vez lo intensifica. No hay nada que le guste más a un mexicano o mexicana que el amor ardiente, frustrado, imposible, conmovedor y eterno-hasta-que-la-muerte-nos-separe. Nada nos emociona más que lo que yo llamo amor/rabia de te-juro-que-vas-a-pagar-por-todo-el-mal-que-me-causaste. Sabemos que algún día el pendejo o la pendeja se va a arrepentir y hará por regresar, ¡pero será demasiado tarde! ¡Que te lleve la chingada, ya se te fue el tren!

En esos momentos, Pedro es verdaderamente bueno. Más que cualquier persona que conozco, capta el amor/rabia que todos hemos sentido en algún momento. Diablos, yo sé de qué se trata el amor/rabia, es más, llámenme Tere La Rabiosa.

Me lavaba el pelo en el número diecisiete del Sands, mientras escuchaba a Pedro cantar "Mi Tenampa." Por encima la canción, oí la voz de Lucio, la que usa cuando está a punto de encabronarse. Algo dentro de mí se detuvo y me cuadré.

"¿Quién es?", preguntó Lucio.

Seguro que sabía, pero tenía que preguntar.

"Es Pedro", le dije. Nomás se estaba haciendo *deste*, y era bueno para eso. Me conocía aquella voz tipluda de pe a pa. Conocía aquella voz tierna de bésame-Tere ya muy tarde por la noche y conocía aquella voz de dónde-están-mis-pantalones, de temprano por la mañana. Conocía esa voz de quiero-decirte-que-te-quiero-pero-no-puedo. (Ésa era la más dolorosa de todas.) Lo que no sabía era cuál voz saldría por las ondas, como si fuera un radio defectuoso. La estática nunca era igual, siempre impredecible, y cuando no salía, no estaba completamente segura de lo que sucedía ni de dónde provenía el sonido.

Lucio estaba enojado.

"¿Puedes bajarle a esa mierda?".

"¡Cállate, todo el mundo te va a oír!" susurré. Todavía traía el pelo mojado y el agua me goteaba por el cuello.

Con lo alto que gritaba, se podía oír a Lucio hasta el Súper Taco de Sofía. Tal vez los cuates de Lucio estaban allí sentados tratando de sacarle a Sofía los cuentos de sus últimas apuestas en Las Vegas o de cuando tuvo que deshacerse de una encueratriz que quería mostrarle a todo el mundo sus patrióticas pezoneras rojiblanquiazules.

"Pues, ¿a quién le importa?".

"A mí me importa. Como tú no tienes que colarte. Por lo menos, tú rentas la recámara. Traes herramientas, cajas de libros, cuadernos, mientras que yo tengo que meterme sigilosamente, como si fuera la señora de la limpieza, que no lo soy, así que recoge tus chones, Lucio Valadez. Ya andas dejando tu ropa interior regada por dondequiera. Y ni pienses en tapar con ellos la televisión para ocultar la hora. Si lo haces, por lo menos déjalos con la entrepierna para adentro. Me estás volviendo loca. Para que sepas la canción se llama 'Mi Tenampa'".

"Estoy tratando de leer, Terry. No puedo checar *El diccionario de sinónimos de Roget* y pensar mientras que este güey está cantando".

"Entonces, ¿en qué piensas?" pregunté sorprendida. A Lucio casi no le gustaba compartir lo que pensaba, a menos de que estuviera medio dormido o que se hubiera chupado unas chelas. Valía la pena intentar.

"Estoy pensando en cosas", dijo Lucio.

"¿Cosas?".

"Cosas, no siempre puedo decirte qué pienso ni por qué. ¿Es que tienes que saber absolutamente todo acerca de mí? ¿Es que no puedo tener pensamientos para mi nomás? Déjame pensar solo".

Ya me sabía hasta el tono de voz de Lucio que indicaba que quería pensar a solas. Lo que en aquel momento no sabía era que si era un momento de pensar a solas o un momento de no-sé-por-qué-estoy-contigo. No sabía si estaba enojado conmigo o con Diolinda o con Cuca o con su jale. A veces era difícil entender a Lucio.

"Entonces, ¿está contando *él*?", dijo Lucio con voz aguda y tensa. "Me parece que se está regocijando de algo".

"¿Quién más podría ser? A él es a quien escucho cuando escucho a alguien cantar. Es Pedro".

Me fastidiaba que Lucio me hiciera una pregunta que no requería respuesta. Yo también necesitaba pensar a solas y estar a solas un tiempo para ser exactamente eso: yo sola.

Por supuesto, nunca estábamos verdaderamente solos en el cuarto del Motel Sands. Para mí siempre estaban centenares de personas adentro allí con nosotros, toda la raza que había comido, dormido, amado allí y los que lo harían después. Lucio y yo éramos viajeros con todos ellos, moviéndonos de un lugar a otro, de una esperanza y decepción a otra. Éramos gente desesperada que trataba de llegar a casa.

Odiaba que me interrumpiera mientras me lavaba el pelo, era una molestia terrible. Lucio nunca me dio suficiente tiempo en el baño para mí sola. Siempre entraba a cada rato cuando estaba depilándome las cejas o cortándome las uñas de los pies. Si a él le hacía falta tiempo para pensar, a mí también. Los hombres nunca entienden lo importante que es la privacidad del baño para el arreglo personal de una mujer. Los franceses lo llaman *toilette*. Y quiero decir que *toilette* es la palabra justa. Traté de explicarle a Lucio la importancia de la *toilette* de una mujer.

"Piensa en lo que diría tu maestro de francés, Dr. Ganeau, acerca de la privacidad y el tiempo que necesita una mujer para arreglarse", le dije, sabiendo que allí estaba el detalle. Lucio siempre hablaba del Dr. Ganeau, que el Dr. Ganeau dijo eso, que el Dr. Ganeau dijo lo otro. Esto era prueba de que hasta el más mínimo estudio universitario podía afectar su inteligencia. Lucio cree que entiende el francés porque tomó unos semestres de francés con el doctor Jean Pierre Ganeau, quien había dicho que "el francés es la lengua más civilizada del mundo".

"*So,* ¿qué me estás diciendo, Terry? *¿That the bidé is something muy francés? Alright.* Cuando Dio y yo nos fuimos de *honeymoon* a París, pues, *it was very convenient,* es todo lo que puedo decirte".

"¿De qué hablas, Lucio?", grité. "No te oigo".

"Que un bidé *is alright*".

"¿Qué es un bu-de?".

"Bueno, Terry, de veras . . ."

"Espérate tantito, Lucio, ahorita salgo. Estoy muy ocupada aquí. ¿Así que no te gusta la canción?".

"Bueno pues, entonces. *¿Is he drunk or something?*"

"¿Qué?", grité. No oía a Lucio. La toalla del Motel Sands me cubría los oídos. La vieja toalla, víctima de demasiadas lavadas.

"Me parece un infierno".

"Síp, a mí también me encanta", dije. Era una de mis canciones favoritas.

Canté bien recio con la que Lucio llamaba mi "fea voz mexicana". (A Lucio no le cae nade en gracia que yo pueda echar gritos mejor que él y que me sepa la letra de todas las canciones mexicanas que él jamás ha escuchado.)

"Eres un mocoso", le dije. (Sólo le tengo compasión porque es cinco años menor que yo.)

La mamá de Lucio todavía lo chiplea. Su padre fue una hormiga trabajadora que trataba de ganarse el pan en el Bar El Chorrito, no tenía tiempo de conocer a su hijo y menos de quererlo. Lucio me da mucha pena y cuando me enojo con él por ser tan joven y poco cariñoso, recuerdo que es un inválido emocional, igual que Pedro en *Ahora soy rico*.

"¿No tienes otra música, Terry?".

Ya no podía oír nada de lo que me decía Lucio, tenía la secadora puesta en alto y mientras me secaba el pelo, canté tan fuerte y apasionadamente como pude, sabiendo que Lucio estaba escuchando en el otro cuarto. Nuestra recámara. ¡Ja!

¿Cuál cariño es el que dices
que te di con toda el alma,
cuando abriste tú conmigo
las persianas del Tenampa?
¿Tú qué sabes de parranda
tú qué entiendes
por pasiones?
¡Tú cuando oyes un mariachi,
ni comprendes sus canciones!
Parranda y Tenampa
mariachi y canciones.
Así es como vivo yo.
¿Tú qué sabes de la vida,
de la vida entre las copas?
¡Tú para ser mi consentida,
necesitas muchas cosas!
Yo me paro en la cantina
y a salud de las ingratas,
Hago que se sirva vino
pa' que nazcan serenatas.
Y una vez ya bien servido,
voy al rumbo del Tenampa,
ahí me agarro a mi mariachi
y a cantar con toda el alma.
Parranda y Tenampa
mariachi y canciones.
Así es como vivo yo.
¿Tú qué sabes de la vida,
de la vida entre las copas?
¡Tú para ser mi consentida,
necesitas muchas cosas!

Saboreas el dolor. ¡No hay nada parecido!

Lo más triste de todo es que yo de veras quería a Lucio. Estaba dispuesta a cortarme las venas por él allí mismo en el baño del número diecisiete, mientras él estaba en el otro cuarto odiándome cada día un poquito más.

Yo también empezaba a odiarlo, aunque lo amaba tanto que pensar en vivir sin su amor superaba mi odio, pero las cosas cambiarían. Lucio iba a cambiarse a los apartamentos Cielo Vista de la avenida Airway en El Paso, cerca del aeropuerto. Sesenta y nueve dólares de depósito. De ahí en adelante quería que allí nos encontráramos.

"Yo tengo que irme, Terry", gritó y lo eschuché esta vez.

Entré a la recámara y lo cubrí de besos. Lucio respondió igual que siempre. Con pasión, con hambre. Todo estaba bien de nuevo, por ahora, sin madres ni esposas que nos molestaran. Poniendo "Mi Tenampa", de lado en aquel momento Lucio me quería y por muchas razones.

Sin embargo, deseaba que me abrazara y que me dijera todas las razones por las que me quería. Enuméralas una por una: (1) Tere, eres hermosa. (2) Tere, me haces reír. (3) Bueno pues, ya agarraste la onda.

Lucio nunca contestaba de lleno a mis preguntas, no le gustaban los jueguitos de los amantes. Estaba demasiado ocupado y era demasiado de sistemático. No tenía tiempo para quedarse acostado y decirme por qué me quería tanto y por qué era su consentida. Es más, no sabía lo que significaba tener una consentida, alguien a quien chiplear y adorar, una amante a quien uno quiere hacerle cariñitos y a quien servir como si mañana no existiera. ¿Mañana? ¿Mañana? Nunca fui la consentida de Lucio.

"De veras, dime qué es lo que te gusta de mí".

"Pueeeeees", susurró, tocándome los senos, "esto . . ."

"¿Y? Ahora vamos a olvidarnos de mis senos y mis muslos, ¿de acuerdo?".

"Y . . . de veras, Terry, no tengo tiempo para eso. Tengo que regresar a casa y está empezando a llover".

"Por Dios, Lucio *nunca* me hablas. Sólo nos vemos de noche cuando ya estás agotado. No quieres más que hacer el amor y luego dormir, o si no, tienes que salir rápidamente y ya no hablamos. Entonces, ¿qué te gusta de mí? Nunca me dices".

"Me gusta tu fe, Terry".

"¿Mi fe? ¿Qué puede gustarte de que sea católica? Es decir, sé que hay mucho que pueda complacerte, el purgatorio, por ejemplo. La existencia del purgatorio es algo lindo que tiene la religión. El purgatorio nos da esperanza, a pesar de todas las probabilidades, aún después de la muerte. Me gusta el purgatorio, y luego está la misa del gallo. La misa del gallo es de lo más suave del catolicismo. Y me fascina cuando el cura le lava los pies de la gente el Jueves Santo. Yo digo, que deberíamos lavarnos más los pies. Nos iría mejor. El Jueves Santo es un día católico muy especial. La Pascua es padre o lo era cuando estábamos chavos, pero a mí personalmente me gusta más el Jueves Santo. Ay, ¿y yo qué soy? ¿Una especialista en ser católico? Creo que sí soy o no sentiría tanta culpa cuando estoy contigo. Y además, me encanta mi culpabilidad. Si me midiera en el *culpómetro,* me indicaría que soy una católica bastante buena. Pero no soy una católica amargada. Hay diferencias. Los católicos siempre traen buenas chismes.

"Mira, Lucio, aquí me tienes hable y hable otra vez, ¿qué te gusta de mí? ¿Qué te gusta de veras? ¿Hay algo que te encanta de mí? ¿Me quieres, Lucio? Porque, yo sí te quiero".

"Si te digo que te quiero, me vas a exigir que te quiera más y más".

De repente sentí que se me iba la cabeza y se me secaba la boca.

"Nunca podré quererte como quieres que te quiera, Terry".

Sentí que el corazón se me apretaba y que los pulmones se me apachurraban. Me volteé de lado para que Lucio no me viera adolorida.

"No me has entendido, me gusta que tengas fe. Nomás óyete hablar y yo te escucho, créemelo. Eres como una niña. Crees que la gente es muy buena, ¿qué más quieres que te diga?".

Me di la vuelta para encararme con Lucio.

"Bueno, cero y va *una* cosa. La fe. Aunque no sé muy bien qué quieras decir de verdad. ¿Qué más te gusta de mí, Lucio?".

"Una, dos o tres cosas bastan por ahora. Ya no hables más".

Lucio tenía puesta la boca en mi teta derecha. Era un niño, de veras. ¿Le había dado de mamar Cuca alguna vez? Tendría que preguntárselo. Ahora no era buen momento. Después averiguaría si a Lucio le habían dado fórmula. Parecía un bebé de tetera pues sólo quería mamar. Cuando Lucio calló, yo también me callé. Cuando hicimos el amor, fue en majestad y silencio.

¡Qué ideas se te revientan cuando un hombre te mama las tetas!

Siguió la música de fondo. Fue un momento mágico. No existían Diolinda ni Andrea. Cuca parecía haber quedado lejos. Yo estaba limpia, fresca y hermosa y ahora Lucio estaba callado y contento.

Aún así, seguía pensando en Pedro. Irma y yo nos habíamos echado al hilo *Un rincón cerca del cielo* y *Ahora soy rico* en nuestro último Pedrotón. No podía sacarme de la mente a Pedro que es Pedro.

¿Estaría Lucio haciéndola de Pedro?

17

EL NENE

A Pedro Infante le gustaban jóvenes. Ahí estaba Guadalupe, "Lupita," la madre de su primera hija. Eran unos chavos cuando la embarazó. Después estuvo María Luisa. Nunca tuvieron hijos propios, pero adoptaron a una sobrina: Dora Luisa. María Luisa fue la única de sus amantes de más edad que él. Luego estuvo Lupe Torrentera, madre de tres hijos más. No tenía más que catorce años cuando se conocieron, y quince cuando dio a luz a su primera hija. La criatura se llamaba Margarita; falleció de polio a los cuatro meses. Él acostumbraba visitar la tumba todos los días. Y luego estuvo Irma Dorantes, la joven actriz de cine, quien tuvo una niña con Pedro, Irmita, y que después se casó con él, aunque ese matrimonio se anuló una semana antes de que él muriera. Hay algo terrible con la programación de aquel vuelo, a uno se le ocurre que Pedro no ha de haber estado en sus cinco sentidos cuando piloteaba aquel vuelo funesto.

Antes de morir, Pedro ya había sobrevivido varios avionazos, el más horrible de ellos el 22 de mayo de 1953 cerca de Zitácuaro, Michoacán, donde casi se mató y le tuvieron que poner una placa de metal en la cabeza. El accidente lo dejó con el cráneo abierto de la mitad de la frente a la oreja izquierda. Lupe Torrentera iba en aquel vuelo y sólo sufrió algunas lesiones en la cara. Se hizo un gran escándalo en México pero, a pesar de todo, María

Luisa se fue de inmediato al hospital para estarse con él y hacerle cariños.

"Pedro fue un niño audaz que nunca aprendió, Tere. Creo que tenía dos personalidades", me dijo Irma cuando íbamos empujando nuestros carritos en el Súper Canales, "la infantil y la adulta. Y con el nene, nunca se podía discutir nada, porque se ponía a hacer pucheros y se hacía el inocente. Era de esos mexicanos que le decía Mami a su esposa y se la creía. Por lo menos eso fue lo que dijo de él su esposa María Lusia".

"Era de esperarse que Pedro no hubiera vuelto a volver", le dije al parar frente a los tomates.

"Y ya que estaba en eso, que se hubiera mantenido alejado de las mujeres, especialmente las jóvenes, que le acarreaban todo tipo de broncas. De esas broncas de las que no puedes librarte de por vida. Mira, allí tienes una buena palabra, Tere, librar".

"¿Librar?", dije y saqué mi cuadernito de palabras.

"Librar", me corrigió Irma, "recuerda la palabra".

La noche anterior, como no teníamos a dónde ir, ni dónde estar, ni teníamos que hacerle caso a nadie, Lucio y yo cachondeamos como adolescentes de secundaria en medio de un camino abandonado, besos de lengüita tan profundos que por mero nos ahogamos. Nos paramos en cada alto de aquella callada y oscura carretera a cachondear y luego seguíamos un poquito más adelante, riéndonos a carcajadas y sintiéndonos ridículos, demasiado grandes para ese tipo de cosa. Consideramos encuerarnos y hacer el amor al lado del camino. Ya no nos aguantábamos. No tuvimos que aguantarnos. Ése fue el momento y lo sabíamos.

Albinita andaba en un cursillo de todo el fin de semana. La familia de Lucio andaba de viaje. Lo invité a mi casita para que viera dónde vivía, aunque consciente de que quizás ésa sería la única vez que estaría conmigo allí. Era muy peligroso. Albinita no dormía profundamente. No podía avergonzarla llevándome a Lucio a casa mientras que todos los vecinos nos espiaban tras las cortinas. Los perros del vecindario eran demasiado *deste*. El gallo era impredecible y las gallinas demasiado angurrientas.

A la mañana siguiente escuché al gallo por detrás de la casa de Albinita, al señor Trejo y a sus compas, los Sunshine Boys, arrastrar los pies por la calle rumbo al Denny's para tomarse la acostumbrada taza de café de las mañanas, y los ladridos repentinos de los perros, aburridos, sin oficio pues sus dueños errantes nunca estaban en casa.

Algunos chihuahueños de calle abajo se habían escapado y se largaban hacia la libertad, ladrando felices. Yo tenía miedo de hablar, de respirar, me sentía demasiado floja y demasiado estática como para salirme de la cama, hasta para lavarme los dientes. Tenía miedo de que se me escaparan aquellos momentos. Me sentía demasiado feliz como para hablar. Así que me quedé muda mientras Lucio me hablaba tarareando como a un bebe y me trazaba la línea del mentón con sus dedos tibios, me besaba el cuello y las pestañas, y permanecía tirado junto a mí susurrándome palabritas cariñosas: mi nena, y Terry, ay, Terry. Asentí con la cabeza, hice unos ruiditos y traté de contestar sus preguntas. ¿Lo quería? Asentí. ¿Quería estar con él? Asentí. ¿Estaba contenta? Asentí. Asentí. Asentí. Sí, sí y mil veces sí.

No me salía una palabra, sólo ruidos de alegría, ruidos de la dormilona que yo era de mañana y que no me acababa de creer que Lucio Valadez estuviera en mi cama, bajo mis sábanas, a mi lado. Estaba muda, tenía miedo de moverme, miedo de que el momento se desvaneciera. Miedo de hacer pipí y teniendo un chingo de ganas. Temía que me oliera mal la boca. Traté de darle la espalda a Lucio, pero allí estaba otra vez acariciándome la cara.

"Me gustaría poder amarte como mereces que te amen. Quiero dártelo todo y podría hacerlo", dijo Lucio al trazar el contorno de mi oreja. "Pero, ahora no se puede. Algún día, Terry. Algún día nos tocará a nosotros".

Desde la cama, con la vista recorrí las fotografías que colgaban por el cuarto sobre las paredes revestidas con paneles de imitación de roble: Albinita y yo junto a un rosal para el Día de la Madre, ambas atajándonos el intenso sol de los ojos; Quirino, mi padre, cargándome en brazos a los dos años, mientras se despide de Albinita con la mano desde un Studebaker estacionado; Irma y yo como agüitadas frente al Colón, el 15 de abril de 1977, vigésimo aniversario de la muerte de Pedro; Irma y yo de pipa y guante para la boda de alguien, 1969, las dos en *hot pants;* Irma sola, se ve pequeña y triste después del entierro de Sal; cuatro fotografías chiquitas de Ubaldo dentro de una cabina para retratarse, con la mirada gacha y borracha después de una juerga en Juárez con su amante más reciente, cada marco subrayado en negro y una palabra—tristeza, rabia, ternura, coraje; yo sola, frente a Gabina, mi árbol favorito, una foto que Irma había tomado una tarde a finales del verano.

Quería recordar la luz de la mañana que entraba a raudales por las suaves cortinas azules a medida que los discordantes ladridos de los perros del vecindario se desvanecían como un eco desagradable. Quería guardar en la memoria los besos de Lucio a cada kilómetro mientras que yo manejaba a ciegas, sacándole el aliento y la vida y sintiendo aquella pasión oscura y peligrosa, la excitación de su piel caliente. Si lograra hacerlo, podría seguir porque eso era lo que necesitaba, la seguridad de que era el hombre quien me quería, no el chavalo egoísta siempre deseoso de algo.

Trato de pensar en los momentos divertidos, las veces que bailamos despacio en nuestro cuarto del Sands, él untándoseme sigilosamente como un largo gato hambriento, las veces que nos sentamos desnudos al centro de la cama tamaño *king,* desnudos, dos pajarracos encuerados comiendo pasta de queso rayado y las galletas *Hi Ho* que le encantaban con mucha *Mountain Dew* y *Coca-Cola* con un chorrito de tequila, sin preocuparnos de nada, por lo menos un par de horas cuando despertaba a Lucio a besos ya que se había quedado dormido.

Pero ahora traigo un montón de aventuras clandestinas de loca pendeja que lo normal es darme una escapadita en auto a medianoche hasta El Paso para echarnos uno palito de quince minutos en los Apartamentos Cielo Vista. Después de los cuarenta minutos de regreso a casa, saco la basura o veo las películas de la tele hasta altas horas de la noche para ver quién le estaba haciendo pleito a quién y por qué. Esos programas me fascinan, son muy *deste*. Aunque a esas horas de la noche, me siento totalmente *deste* de todas formas, así que chingados. Los veo y me siento mejor. Mi vida nunca podría estar peor que lo que uno ve en la televisión ya muy de noche.

A veces riego el zacate, si es día que me toca: martes, jueves o sábado, antes de las ocho de la mañana y después de las seis de la tarde. Si, de veras, estoy sintiéndome *deste,* riego el día y a la hora que sea. Me quedo hasta la una o dos de la mañana cambiando la manguera a un lado de la casa. Y, ando pensando en Lucio Valadez y preguntándome si estará roncando junto a Diolinda.

Una noche ya no aguantaba ser La Otra Mujer y me propuse llamarle a la casa a Diolinda y agarrarme con ella de una vez. Ya no era posible. Estaba bolicheando de mal en peor. Lucio no se había aparecido el sábado en nuestro nuevo nidito de amor del Bulevar Airway y ni siquiera se había molestado en llamarme. Pasé la noche sola en El Paso y al otro día por la mañana fui a sentarme a un lado del estanque de los lagartos a tirar monedas de un centavo. Me sentía tan desquiciada que pedí un platazo de salchichas empanizadas en el Oasis y me las comí todas y cada una, y todavía estaba molesta cuando nos reunimos Irma y yo para nuestro Pedrotón semanal el siguiente viernes por la noche.

Pero Irma se quedó dormida en el sillón como acostumbraba durante *Los hijos de María Morales.* Me dijo que ya no aguantaba más tanto asunto de faldas por parte de Pedro y que nos veríamos cuando se acababa la película. Mientras Irma roncaba, decidí llamarle a Diolinda y echarle la madre.

En cuanto llamé, supe que la había regado. Colgué al escuchar la voz de Diolinda. Quería decirle que Lucio y yo nos íbamos a casar, aunque pudiera parecer algo prematuro. ¡Lucio ni siquiera me había dicho que me quería!

Llamé de nuevo. Contestó Andrea y colgué otra vez.

Estaba atolondrada, me caí sobre el sofá y luego sacudí a Irma para despertarla. Tuvimos que apagar la película porque me sentía muy alterada.

El lunes siguiente, Lucio me encontró en la cafetería después de que accedí a decirle que le había hablado a Diolinda. Apareció por la puerta del lado del estacionamiento de los maestros con cara de animal sarnoso que llegaba del calorón. Parecía sediento, como si acabara de levantarse de la cama de una mujer. Ya le conocía esa mirada, los ojos vidriosos y la mirada perdida de zopilote herido. Era el pájaro más grande que jamás había visto; se chupaba nerviosamente el bigote oscuro y tupido, como si fuera dulce de algodón. Jugaba con los pelos del bigote, metiéndoselos y sacándoselos de su boca retorcida de te–voy–a–decir–una–mentira. Era una visión asquerosa. Todas las cosas malas que había reprimido surgieron a madres, respiré profundamente y empecé a rezar la Oración de la Serenidad, pero antes de rebasar —"Dios me conceda"— parte del dolor que sentía se adueñó de mí.

Lucio me hizo una seña para que lo siguiera al estacionamiento. Un poco después, me escabullí para afuera esperando que nadie me viera. Vi que la Chole, una de las trabajadoras de la cafetería, se me quedaba viendo. ¡Ella sabía! Felia me guiñó un ojo por detrás de la olla humeante donde servía los *sloppy joes*. ¡Ella sabía! Luego, Uvalia saludó agitando la mano regordeta de aquí para allá, como diciendo, "Hasta luego, chulis. ¡Pásatela bien!". Todas sabían.

Había llamado a Diolinda porque quería decirle que Lucio y yo estábamos enamorados. La mera verdad era que él dormía conmigo la mayor parte del tiempo y con ella la menor parte y quizá de vez en cuando con otra. Cuando me conoció, Lucio me dijo que iba a dejar a Diolinda, que se iba a divorciar, pero yo sabía que no era cierto. Por Dios que no entendía qué le había visto a Diolinda.

"No vayas a llamar a Dio, Terry. Ella es mi esposa", me gruñó

Lucio. "¿Qué te pasa?". Se quedó de pie frente a mí, ladrando como perro alborotado. "¡Con una chingada, Terry, deja en paz a Dio! ¡Además de ser mi esposa también es mi única amiga de a de veras!".

"¿Desde cuándo tienes amigas mujeres? ¡Odias a las mujeres! Tú me dijiste que odiabas a Diolinda. Y a tu hermana la nalgona, Velia, las nalgas de sofá, me dijiste que la odiabas y no sólo por sus nalgas. Odias su personalidad, su forma de gruñir y el hipo que le da cuando se ríe salpicando babas por todas partes. Pero odias a La Vieja Bruta más que a nadie, nunca te he oído que le llames de otra manera a tu mamá. Así y La Sangrona y apodos por el estilo. Tus únicas amigas mujeres son con las que te acuestas. Y creo que ésa soy yo, o ¿seré yo y alguien más?".

La escena estaba gacha y se estaba poniendo peor rápidamente. Algo se había roto dentro de mí.

"¡*You crazy bitch!*", gritó Lucio.

"Te odio, Lucio Valadez. ¡Te odio!", grité.

Las palabras se me resbalaron de la boca y desde entonces estoy arrepentida de haberlas dicho, porque ésa fue la primera vez que articulé mi dolor. Lucio se dio cuenta y lo agarró desprevenido. Por un momento, pensé que me iba a abrazar. Extendió la mano para tomarme del brazo y le pegué. Duro. Luego me agarró de los hombros y me sacudió. Los brazos se me agitaban como los del bebé de *Las mujeres de mi general* cuando, entre el zumbar de las balas por aquí y por allá, Pedro tiene en brazos a su hijita y se defiende del fuego al mismo tiempo. Golpeé a Lucio una y otra vez. Se cuadró, se retiró y me dijo sencillamente:

"*I can't love you*, Terry, no como tú quieres".

"¿Por qué, Lucio?".

"*Because you want me to be with you always and I can't. ¡I simply can't!* Tengo mi vida aparte de ti y esa vida me gusta, Terry. Adiós. Por favor no me llames", me dijo, se dio la vuelta y se fue caminando, rozando una pierna contra la otra de sus pantalones de mezclilla apretaditos, pateando piedras con sus botas Lucchese de cocodrilo y dejando una polvareda flotando en el aire.

Nuestros gritos atrajeron a la Chole, quien reportó lo sucedido al personal de la cafetería. Luego, una por una salieron al estacionamiento. Gracias a Dios que el gentío de la hora de comer ya había quedado en casi nada. La Chole dijo que iba a llamar a la policía, pero yo le dije que no, no, no, entre las lágrimas. Dora me trajo un vasito de agua.

"Estoy bien", dije al sollozar.

"¿Quieres que busque al guardia?", preguntó Nancy.

"¿O al director Perea?", susurró la Chole, con los ojos todos aguados. Parecía que había estado agachada sobre una bandeja de cebolla cruda.

"No, estoy bien. Nomás déjame sentarme aquí un ratito, Chole. Regrésate a la cocina, Dora. De veras, estoy bien".

Todas volvieron al jale. Me senté en la banqueta cerca de la puerta trasera de la cafetería. Y entonces me decidí a irme a Santa Fe.

Graciela e Irma habían planeado ir a la fiesta anual donde queman a Zozobra, el Ogro de la tristeza, una efigie gigante cubierta de sábanas blancas con enormes ojos y corbata de gato negro que gruñe y gime al tiempo que las llamas saltan para quemarlo. Había rechazado su invitación de acompañarlas anteriormente esa semana porque quería estar cerca de Lucio. Pero aquella noche llamé a La Wirma y le dije que me acoplaba para el viaje.

"¿De veras que vas a dejar Cabritoville para irte conmigo y con Graciela, Tere?".

"Yo tampoco he estado contigo mucho últimamente, Wirma. Desde que conociste al señor ya-sabes-quién. Estás demasiado ocupada para andar con tus amigas".

"No empieces, Tere", me amenazó. "Si vas a Santa Fe para herir a alguien, mejor no vayas. No queremos llevar a ninguna rezongona al viajecito. Graciela y yo queremos divertirnos, ver la escalera milagrosa. Así que, ¿vas o no?".

"Sí quiero ir, por eso estoy llamándote, comadre. Cuéntame de la escalera milagrosa".

"Ni un solo clavo. Un carpintero misterioso apareció y les construyó una escalera a unas pobres monjas. Había un espacio pequeño en que no sabían cómo poner una escalera. La leyenda dice que el carpintero era San José. Así que alístate. Salimos mañana después del jale y trata de dejar a Lucio acá".

"Quiero que sepas que Lucio y yo ya terminamos".

"¿Que terminaron?".

"Te contaré mañana cuando pases por mí. Olvídalo, allí estará Graciela. No le tengo confianza, ¿tiene que ir?".

"Vamos en su carro, Tere. Además, es mi prima".

"Sí, ya sé que la sangre es más espesa que un buen cuento. Con tal de que entiendas que Lucio y yo . . . nos peleamos".

"¡Qué bueno!".

"¡Irma!".

"Paso por ti como a las tres y media".

"Mejor a las cuatro".

"A las tres cuarenta y cinco".

"Un poquito antes de las cuatro".

"Vale más que estés lista".

El viaje a Santa Fe fue largo y aburrido. Graciela no dejó de hablar de su novio actual, que ni Irma ni yo conocíamos. Graciela muy orgullosa, nos dijo que era un abogado de familia rica de San Antonio, que estaba loco por ella. Nos entretuvo contándonos acerca de un compromiso en puerta y no sé qué, no sé cuándo, luna de miel en Tahití o Disneylandia, no sabía cuál todavía.

Las millas se hacían interminables mientras que, por la ventana trasera, clavaba la vista hasta la enorme entraña de un oscuro infierno solitario que salía desde Cabritoville. Cuanto más nos alejábamos del pueblo, peor me sentía.

Nos registramos en el King's Rest Motel de la Calle Cerritos y dormimos hasta el mediodía del siguiente día. Almorzamos en el restaurante Pantry y por la tarde caminamos por la plaza, llegamos a todos los puestos de la feria y a las tiendas donde no pudimos comprar nada de lo caro que era odo. Irma nos invitó a unos *Frito Pies* en la Woolworth. Encontramos un pedacito de zacate desocupado en la plaza y planeamos la noche: cenar temprano quién sabe dónde, la quema del Zozobra y quién sabe qué con quién sabe quién.

Aquella noche me emborraché en el Hotel La Fonda. En la plaza, Graciela levantó a unos vatos tipo Santa Fe, muy a Lo Conquistador. Ya los conoces, de esos que te dicen: Yo soy español, tú eres mexicana. Lo mexicano que tenían por dentro los había llevado a invitarnos a bailar en La Fonda mientras lo español los hacía mirarnos de reojo como si fuéramos seres inferiores. Sólo a Graciela se le ocurre hacerse amiga de los tipos menos indicados en la situación menos apropiada. Las tres habíamos estado bailando en un lado de la plaza de Santa Fe al ritmo de una pésima versión de "Layla" de Clapton.

"Así que, ¿de dónde son?", uno de los tipos le preguntó a Graciela.

"Cabritoville", contesto Graciela, haciéndose la mosca muerta. Yo hubiera mentido. No querría que Oñate y sus dos sicarios supieran dónde vivíamos. Pero la pinche Graciela les soltó toda la sopa.

"Ella es de Cabritoville y yo soy de otra parte", le contesté.

"¿Dónde chingados está Cabritoville?", preguntó el chaparro que me husmeaba como si apestara.

"¿No sabes dónde está Cabritoville?", pregunté. "¿Y ustedes de dónde salieron?".

"Cabritoville está al sur", ronroneó Graciela.

"Ah", dijeron los tres Matrushkas pequeños, cada cual más chaparro que el otro.

"Pareces mexicana", le dijo a Irma el más alto.

"Soy indígena", le dijo Irma en inglés, luego en español y luego le dijo algo en náhuatl. Sólo a Irma se le podía ocurrir algo así. Después le pregunté de eso y me dijo que se había acordado de la frase de una de sus películas favoritas de Pedro, *La mujer que yo perdí*. ¡Y yo que creía que había tomado un curso de náhuatl por correspondencia! Irma siempre estaba tomando algún curso por correspondencia. Irma me dijo que le había dicho que era nativa nomás para que se encabronara el vato. Y luego le enseñó los sobacos sólo para mostrarle lo muy encabronada que estaba. Digo que me sentí muy orgullosa de ella.

Irma tenía una teoría que llamaba *sobaquería,* de sobacos, axilas. Ella dice que los hombres y las mujeres, principalmente los hombres, te muestran el sobaco cuando sienten necesidad de expresar su dominio sobre otros físicamente. Es una muestra de poder visual y sensorial, como cuando los gatos o los perros dejan su rastro.

"Tere, un hombre le muestra el sobaco a una mujer o a otro hombre al entrar a algún lugar o en una situación que tiene que controlar. Fíjate cuando una mujer te enseñe los sobacos. Generalmente, es porque se siente que ya pierde terreno o está afirmando su lado masculino. Observa cuándo y dónde te enseña los sobacos la gente, si están enojados o relajados, si a la defensiva o agresivos y si te enseñan uno o los dos. Aprenderás muchísimo acerca de la naturaleza humana, Tere. Te sorprenderás".

Cuando vi que La Wirma le mostraba ambos sobacos al señor soy-rete-puro-español-nomás-simplemente-lámenme-señor-Cervantes, supe que estaba bien enojada.

Me repatea esa mierda norte al sur. Los del norte no acaban de entender que los españoles llegaron por México. ¿Con quiénes creen que tuvieron niños? ¿Qué somos si no un mestizaje, una mezcolanza de toda la gente del mundo? Especialmente los Cabritovillanos.

Aquella noche en Santa Fe, después de ingerir varias jarras de margaritas que Graciela se despachó casi solita, no apareció importar que fuéramos mexicanas y que los desconocidos fueran españoles. Ya que se te sube lo jarioso como que se borra la raya. Pero luego comenzó de nuevo cuando Irma se fue al baño y uno de los vatos, que por fin se presentó como Ruperto, empezó a decir que ellos sí hablaban el verdadero español y su español era el español de los españoles y que el español nuestro era el español de los pendejos mexicanos conquistados, aunque no lo dijo así, sino como si fuera a pronunciar *mexicul* pero me di cuenta de lo que quería decir. Gracias a Dios que Irma se había ido al baño o se hubiera armado una broncota.

Ruperto seguía con el cuento de las palabras que utilizaban en el norte, las palabras españolas correctas y antiguas y no el español pocho bastardo que nosotros usamos. Seguía con que el español esto y el español aquello y yo pensaba, sí, sí, sí —pinche puto. Cuando Irma regresó, Ruperto empezó con lo gloriosa que era La Conquistadora, como ella era la santa patrona de Santa Fe, y el símbolo querido de la conquista española sobre los indígenas.

Irma respiró profundamente y luego se abalanzó sobre al Ruperto.

"Muy poca gente entiende la cultura mexicana como es debido", dijo con autoridad Irma. Noté que apenas estaba echando a andar.

"Yo soy la embajadora de la cultura mexicana. Mi cultura. Tengo que serlo. Hay mucha gente de aquí y de todos lados que piensa que los mexicanos son incultos".

Ruperto y sus amigotes resoplaron. Irma no los dejó decir ni media palabra. Continuó con gusto.

"Y, ¿qué de la civilización maya? ¿Qué de las pirámides? ¿Y qué del Monte Albán? ¿Qué de Pedro Infante? ¿María Félix? ¿Y qué de Cantinflas? ¿Dolores del Río? No importa que estemos dentro o fuera de México, siempre somos mexicanos con raíces tan profundas como los álamos de la orilla del Río Grande".

Los peninsuleros se miraron entre sí y eso la enfureció a Irma.

"Y si aún no conocen la grandeza cultural e histórica de México, alguien tiene que hacerlos caminar con vidrio en los zapatos desde el Zócalo hasta el Museo de Antropología como hacen los peregrinos para la Fiesta de Nuestra Señora de Guadalupe, el doce de diciembre".

"Señorita, yo hablaba de La Conquistadora", dijo Ruperto casi pidiendo perdón. Se había percatado de que la Wirma se enfadaba.

"¿La Conquistadora? ¿Esa muñequita de encaje chaparra y ensangrentada? ¡Quieres cultura, vamos a hablar de cultura! Yo pienso que de todas las Santísimas Madres del mundo, siendo todas ellas una y la misma aunque diferentes, la Virgen de Guadalupe es la mejor vestida. ¿Has visto a la Virgen Negra española? Dios mío, ese vestido formal almidonado, ah, y los colores sombríos, no hay más que de una, es definitivamente española. Me encanta el bordecito de armiño que lleva la Guadalupana. Su sentido de la moda es increíble. No está adornada como la Inmaculada Concepción ni temible como la Virgen Dolorosa, o cualquier otra encarnación de la Santísima Madre, benditos sean sus corazones puros. Todas vestidas de blanco y con sus chales azules. Sin sentido del diseño. Sin chispa a pesar de una que otra estrella o rosa por aquí o tal vez una diadema brillante por allá. ¿Cuántas de estas mujeres están de pie enfrente del sol? Díganmelo. Nuestra Senora de Guadalupe es la mejor vestida de todas las Santísimas Madres, benditas sean. Yo diría que ella es de la muy alta alta costura. Gracias al diseño mexicano, a la cultura mexicana. Ámenlos y crean en ellos".

A Ruperto le colgaba la quijada. Los dos enanos estaban tomándose sus chelas como si no hubiera mañana. La mierda de que tú eres mexicana y yo soy español terminó allí mismo con Guadalupe, patrona de los oprimidos.

Graciela sugirió que bailáramos.

El conjunto empezó a tocar y no fue hasta entonces que me di cuenta de que la Irma había estado gritándole a Ruperto desde el otro lado de la mesa. El Padre Frank Pretto, el cura salsero de Santa Fe, empezó a tocar "Tiburón" al fondo. Sentí cuchi cuchi cuando le vi a la Graciela su mirada de diablesa salvaje ven para acá. Se le estaba arrimando a uno de los españoles y ya no había vuelta atrás. ¡Qué caray!

El vato que me sacó a bailar y con el que terminé más tarde era de la realeza de Oñate. Imagínate. Anteriormente el mismo día había desfilado vestido de armadura española con casco de pluma grande y todo. Chaparrito pero guapo al estilo gachupín. Bueno, quizá fuera un descendiente. Vecinos del suelo. Parece que siempre me tocan los enanos de espaldas chiquitas, culos peludos con rajadas peludas, nudillos peludos y pelos que les saltan por adelante y detrás de las camisas.

Lo último que recuerdo es estar cachondeando en el asiento trasero del carro de no sé quién con el vato de la realeza. Graciela estaba en las mismas en el asiento de delante con el otro compa, Fray Marcos. Las ventanas del carro se habían empañado, pero podía ver que Irma estaba afuera del carro hablando con Ruperto, que resultó ser un vendedor de carros de Bernalillo. Estaba queriendo dejarse caer sus chaparras movidas españolas con la Irma pero ella no le hacía caso. De vez en cuando escuchaba lo que parecía una chingadera en náhuatl.

El señor de la realeza trataba de pasarme los dedos por el cabello pero se le habían enredado en mi peluquita. Me seguía insistiendo que me la quitara, que me la quitara. Yo nomás quería decirle: cállate, pon atención. ¿Qué te importa si traigo una peluquita o un brasier relleno? No lo trajera puesto, pero tú me entiendes. Date de santos que estás recibiendo lo que te estoy dando. A pesar de su estatura sabía besar. La verdad es que ni recuerdo cómo se llamaba.

Regresamos al motel y salimos temprano por la mañana. Cerca del Owl Bar de San Antonio me quedé dormida en el asiento de atrás del Grand Prix de Graciela con las pestañas postizas puestas. Graciela nos despertó a Irma y a mí al llegar al pueblo.

Le eché la culpa a Graciela de que se me hubieran pegado las pestañas. Fue un desmadre para despegármelas, y cuando por fin lo logré me llevó un montón de las mías. Todo por culpa de Graciela. Casi siempre cuando me pasa algo malo a mí, la culpa la tiene Graciela. Mi peluquita parecía ardilla muerta. Nunca pude resucitarla, así que luego se la di a Jasmine, la sobrina de Irma. A ella le doy todas mi pantimedias viejas y huangas, estiradas más allá de sus límites y mis brasieres con alzatetas ya muy vencidos. A los diez años, a la niña le encanta arreglarse. Todavía no sabe lo que cuesta ser mujer.

A veces pienso que la tristeza es consecuencia del odio. Y el odio es la otra cara de la pena pues. Lo dulce y lo agrio se mezclan demasiado bien.

Confieso que cargo con demasiado.

Por fin encontré la oportunidad de contarle a la Wirma lo de mi bronca con Lucio. Irma me llamó el día después de que regresamos de Santa Fe para ver si nos podíamos juntar en su casa. Debía ir más o menos a las seis.

"Algunos hombres si se merecen que los golpeen y ni sólo una vez", dijo Irma. Estábamos sentadas en la barra de la cocina tomando limonada rosa. La Wirma reconocía una escena desastrosa cuando la veía o, en este caso, cuando la escuchaba. Esos desastres ya no la conmovían. En su voz había una frialdad de hierro. Yo sabía que el corazón se le quemaba por mí y que se estaba frenando de querer matar a Lucio. "¿Estás bien? Lucio no te lastimó, ¿o sí? Bueno, si me lo preguntas estoy feliz de que ustedes hayan terminado. Él no te trae nada bueno, Tere".

"Vámonos a La Tempestad, Irma", dije afectando coraje "Es la hora feliz. Los tragos están a dos por uno".

"Nomás dime lo que sucedió, Tere, por feo y asqueroso que haya sido".

"El cabrón me masticó el alma y la escupió como cáscara de piñón y tiró mi alma de hoja de tamal allí en el estacionamiento de la Escuela Primaria de Cabritoville. Nunca le había pegado a ningún hombre antes de conocer a Lucio. Estaba super encabronada. Todavía estoy que me lleva la chingada. Lucio parece tener la clave para sacarme lo pendeja, toda la fealdad sin explotar. Me hace pensar cosas malas. Y no sólo eso, me hace sentirme fea. Es el primero que me hace darme cuenta de que podría matar sin sentir nada. A final de cuentas no me quiere. Así que, ¿por qué no vamos a tomarnos una chela?".

"Mira, comadre, tengo que regresarme al jale. Pasaré por ti temprano para ir a la reunión del club durante la semana. Podemos echarnos un taco en el *Súper Taco de Sofía*".

"No voy a poder ir, Irma, estoy muy llena de rabia".

"Claro que puedes, Tere. Además te perdiste la reunión de la semana pasada. Ahora vamos a ver *La tercera palabra*. Es una de tus favoritas. Podrás ver a Pedro que hace el papel del niño inocente por naturaleza que se da cuenta de que el mundo es de veras malvado, cuando su maestra, Margarita, le ayuda a entender que sus parientes lo han usado y quisieron declararlo demente. No se desperdiciará tu sentido de injusticia. Créeme que después te sentirás mejor. Nos vemos con Sofía", dijo Irma mientras me acompañaba a la puerta. Sabía que regresaba a La 'W' Voladora. Despedía un rubor grisáceo.

"Oye, Irma, ¿y qué querías decirme?", le grité.

"Después te cuento, Tere, tengo que irme".

¿Recuerdas la escena de *Ahora soy rico* en que Pedro que es Pedro canta una canción de borrachos en una cantina ruidosa? Por toda la cara trae colorete de las dos mujeres que están sentadas junto a él. (Hay que preguntarse cómo podía Pedro hacerle aquello a Marga. ¿No sabría que ella de veras lo quería?)

Yo no quería ser una de aquellas dos mujeres ebrias del colorete embarrado. Tampoco quería ser Marga, varada en la casa esperando a su marido.

Tampoco quería ser como Margarita en *La tercera palabra*, rechazada por el hombre/niño que debería ser más consciente.

Manejé a casa confundida y cuando quise dormirme aquella noche, no pude. Me fui al sofá de la sala. Abrí el primer capítulo de la autobiografía de Santa Teresa, la Santa Tere, y antes de decir "Lucio, ¿me quieres?", caí inconsciente.

Soñé que volaba muy alto por encima del techo de mi casita hasta el lado de la cama de Lucio. Allá abajo veía dormidos a Lucio y Diolinda. Estuve a su lado en el profundo azul oscuro. ¿Sabes cuál, era el azul oscuro? El azul del sueño.

Los miré dormir. No sabían que yo estaba allí. Se veían tan tranquilos juntos. Nada podía hacer yo para ocupar el lugar de Diolinda. Lucio había decidido, e hiciera yo lo que fuera, él siempre le sería fiel a ella. Una promesa tácita de fidelidad infiel que sólo ellos entendían.

Aquel sueño se desvaneció hacia otro sueño. En el segundo, Lucio me tenía metidos los dedos en la vagina. De acuerdo, confieso que quería más. Se sentía padrísimo. Me encantaba que me tocara así. Quería hacerle el amor muy fuerte allí mero en la oscura carretera rumbo a ninguna parte.

"Te gustó, ¿verdad?", se burló.

Mejor no le platicaría a Irma lo del sueño. Normalmente ella y yo nos contamos los sueños. Pero hacía poco que habíamos dejado de hacerlo. Yo lo extrañaba. Si no fuera porque Lucio se burlaba de mí con sus ojillos marranescos entrecerrados, chingonmétrico.

Luego recuerdo volar por los aires y regresar a la Tierra. Me rodeaba una presencia oscura. Tenía miedo. Apuñalé la sombra con un cuchillo bien afilado que traía en las manos.

Seguido sueño que apuñalo a la gente cuando duermo. Me saca todas las fuerzas apuñalar y cuando acabo, me siento vacía. Esos sueños me habían molestado tanto que por fin tuve que cantárselos a Irma.

"Los apuñalamientos son una manera simbólica de soltarse, Tere. En tus sueños tienes que matar a Lucio para poder encontrar la libertad".

"Y, ¿quién dice que estoy apuñalando a Lucio?".

"Me alegro de ver que por fin vas progresando", dijo Irma con alivio.

"¿De veras?".

A la mañana siguiente después de mis pesadillas, se me prendió Pedro que es Pedro en *Ahora soy rico,* que era hombre suficiente para ambas mujeres sentadas a su lado.

Le figuro que Pedro que es Pedro *era* ¿Lucio? Pero eso era otro cuento. ¿Sería suficiente hombre para mí, Diolinda y la V.B.? Seguía pensando en Pedro, en la pobre de María Luisa que nunca podría tener hijos, en Lupe Torrentera, en los hijos de Lupe, en Irma Dorantes y su hijita, Irmita, como también en la madre de

Pedro, doña Refugio. El hombre tenía el plato lleno. Y era peor para las mujeres de su vida.

Se me ocurrió una oración silenciosa:

Diosita,
Cuida de nosotras las mujeres, las mujeres esperanzadas, las mujeres soñadoras. Pendejas jodidas. Tú sabes quiénes somos.

Amén.

18

DOÑA MECHE

Eran como las diez de la noche de un martes. Yo estaba atada a la cama, el cordón del teléfono enredado en los muslos. Ubaldo me había llamado para ver cómo estaba. Había faltado a la última reunión del Club de Admiradores y Nyvia Ester lo había obligado a que llevara la minuta. Él pensaba dejármela en la puerta por la mañana.

"Tere, lo que necesitas es una terapia", dijo Ubaldo muy seguro.

"¿De acuerdo con quién, Ubaldo?".

"Conmigo que he estado igual. Yo sé lo jodido que es sufrir. Sé lo que es amar a un hombre que no te ama y amarlo tanto que hasta lo odias".

"Ubaldo, no sé ni qué decir. Yo sé que tú piensas que los Servicios Sociales para la Familia Católica de El Paso es el mejor lugar para vertir tus problemas. No, olvídate que te dije eso. Sé lo bien que te cae el señor . . . ¿Cómo se llama, el vato católico de New Jersey que es como tu alma gemela y todo?".

"Carajo, Tere, sabes bien cómo desinflar y burlarte de cosas que tú no entiendes. Y todo por tu inseguridad. Para que sepas, señorita que-no-cree-en-la-terapia-y-que-la-necesita-urgentemente-porque-tiene-la-cabeza-bien-atascada-en-el-culo, él es del Bronx".

"¿Cómo se llama?".

"Robert Dinguelaire".

"¿Cómo se escribe?".

"Sólo piensa que con Bob Dingler estarías en buenas manos".

"Eso es lo que me da miedo".

"Nos hemos estado viendo. Es decir que he estado viendo a Bob por más de un año y sí, me ha ayudado. Tiene una enorme fe en Dios. Es un hombre bueno. Ha sido estricto conmigo y era lo que necesitaba. ¿Entonces, qué? ¿Quieres que te haga una cita?".

"No, si yo quisiera, podría asistir al grupo de oración aquí en Cabritoville. La momiza cursillista nomás me está esperando que cambie mi vida, pero todavía no estoy lista para entregarle mi vida a un grupo de apóstoles mojados que se la pasan rezando para hacer que regrese Jesús".

"¡Ay mujer, eres un desmadre! Así que, ¿qué pasó?"

"Lucio y yo nos agarramos del chongo. Nos dejamos de hablar. Me largué a Santa Fe para las fiestas, me emborraché y me metí a uno de la realeza española".

"¿Eso nomás?".

"Ah, otra cosa. ¿Cómo sabes si tu hombre anda con otra?".

"Huélelo. Empezará a oler un poquito a pasado".

"Pasado, ¿como pan rancio?, ¿plátanos viejos?".

"Sí, así. Es muy difícil averiguarlo cuando se trata de un hombre que está acostumbrado a mentir y engañar y que es muy bueno para contarle los dientes a una buena mujer. O sea, tú".

"Lucio nunca te cayó bien, ¿verdad, Ubaldo?".

"Ay mujer, no podrás decir que no te lo dije. Te lo advertí una y otra vez, es un 'sabes porque te lo he dicho'. Pero ahora ya no hay duda".

"Bueno, sí. Tal vez. Parece que está distraído. Dice que está cansado nomás, que trabaja demasiado".

"Pero huele a otra, ¿no? ¡Admítelo!".

"Lo supe la misma noche que sucedió".

"Tengo entendido que es una agente de viajes de la AAA", dijo Ubaldo.

"¡Ayyyy!", suspiré. ¡Así que era cierto! "No sé como decírtelo, Ubaldo, pero me siento violada. Como si alguien hubiera revoloteado sobre mí mientras dormía, me hubiera levantado el camisón y luego me hubiera dado un puñetazo en el estómago. Me siento como la Lupe de *Las mujeres de mi general*. No había sido suficiente que Pedro que es Juan Zepeda se confundiera cuando Carlota, la rubia del pueblo que se había casado con Fermín, el viejo rico, por su dinero, le hubiera mentido y le hubiera dicho que su novia Lupe ya no lo quería. Él no se dio cuenta de que ella estaba embarazada sino hasta después de que Carlota ya lo tenía entre sus garras. Si por lo menos Lupe se hubiera atrevido a decirle a Pedro que es Juan lo mucho que lo quería. Carlota terminó matando a Fermín y Pedro que es Juan cargó con la culpa. Ay, la Carlota se portó como bruja al final".

"No entiendo por qué te sientes como Lupe, no se parece nada a ti. Gracias a Dios. No has tenido un hijo con Lucio, y nadie le contó mentiras de ti".

"Alguien tenía que haberlo hecho. Ay, ¿y qué importó que Lupe quisiera a Pedro? ¡Mira lo que les pasó a fin de cuentas! Las balas volaron por todas partes. ¡Lo único que te digo es que, para mí, conocer a Lucio fue mi propia Revolución Mexicana!".

"El sufrimiento te ha vuelto poeta, Tere. Pero tienes que controlarte. Voy a llamarle a Bob".

"No, mejor hazme una cita con doña Meche. Si tiene que ser, prefiero que sea doña Meche. Acompáñame si quieres".

"Ni pienses que voy a meterme con tus fuerzas oscuras. No es bueno juntar nuestras chakras".

"Yo diría que no hay nada más siniestro que un terapeuta católico de New Jersey".

"El Bronx".

"Después me hablas de la cita. Voy a colgarte, Ubaldo. Tengo que llamarle a Irma".

"Si estuviera en tu lugar, me daría un baño de agua caliente, tomaría dos aspirinas y me metería en la cama".

"Así que, ¿cómo se llama la chava?".

"Alicia no sé qué".

"¡Ay! Hasta mañana, Ubaldo".

"Buenas noches, Tere".

El siguiente jueves tuve que faltar al trabajo para acudir a la cita con doña Meche a la una y media. Cuando llegué a su casa de la Calle Superstición, sentí que era un error. Nadie visita a una curandera por primera vez en una tarde calurosa, sin ninguna preparación ni nadie que la apoye. Me hacía falta Ubaldo o Irma, alguien que me sostuviera mientras me pasaba el estremecimiento al revelarle mis secretos más íntimos a una total desconocida, especialmente una que según las malas lenguas tenía tremendos poderes.

La casa de doña Meche estaba en un callejón sin salida al final de Hacienda Acres, un viejo barrio de la parte pobre del pueblo. No tenía nada de lujoso. De hecho, podría decirse que era un barrio de mala muerte. Aunque según Ubaldo, doña Meche era una de las mujeres más ricas de Cabritoville. Él decía que a doña Meche le gustaba invertir en la bolsa. ¿Ah si? ¡Mejor invierte en su barrio y sobre todo en tu patio!

Mi olfato Ávila olía el humo del basurero cercano. Contra el adobe falso agrietado estaba recargada una fila de costales agujerados. La marca de agua color café que rodeaba la casa demos traba que quedaba en zona de inundaciones. Al darle sin querer una patada a uno de los costales que estaban junto a la puerta salió corriendo un montón de cucarachas negras. Nadie nunca creería que esta tierra alguna vez había sido un arroyo que fluía hasta el poco poderoso Río Grande.

La casa gritaba que la estucaran. La puerta estaba caída y habían arrancado el timbre. Toqué varias veces en la madera descarapelada y seca. Luego otra vez.

Salió una mujer.

"Doña Meche, no está", dijo en voz baja y aguardentosa. "Nunca trabaja los jueves, trae mal agüero".

Cierto que la cita era para el viernes pero me había adelantado un día. Ya me ha pasado. Ya llegué lista para la fiesta y se me hace caro que esté vacío el estacionamiento.

"¿Puedo cambiar la fecha?", le pregunté a la mujer que traía el pelo rojo hillón como el color del mercurocromo. El color de pelo no tiene nada que ver con la nacionalidad; lo encuentras en mexicanas, cubanas, latinas y todo tipo de mujeres de diferentes culturas y nacionalidades en el Bonanza City desenrollando rollos de hule encerado, o entrando al baño de las lavanderías de Cabritoville, al tiempo que diez secadoras rotan sus playeras desteñidas y sus brasieres deshilachados. Cualquier nacionalidad que quiere el pelo rojo chillón de payaso puede traerlo.

En el jardín de enfrente divisaba una troquita vieja, mejor dicho dos troquitas viejas, y un montón de leña vieja, junto a lo que parecía una viga añosa y muchos nopales mal cuidados.

"¿Quiere pasar?", preguntó la mujer amablemente.

"Quisiera dejarle un recado a doña Meche", contesté. "Si se puede".

A pesar del desorden de afuera, adentro la casa era acogedora. Entré a la sala. Un enorme gato viejo de orejas destrozadas se levantó y se fue.

"Todo el mundo quiere ver a doña Meche para esto, o para aquello. Pero ella tiene que dejar descansar la mente y el corazón. Trabaja muy duro. El trabajo es muy exigente. No se lo imagina, ¿verdad?".

"Pues, no. Pero sé que es muy buena".

"No es ella, son los espíritus con los que habla. A veces quieren comunicarse y a veces no. Mire, me da mucha pena que haya venido hasta acá. ¿Por qué no pasa a sentarse?".

"¿Aquí vive doña Meche?", le pregunté a la señora que ya se había quitado una pañoleta desteñida de la cabeza, apagado la ruidosa aspiradora y me había invitado a sentarme en la salita. Al hablar, agitaba una manopla de cocina decorada con chiles rojos que llevaba en la mano derecha.

Me hice un lugarcito en el sillón junto a una impresionante

colección de viejos ositos de peluche de los todos tamaños. El más grande y nuevo se pegó contra mí. Tuve que tomarlo en los brazos para poder sentarme. Me sentía ridícula, pero iba decidida a platicar con doña Meche acerca de Lucio. Ella era la única que podía ayudarme ya.

"Quédese allí sentada. Voy a traer papel. ¿No quiere algo de tomar?", dijo la mujer mientras recorría la pieza poniendo los tapetes en su lugar y acomodando los muebles.

Miré alrededor. El cuarto no estaba lo que se llama sucio, pero sí andrajoso. Las cosas no estaban para la basura, sólo desgastadas y viejas, un poco cansadas, como el interior de un bolsillo muy usado que ha guardado muchos *kleenex* y llaves viejas. Seguro que los pisos de madera habrían sido hermosos alguna vez. La casa sólo requería un poco de arreglo, algo de pintura, encerar los pisos, muebles nuevos, cortinas nuevas y una que otra flor aquí y allá.

"¿Qué tiene de tomar?"

"Vamos a ver, ¿qué hay? ¿Leche? ¿Agua? ¿Jugo de piña?".

"Jugo de piña, por favor".

"Por qué no pasa a la cocina y se sirve usted misma el juguito. En el congelador hay hielo y los vasos están en el armario de arriba de la estufa. Voy a terminar de aspirar aquí".

Fui a la cocina. ¿Qué más iba a hacer? La señora que limpiaba no era de temer. Era muy simpática y estaba ocupada. Era como sacar el hielo del viejo congelador de Albinita.

El zumbidazo de la aspiradora hacía eco al fondo. Otro gato, un gran gato manchua irritado y malhumorado salió corriendo porque lo había despertado. Obviamente a él o a ella no le caían bien los extraños. Encontré los vasos exactamente donde me había indicado la señora que limpiaba y abrí el congelador. Una solitaria charola helada de cubitos estaba metida arriba de un paquete de menudo. El congelador estaba repleto de cajitas de plástico de todos los tamaños que parecían contener chile y carne, probablemente puerco. En el fondo flotaba una carne grisácea bajo una capa de grasa rojiza. ¡A doña Meche le encantaba el menudo!

"Creo que sólo voy a tomar agua", le grité a la señora. No me escuchaba, la aspiradora berreaba en el otro cuarto. Llené el vaso con agua de la llave. El gato manchado pasó girando de nuevo. Esta vez me siseó.

Me senté en el sillón y observé a la señora que terminaba de pasar la aspiradora. Trabajaba con intensa determinación. Disfrutaba de su quehacer.

"Siento mucho que hoy no haya estado doña Meche. Puede regresar mañana", dijo la mujer mientras se limpiaba las manos en un trapito. "Mañana sí estará. Aquí tiene papel y pluma".

"No sé si puedo regresar mañana. Me fue muy difícil faltar al trabajo hoy. Tengo que verla ahora".

La señora que limpiaba se me acercó y me miró preocupada. Luego se sentó en el borde del sillón. Saltó un gato negro grande y se me quedó mirando cauteloso desde detrás de una silla.

"La esperanza nunca muere. Doña Meche puede ayudarla. Regrese. Ella puede ver a alguien, penetrar su corazón y conocer su dolor".

"Ay", le dije y me solté llorando. No tenía planeado llorar, pero cuando la señora de la limpieza sacó un monton de *kleenex* arrugados que traía metidos dentro de la manga y me los dio, ya no me pude aguantar.

"¿Qué te sucede?", preguntó amable.

"Lo siento".

"Es alguien, ¿verdad?".

"Necesito hablar con doña Meche", le dije tratando de esquivar la mirada fija de la mujer. La intensidad de su mirada me sacaba de quicio.

"¿Qué pasó?", preguntó la mujer y me solté.

"Él ya no me quiere", le dije sin que me diera pena.

"No es que no te quiera amar. No puede. Pero así es la vida, no siempre podemos estar con las personas que queremos amar".

"Y, ¿por qué no?".

"No está en el plan. Sus caminos son diferentes. Tenían que juntarse para poder darse cuenta".

"Pero yo lo quiero. ¿Por qué no me quiere él a mí?".

"No puede estar contigo en esta vida. Tienes que soltarlo".

"No puedo".

"Tienes que hacerlo".

"¡Tengo que hablar con doña Meche!".

"Ella se pondrá en contacto contigo. Es muy buena para eso. A ella de veras le importa y sabe lo que ha de suceder. Ten paciencia".

"¿Qué puedo hacer?".

"Ven, tómate un traguito de agua. Cuando lo hagas los angelitos bajarán a ayudarte a seguir adelante. Bebe, te sentirás mejor".

"Dígale a doña Meche que vino Tere Ávila. Soy amiga de Ubaldo. Ubaldo Miranda. Que me llame por favor, tan pronto como pueda. Dejé mi número en la mesa. La estaré esperando".

"Doña Meche te contestará. Te ayudará. Ella sabe cómo".

"Estoy muy agradecida. No quise molestarla. Sólo quería . . . Pense que . . . Lo siento. ¿Cómo se llama?".

"Amparo Luz Aranda de la Cruz".

"Gracias".

"¿Me dejas darte un abrazo?".

"Ya voy a estar bien".

"Sí, veo a los angelitos a tu alrededor, ayudándote".

"Dígale a doña Meche que vine".

"Ella te llamará . . ."

Cerré la puerta.

Doña Meche no estuvo.

No en esa encarnación. Pero sí en la encarnación de Amparo Luz Aranda de la Cruz. Cuando llegué a casa, llamé a Ubaldo. Acababa de salirse de la regadera y probablemente estaba parado allí mojado chorreando envuelto en una toalla empapada.

Estaba enojada. Le dije que había ido a visitar a su querida doña Meche pero que era una farsante.

"Te equivocas, Tere".

"Bueno, de todos modos no la vi. Sólo vi a su mucama, la mujer de pelo rojo tóxico. Es muy simpática, aunque no puedo decir lo mismo de doña Meche".

"Tere, ¡ésa es doña Meche!".

"¿Qué dices, Ubaldo?".

"La mujer de pelo rojo chillón".

"¿ÉSA es doña Meche? ¡Me estás bromeando!".

"¡No podría bromearte acerca de doña Meche!".

"Esa mujer, la que estaba pasando la aspiradora en aquel cuartito lamentable con una pañoleta vieja en la cabeza, la mujer que saludaba con la manopla de cocina al aire, ¿ésa es doña Meche?".

"Es ella".

"Más o menos de uno sesenta de estatura, un poquito regordeta. ¿Con un lunar que le cuelga del párpado? ¿De chichis grandes?".

"Doña Meche".

"¡Ayyyyy!".

Nunca le volví a llamar a doña Meche, no era necesario.

Sólo puedo decirte que es muy difícil tenerle confianza a alguien que tiene el congelador atascado de puerco viejo.

19

CLONAR A PEDRO

"*M*ujeres, todas ustedes son almas fuertes femeninas poderosas. Busquen en sus corazones y miren la fuerza de sus antepasadas que está dentro de ustedes", dijo la hermana Quién Sabe Quién Luna Llena con autoridad.

"No hay razón para aferrarse a los aspectos destructivos de la imagen que tenemos de nosotras. Ya es hora de hacer a un lado cualquier impedimento, sea su familia o su pasado o ataduras presentes".

"¿También incluye a los viejos amantes?, pregunté.

"Principalmente a los viejos amantes. Son más familia que la familia misma", me dijo la hermana bruscamente, rascándose el sobaco sudado. Yo casi no había visto a mujeres completamente desnudas y cuando la vi a ella no podía concentrarme. Traté de desviar la mirada pero no fue fácil.

Estábamos dentro de una choza sofocante en medio de la meseta occidental. Me goteaba sudor de las chichis, tenía las piernas enroscadas en un nudo mientras trataba de borrar el pasado, transformar el presente y proyectar un futuro nuevo. La Wirma estaba sentada a mi lado como un bulto mudo. A ella se le había ocurrido que ingresáramos a la Logia de la Luna Llena.

Fue una buena idea que no funcionó. El cuerpo se me movía de nervios y me dio comezón, pero no llegaba a desahogarme por

completo. Estaba tan nerviosa que pensaba que a lo mejor habíamos pisado un hormiguero. Ya tenía secos los ojos, vacíos de
lágrimas. Quería llorar pero la verdad es que estaba demasiado
cansada. El esfuerzo que requería era demasiado hasta para pensarlo. Todo pensamiento se me había salido de la cabeza. Lo único
que quería era salirme a la chingada de allí lo más pronto posible.

Supe que le había caído gorda a la hermana Luna Llena desde
que me vio la primera vez. Yo era demasiado *deste* para ella. Era
una de esas tipas de chamán anglosajona de pelo güero rizado con
permanente que se había mudado al desierto para estar cerca de la
naturaleza pero que secretamente odiaba el clima y a la gente y
siempre se había negado a aprender español y pronunciaba Juarez
como "Wha-rez", Para colmo, no pasaba a los hombres ni a la
mayoría de las mujeres. Especialmente a las mujeres como yo, a
quienes les gustan los hombres. Era demasiado *deste*. Por debajo de
su antipatía hacia mí, sentí que se veía atraída sexualmente hacia
mí. Y como yo representaba todo lo que ella odiaba en las mujeres, sus sentimientos eran completamente ambivalentes hacia mí.
Seguido me sucede lo mismo con esas mujeres *New Age*. Nunca
saben qué hacer conmigo.

Aun así, entendí lo que quería decir la hermana —aun cuando
en aquel momento deseaba tanto a Lucio que no podía ver. Con
todo y mi falsa bravura y aparente fuerza, sentí que me perdía
rápidamente en aquella choza hirviente y sofocada.

"Pensemos en aquellas personas que se han clavado en nuestras
vaginas y que no nos quieren soltar. Tratamos de sacarlos llorán-
doles, riéndonos de ellos, gritándoles y aun así se afierran a los
pliegues de nuestro sexo".

"Órale", me escuché decir débilmente en una voz que casi no
reconocía. La Wirma me miró con desmayo. Estaba tan cansada
que no podía ni hablar.

"¡Mujeres! ¡Mujeres! Aflojen los pliegues de su sexo. Desaten el
nudo de la opresión sexual, la llave de candado del sueño de la
verga enorme".

En este momento alguien se tiró un pedo tronado en la choza.

"Apenas es un comienzo. No les pido más", dijo la hermana tras la bruma de vapor.

Irma me miró y, en cámara lenta, como un animal cuya voluntad se ha disminuido, trazó una pequeña pero discreta '*p*' en el aire, seguida de una '*b*' más chica y ahí fue que las dos soltamos la carcajada. Nuestras risas sacudieron la choza, la risa de dos mujeres demasiado cocinadas pero nada pendejas que habían salido por el lado opuesto del jodido pliegue cósmico sin ayuda de la hermana, muy a su pesar. Nuestra risa endeble se hizo cada vez más fuerte y rebotó de las paredes de barro y retumbó en la noche bochornosa.

El baño ruso ayudó un rato, pero luego regresaron los antiguos fantasmas a rodarme. La Wirma y yo nos divertimos mucho, dos tontas mexicanas que fueran a ver a una bruja gabacha albina.

Ya cuando pensaba que las cosas no podían empeorar, la Chole me llamó a la casa. Me había salido temprano del trabajo con jaqueca y estaba acostada descansando cuando sonó el teléfono.

Creí que tal vez fuera Irma que llamaba para ver cómo estaba, o Ubaldo. O tal vez era Lucio que me llamaba para pedirme perdón.

"Tere. Soy Chole. Aquí estoy en el trabajo. Alguien te está esperando aquí. No, no es Lucio. Ya sé que no quieres hablar de él. Lo siento, Tere, pero no es él. Es un hombre que dice que es amigo de un amigo".

"¿Qué, me estás madereando?"

Sabía que no era broma porque la Chole no hace eso. Carece de sentido del humor. Es un ser humano completamente racional, sencilla pero compasiva. Si hubiera dicho que mi papá, ya difunto desde hace muchos años, estaba allí en la cafetería, entonces era que mi papá estaba allí.

"¿Cómo es?", pregunté medio cansada.

"Es muy guapo, Tere. No como Lucio. Es un poquito como sería Pedro Infante si todavía estuviera vivo y tuviera cincuenta años. Sólo que no es muy alto".

"A'ijos. ¿Qué más sabes de él?".

"Bueno, no habla mucho, ni siquiera después que Felia le dio un cafecito y un rollo de canela recién horneado. Preguntó por ti y repite que tiene que verte. Pensé que debería llamarte aunque estés enferma".

"Ya voy para allá. No, mejor que el señor. . . . ¿cómo se llama?".

Escuché que la Chole le gritó a Felia y la respuesta a gritos de Felia. Aquellas mujeres eran unas gritonas, sin ningún sentido de discreción. Me imaginé que todo Cabritoville las estaba escuchando.

"Se llama el señor de la O . . ."

"Está bien, ponlo al teléfono", le dije cansada.

"¿Hola?". Escuché por la línea una suave voz masculina.

"Señor. . . . Sr. De La O? Habla Tere Ávila".

"Ah, sí, señorita Ávila".

"Me dicen que quiere verme, Sr. De La O".

"Tengo que hablar con usted. Ubaldo, un amigo, me habló de usted".

"¿Sabe dónde queda el restaurante de Sofía? Nos vemos allí en media hora".

"No. ¿El Súper Taco de Sofía?". Y entonces escuché en el fondo que la Chole le daba instrucciones de cómo llegar. "Bueno, está bien. La estaré esperando, señorita Ávila. Traigo un traje azul".

"Ahí estaré. Adiós. Páseme a la Chole, Sr. De La O. Gracias, hasta luego".

"Adiós".

"Gracias, Chole".

"No te preocupes por el señor De La O. Nosotras nos encargamos de él y tú cuídate, mujer, andas como gallina sin cuerpo. Aléjate de las brujerías, Tere. Te dije que no fueras a ver a esa gabacha. De milagro no se te ha caído el pelo y no te han sangrado renacuajos de la cosa esos días del mes o no estás ladrando como perro. Que Dios te bendiga, Tere, y lo digo en serio".

Necesitaba esa bendición. Me vestí y me fui arrastrando al restaurante de Sofía.

Me sorprendí tanto de recibir la llamada del Sr. De La O que durante un rato (unos veinte minutos) me olvidé de Lucio Valadez.

A veces se juntan los detalles de la vida y hacen que se te olvide tu rastrera pena personal. Cualquier cosa que me ayudara a olvidar lo traicionada, sola e irredimible que me sentía era una bendición. Hasta la aparición de un extraño sin previo aviso.

Así que, ¿quién era el Sr. De La O?

Víctor De La O era el hijo de Melitón De La O Borunda y Estefanita Cruz, originarios de Chihuahua, Chihuahua, que ahora vivían en El Paso, Texas. Víctor De La O era amante de Ubaldo.

Cuando llegué, Víctor me esperaba en la mesa trasera del rincón, junto a la cocina de Sofía. Por instinto supo dónde sentarse. También se veía muy guapo, exactamente como me lo había dicho la Chole, a lo mero Pedro Infante.

De La O levantó la mirada cuando entré al restaurante. Allí supe de inmediato que era el consentido de Ubaldo.

Con los ojos De La O me indicó que me acercara. Pinco Mondrales miró soñoliento desde la caja donde buscaba cambio. A veces se dobleteaba haciéndola de cajero y de cocinero al mismo tiempo. Sofía salió corriendo desde el fondo con la cara colorada colorada. Me saludó y dijo algo de que "se le había agotado la masa de las gorditas". No pude ayudarla.

Seguí caminando hacia mi mesa favorita y pensé que le debí haber llamado a Irma para avisarle. Habría querido acompañarme.

Yo era el caso perdido de Irma, más enamorada cada día. Ya muy seguido ni la lucha hacía para ver a Irma pues últimamente estaba muy ocupada con el señor Wesley. Iba a decirle que su felicidad me estaba enfermando, aunque ella sabía lo que yo sentía.

No, después le hablaría a Irma del señor de la O. Quién sabe, tal vez nunca le diría nada. Ya era hora de que yo tuviera mis secretos, especialmente de Irma. ¿Por qué tenía que enterarse ella de lo de De La O? ¿Por qué tenía que saberlo nadie? ¿Qué importaba que Ubaldo estuviera enamorado de alguien que era igualito que Pedro?

Yo había oído decir que Pedro había venido a presentarse en

Cabritoville en los cuarenta. Nyvia Ester lo había visto en persona, quizás Quirino y Albinita lo hubieran visto también. Tal vez de la O lo hubiera visto trabajar.

Ya me imagino los titulares de las revistas de cine: MUJER DESCUBRE A UN HOMBRE QUE DICE SER CLON DE PEDRO INFANTE. EL ADN DEL CADÁVER EXHUMADO COMPRUEBA QUE ES CIERTO.

Víctor traía el pelo ondulado, peinado hacia la izquierda en forma de churrito, igual que Pedro, y *pompadour* terminado en pico y abultado cerca de la frente. Sus ojos eran de un intenso café oscuro, la nariz fuerte y los labios bonitos.

Víctor llevaba un traje de azul oscuro con una corbata azul marino estampada de coronitas blancas. Era uno de esos hombres que todavía usan pañuelo y lo llevaba en el bolsillo del traje. Parecía salido de otra época y en efecto así lo era.

Nunca había visto que nadie tan elegante adornara las sillas de plástico rojo del Súper Taco de Sofía.

Se puso de pie, se presentó y luego caballerosamente esperó a que me sentara.

Me senté frente a él. Yo llevaba un pantalón de mezclilla y una camiseta que decía "Si se siente suave, hazlo". De repente sentí vergüenza de mi ropa. Estaba fuera de lugar. ¿Cómo pude ser tan cretina?

A De La O no parecía importarle cómo andaba.

Sentí como si me hubiera metido al *set* de una película. Teresina Ávila —no, mejor Teresina Valadez— en *La Magdalena* haciendo el papel de María Magdalena.

Toma abierta a la sombra. Un jardín tipo Gethsemane, pero en un pueblito en el interior de México en la época de la revolución. Suntuosos jardines llenos de flores encerrados por una pared cubierta de enredaderas. Una banca de hierro forjado. La Magdalena está sentada en la oscuridad. Se oye en *crescendo* un intenso ruido. No se sabe si es humano o animal. Como si un millón de seres inhalaran y exhalaran a la vez. Escuchamos bramar al océano, el viento que levanta la arena, un intenso y profundo lamento. A la izquierda, una fila interminable de gente camina hacia el horizonte. Bajan por el camino más desolado y solitario. Desde nuestra perspectiva alcanzamos a ver que miles y miles de personas atraviesan planicies de ceniza.

Detrás de ellos una montaña arde. Es del color de la lava contra la terrible oscuridad de un rojo brillante como la refinería de cobre de la *ASARCO* de El Paso. Troneras vomitan tóxicos al cielo nublado. Cuando era chica, una vez pasamos por allí y recuerdo haber visto la tierra brillar al rojo vivo por los torrentes de ceniza caliente y cobre fundido.

Las personas son almas errantes que deambulan ciegamente hacia adelante, confundidos por la previsible eternidad en tierras desconocidas. Luego, de entre los árboles, sale un hombre y se acerca a la Magdalena. Desde un principio la ha estado mirando agazapado bajo la sombra.

Primero no sabemos quién es el desconocido. Sabemos que es alguien que ha sido marcado por el sufrimiento. Es Cristo.

En seguida, la Magdalena le da la cara y le dice con gran cariño: "Soy tu María Magdalena. Ven, déjame lavarte los pies . . ."

La imagen desvanece, la larga fila desaparece y De La O está sentado con la espalda contra el respaldo de la silla, mirando hacia afuera. Ha venido a pedirme que le ayude. Se va a cambiar de ciudad y no quiere que Ubaldo lo siga. Dice que ya han terminado, punto y aparte. ¿Que si podría ayudarle? "Usted conoce a Ubaldo. Es su amigo".

Estoy sentada frente al gran espejo. Pinco tiene que limpiarlo ya. Afuera el anuncio de neón centellea el SÚPER TACO DE SOFÍA. Miro la figura de un hombre entre las sombras de los álamos. Otra persona sale a la luz. Toma de acercamiento a los ojos, completamente abiertos, llenos de esperanza.

20

KABUKI A LA MEXICANA

El cuerpo guarda los más viejos recuerdos. La mancha del pulmón te recuerda la tos de ya hace mucho, la que te nació de la oscura desesperación. El pie que todavía te duele de la caída en el patio, ya muy tarde en la noche, si lo apoyas mal. ¿De qué huías? Las umbrías marcas de tinta de las plumas que te enterraste en el muslo sin querer, tu palma hacia arriba, verdaderas estigmas. La blanca cicatriz, las rodillas raspadas de la niñez, la quemadura accidental, los muchos rasguños, las rasqueras que se pasaban de rasqueras. La mano, las uñas, la cara, las piernas y las tetas de una mujer llena de los inconfundibles recuerdos en la piel.

Lucio había empezado a acostarse con Mary Alice, una mujer que vivía en Tres Árboles. Era agente de viajes de la AAA.

Cabritoville es muy chiquito como para andar con una amante, dejarla y que luego todo el mundo no esté alerta, esperando ver qué sucede después. La gente también estaba atenta para ver lo que haría yo. Pero varias personas me estaban cuidando. Albinita siempre fiel, Irma vigilante. Ubaldo no estaba pero sabía que quería que estuviera bien.

"Amor no puede ser, Tere", un día dijo la Chole de repente en el trabajo. Yo estaba haciendo cola procurando mi charola con comida, había tenido que comer temprano para luego irme a mi turno del patio de recreo.

"Preciosa, si quieres, ven a mi casa. Te daré una friega especial con sal y luego rezamos juntas, no como la dizque limpieza que te hizo aquella bruja blanca. Aquella cochinada del diablo. ¿Qué esperabas de una *hippie* gastada que no tiene más que puras sobras de velas sicodélicas hechas con mota y mil tatuajes de unicornios?".

"No sabía que hicieras limpias, Chole", le dije sorprendida. "Yo creía que eras bautista".

La Chole sirvió una ración adicional de puré de papas y me guiñó el ojo.

Hice cita para verla esa misma noche, pero primero tenía que hablar con Irma.

"Después de lo del sudadero, no sé si debas meterte en otra cosa", me advirtió Irma cautelosa.

"Ya a estas alturas agarro cualquier cosa, comadre. Pero primero tengo que hablar con Lucio. Lo extraño demasiado. Sé que está saliendo con otra mujer nomás para darme picones. Sé que no la quiere. No puede quererla".

"Tere, no importa lo que diga o haga Lucio. Es tu vida, lo que importa es lo que tú quieras. Y para qué quieres a Lucio. Apenas si deja de verte cuando ya se metió con otra, otra puta, la que quieras. Ay, no quería decirlo así. Lo que quiero decirte es que lo dejes. De veras, qué manera de darle largas al asunto los dos. Él te llama, tú le llamas, que te necesita, que tú lo necesitas. Que él no te necesita, que te hace llorar. Él es un perro y tú eres su juguetito apestoso y masticado que arrastra por todo el cuarto. Si yo estuviera en tu lugar, estaría feliz de que tuviera otra mujer para poder quitármelo de encima. Ahora puedes acusarlo de cabrón sinceramente a quien sea".

Aquella noche pesada después de un rito medio bautista, medio lo que quedaba de católico y un poco vudú, que siguió al terminar un masaje con sal y velas en la oscuridad de la casa de Chole, regresé a la casa por la ruta más larga y vi el carro de Lucio en el Sands.

¿Me detengo? ¿Sigo adelante? ¿O qué? ¿Le toco la puerta y me enfrento con él? ¿Estará solo o con ella? No podía pronunciar su nombre.

Con el corazón partido y temblando de escalofríos, me salí del camino con el pelo aún mojado del rito de purificación. Traía el regalo de cumpleaños de Lucio en el piso del carro, una camisa negra de cuello alto de La Popular de El Paso, y un mono de peluche para Andrea.

No quería verlo. No podía y al mismo tiempo tenía que hacerlo. Ayúdame Dios mío, me sentí perdida. ¿Qué hacer? Me llevaba la chingada de dolor, de duda y de preocupación y me daba de patadas a mí misma por querer estar con él todavía. ¿Cómo pude haberse metido con otra? ¿Por qué no me había explicado las cosas, que ya no quería estar conmigo, que se había encontrado a otra? ¿Y Diolinda y Andrea? ¿Las había dejando a ellas también, o solamente a mí?

¿Me estaré volviendo loca? ¿Me esta sucediendo algo? ¿Por qué me jalaba tanto un ser tan egoísta e insensible? Y ¿por qué estaba allí estacionada en la oscuridad del Sands, esperando a que Lucio saliera de su cuarto, a que corrieran la cortina, a que abriera la ventana, a que se oyeran voces de hombre o de mujer?

Me encontraba en una situación muy desdeñable. Pidiendo amor a rastras en un carro frío sin pizca de honor. Pero, tenía que hablar con Lucio. Ya habían pasado tres semanas desde que nos habíamos peleado. Había tratado de llamarle casi a diario pero nunca me aceptó las llamadas. Una vez, hablamos brevemente, pero luego se enojo y me colgó.

Toqué esperando encontrar solo a Lucio. No tenía idea de qué iba a hacer si lo encontraba con alguien más. Lo desperté, se veía cansado. Sorprendido de verme, se quedó parado tras la puerta obstruyéndome el paso.

"Por favor, Lucio, tenemos que hablar", le dije.

"Ya es tarde, Terry".

"No podemos seguir así, de veras que tengo que verte nomás por un ratito. Sé que estás cansado, Lucio, por favor".

"Espérame allí, tengo que vestirme".

Lucio se tardó mucho en regresar. Sentía mucha vergüenza y me preocupaba que alguien me viera, esperándolo ahí, pinche paloma de la luz.

Finalmente, Lucio abrió el cerrojo de la puerta y me tomó del brazo. "¿Traes tu carro?".

"Sí, Lucio".

"Maneja tú, Terry, yo todavía estoy dormido. Además dejé la luz de la troca prendida y se me bajó la batería. Tengo que llamar al AAA para que mañana le pasen corriente a la madre esa".

"Yo no quiero manejar Lucio. ¿Por qué no manejas?".

Le tiré las llaves a Lucio y él me las devolvió.

"Todavía estoy dormido. Maneja tú".

"Bueno pues, mueve esos regalos. Feliz cumpleaños, Lucio".

"Ay, no debiste molestarte".

"Ya sé. Ahí va algo para Andrea".

"¿Andrea? No puedes hacer eso, Terry. No quiero involucrarla".

"¡Ya lo está, Lucio. Sabe lo de nosotros. En la escuela ya no me habla. ¡Y antes yo le caía bien!".

Nos subimos al carro. Le di la cara a Lucio. Bajo los destellos de la roja luz de neón del Motel Sands, se veía endemoniado, cargado de energía sobrenatural. La voz le salía brusca, extraña.

"¿Por qué no me llamaste antes de venir?".

"Ya nunca me contestas las llamadas, así que, ¿para qué llamar? ¿Para que me cuelgues o me mientas otra vez y me digas que no debemos vernos porque tienes que estar con tu familia? Así que, cuéntame de La puta".

"¿La puta? ¿A quién te refieres?"

"Ya sé lo de la mujer de la AAA. Cuéntame de ella. ¿Cuándo comenzó? ¿Y ahora qué vas a hacer, Lucio?"

"Salte del camino, allá junto a los árboles".

Me paré junto al río, cerca de Gabina. Quería envolverme en su negrura y hundirme en la tierra. En la penumbra no podía verle los ojos a Lucio.

"¿Qué quieres saber, Terry? La quiero a ella y te quiero a ti. Yo no quería que esto pasara, no quería lastimarte, ni a Diolinda. Y tampoco quiero lastimar a Mary Alice, es una mujer maravillosa".

Eché a andar el carro y en medio del llanto salí rayando llantas del estacionamiento y por poco me llevo una mesa metálica plegable.

Fue una carrera frenética por Cabritoville. Seguro que alguien la vio. Sin duda que al día siguiente La Crónica de Cabritoville publicaría un resumen de los hechos. UNA CABRITOVILLANA DESABOCADA CAUSÓ DAÑOS EN PROPIEDAD AJENA Y TUVO QUE SER SOMETIDA. ARRESTARON Y ESPOSARON A UNA AYUDANTE DE MAESTRO.

Cuanto más trataba Lucio de calmarme, más me enojaba. Empecé a tirar cosas por la ventanilla. Primero salieron sus cigarros que estaban en el tablero.

"¡Para, Terry! ¿Qué chingados traes? Quítate. Voy a manejar yo. Regrésame al Sands. ¡Esto es una locura!".

Entonces agarré la chamarra de cuero que estaba en el asiento entre nosotros, y la tiré por la ventana abierta del carro que iba a madres.

"¡En la madre, Tere! ¡Mis Ray-Bans iban en la chamarra! Párate. Párate. ¡Devuélvete, devuélvete! Chingado, Tere, ¿por qué hiciste eso? ¡Mis Ray-Bans! ¡Mi chamarra italiana! ¿Qué chingados traes?".

Sí encontramos los Ray-Bans, aunque no fue nada fácil en la oscuridad. Corrí entre los carros que iban y venían pitando.

Se había torcido una de las patillas pero Lucio dijo que la podía arreglar. La chamarra era otro cuento, tenía pintado el dibujo de las llantas y lo más probable era que no se podía arreglar.

"Llévame al Sands. No puedes andar manejando por Cabritoville así. Te quiero, Tere, pero lo de Mary Alice sucedió así nomás".

"Sí, claro".

"Tú nunca me escuchas. Siempre estás hablando. Y ella es muy tierna".

"¡Estás pendejo!".

"Eres muy brusca, Tere. Tú no me necesitas como Mary Alice. Es una mujer hermosa".

El factor había entrado en funciones. Traté de recordar cómo era ella. Había ido a la AAA para averiguar el precio de un viaje al panteón para el 15 de abril. Fosa 52. Lote 156. Mary Alice era chaparrita, medio gordipis y güera. No era *petite*. Era chichona nalgona, de sobacos carnosos. Seguro que era más grande que Lucio. Seguía arrimándose a las mujeres altas porque él es una mirruña. Ella lo envolvería, tal vez ya lo habría hecho. No sabía a quién tenerle más lástima. A mí, a él, a Mary Alice, a Diolinda o a Andrea.

"Es hermosa por dentro y por fuera. Pero va más que allá . . .", murmuró.

"¿Por qué no puedes quererme, Lucio?".

"No es posible, Terry. No me preguntes por qué. No empecemos otra vez".

Me salí del camino y me bajé. Le di la vuelta al carro y le abrí la puerta a Lucio.

"¡Salte de mi carro, Lucio Valadez! ¡Fuera!".

Le saqué su suéter, una chingadera italiana. Todo lo que se ponía era italiano, menos los chones.

"¡Fuera!".

Lucio me aventó el regalo de cumpleaños y yo se lo regresé.

"¡Pinche, Tere! ¡Eres bien sensiblera!".

"¿Y eso qué chingados quiere decir?".

"¡Búscalo!".

"Lucio, como eres cruel".

Lloré como si hubiera perdido a alguien de mi familia. Eso si tuviera familiares a quienes de veras quisiera tanto como para llorarles. Probablemente sólo Albinita. Luego Lucio me abrazó. Nos mecimos uno con el otro y nos alisamos el pelo como si fuéramos niños que se hubieran caído en el zacate y se hubieran lastimado.

Luego Lucio me llevó a mi apartamento.

Después de una hora de recriminaciones, casi todas mías, Lucio tuvo los huevos de pedirme prestado el carro para ir a ver a La puta y terminar su aventura (ésa fue la palabra que él usó) porque Mary Alice era de lo más decente y se merecía lo mejor.

Y yo, Tere P. Ávila, ¡lo dejé que se largara en mi carro! Me imaginé que ésta sería la gota que derramaría el chingado vaso.

Lucio me dejó con la promesa de regresar pronto.

Tan pronto como había salido, saqué mi diccionario para buscar la palabra *sensiblera*.

Sensiblera —adjetivo. Ridícula, que pasa de lo sublime a lo ridículo o trivial. Sentimental, efusiva. Llorona o emocionalmente débil.

Ay, Lucio.

En vez de regresar directamente a casa, Lucio se pasó la noche entera allá. Como a las dos de la mañana, me metí a la tina bañera y me remojé durante lo que me parecieron semanas. Le rogué en voz alta a Dios y especialmente a Nuestra Señora de Guadalupe, quien merece que le recen siempre y de todas las formas, principalmente cuando hace falta una madre y no hay nadie cerca.

Me preocupaba pasar tanto tiempo en la tina y en una sola noche, pero la situación era tan espantosa que requería de métodos extraordinarios.

Rogué a todas las santas, especialmente a las agraviadas por los hombres. Clamé a todas las ánimas del purgatorio, especialmente a las mujeres que pagan las penas más largas, a las mujeres que tuvieron que matar en defensa propia. Canté los nombres de las nenas nonatas del limbo. Elevé la voz en un conjuro a todas mis antepasadas, hasta la biz y la tata y la chosna, casi a todas las mujeres maltratadas que recordaba, incluyendo a mi madre, mi abuela, mi bisabuela y mi tía bisabuela Lorena, cuyo marido, Roque el mexicano, los había abandonado a ella y a su hijito, Roquito, en Chihuahua, México. (La tía bisabuela Lorena había hecho el viaje hasta Cabritoville para encontrar a Roque, quien vivía con una mitad-gringa/mitad-mexicana que se llamaba Luz Aland Jones, y echó el pleito de su vida. El Roque finalmente recobró el juicio y dejó a la puta Jones, pero según contaba Lorena, nunca volvió a ser el mismo, ni en la cama ni fuera.)

Les recé fervientemente a todos los ángeles, especialmente a mis cuatro ángeles de la guardia, Mario, Noé, Armina y Marina, los tres menores y la principal, la que siempre está detrás de mí a la izquierda, en toda su gloria luminosa de dos metros y medio de altura. Lloriqueé, después chillé y luego gemí en la tina caliente y vaporosa hasta las cuatro de la mañana. Le prometí a la diosa que si me concedía que el cabrón volviera una vez más, nomás este regalito, sólo esta merced, esta consideración, seguiría siéndole fiel para siempre. Lo único que deseaba era que Lucio se quedara conmigo hasta que yo terminara aquello que tenía que terminar.

Cuando por fin regresó Lucio como a las siete de la mañana, nos quedamos en la cama haciendo el amor por el número de horas que tú quieras, haciendo el amor hasta quedarme seca y lo único que me mantenía lubricada era la pura grasa animal. Estaba segura de que me iba a infectar con la grasa. Y además, me había enojado conmigo misma por rebajarme tanto como para sufrir una sequía sexual. Llamé al trabajo y les dije que estaba enferma. No iba a decirles que intentaba salvar una relación.

La noche entera y el día siguiente fueron como un churro de película, mucho más extraña y sombría que las películas de Pedro. Era *kabuki* a la mexicana. Muchos aspavientos, gruñidos de animal, fuerte gritos de ésos que hacen que se te retuerzan las tripas, brazos que giran y se entrecruzan, acción y reacción violenta e imaginada muerte por lanzas, flechas y cuchillos. Éramos amantes condenados desde el comienzo. Y lo sabíamos. En todas las películas de Pedro siempre hay una lucecita de esperanza. Pero en la mía, *La Magdalena,* no.

Tenía la seguridad de que me había lastimado físicamente. Sabía que me había dañado el alma también, pues había convocado a todos los espíritus que tal vez nunca acudirían a mi llamado de la misma manera. Pero los rezos y conjuros funcionaron. Lucio prometió dejar a Mary Alice y luego prometió hablar con Diolinda. Y luego prometió que Andrea, él y yo nos juntaríamos.

Fue la mejor cogida de toda mi vida.

Eso sucedió hace una semana.

Ahora estaba encerrada en mi apartamento. Albinita era mi enfermera. Irma venía todos los días para ver cómo estaba. Lucio nunca llamó. No sabía que estuviera enferma. Enferma de a de veras. Sufría de una enfermedad sin nombre, el doctor la llamó "la mugre".

Estreptococo por un lado y una debilidad aguda por el otro. Lo más grave era la depresión terrible. Pensé que tenía pulmonía, o algo que da de bañarse tantas veces en un solo día.

Claro que me tenía que enfermar. No había más remedio. El cuerpo me estaba comunicando muchas cosas a la vez.

No podía hablar por el dolor de garganta reseca, y qué bueno que fue así. No había nada que decirle a nadie. Ni a Albinita, ni a Irma. Y ¿a Lucio? Bueno, ¿qué le iba a decir? ¿Y ahora dónde andas, cabrón? ¿De veras dejaste a La puta como me prometiste? ¿Y entonces por qué no has llamado? ¿Qué, no te ha llegado el chisme que me estoy muriendo?

Bueno, sí, me puse un poco melodramática. Átame a la cama. Ya me habían clavado como una mariposa gigante, un espécimen de todo lo malo que a una puede pasarle cuando se ama al hombre equivocado.

Tenía fiebre, me quemaba por dentro y por fuera. Quería morirme pero tenía que vivir para demostrarle a Lucio que no me iba a morir por él, ni por nadie.

Albinita me trajo un té caliente, se sentó a un lado de mi cama y rezó.

"Dios te salve María, llena eres de gracia . . ."

"Mamá, quédate conmigo", le pedí. "Por favor. No te vayas. Háblame, mamá. Cuéntame cuentos".

"Estate allí nomás, Tere, y descansa. Te voy a traer una toalla mojada para que te la pongas en la frente. Estás ardiendo. Dice el doctor que tienes que guardar reposo. Si quieres, le llamo a un cura".

"No, a un cura no, todavía no. Siéntate y reza por mí".

"Hazte para allá, m'ija. ¿Puedes? Ay, estás tan débil. A ver, déjame levantarte la cabeza para ponérmela en las piernas. Y luego te limpiaré la frente porque estás sudando mucho. Sea lo que sea lo que tienes, se te está saliendo. Bendito sea Dios. Dios poderoso".

Sentía a gusto la toallita fresca sobre la piel.

"Déjame estramarte el pelo hacia atrás como lo hacía cuando eras niña. Así".

Albinita me peinó el pelo con los dedos igual que cuando yo era niña. Era la única que me acariciaba el pelo como a mí me gustaba. Era la única que me quería, callada, sin querer nada a cambio. No como todos los hombres que había conocido.

De arriba a abajo, de arriba abajo, los dedos de Albinita me desenredaron el pelo con ternura.

"Antes lo tenías bien grueso".

"Sí ya sé, mamá, ahora lo tengo muy fino".

"Pero, sigues siendo mi bebé".

"¿Aunque tenga canas?".

"Ay, no son ni tantas".

Quería que Albinita me abrazara así siempre. Mamá, te necesito, mamá. No me dejes, por favor.

También Irma vino a verme. Me trajo té de hierbas y un montón de revistas, hasta una que se llamaba *Caprichos de la naturaleza,* que traía un artículo acerca de una mujer que pesaba treinta y cinco libras y había dado a luz. Otro artículo se trataba de un chico de diez años que se había tragado una semilla de sandía y se había muerto cuando la semilla le había crecido por el esófago y lo había ahogado.

Pero Irma estaba muy inquieta y hacía mucho ruido. Me ponía nerviosa. Parecía confusa, acalorada. Sabía que quería decirme algo, pero no la podía ver sin sentirme cansada. Hablaba tanto del señor Wesley que me estaba agotando. Y luego cuando pensé en Lucio, se me ocurrió lo cansada que ella debió de haber estado de escucharme hablar siempre de lo mismo.

"Ay, comadre, qué pena que estés malita. ¡Pobrecita de mi amiguita! Sé que mañana te vas a sentir mejor. Tienes que hacerlo, Tere. No hagas por hablar. ¿Quieres *Kleenex?* Ah, ¿quieres el bacín? Déjame y te lo detengo".

Un remolino de voces, demasiado movimiento, y yo en la cama, sin preocuparme de cómo andaba el maldito y ocupado mundo.

Nada me importaba. Ni las cosas, ni la comida, ni la gente.

Para la gente sana, todo es cuestión de elegir. Amar o no amar. Vivir o no vivir.

Me quedé acostada, sin poder moverme, ni hablar, ni llorar.

Y si pudiera hablar, ¿quién escucharía lo que yo dijera?

21

PARTE II: LA MALDICIÓN DEL RENGO

E n *Un rincón cerca del cielo,* Pedro que es Pedro todavía anda rengo por tirarse de un techo. En *Ahora soy rico,* la segunda parte de la saga, él está contrito hasta que conoce al retazo de chamaquita emputecida nieta del guardia de la fábrica donde trabajaba. ¡Y cómo se estiraba en el convertible de Pedro cuando le dio un aventón! Apuntándole con sus tetitas para que las admirara. Y que la miraba con ojos de cucaracha o mejor dicho *las* admiraba, como si fueran la mera verdad y no unas chichitas de niña dentro de un brasier puntiagudo de aquellos de 1952 de costuras espirales reforzadas, que se transparentaban bajo cualquier cosa que llevaras.

¿Sabes quién hacía el papel de la joven meretriz? Nada menos que Irma Dorantes, amante de Pedro Infante y su segunda esposa después de María Luisa. Ese matrimonio se anuló una semana antes de que Pedro muriera en un avionazo cuando iba de Yucatán a la capital para convencer a María Luisa de que lo divorciara. Desde el principio María Luisa se oponía del todo a que Pedro se casara con Irma, ella fue quien peleó para que se anulara. No sé cómo Pedro creía que convencería a María Luisa de lo que fuera.

A favor de las mexicanas hay que decir que la primera que agarra a un hombre, siempre siente que es suyo para la eternidad, contra viento y marea o contra alguna puta cabrona sin vergüenza. Nomás atrévete a atravesártele a una mexicana que crea que el hombre es suyo. Pos sí. No había manera de que María Luisa dejara que Pedro se fuera y él lo sabía. Ya iba destrozado cuando se subió a la avioneta que no lo llevaría a ninguna parte más que a la tumba. Ya estaba muerto antes de que muriera. Si las mujeres que quería no lo mataban, lo mataría la diabetes.

Así que Irma Dorantes hizo de la amante de Pedro en *Un rincón cerca del cielo*. A ella no le importó que fuera rengo, no veía más que su enorme convertible. Ya lo había planeado todo, le hacía falta un padre para su hijo ilegítimo. Trataría de sacarle a Pedro lo más que pudiera. ¡Vale más! Él tenía lana, carro y sabía que ella le gustaba.

"Sabes, Wirma", le dije en el restaurante de Sofía, "creo que a la Irma Dorantes le daban papeles en las películas de Pedro no más porque se acostaba con él".

Hacía una semana desde la última vez que habíamos comido juntas en el Come-On-and-Drop-In donde trabaja Nyvia Ester. Ya Irma estaba ocupada casi todas las noches, se la vivía en La "W" Voladora con el Sr. Wesley. Se dio cierta tensión entre nosotras porque a ninguna de las dos nos caía bien el novio de la otra. El querer a hombres equivocados nos había indignado la una contra la otra.

"Te equivocas, Tere", dijo Irma firme y algo belicosa. "Y además, siempre le seré leal a mi tocaya, Irma Dorantes, aunque haya sido 'la otra' dentro de una cultura en que no se aprecia a 'la otra'".

Irma me miró con complicidad.

Qué diablos, Irma Dorantes tenía estatus en aquel entonces y aún lo tiene porque fue la consentida de Pedro. De la misma manera, yo aún tenía estatus en Cabritoville. No por ser especial, sino por ser la primera y principal amante de Lucio, a la que le dedicaría la canción.

Aquella noche me había sentido muy gallona o mejor me hubiera callado en vez de hablarle mal de Irma Dorantes a la Wirma, quien se me estaba poniendo cada vez más defensiva.

"¡Irma Dorantes no tenía ni una gota de talento y tú bien lo sabes, Irma Granados!".

"Sí tenía talento, siempre lo tuvo. ¿No la has visto últimamente, Tere? Se ve bien".

"Eso sólo lo dices, Wirma", le dije, "porque tu mamá te puso así por Irma Dorantes cuando Pedro empezó a andar con ella. Sabes que Irma Dorantes sólo consiguió trabajo porque Pedro se la estaba tirando. Aunque, en el fondo, poseía cierta sensualidad, una actitud ardiente y latina de bésame-el-culo. Los mexicanos se vuelven locos con las colegiales ingenuas que llevan calcetas blancas y faldas apretadas plegadas por detrás".

"Tere, ¿por qué siempre tienes que ser tan grosera?".

"Irma Dorantes no era ni tan atractiva. Bueno, para algunos tal vez, pero para mí que tenía los ojos demasiado felinos, la cara de obsidiana, una chaparra común y corriente, tampoco princesa sino más bien dama de compañía".

"Irma Dorantes tenía buena carrera, estaba en demanda antes y después de Pedro", dijo Irma con la mandíbula apretada. "Ora pues, ¿vas a pedir algo o qué?".

"No le cambió la vida hasta que se metió con Pedro, Irma. Cuando empezó no era más que una actricita de mierda que hacía papeles menores. Ninguno de los papeles que realizó pudo igualar la película de su vida con Pedro".

"Deberías entrarle a crítica de cine, Tere. O, como sabes tanto de la sicología humana, deberías tener un programa de entrevistas. O tal vez podrías meterte a terapeuta. No sé, ni quiero saber qué te traes pero la próxima vez que quieras atacar a Irma Dorantes, vale más que lo pienses".

"Estaba jugando. Ya, ya, vamos a pedir. ¿Qué tal una botana de jalapeños rellenos?".

"No bromeas, los insultos son en serio, Tere. Ya no tengo hambre, me voy a esperar a la reunión del Club de Admiradores. Allí habrá comida".

"¿A eso le llamas comida? Bueno, si tú no vas a comer tampoco yo. No me sorprende que no tengas hambre, te vi aquí con el Sr. Wesley a eso de las cuatro".

"Voy a ir al baño, Tere."

Seguí a Irma al baño de las damas. Ya lo que quería era escaparse de mí pero yo no la iba a dejar. Le iba a sacar la verdad a como diera lugar.

Irma se metió a un excusado y yo usé el de al lado. Escuchaba que se desabrochaba con torpeza el ruidoso cinturón de concha. Traía puestas tantas joyas de turquesa y plata que se iba a tardar en acomodarse. Eso le daba más tiempo para que escuchara lo que tenía que decirle.

"Y además, vi que te estabas comiendo algo que parecía una dona de chocolate. Cuando no hace ni dos semanas que empezamos juntas la dieta del Dr. Atkins. ¡Chingao! Me dijiste que ibas a ponerte fuerte, así que quisiera que me dijeras, ¿dejaste lo del Dr. Atkins? Dime la neta, Irma Granados".

"Bien sabes que sí. Te vi pasar de un lado al otro frente al Súper Taco de Sofía espiándonos al Sr. Wesley y a mí".

"¿Ah, sí?".

"¿Por qué mejor no entraste a sentarte con nosotros?".

"El verte comer aquella dona casi me sorprendió tanto como que estuvieras agarrada de la mano del Sr. Wesley. Rompiste nuestro pacto".

"No me pude resistir".

"¡Nunca te habías echado para atrás así conmigo, Irma!".

"¡No seas tan infantil, Tere!".

"Ojalá que no tenga que ir al negocio del Sr. Wesley para averiguar si están cogiendo. Dime que no me estás haciendo un Irma Dorantes".

Escuchaba a Irma orinar a borbotones el intenso chorro. Meaba rápido pero esta vez se sobrepasó. Apenas si la alcanzaba y tiré de la cadena antes de tiempo para disfrazar algunos pedos hondos y gruñones.

"Te has vuelto muy antipática, Tere. Cambiaste cuando conociste a Lucio".

Me daba vergüenza darle la razón. Me alegro de que Irma no me pudiera ver la cara en ese momento.

Para Lucio todo era blanco o negro, menos cuando estaba en la cama cogiendo. Nunca me gustó esa palabra. Es una palabra que se me pegó de él también. A veces hasta digo las cosas como él. Me salen palabras que no son mías, como nalgas de menudo o hijo de pinche maricón reina de la tortilla. Ahora hasta veo las cosas de manera diferente, eso es lo que me ha hecho Lucio.

Irma le bajó al excusado.

Pero, ¿me iba a dar por vencida y admitir que me había equivocado? Ni madres. Salí de la casilla del baño como toro que quiere vengarse.

"Últimamente estás muy delicada. Ya no te puedo decir nada. Nunca te lo había dicho, Irma, pero no soporto a Irma Dorantes, nunca me cayó bien. Cuando la veo la aguja de mi *ascómetro* gira hasta el tope. Lo siento, pero así pienso".

Irma volteó a verme. Con los ojos llenos de rabia, me hizo que retrocediera al excusado.

"¿Delicada yo? ¿Delicada? ¿Y tú qué, Srta. Vulgar Mal Educada?".

"No me agrada tu comportamiento, Irma. Antes teníamos muchas cosas en común, pero ahora ya no tienes tiempo. O estás en La 'W' Voladora o te andas en el Cine Plaza de El Paso con el señor Wesley viendo una película. Ya casi nunca vamos a El Colón. No querías que me enterara de que andas con él, pero de todos modos lo descubrí. ¡Querías mantenerlo todo secreto! ¡Bueno pues, en Cabritoville no se puede ocultar nada y bien lo sabes!".

"Mira quién habla, Tere".

"Sal no me caía bien pero seguro que me cae mejor ahora que andas con el Sr. Wesley, cualquiera que sea su nombre de pila".

Irma se secó las manos y tiró la toalla de papel en el bote. Nunca la había visto tan enojada.

"Tere Ávila, salte de mi pinche vida. No vuelvas a insultar a Irma Dorantes, y mucho menos al Sr. Wesley que nunca te ha lastimado ni mí ni a ningún ser vivo. Ni lo conoces y ya sacaste tus conclusiones. Bien gachas por cierto. Cómo te atreves a decirme que es lo que puedo o no puedo hacer cuando tú te la pasas cogiendo por todo el valle, pasando Anthony, hasta El Paso, y más allá de Juárez. Y lo peor es que ni siquiera te importa lastimar a la familia Valadez".

Miré a Irma con los ojos fríos y desapasionados de quien arrojaría a su mejor amiga por la borda por culpa de un miserable pendejo chillón que trae metido tan profundamente en el culo que no se le ven más que los pies. Fue un momento fatídico para ambas. Tan pronto como empecé a hablar, me arrepentí de todo lo que había dicho. Pero yo andaba sonámbula. Las palabras me habían salido de un dolor y había perdido el aliento de lo confundida que estaba.

"Perdóname por haberte hecho perder el tiempo, Irma. Debí de saber que no entenderías nada. Creí que conocías lo que es amar de verdad, pero veo que nunca lo has sabido. Me voy a llevar mi propio carro a la reunión del club. Si es que voy. Y no me esperes para el Pedrotón la semana que viene, voy a hacer otra cosa".

Irma me miró como si yo fuera un plato de fajitas masticadas y gelatinosas.

"Llámame cuando te sientas mejor o cuando te pegue un golpe la razón, que es lo que te hace falta. Que te pegue un camión de carga o que se te caiga el techo encima para que puedas ver el cielo. Tere Ávila, uno de estos días te vas a arrepentir de todas las cosas crueles que me dijiste acerca de Irma Dorantes".

La miré como si trajera puesto un collar de cucarachas.

"Eso lo veremos".

Y luego Irma, la Irma vieja, mi ex mejor amiga Irma, mi hermana de alma y corazón, la Wirma, me miró con una mezcla de lástima y tristeza.

"¡Despierta, Tere! ¡Lucio nunca te quiso ni te querrá, al menos el Sr. Wesley me ama!".

"¿Que el Sr. Wesley te quiere? Estás pendeja, Irma".

"¡Está mejor que lo que tú podrías decir de Lucio!".

"¡Lucio me quiere, Irma, sí me quiere!".

"Después te hablo, Tere Ávila. Y regrésame los videos de Pedro que te presté. Ya los has tenido dos meses. ¿Qué, nunca regresas nada? ¡Y ya que estás en eso, devuélveme la charola de hornear galletas y la ensaladera que has tenido ya un año!".

Me largué de ahí pisando fuerte con las nuevas Luccheses súper-apretadas-todavía que había comprado para hacerle juego a las de Lucio, con rumbo del neón resplandeciente del Súper Taco de Sofía. Sofía estaba en la caja. Se me quedó mirando fijamente.

"¿Estás bien, Tere?", dijo Sofía.

"Sí, muy bien. Cancélame lo que pedí".

"Chulis, ni Irma ni tú pidieron nada de comer".

"Ahí te guacho, Sofía", le dije.

Antes de salir corriendo, le grité a Irma y a toda la gente que ahí estaba —o sea la pareja de gringos viejos azorados que estaban sentados junto a la ventana y al Pinco Morales, que acababa de salir de la cocina vestido de gala, gorro de papel de cocinero y delantal ensangrentado— "Irma Granados, llámame cuando te des cuenta de que ya no quieres ser la novia de un gabacho bovino empolvado y reseco que el mundo entero de Cabritoville piensa que podría ser tu papá de lo rucailo".

Y luego, parada en la puerta, le eché a Irma una desafiante ráfaga de doble sobaquería. Me sentí sucia, me sentí fea y me sentí a toda madre.

"¿Quieres saber lo que la gente dice de ti, Teresina Ávila?", respondió Irma gritando desde medio restaurante. Pero, no me quedé a escuchar su respuesta. Salí de ahí volando en menos de lo que se pueda decir que Irma Dorantes era una pinche puta hija de la chingada y cuyas tetas no eran nada de lo que parecían.

Cuando me subí al carro, iba bien encabronada. Quería llorar con toda el alma pero no iba a hacerlo y menos allí mismo. La Wirma me estaba clachando por entre las cortinas del restaurante. Cuando me vio que la estaba mirando, cerró las cortinas. No le iba a dar el gusto de que me viera agüitada en el estacionamiento del Súper Taco de Sofía, especialmente frente a dos gringos con placas de Oklahoma. Iba tan enojada que salí de allí rayando llanta como vato enchilado jugando carreras por la Calle Principal.

Aunque en realidad no me había enojada con la Irma G ni aún con la Irma D ni tampoco con Pedro. Estaba caldeada con Lucio V.

Todo eso lo sabía, y en secreto admiraba a la Irma Dorantes y hasta la envidiaba por haber sido la última amante de Pedro. No podía, no iba a decirle a Irma lo que sentía. Ni ahora ni nunca. Me había herido profundamente.

Y lo peor de todo era saber que ella tenía razón.

22

PIOJOS

¿Nunca has tenido piojos?

Yo sí, cuando era chiquita. Creo que jamás los hubiera tenido si Albinita no hubiera traído a la casa a una señora de la iglesia. Andaba bien peda y se había sentado mero atrás en la Iglesia del Sagrado Corazón cerca de la estatua de Nuestra Señora de Guadalupe, la que ya hacía mucho que le habían frotado la pintura de los pies de tanto besárselos. El resto del bulto estaba intacto. El vestido de la virgencita era de aquel hermoso azul verdoso y llevaba la misma expresión amorosa y dulce que todos conocemos y adoramos. Si no fuera por los pies desteñidos y gastados de yeso blanco, habría estado perfecta. No había duda, era muy querida. Pero demasiada gente le había besado los pies a la Madrecita o se los había frotado con las yemas mojadas de los dedos. Besos. Dedos. Besos. Dedos.

Albinita seguido me levantaba en brazos para que besara a la Virgencita.

"Ándale, Tere, tócala. Es nuestra Madre y nos cuida. Recuerda lo que le dijo a Juan Diego: 'No temas. ¿Acaso no estoy yo aquí, que soy tu Madre?'", dijo con ternura Albinita.

Los santos y hasta la Madre de Dios siempre deben estar en alto, donde no los alcancen los mortales. Si no, las penas del mundo y sus tristes lamentos los golpearían y los maltratarían como una manejada. Tarde o temprano, hasta ella, la Madre de Dios, desaparecerá por los besos desesperados, las esperanzas rabiosas y un amor vehemente.

En un pueblito donde el Viernes Santo, las viejas fervientes y los hombres empolvados y descoloridos todavía cargan a Jesús por la plaza en un cajón de palo durante el Santo entierro, en el momento más oscuro, el día que Cristo murió, era inevitable que todo el mundo aún añorara la Divinidad Masculina que todo lo abarca.

Ese mismo día también murió la Madre de Dios, pues sin su hijo, ¿qué era ella? Nada.

Eso si uno concuerda con la versión tradicional mexicana de lo que es y lo que debe ser una madre. Hay que pensar en la mamá de Pedro, doña Refugio, y colocarla en lo alto del altar en donde todos los mexicanos colocan a sus madres, junto a Dios. Nadie podría imaginar su dolor al perder a su hijo favorito e ídolo nacional.

Hay una sección especial de mi cuaderno sobre Pedro que trata a las madres. Tengo una lista de todas las madres de las películas de Pedro o de las mujeres que fueran como su madre. Son un montón diverso. Está Sara García, la vieja aguantadora que hizo el papel de su abuelita en varias películas. Una chaparrita, garbosa, empistolada que fuma puros y no se andaba con mamadas. Era todo lo opuesto de la sufrida Bilbiana de *La oveja negra*. Bilbiana no sólo tiene que aguantar las permanentes infidelidades de su esposo Cruz, sino que además tiene que ver que humille y golpee a su hijo Silviano, que es Pedro. No debe extrañar que Pedro tenga dificultades con las mujeres en esa película. Su padre es un HP, su madre es un guiñapo y él sólo hace lo que puede.

Y no me hagan que empiece con Mercé, la criada negra de *Angelitos negros*, quien nunca le dice a Ana Luisa, su exitosa y educada hija güera, que ella es su madre. ¿Y qué tal Rosa, la madre sufrida de *Islas Marías* que una vez fue la rica viuda de un héroe revolucionario y termina siendo una ciega pordiosera que espera a que su hijo Felipe regrese de las Islas Marías, una prisión adonde lo habían mandado por matar al amante de la hija de ella? Y ni hablar de la peor de todas, la madre tullida y muda de Pepe el Toro que está en silla de ruedas todo el día sin decir ni una palabra cuando la maltratan.

Irma me dijo que ése es el problema de casi todas las mujeres, que aún vivimos los melodramas de nuestros padres, las locuras de nuestros antepasados, que estamos atrapadas en el altar o en la cloaca.

Además, qué difícil debe de ser para un hombre navegar entre las fortachonas Saras García, quienes harán que todos los hombres se alineen derechitos, y las pobrecitas madres abusadas y mudas que viven en la angustia como Bilbiana, que por su inmensa incapacidad de defender sus derechos, le tuerce la vida a Pedro.

Luego de ver tantas películas de Pedro y de tratar de entender por qué Pedro era Pedro y cómo es que todavía se nos hace tan vivo tantos años después de su muerte, Irma y yo hemos analizado los papeles que han representado sus múltiples madres cinematográficas. Y a su vez, hemos observado detenidamente a nuestras propias madres: Bilbianas que han vivido la agonía de un oficio doloroso.

Yo crecí en el pequeño mundo de mi madre, una mujer que se enorgullecía de preparar las enchiladas rojas más picosas y sabrosas, que vivía sólo para mí, su única hija, y cuya casa era un invernadero de recuerdos, un altar viviente a su difunto esposo y ahora a un Dios anhelado.

La oración mantuvo viva a Albinita, eso y la esperanza de mejor vida por venir. Pero también sabía que las buenas acciones lo llevan a uno más rápido por la veloz autopista del paraíso celestial.

Albinita iba a misa muy temprano todos los días. Una mañana vio a una mujer doblada sobre una banca de la iglesia y de inmediato reconoció el problema. Le olió el alcohol y supo que se llevaría a casa a aquella mujer para que se recuperara.

Después de misa, Albinita invitó a la mujer para que la acompañara a la casa a almorzar. La mujer había bebido toda la noche. Se tragó la última gota de la botella de vino tinto chafa y asintió. No había forma de escapar y además necesitaba dormir.

Las dos cruzaron el atrio de la iglesia despacito y salieron al aire fresco de la mañana. La borracha llevaba un suéter rojo muy ligero debajo de los sucios pantalones de pechera. Era enero y aunque no iban muy lejos, el camino se hizo interminable, lleno de desesperada incertidumbre.

Albinita me sacó de la cama. No me sorprendió; ya lo había hecho antes.

"Teresina, esta señora necesita tu cama. Tú puedes irte a dormir a mi recámara".

Albinita me levantó y me condujo a su cuarto, donde me quedé dormida de volada. Eran como las siete y media de la mañana, más o menos la hora que Albinita regresaba de la misa de las seis y media.

Más tarde, cuando desperté, no sabía dónde estaba. Regresé a mi recámara y vi que una mujer muy blanca dormía en mi cama. No la conocía. Su pelo güero y sucio yacía desparramado sobre mi almohada. Tenía la boca abierta y roncaba fuerte, las babas le corrían por los labios partidos. Tenía mi cobija favorita entre sus piernas y se le veían los chones raídos. Los vellos de las piernas los traía largos y güeros. En la cocina Albinita cantaba "O María Madre Mía".

"¿Quién es esa señora?", le pregunté.

"Se va a quedar un rato con nosotros, Teresina. Puedes dormir conmigo hoy en la noche. Está muy cansada. Ahora quiero que vayas a la tienda y te traigas un poquito de jugo de uva. A ratos despierta y pide vino y yo ya no quiero darle. Ya tomó suficiente. Tráeme una botella grande de jugo de uva de la tienda de Canales. Del más barato. Ándale, apúrate".

La mujer, que se llamaba Helen, estuvo borracha al principio y luego se puso muy mala. Estuvo en la cama casi todo el rato y hasta vomitó ahí una vez. El primer día gritaba que le dieran vino y Albinita le llevaba un vaso de jugo de uva. Al rato, Helen se dio

cuenta y empezó a echar madres. Se portaba muy mal con nosotras; nos siguió gritando un chorro de cosas feas. Tenía la voz
ronca como de hombre, luego se volvió gutural, como de espectro. Me dio miedo.

"Déjala en paz, tiene el diablo metido", dijo Albinita. "Teresina, ¿escuchas esa vozarrona? Así se oye el diablo, escúchala ahora
y recuérdala para que no la tengas que volver a oír".

Albinita trajo agua bendita y roció a Helen diciendo "Ayúda-
nos, Diosito". Empezó a rezar su mantra de "Dios te salve María",
que llenó el aire de un grueso colchón que nos protegía contra la
oleada incoherente de maldad que jugaba con nosotras, nos gol-
peaba y nos vituperaba sin piedad. Y tan de repente como había
empezado, el irritante sonido desapareció. El demonio se había
largado.

Desde entonces sólo he vuelto a escuchar aquella voz muy
pocas veces en mi vida. Una vez cuando estaba en la sala de
urgencias del hospital y trajeron a una joven drogadicta. También
la escuché afuera de mi casa una vez que un hombre que estaba
recargado en mi pared, enfermo o borracho, gritó adolorido con
voz profunda horrible. Recuerdo el grotesco sonido ahogado de
mis sueños, sueños perversos y oscuros. Es la voz de un alma perdida, un ánima sola, que se quema en un infierno aislado y lejano.

Albinita roció el aire con agua bendita. Helen se tranquilizó y se
volvió a dormir. Al siguiente día, cuando despertó, lloró hasta que
se durmió. El tercer día estuvo callada y avergonzada. No hablaba
más que de cuánto quería a Néstor y de que no podía vivir sin él.

Helen estaba casada con un filipino llamado Néstor Macario
que trabajaba en un rancho un poquito al sur del pueblo. Ella
había venido a Cabritoville con Néstor y por alguna razón se
habían separado. Ella dijo que Néstor la había dejado. Ella se había
enojado y se había emborrachado para pensar bien las cosas, aunque después Albinita dijo que Helen era alcohólica y que cuando
uno es alcohólico no necesita ninguna excusa para ahogarse en
el pisto. Helen se había ido al Serenata Lounge pero la habían
echado, pero no antes de conocer a un hombre que quería acostarse

con ella. Le dijo que no tenía ganas. Él trató de convencerla de que se fuera con él a casa. Le había dicho que se fuera a la chingada y luego se había perdido. Anduvo vagando un rato, hasta que encontró la iglesia abierta. No recordaba muchos detalles de la noche anterior. Hacía frío, mucho frío, eso sí que no lo podía olvidar.

"¿Sabes lo que se siente cuando un hombre te deja?" dijo con amargura. Y luego en voz baja, "canalla".

Albinita asintió con la cabeza. Sí, sí sabía lo que era que un hombre te dejara. La peor manera de dejarte era morirse. Aquella pobre gabacha tal vez encontraría a su hombre pero Albinita nunca lo encontraría.

"Mi papá nos dejó cuando yo estaba chiquita. Después supe que había muerto en California, y nunca supimos de qué murió. Era joven pero no tanto, pues dejó atrás un montón de vivos. Y eso éramos mamá y yo", dijo Helen.

Yo entendí perfectamente lo que decía Helen. Hablaba de mí, Teresina Ávila, y de mi padre, Quirino Ávila, quien murió mientras dormía y nunca más regresó.

"Néstor y yo estamos casados, Sra. Áveela. Ahí está la chingadera. No sé ni adónde se había largado, andaba siguiendo las pizcas. Supo de un trabajo más valle abajo y así fue como terminamos aquí. Es una vida dura, yo no la hubiera escogido, pero no tengo más que a Néstor. Tenía dos niñas de mi primer matrimonio. Cuando conocí a Néstor se quedaron con su abuelita. Nadie lo quería. Ya ve usted cómo es la gente. ¿Usted qué es, mexicana? Eso pensé. Pero al conocer a Néstor ya no hubo nadie más para mí. Luego nos separamos. Cuanto más lo pienso, más creo que Néstor se me quería perder. Pero uno no pierde a la gente, ¿verdad? Si amas a alguien ¿cómo puedes nomás dejarlo ir? Y si lo dejas ir, es decir, si al fin lo sueltas, ¿lo vas a perder? No creo. Ya que un hombre te ha plantado su semilla, tengas un hijo con él o no, siempre habrá un jalón desde ese lugar oscuro que llevamos dentro. ¿Qué piensa usted, Sra. Áveela? No sé si pueda encontrar a Néstor o si él quiera que lo encuentre".

Helen presidió la reunión en nuestra cocinita mientras que Albinita le preparaba otra taza de *Sanka* bien cargado. Las dos mujeres tenían muy poco en común, pero allí en la humedad de la pequeña cocina parecían hermanas. Las mitades rotas de lo que una vez estuvo entero. Helen era tosca y desordenada, las manos eran grandes y callosas, y con los pantalones de pechera más parecía hombre que mujer. Y aun así era una mujer que había sufrido mucho y que lloraba y lamentaba la pérdida del único hombre que verdaderamente había querido.

Albinita traía puesto un vestido café oscuro y su eterno suéter gris sobre el delantal floreado. Se desplazaba por la cocina para traerle otro bollo a Helen, luego la mermelada y después otra servilleta. Albinita era de lo más feliz cuando estaba en su cocina, o cocinando o sirviéndole a alguien. Las paredes de la casa la definían y la completaban.

"La llevaré al rancho. Lo buscaremos", dijo Albinita con ternura. No tenía carro, no sabía manejar y ella se preguntaba cómo podía a hacer para que un hombre regresara con su mujer cuando, para comenzar, él ya no quería estar con ella.

"No se preocupe, señorita, vamos a encontrar a su marido", dijo Albinita firmemente.

"Señora, estoy casada".

"Ah, pues sí", dijo suavemente Albinita.

Juntas buscarían a Néstor Macario.

"Es filipino, nos conocimos hace como cinco años. En Los Ángeles. Le gustó cómo me veía".

Alguien de la Iglesia del Sagrado Corazón nos llevó a todas al rancho a buscar a Néstor. Allí estaba todavía. Helen sintió alegría y alivio al verlo. Por el contrario, él parecía irritado. Helen y Néstor no se tocaron, ni siquiera se saludaron. Helen lo miraba con adoración. Néstor la miró fríamente y dijo, "Déjenla aquí".

Helen lloró cuando se despidió de Albinita y le dio un abrazo fuerte. Hasta a mí me abrazó. Helen le regaló a Albinita una estatua del Niño Jesús de Praga. Tenía la cabeza descalabrada pegada con un pedazo de chicle seco. Albinita la tomó y le dio las gracias a Helen. Helen era católica, dijo, y por eso había ido a la iglesia la mañana que llegó a nuestra casa.

Albinita puso la pequeña estatua del Niño Jesús encima de su cómoda junto a la vela del Sagrado Corazón, su ramo de palma seca y su rosario blanco fosforescente que tenía guardado en su estuche negro. Cualquiera habría pensado que la estatua era un tesoro. Yo pensé que era un pésimo regalo.

Unos días después me empezó a dar comezón. Helen me había pegado los piojos. Vaya sorpresa, que una gabacha me hubiera pegado los piojos. Pero así sucedió. Me rascaba y me rascaba, hasta que por fin Albinita me puso en el pelo un líquido café que olía a rayos. Tanto apestaba que me quedé sin ir a la escuela. Albinita me dijo, "Lo siento, Teresina, pero traes piojos".

"¿Y qué es un piojo, mamá?", pregunté con miedo.

"Un bichito".

"¿Un bicho?".

"Te pican, y luego, cuando les pones esa cosa se van. Qué gacho que huela tan feo".

"¿Qué pasa si no te pones esa cosa hedionda en el pelo, mamá?".

"Pues no puedes ir a la escuela, m'ija".

"A lo mejor no son tan malos los piojos, mamá. Quiero quedarme aquí en la casa contigo. A mí no me gusta la escuela. Los niños se burlan de mí porque no tengo papá".

"Que los piojos sí son malos, Teresina. Si los traes, tu maestra y el director de la escuela te van a regresar a casa. Te enfermarás de tanto rascarte y no vas a querer estar tan llena de piojos. Cuando regreses a la escuela, diles a los muchachos que quizás no tengas padre, pero que tu mamá te ama".

"¿De qué tamaño son los animalitos, mamá?".

"Mira, éste es un piojo", dijo Albinita y me mostró el peine. Allí, cogidos entre los dientes, estaban unos bichitos como puntitos negros. Agarró una liendre entre los dedos y la apachurró con la uña.

"¿Tú nunca has tenido piojos, mamá?".

"Sí, m'ija, cuando era niña. Una vez cuando estábamos en Kansas. Éramos tan pobres que no teníamos con qué limpiarnos. Andábamos siguiendo las pizcas también. Mi padre nos hizo quemar toda nuestra ropa. Las mujeres de la iglesia nos regalaron ropa nueva y luego nos fuimos a vivir a Oklahoma. Éramos tan pobres, m'ijita, que durante mucho tiempo no tuve un vestido ni zapatos que me quedaran. Me ponía los zapatos de mi hermano y les metía cartón adentro. Era muy delgada y todo me quedaba grande. Lo siento por tu pelo. Pero te lo voy a tener que cortar todo".

"¿Y Helen? ¿Tendrá que cortárselo ella también?".

"Sí, tendrá que cortárselo".

"¿Qué le pasaba? O sea, estaba tan triste".

"Está enamorada, m'ija. No puede ver nada más al hombre frente a ella".

"¿Por qué hace lo que hace?".

"Es débil, toma para olvidar, nomás que no puede olvidar".

"Yo nunca quiero ser débil como ella, mamá".

"Con el favor de Dios . . . nunca lo serás, m'ija . . .", dijo Albinita con una voz de lejanía. "Ahora dame las tijeras. Así te vas a sentir mejor. Y después vamos a traer agua bendita para limpiar y bendecir la casa".

Cuando regresé a la escuela me puse una pañoleta. Todos los niños se rieron de mí y me dijeron piojosa y señorita liendre y niña bichito y otras cosas feas. Pero a mí no me importaba. Helen contaba unos cuentos muy buenos y me sentía suave al oír platicar a las mujeres como lo hacían ella y Albinita, llenas de esperanza, de emoción y de amor eterno. Los relatos de amor bien valían la pena de los piojos, especialmente para mí que no sabía lo que era el amor.

"¡Ay, esa mujer, la Helen! ¿Qué tiene que andar haciendo una mujer arrastrándose tras un hombre? ¡Y al Néstor ni le importaba! Se le notaba en los ojos", dijo Albinita, sacudiendo la cabeza.

"Sí, y yo perdí todo el pelo por su culpa".

"Yo no respeto a las mujeres como ella, Tere. Esas mujeres que corren tras los hombres, mujeres que persiguen a hombres que no quieren que los alcancen y luego tratan de quedarse con ellos cuando ya es casi imposible. Como dice el padre Vizcaíno del Sagrado Corazón 'tenemos que saber cuándo dejarlo todo en manos de Dios'".

"Sí, mamá".

Después de que se fue Helen, nunca volví a ver igual a mi almohada, ni mi cobija favorita, la que me regaló mi madrina para mi confirmación, ni mi cama, ni mi cuarto, ni la casa. Todo estaba lleno de piojos. Todo me seguía dando comezón mucho después de que la cabeza me había dejado de arder, mucho después de que ya no sentí que los animalitos me caminaban por todos los sesos. Como recuerdo quedó la estatua rota y estropeada del Niño Jesús de Praga en la recámara de Albinita mirando al mundo con su cabeza chueca y chiclosa, un bebé de blanco torcido, lleno de ilusiones. Era un traidor. Un mentiroso.

Lucio es un piojo. Una pulga enorme.

Lucio es un gran bicho negro.

Una araña en su telaraña.

Una cucaracha borracha.

Una hormiga con su piquete.

Un chapulín que salta a la libertad.

Una avispa que pica una y otra vez.

Una mosca sedienta siempre.

Un mosquito chupasangre.

Lucio es el hombre que amo.

Alguna vez tuve el pelo largo, brillante y espeso. Después de Helen, nunca me volvió a crecer igual. Ahora tengo el pelo fino y delgado como de gato.

Yo, Teresina P. (de "piojo") Ávila, me senté en la sala a rascarme la cabeza como cuando estoy nerviosa, a veces me saco costras que luego me sangran.

Soy mi propia sanguijuela. Hago eso porque mis pensamientos son demasiado para mí sola, peligrosos y oscuros.

Cuando estoy muy mal me salen cuatro o cinco costras, a veces más. Pronto me voy a quedar pelona a trozos.

Algunos se muerden las uñas o se muerden los padrastros de los dedos. Yo me pellizco el cuero cabelludo hasta que me sangra. Juro que voy a dejar de rascarme pero luego caigo, no puedo controlarme. Eso lo haría un niño tonto, un viejo chocho inquieto o un loco de un manicomio que no tiene nada que hacer.

Cuando me pellizco, recuerdo los piojos y cómo aprendí qué tipo de hombre nunca hay que querer.

Me senté en el sofá de mi sala, entre paredes color durazno desteñidas, en mi viejo sofá gris, esperando a que Irma pasara por mí para ir a la reunión del Club de Admiradores. Ya se le había hecho tarde. Luego me acordé. Yo tenía que irme sola.

Sin pensarlo, empecé a desplazarme de los nervios.

Ráscame, chulis.

Tengo comezón.

23

MINUTA DEL CLUB NORTEAMERICANO

DE ADMIRADORES DE PEDRO INFANTE

Nº 256

Presentes: Nyvia Ester Granados, presidenta; Irma Granados, vicepresidenta; Tere Ávila, secretaria; Sista Rocha, tesorera; Catalina Lugo, parlamentaria. Miembros presentes: Ofelia Contreras, Concepción Vallejos, Elisa Urista, Merlinda Calderón, Pancha Urdiález, Tina Reynosa y Margarita Hinkel.

Ausentes: Ubaldo Miranda.

Visita sorpresa: María Luisa Miranda.

La apertura de la reunión se verificó a las siete de la noche por parte de la señora presidenta Nyvia Ester Granados. La reunión tuvo lugar en la casa de Irma Granados. Elisa Urista propuso que ya siempre nos reunamos en casa de Irma. El voto fue de once a uno a favor de reunirnos en el hermoso apartamento de Irma con su tele de pantalla gigante. El único voto en contra fue el de Irma Granados.

La madre de Ubaldo, María Luisa Miranda, llegó cuando ya íbamos a aprobar las actas de la junta del mes anterior. Lloraba tanto que no entendíamos lo que decía. El reporte de la tesorera se tuvo que aplazar hasta que la señora Miranda dejara de llorar. Irma le trajo un vaso de agua y dos aspirinas.

Finalmente, soltó de manera abrupta que Ubaldo había desaparecido. El primer indicio de que las cosas no andaban bien ocurrió cuando doblaba la ropa limpia en el cuarto de la tele mientras veía *Siempre en domingo* de Raúl Velásquez.

La señora Miranda se desmayó. Suerte que estaba sentada en el canapé rosa de Irma. La Sista Rocha le puso una toalla fría en la frente y volvió en sí.

La Señora Presidenta trató de tranquilizar a la señora Miranda diciéndole que Ubaldo estaba bien y le preguntó si no le molestaría que pospusiéramos el asunto de la desaparición de Ubaldo hasta que terminara la reunión. La señora Miranda pidió permiso para quedarse, pues tenía miedo de irse a una casa oscura. Se votó doce a cero a favor de que la señora Miranda se quedara.

La tesorera, Sista Rocha, reportó que desde que el Club de Admiradores se había reunido en el Casino Speaking Rock, había $375.75 en la cuenta.

Irma Granados presentó un cachorrito nuevo que se llama Pedrito. Es una mezcla de chihuahueño y perro de aguas. Oficialmente se votó doce a cero a favor de que pasara a ser la mascota del club. Después de que todas lo saludamos, Irma nos mostró cuán inteligente es. Ella le dijo que buscara su *apachurrín-chirrín;* éste salió del cuarto y regresó con una cobijita. Luego, le dijo que buscara su *huesesín-chisín* y regresó con su huesito. Lo mismo hizo con su pelotín-tilín y con su pequeño *pajarín-tirín* azul. Irma dijo que investigaría si se podrían pedir unas camisetas con la foto de Pedrito.

La película de este mes fue *Angelitos negros.* Salió en 1948 y causó gran conmoción pues trataba asuntos raciales. Irma Ganados dirigió la discusión. Ella dijo que Mercé, la sirvienta negra, debería haberle dicho a Ana Luisa, la subdirectora güera de la escuela de señoritas, que se había casado con el famoso cantante José Carlos Ruiz, representado por Pedro Infante, que ella era su madre. Si se lo hubiera dicho antes, no se hubieran sorprendido tanto cuando su primera hija nació negra.

A Merlinda Calderón no le pareció muy buena la actuación de Pedro en la película.

Sista Rocha no estuvo de acuerdo y dijo que Pedro había trabajado muy bien al vivir con su esposa güera endemoniada quien se las daba de ser mejor que nadie, incluyendo a su sufrida madre negrita.

La discusión sobre *Angelitos negros* duró mucho tiempo.

Elisa Urista se sintió ofendida de que Pedro se hubiera pintado la cara de negro y no le había gustado el tema del matrimonio entre razas y de los niños de raza mixta.

Ofelia Contreras quería saber por qué Pedro había hecho esa película y qué se había ganado con ello. Dijo que si hubiera sabido que vería a mucha gente negra hablando español, quizá se hubiera quedado en casa a teñirse el pelo.

Irma nos informó que el único personaje negro de verdad había sido Chimi Monterrey, quien la hizo de Fernando, un amigo de José Carlos.

Todas empezaron a hablar a la vez. Elisa e Irma se pelearon, luego Ofelia y Tere y luego Elisa y Sista, quien dijo que su mejor amiga era negra.

Elisa dijo: "Negros o maricones es lo mismo. Son pecado contra Dios, la naturaleza y Pedro Infante". Todo el mundo sabía que se refería a Ubaldo. Gracias a Dios que la señora Miranda se había ido al baño en el ínter.

Sista le dijo a Elisa que era una intransigente y que la película había sido poderosa y rebosaba de grandes lecciones de la vida.

Elisa se largó airada del cuarto, llevándose sus empanadas de calabaza, que íban a ser el postre.

Sista le indicó por dónde introducirse sus empanadas secas.

La Señora Presidenta intervino y puso orden.

Irma propuso que se le pidiera a Elisa abandonar el Club de Admiradores por insubordinación. Y por ser tan pendeja, agregó Sista. Segundó la moción Tere Ávila. Se votó seis a cinco a favor. Irma Granados sugirió que le mandáramos una notita a Elisa pidiéndole que se disculpara con el Club de Admiradores y que sirviera los aperitivos durante el resto del año. Ese voto resultó once a una, sólo Ofelia votó en contra para apoyar a Elisa.

La Señora Presidenta dijo que hablaría con Elisa cuando se juntaran para su noche de bingo semanal.

Siguió una discusión acerca de si Ubaldo era maricón o no. Merlinda ni se lo había olido, a Tina no le sorprendió. Pancha sólo creía que era infeliz. A Sista no le importaba y dijo que deberíamos quererlo tal y como era. Irma dijo que Mercé no había escogido ser negra. Todo el mundo estaba seguro de Mercé pero nadie lo estaba de Ubaldo.

Cuando la señora Miranda regresó a la habitación, la Señora Presidenta preguntó si había asuntos atrasados que tratar.

En los asuntos atrasados generalmente se incluía la típica discusión acerca de qué verdaderamente le habría pasado a Pedro. Que si habría muerto en el avionazo de 1957 o si había sido una farsa.

Irma reiteró su ya sobado argumento de que Pedro no iba en el avión, que había sido un plan para escaparse. Que andaba huyendo, porque se había enredado con la amante del Presidente de la República y tenía que desaparecer.

Sista replicó diciendo que había estado en el avión pero que había sobrevivido. El lado izquierdo de la cara le había quedado tan desfigurado que parecía carne deshebrada, así que entonces decidió esfumarse.

Concepción creía que Pedro se había ido a Europa para hacerse cirugía reconstructiva pero que no había quedado bien y ya nunca fue el mismo.

Merlinda sugirió que después del avionazo había quedado tan desfigurado que se había convertido en el famosísimo luchador El Santo, el Enmascarado de Plata.

La Señora Presidenta dijo que la presión del estrellato de cine había sido demasiado para Pedro. Lo mismo le había sucedido al Padre Mojica, actor y cantante mexicano, que se metió a cura y dejó todas sus riquezas. El mundo de carne y hueso le costó mucho a Pedro.

Sista la refutó diciendo que a Pedro le gustaban las mujeres y que él les gustaba a las mujeres. Sugirió que andaba huyendo a la mafia mexicana. Manolo, el primo de su cuñado, le había platicado que ya le habían pagado a alguien para que matara a Pedro y que había tenido que desaparecer. Agregó que Manolo era pistolero en México y por eso lo sabía.

Catalina Lugo afirmó que había escuchado algo sobre un viejito en Juárez que tenía una placa de metal exactamente en el mismo lugar donde la tenía Pedro y que además también cantaba.

Se votó once a cero a favor de visitar al viejito de Juárez para ver si de veras era Pedro Infante.

Margarita Hinkel sugirió que nos fuéramos en su otra vez, siempre y cuando pagáramos la gasolina. Se votó diez a una a favor de irnos juntas.

Las integrantes del comité "Visita al viejito", Catalina e Irma, informarán al Club de Admiradores para la próxima reunión. Se propuso que comiéramos en el Shangri-la de Paco Wong, porque la última vez comimos en el Pollo Borracho y algunas se enfermaron de diarrea. Se votó ocho a dos a favor de la comida china, y una persona se abstuvo.

Luego se prosiguió con una discusión del por qué Pedro habría continuado volando después del primer accidente de aviación.

Irma dijo que a ella la placa de metal nunca le había molestado como a otra gente. Para ella, Pedro seguía siendo Pedro aun con la placa de metal. Luego dijo que Pedro debió haber dejado de volar para siempre.

Cayó un silencio incómodo. Todo el mundo sabía que Margarita Hinkel estaba tomando clases de aviación en el Aeropuerto Internacional de Cabritoville y que quería comprarse su propio avión para volar al panteón para el aniversario de la muerte de Pedro.

Bajo novedades se dijo que se había nombrado socia honoraria del Club de Admiradores de Pedro Infante N° 256 a la Sra. Miranda con un voto de doce a cero a favor. Ella dijo que iba a tener que cambiar la hora de pesarse en el *Weight Watchers* y que ya hacía años de que había querido asociarse pero que Ubaldo nunca había querido que asistiera a las reuniones.

Bajo otros asuntos se dio la noticia de que Tina Reynosa esperaba un bebé para el mes que viene. Si el bebé es un niño, le va a poner Pedro, y si es una niña, Infanta. Informó que a su esposo, el Willie, no le entusiasmaban mucho los nombres. Tenía esperanzas de ir a la peregrinación anual este año si es que el Willie no la embarazaba otra vez.

Irma propuso que Tina pidiera una cita en la clínica de planificación familiar. Sista Rocha segundó la moción. Todas, menos Ofelia Contreras, estuvieron a favor de que Tina empezara a tomarse la píldora.

Margarita comentó que había sabido que Irma andaba con el señor Wesley.

Sorprendió a todo el Club de Admiradores cuando Irma les anunció que ya estaba comprometida. Tras un minuto de silencio, los miembros del Club de Admiradores la felicitaron.

Después de muchos besos y abrazos, Nyvia Ester llamó al orden de nuevo a la reunión. Irma entró a la cocina y sacó un pastel de merengue y limón de la Vía Segura para celebrar.

El último asunto a tratar fue la cuestión de Ubaldo Miranda. La Señora Presidenta le pidió a la señora Miranda que nos contara su historia.

La señora Miranda dijo que notó que algo andaba mal cuando se percató de que ¡los chones de Ubaldo no estaban en el canasto de la ropa sucia! Luego había entrado a su recámara y vio que había empacado toda su ropa y se había llevado la maleta que el personal de la lavandería del hospital le había regalado a ella para su jubilación.

Se votó 10 a 2 a favor de poner a Ubaldo en manos del señor y de meterlo a la cadena de oración.

La señora Miranda sollozó cuando nos dijo que nos mantendría informadas acerca de Ubaldo.

La próxima reunión del Club Norteamericano de Admiradores Nº 256 se verificará en la casa de Irma Granados el 18 de junio.

La Señora Presidenta dio fin a la sesión a las 10:35 de la noche.

Minuta de la junta mensual del Club Norteamericano de Admiradores de Pedro Infante Nº 256. Respetuosamente presentado por la secretaria doña Tere Ávila.

24

EL VAQUERO FRONTERIZO

Cuando junto todas las noches de mi vida y las coloco frente a mí, como una hilera de barajas de Las Vegas, con un agujero al centro, diría que la noche del compromiso de Irma ha sido una de las peores manos que me han repartido. Sobrepasó la vez que nos quedamos atrapadas en la rueda de la fortuna de la feria del condado cuando teníamos diez años y que nos dio tanto miedo que empezamos a rezar el rosario. Mucho peor que cuando se enojó tanto mi padre que se quebró el meñique al pegarle a la puerta.

No recuerdo mucho acerca de mi padre. Lo que sí recuerdo es que le gritaba a Albinita porque ella no respondía a gritos. Esté donde esté ahora, probablemente aún esté acostumbrado a que se haga lo que él dice.

De niña fui enfermiza. Con miedo hasta de respirar y siempre medio débil. Albinita me llevaba al médico con regularidad para que me inyectara vitamina B–12. El doctor decía que yo estaba anémica. Mi papá pensaba que las inyecciones eran un dispendio inútil. Le decía a Albinita que siempre estaba enferma porque era una necia; no quería que ninguna hija suya fuera raquítica y miedosa.

Era un hombre duro, frío dice Albinita. Qué bueno que nos dejó muy al principio. Quién sabe cuánto miedo le hubiéramos tenido. Nunca la quiso de verdad; era demasiado buena, demasiado amable, demasiado suave y atemporizada para él. Y sin embargo, ¿la habría querido si fuera de otra manera?

Quirino gobernó nuestra casa igual que Pedro lo hizo en sus muchas casas, y Lucio Valadez rige su mundo.

De todo lo que sabe por sus lecturas de Pedro, Irma ha dicho que él te escuchaba respetuosamente, te miraba con aquellos ojotes cafés y luego hacía lo que le daba su pinche gana.

Una vez, Wolf Ruvinskis le preguntó a Pedro que a qué se debía su carrera y su éxito. Le contestó: "No le debo nada a nadie y le debo todo a todos".

La noche en que Irma anunció su compromiso yo también sentí que no le debía nada a nadie. Y eso fue lo que me causó las broncas.

Era una calurosa noche de junio, apenas empezaba a refrescar a eso de la diez, cuando Irma nos informó que iba a casarse. Yo me tuve que salir del cuarto. El aire acondicionado de Irma estaba descompuesto y no había más que un pequeño ventilador portátil que alguien puso al lado de la señora Miranda para refrescarnos. No pude esperarme a que circulara el aire fresco hasta que me llegara a mí así que me extraje del sofá largo de Irma que lo chupaba a uno con sus calientes cojines. Me sentí como chihuahueña chicoteada. Había votado por Pedrito pensando que la Irma y yo íbamos a poder disfrutarlo, pasándonosla tiradas jugando con él, hablándole como niñito y así. Nunca me imaginé que ella tenía pensado que la mascota del club compartiera sobras de comida en La "W" Voladora con el señor Wesley.

Irma comprometida con el señor Wesley. ¡No podía ser! Estaba desconcertada ante la magnitud de su traición. No se me ocurría otra cosa más que Irma, su nombre, le quedaba bien. ¡Supe lo que había sentido María Luisa, la mujer de Pedro! Lo peor de todo fue que había anunciado su compromiso en la reunión del Club de Admiradores, ante Dios, Ofelia Contreras, Elisa Urista y ante mí, como si no quebrara un plato.

Estoica, me dirigí al baño de Irma, caminando de ladito para no pisar su pinche perro callejero que dormía en el pasillo. Ya adentro, me dieron náuseas. Hasta mí llegaron los ruidos de júbilo forrado, las rucas gallináceas festejaban en la sala. Bramaba un burro y rebuznaba una vaca de gozo y unas perras bien vestidas se regocijaban rascándose mientras que un coyote viejo aullaba de alegría. ¿Cómo había podido ocultármelo Irma tanto tiempo?

Saqué un enorme puñado de *Kleenex* rosa de la cajita de plástico rosa y me sacudí las penas. No iba a llorar frente a nadie, especialmente Irma. Y además, tenía que llevar la minuta. Me prometí que cuando regresara a casa, me daría un baño caliente y me emborracharía.

No sé cómo pero sobreviví lo que faltaba de la reunión y me disculpé y salí antes de que sirvieran los refrescos con el cuento de que me sentía muy cansada. Hasta fui a donde estaba Irma y le di un abrazo superficial y a medias. Ofelia me vio la mueca que hice y me sonrió. La verdad, no me importó. Lo último que vi fue que Irma empujaba con la pierna la puerta de bisagra de la cocina para entrar a la sala su pestel de limón en alto como una ofrenda preciosa al Dios de la abundancia.

Manejé a casa dentro de un estupor.

Ya en casa, revisé el correo y cogí una vieja cinta de Lucio. Se había acostumbrado a mandarme cassettes con la esperanza de que tocara otra cosa que no fuera música mexicana, especialmente de Pedro Infante. Tenía todas las cintas acomodadas en un estante del baño, pués me gustaba escuchar música mientras me bañaba. Nada de regadera. Me agradaban los baños largos y calientes para calmar los nervios, para que fluyeran los fluidos como debían. Las regaderas eran como cuando se hace mal el amor. Termina antes de que te des cuenta, te deja mojadita apenas pero nunca satisfecha.

Siempre archivaba las cintas de Lucio en un estante específico. A él le gustaban las "voces suaves" de los italianos viejos, Perry Como, Vic Damone, Al Martino, Jerry Vale, todos aquellos vatos lubricados semi-rucos de gargantas aceitadas o los vatos caritas como Tom Jones y Engelbert Humperdinck. Yo no podía forzarme a escucharlas de la misma manera que no aguantaba las cintas que Ubaldo me había dado para contraatacar la maldad que, según él, se había extendido por todo el mundo.

Ubaldo era un fanático espiritualista, la mayoría de sus cintas eran de gente que hablaba. Casi todas eran de gringos de voces tipludas nasales o de gente étnica a la que casi no entendía. Raras veces las escuché. Los títulos tampoco me llamaban la atención: *El Swami Muchanalga y su flauta divina; Tus vidas: Todas; Así que, ¿qué escoges? ¿La vida eterna? ¿O el ahora apresurado?*

La última vez que Lucio y yo hablamos, trató de convencerme de que me olvidara de él y yo traté de explicarle por qué no me parecía buena idea.

Nuestra conversación terminó con un tono extraño: él estaba amargado por algo y yo me preguntaba por qué.

Saqué el cassette del estuche de plástico. Era "Release Me" de Engelbert Humperdinck.

El vato no tenía idea de lo sutil.

Me dieron ganas de darme un baño de hierbas, y así lo hice, escuchando a Pedro cantar "Sé que te quiero".

El agua estaba demasiado caliente. Me quemé los pies. Me senté en el borde de la bañera y le di al agua fría. La mezclé lo mejor que pude con las manos y los pies que aún me dolían.

Agarré la toallita y poco a poco me metí al agua caliente, sin aliento por el calor. Me sorprendió y me recargó las pilas todo a la vez. Eso es lo que tanto me gusta de un baño caliente y vaporoso, la sorpresa de relajarme.

Me metí a la bañera con cuidado y cerré los ojos.

Cuando era niñita, el momento del baño era el único que Albinita me dejaba sola.

Aunque no tenía ganas de bañarme, y hubiera preferido hacer cualquier cosa que no fuera eso, era una realidad maravillosa.

Era padrísimo sentir el agua tibia en la piel cuando me sumergía y luego energía como torpedo con un *güish* del agua. Mi suave toallita rosa se convertía en una sirena que nadaba grácil alrededor de los pilares de mis pies morenos, arrugados y emblanquecidos por el lento chapoteo del agua alrededor de mi resbaloso cuerpo de delfín.

Los últimos rastros de aquella piel sucia de jugar afuera, de los calcetines que se habían ensuciado todo el día, de los brazos sucios con residuos de maromas y los resbaladeros se los había llevado el agua. El agua que rápidamente se iba oscureciendo me confortaba, generosa, y me dejaba con la piel nueva y fresca de una niña submarina, gloriosa y libre.

Nadie me molestaba mientras que el agua se enfriaba, mientras que las sirenas se echaban el último clavado y me daba sueño y me reclinaba contra la bañera lisa y soñaba otra vida, con alguien a quien amar.

Eso era lo que un baño aún me provocaba.

Era difícil salirse del agua. Por fin me había aclimatado. Pero me levanté y salté a la casetera, totalmente mojada y sin chanclas, rogando al cielo no electrocutarme al prenderla. No quería pensar en Lucio, como tampoco quería pensar en el tapete del baño. Viejo. Peludo. Lleno de cosas escondidas. Allí acechaban demasiadas vidas. Estaban las huellas de Diablo y Angelita, las mías propias, cambios de piel, de uñas, de cabello, ahí había desechado los olores y las secreciones de otro día de bastante trabajo. Huellas de pies mojados sobre alfombra azul oscuro.

Todavía era muy temprano. Las once. De repente, supe lo que iba a hacer. No me cabía duda. Sabía quién era yo. Sabía quién era mi madre, sabía quién había sido mi abuela. Conocía el lugar que yo ocupaba en aquella larga fila de mujeres que se extendía hacia una eternidad de tanto amar a la que se le tenía que pagar completamente y con la que había que encararse.

Empecé a cantar junto a la tina.

Pa' que veas lo que se siente
Pa' que sientas lo que siento
Yo sí juro por mi madre
Que me las vas a pagar . . .

Sufre, chulo, sufre. Quiero que el mundo entero sepa que eres un cabrón —especialmente tu mamá. Para que sepan, puto, todo el mal que me hiciste. Sí, tú. Pinche güey, hijo de puta, bueno quizás en este caso no, pero tú ya sabes, desgraciado infeliz del Chuco Town.

Que quede claro que no tengo nada contra El Paso. Nomás que vives allí con ella, y no conmigo.

Amo la Montaña Franklin. Amo la Plaza de los Lagartos. Amo El Colón. Amo Ciudad Juárez y el mercado y La Catedral de Nuestra Señora de Guadalupe y las carnicerías y las pastelerías y las loncherías y a mi gente que vive por ambos lados del Río Grande en la frontera. Amo todo mi mundo fronterizo, menos a ti. Condenado.

Después de bañarme, saqué la ropa, las botas blancas resucitaron de atrás del clóset, las Luccheses quedaron relegadas al rincón más apartado. Del fondo del clóset saqué la minifalda negra y la blusita roja peludita sin espalda y las extendí sobre la cama, la vestimenta sacramental para un viaje sagrado.

Me maquillé cuidadosamente, mirándome al espejo. Me gustó el tonito café claro de mis ojos, la mirada distante pero atenta, la mandíbula firme, los labios entreabiertos pero generosos, la forma en que me rodaba el pelo por la espalda, liso y brillante, fresco como sirena que conoce en qué aguas nada. Estaba lista para lo que se presentara. Y eso sucedería, el mundo podría estar seguro.

Regresé a La Tempestad como si nunca hubiera estado. Tal vez Irma estaría en La "W" Voladora mirando *Los Beverly Hillbillies* con el Sr. Wesley. De reojo vi a Graciela. Estaba con su novio, un hombre marcado con espinillas. Se estaban riendo en el rincón cerca del final del estanque de los peces. Algún chiste privado. Todos los asiduos estaban allí: el Pollo, el cantinero que me echó una sonrisa enorme; el Wimpy y el Popeye, encorvados sobre unas Coors, sin duda tratando de darse valor para ligarse a alguien; María González que estaba tirada en una mesa de fondo, dormida junto a una botella de *Bartles & Jaymes*. Lupe Báez discutía con un vato altote por lo del *cover* de dos dólares. Louie "El Baboso" quería comerme con los ojos y me saludó con la mano. Yo también lo saludé de lejos. Y ¡chacachachán! el dueño, Tino "El Cuate" Sotero estaba sentado en una mesa con el jefe de la policía de Cabritoville, Pánfilo "Tuche" Zertuche.

No había manera de que nadie se me atravesara. Esta noche no. Louie pensó bien en quedarse en su sector. Se arrastró lentamente hacia la oscuridad y ya no lo volví a ver aquella noche. Me deslicé al bar muy a lo voy-derecho-y-no-me-quito.

"¡Oye, Pollo!".

"¡Esa, Tere! ¿Qué ondas? ¿Dónde te habías metido?".

"Ya estoy de regreso, Pollo. Así que dame lo de siempre".

"Y, ¿qué te gusta?".

"Ay, no sé. Pues, dame un cubalibre, no, mejor un daiquiri, no, mejor . . ."

"Déjame prepararte algo especial, Tere . . ."

"Buena idea".

"Y, ¿dónde está la comadre? ¿La Ethel?".

"¿La Ethel?".

"La Lucy y La Ethel, ¿entiendes?".

"Está con su novio. Ay, ¿ya sabes que se va a casar?".

"Sí, supe".

"¿Quién te dijo? Ay, mierda. Bueno pues, yo no me voy a casar, n'ombre. Soy libre como el viento".

"Ya lo veo. Pero vale más que te cuides muchachita porque estás como la Fanta, cada día más buena".

"Entonces, ¿qué ha pasado aquí?".

"Regresó el Chago de Califas. Allá está jugando billar con esas universitarias".

"¿Cuál Chago?".

"Niña, te las traes, aquí tienes tu traguito, Tere. Cortesía de la casa. Un machete del diablo".

"Exactamente lo que quería, Pollo, gracias. Oye, por mí no te preocupes. Sólo llegué a saludar a los viejos amigos. No pienso estarme mucho. Y en cuanto a Chago, mándale una chela de mi parte, como recuerdo".

"No lo hagas, Tere".

"Ay, tú. Estás igual que Irma. Nomás mándale la pinche chela al Chago y a mí dame un vasito de agua fría. ¿Qué demonios le pusiste al trago?".

Eso fue más o menos cuando Santiago "Chago" Talamantes me miró y yo a él. Quiero que sepas que se veía bastante bien para ser alguien que creíste amar y contra quien todavía guardabas resentimientos, hasta que se te prendió el foco por qué diablos lo habías querido en primar lugar. Era feo como pegarle a Dios, de esos feos tan guapos que resultaba aún más pecaminoso. No era un niño bonito como Pedro o Lucio, pero había algo de grande, de masculino y de salvaje en él.

Chago guardó su taco y dejó que las universitarias se rascaran con sus propias uñas. En eso el Wimpy y el Popeye aprovecharon la oportunidad y se les dejaron ir. Él se dirigió hacia mí, pero despacio, haciendo escala para jalonear a unos amigos y para darle una palmada en la espalda a Tuche como si fueran hermanos perdidos. Se tardó lo que quiso para acercarse. Me bebí el machete por un popote rojo y me chupé el limón.

En un abrir y cerrar de ojos tenía a Santiago "Chago" Talamantes parado junto a mí respirando mi aliento y yo respiraba el suyo. Nos miramos. Cuando me tomó la mano no resistí. Dejé el machete y me puse de pie.

No sé qué pensaba. No estaba pensando. La blusita sin espalda tenía igual de comezón que yo. Quería irme a algún lugar y estar sola con alguien que me creyera bonita y deseable.

Chago saludó a Tino quien nos guiñó el ojo. Luego, se despidió de mano de todo el mundo, lo cual le llevó un rato. Me quedé cerca del estanque como maniquí arreglado quien buscaba a la pareja de peces amantes sin encontrarla.

Con mi mano entre su enorme garra, Chago me encaminó por el estacionamiento hasta su vieja troca Ford. Todavía hacía calor afuera, como si la noche nunca fuera a refrescar, parecía que la noche terminaría en otro día aciago de más de ciento diez grados Fahrenheit. Debí haberlo sabido y haberme quedado en casa, desnuda, tirada en la cama, restregándome con una toallita fresca y ventilándome con el abanico eléctrico portátil.

Después de un caliente y largo beso afuera del camión de Chago, trepé la media milla hasta el asiento y aterricé pesadamente. No podía abrocharme bien el cinturón. Aunque Chago hizo por ayudarme, finalmente, despreocupada, lo dejé caer por sobre el respaldo y le dije, "Así que, ¿a dónde vamos?"

No nos habíamos visto en más de un año. Casi no hablamos desde que salimos de La Tempestad de Tino. Me agradaba que no me diera explicaciones, ni yo a él. Era de esos tipos con los que puedes irte sentado a su lado cientos de millas sin que tengas que decir nada. Sentía suave llevar todas las ventanas abiertas mientras echábamos carrera de noche por la vieja carretera rodeada de muchas millas de nogales. Sentías que la temperatura era diez grados mas baja entre los árboles. En cierto momento, Chago le apagó las luces a la troca. Le encantaba manejar así, a ciegas, por los caminos de poco tráfico, a oscuras, donde la única iluminación que llegaba era la intermitente luz de la luna, que se colaba entre las espesas copas de los árboles.

No sabía a dónde íbamos ni me importaba. Sabía que estaría tan segura como quisiera. A pesar de su tamaño, Chago no era un animal, nunca fue el chavo más inteligente de la cuadra pero tampoco usaba su fuerza con las mujeres. En sus mejores ratos era un tranquilazo, un buen compañero; en los peores, era inquietante como sanguijuela imperturbable.

Acabamos en el Noa Noa de Ciudad Juárez que está en la calle principal, cerca del Puente Santa Fe, junto a muchas licorerías cuyos estantes estaban llenos casi todos de ron, tequila, Kahlúa y vodka. Era a donde iba toda la raza a bailar a la música de las nuevas bandas de rock. Los grupos musicales nunca eran muy buenos, pero tocaban a todo volumen. El Noa Noa era preferido entre la gente joven y los grandes que querían entrarle a la vida cachonda de los clubes. Estaba oscuro y húmedo. Las parejas bailaban pegadito y se apoyaban unas a otras. Era casi la una de la mañana.

A Chago le encantaba bailar y el Noa Noa era de sus lugares favoritos. Ya en la pista de baile, contoneándonos al ritmo de alguna erótica y desencadenada música fronteriza, melodías cuyos nombres nunca descifrabas y que tal vez jamás en la vida volverías a escuchar, cachondeamos como todos los demás. No importaba que nos aplastáramos los labios o que se nos interpusieran los dientes. Nos frotamos y restregamos las pelvis sin preocuparnos de la gente que nos rodeaba, porque todos estaban haciendo lo mismo.

Tomamos todo tipo de bebidas bautizadas mezcladas con ron. Fui tropezando hasta el baño varias veces sólo para levantar un brazo tembloroso frente al espejo roto y ponerme colorete rojo y bajarlo para levantarme la blusa huanga sin espalda. Empezaba a parecer zorro desinflado, la piel mojada y machacada. No traía brasier y la blusa peluda empezaba a volverme loca. También me estaba cansando mucho y cuando me canso así me da comezón, un tipo de comezón distinto. Sabía que ya era hora de irme a casa. Una mujer entró a máquina al baño haciéndose para todos lados y abriéndose paso con la mano levantada a modo de radar hasta el sanitario más cercano y una vez adentro, suspiró de pura satisfacción.

Regresé al criadero. Chago y yo éramos salmones que nos dirigíamos río arriba, sin pensar en el mañana. ¿Mañana? Me entiendes. Me dejé jalar de cabeza al agua de no te preocupes cuando menos por ahora, audaz e ingenua.

Borracha como estaba, deseaba a Chago y a él se le estaban quemando las habas por mí. Notaba que me había echado de menos.

Tratamos de mantener la conversación bajo los fuertes tamborazos de Los Guapos del Norte.

"Se me olvidaba que tenías esas botas. ¿Recuerdas la vez que te las pusiste para mí?".

"Sí, lo recuerdo".

"¿Recuerdas esa vez? Estuvo muy bien".

"Sí, lo recuerdo".

"¿Te acuerdas que yo no fui quien ya no quiso verte?".

"Sí, lo recuerdo".

"Yo también. ¿Pensaste en mí cuando estuve en California?".

"No".

"Yo me acordé de tus botas".

"¿Y qué?".

"Estaba encabronado".

"Pues, yo también".

"No quería verte nunca más".

"¿Y?".

"Pero, luego me acordé de esas botas".

Y entonces se inclinó y me besó muy suavemente y me acordé cómo era y lo mucho que de veras me gustaba, quizá hasta lo amaba.

Y lo besé tan fuerte como pude, pensando que si recordaba algo, entonces tal vez podría olvidarlo todo. Nos quedamos otro rato en el Noa Noa bailando y cachondeando, y luego Chago me cambió el curso. Ya me las olía. Un hombre así de grande tiene sus necesidades.

"Tengo hambre".

"Ya era hora de que lo dijeras. ¿Qué? ¿A dónde vamos, a Fred's?".

Fred's era una tortería de Juárez, a donde iba todo el mundo para bajarse la peda. Además, había una increíble variedad de tortas, sándwiches a la mexicana. El Fred's era uno de los lugares de reunión populares entre la raza hambrienta madrugadora, ahí comían un montón de chavos universitarios, soldados del Fort Bliss, turistas haciéndole al nativo, tanto como amantes que buscaban alguna emoción oscura, raza como el Chago y yo que ya debería estar en casa, dormidos cada quien en su cama.

Pero no fuimos a Fred's.

"¿Por qué no le paramos temprano, Tere?".

Ya pasaba de las dos y media de la mañana y casi no podía mantenerme despierta. Empecé a bostezar y, para mi sorpresa, Chago hizo lo mismo. También me empecé a sentir bien chocha y creo que el Chago se dio cuenta de eso también, porque cruzamos la frontera sin problema cuando La Migra nos preguntó si éramos americanos.

"Ciudadana americana", dije y Chago murmuró lo mismo. No quisieron revisar la cabina de la troca. Todo fue muy fácil, demasiado fácil. No llevábamos contrabando de mangos, ni queso menonita, ni Kahlúa. Nada que declarar, más que lo que traíamos dentro. No llevábamos Chiclets blancos ni rosas, ni joyería de concha nácar, ni juegos de ajedrez de ónice blanco y negro, nada que nos atara o nos arraigara a lo que habíamos sido hacía sólo un par de horas.

El Chago se dirigió hacia sus antiguos lares, hacía un lugar que le gustaba casi o tanto más que el Fred's o el Noa Noa.

El parador de camiones de cargo El Vaquero Fronterizo estaba como a veinte millas de Cabritoville, a un lado de la carretera. Era un enorme edificio como establo abierto toda la noche, de este lado de la frontera entre estados, a esta hora de la madrugada, cuando cerraban todos los bares y los insectos nerviosos empezaban a buscar el camino de regreso a sus nidos, siempre estaba atiborrado. En el lugar había vida, les encantaba a camioneros y a lugareños. Era por sus racionzotas de comida rica y su servicio cordial.

Atravesaban el techo largas tiras prendidas de luces brillantes. Era como estar dentro de un tragamonedas. Ruido por todos lados, mucho movimiento discordante de gente de todos tipos que andaba de parranda y paraba a comer huevos estrellados y papas fritas. No se daban abasto de cambios del filtro de la cafetera. Allí no se servía descafeinado, sólo enormes ollas metálicas de café calidad industrial que hacía que se enroscaran los dientes. No era lugar para pusilánimes. A Chago le encantaba; sentía obligación de comer allí por lo menos una vez a la semana.

Yo había conocido íntimamente El Vaquero Fronterizo, y ya que había entrado, todos los recuerdos me regresaron volando. Marva, la cocinera, le gritaba a su nueva tropa de meseros desde la cocina que le pusieran al jale, pero ya, como si tuvieran prisa. ¿Cómo se dice? "Ándale. Pronto. Pronto". Se acababan de brincar el cerco de la frontera como casi toda la gente que le ayudaba. Ramón, su antiguo cocinero, montaba guardia ante una plancha caliente llena de huevos, papas fritas y bistec. Ya tenía veinte años con ella, desde que se había cruzado por debajo del alambre de púas y luego río, ya no muy bravo, por una pasada conocida como "La Rinconada". Shorty, su esposo y dueño a medias que había quedado cojo en un accidente de tractor en un ranchito de Iowa, estaba sentado con un grupo de camioneros cerca del enorme ventanal recargando la pata de palo en una silla de plástico rojo. A Daria y Wuanita, con "W", las meseras veteranas, no se les movía un pelo de tanta laca, controlando un cuarto lleno de racistas hambrientos, chicanos desvelados, dormilones, una hueste de camioneros jariosos, uno que otro viajero atarantado que iban manejando toda la noche y además algunos errantes y furtivos amantes de la madrugada. Todos buscábamos alimento, algo que nos quitara el hambre y nos animara.

La pesada de Rosaura, la cajera, estaba en su puesto y masticaba un guato de chicle al cobrar un montón de cuentas. Tenía una cola frente a su mostrador. Tan pronto como uno terminaba otro lo reemplazaba.

Wuanita, una gringa caballona que anunciaba su nombre en una enorme placa, nos saludó. Cargaba una pizza de *peperoni* grande que les llevaba a una camionera y a su amiga, la lesbiana más gorda del mundo, que fácilmente pesaba más de trescientas libras, cada chichi del tamaño de una gran sandía. *"¿Quieren iunis jala-peenias por el pizza?"*, preguntó, sosteniendo un recipiente lleno de chile colorado triturado.

¿Desde cuándo servían pizza en El Vaquero Fronterizo? De veras que habían cambiado las cosas.

El Vaquero Fronterizo servía comida casera estilo ranchero con innumerables tazas de café como para resucitar hasta a los muertos. Las paredes presentaban mercancía grasienta para la venta: gorras blancas que anunciaban Vaquero Fronterizo al frente en letras rojas, blancas y azules y camisetas blancas de algodón con el lema del restaurante: "Donde se acaban las payasadas y empieza el servicio". La camiseta lo decía todo.

Me sentía como en casa y así habría sido si no hubiera querido a Chago. Se notaba que todavía me quería. Si ahora yo no quisiera a Lucio, quien no me quería para nada, y si todavía tuviera a una comadre que me quisiera como yo la quería, Irma La Wirma Granados, tal vez hubiera podido aprender a amar al Chago otra vez.

Pedí un rodeo, el platillo especial del Vaquero Fronterizo: milanesa, un par de huevos estrellados, papas fritas, una ración de buñuelos con azúcar y café. Me estaba muriendo de hambre. Decir que me sentía deprimida es minimizar lo que sentía, si hubiera traído pistola me habría pegado un tiro allí mismo.

Pero Chago se veía tan contento de que estuviera con él que hasta le brillaban los ojos. Siempre supe que se sentía muy paternal conmigo, como si yo fuera una niña chiquita. Era un hombrote y los hombrones así se sienten bien con las mujeres pequeñas. No es que yo esté tan chaparra. Le quedaba grande a Lucio y le quedo chica a Chago. Tal vez haya sido el chicano más alto del mundo y lo sabía. El tamaño compensaba por su escasa labia. Como era tan grandote nadie le exigía demasiado. Un poco antes, cuando bailaba con él me di cuenta de lo suave que se siente estar con un hombre que querría cuidarte. Me habría llevado en peso si hubiera querido. Y cuando bailamos quedito, sentía todo su cuerpo volverse hacia mí, como un chante sobre el viento que entiende que la fuerza se lo llevará. Su cuerpo me deseaba, y un rato sobre la pista de baile, yo también lo había deseado.

Y en El Vaquero Fronterizo quise darle mi diccionario pero lo había dejado en la casa y su peso se había convertido en una parte fantasmagórica de mí. Quería decir: "Chago, te hacen falta unas palabras. Y si tuvieras esas palabras, tal vez entonces podría quererte igual que quiero a Lucio quien no tiene palabras para mí".

Tenía que ir al baño. Si pudiera llegar allí, sabía que podría pensar. Encontraría una triza —*una cantidad moderada o pequeña*— de paz allí. Un momento de descanso antes de que la mierda pegara contra el proverbial —*algo bien conocido por la observación o la mención frecuente*— abanico. No resistiría. Aunque nos levigamos —*separar las partículas de una mezcla de dos sólidos de distinta densidad, finamente divididos, mediante una corriente de agua que arrastra las partículas del sólido más liviano*— en la pista de baile, las células se me habían oscilado —*efectuar movimiento de vaivén a la manera de un péndulo o de un cuerpo colgado de un resorte o movido por él*— quisiera que no. Ya me había *Lucio-ficado*. Ahora para mí todo era significado a costa del sentido.

Y luego vi a Diolinda Valadez en el baño, apoyándose contra la secadora automática, peda como el proverbial *mamífero pequeño, negro con rayas blancas originario de América del Norte, que pertenece a la familia de la comadreja*. Sus almendrados ojos chorreados eran pequeños pinchazos de luz. Estaba mareada, borracha y se tambaleaba como un animal atropellado por un carro a alta velocidad, ya sin *glamour* ni elegancia, sólo una mujer más que esperaba que se le secaran las manos. La Lady Macbeth del Vaquero Fronterizo, se frotaba las manos con ademán exagerado, mientras que afuera la esperaba un hombre que seguramente sería su perdición.

Me vio entrar. La había visto antes y ella sabía quién era yo. Ahora ambas sabíamos quiénes éramos realmente y resultó en conmoción.

Diolinda estaba allí con otro que no con Lucio. ¿Sería su amante? Y yo estaba con otro que tampoco era su esposo. Y si era así, y así era, ¿dónde carajos estaba Lucio? Se nos prendió el foco al mismo tiempo. Fue un momento de comprensión nauseabunda. Nos sonreímos mutuamente, Mona Lisas torturadas que lucen sonrisas comemierdas de reconocimiento y complicidad que se tragan la horrible píldora de la realidad.

Lucio estaba con la otra, yo estaba con el otro, Diolinda estaba con el otro y Andrea, pues, ella estaba bien dormida en algún lugar de El Paso en compañía de una niñera que seguramente cobraba tiempo extra.

"¿Y tú qué carajos haces aquí?", me preguntó Diolinda.

"Estoy con un amigo".

"No será mi marido, ¿o sí?".

"No te preocupes. Y tú, ¿con quién estás?".

"Deja tranquilo a mi marido, ¿me oyes? Te voy a reportar con el director de la Escuela Primaria de Cabritoville. Una persona como tú no debería trabajar con niños. Y ni te molestes en decirle a Lucio que me viste aquí. Nunca te lo creería. Y ahora vete, cabrona".

"¿Sabes qué? Yo lo quiero . . . Y él me quiere a mí . . .", tartamudeé cuando salía del cuarto corriendo, pero no creo que me haya escuchado.

Me fui tambaleando un poco mareada hacia la seguridad de la casilla del sanitario.

Por un instante, quise gritarle a Diolinda que lo sentía. Pero estaba fatigada y realmente no sentía remordimiento. Salí, estaba demasiado nerviosa y tensa como para hacer pipí. Desde la puerta del baño la espié agarrada del brazo de uno más alto que Lucio, un vato chavalón, tal vez recién salido de la universidad, alguno al que se le queman las habas por echarse una super cana al aire. Tenía que pensar rápido. Seguro que Lucio se enteraría de que me había metido con Chago. Yo podría decirle lo de Diolinda, pero luego tendría que enfrentarme con que él estuviera con Mary Alice.

Con Chago no había pasado nada, todavía no. Y hasta el momento en que vi a Diolinda, cualquier cosa hubiera podido pasar. Cuando entré al baño, no había estado segura de que me iba a acoplar con Chago. Ahora sabía que no. Y eso me entristeció porque Chago estaba comiendo allí en el restaurante como si fuera la última vez. Cualquier cosa lo hacía feliz. Una mujercita a su lado. Un bistec. Algún que otro chanclazo sobre una pista resbalosa con el ser amado. Tirar un verde en la oscuridad de la noche con una chava con la cual podría pasarse el resto de su vida, siempre y cuando ella quisiera.

¿Podría salirme por la puerta de atrás? Si pudiera salirme la llamaría a Irma desde el teléfono público que está a la vuelta. Ella vendría a recogerme y me llevaría a la casa. No era nada que ella no pudiera hacer. Eso si es que no estaba encabronada conmigo, pero valía la pena intentarlo. La llamaría para ver cómo se sentía. Quizás todavía no hubiera borrado mi nombre de su lista de amistades.

Chago no me echaría de menos durante unos minutos. Había pedido el especial vaquero, todo el bistec y papas fritas que se pudiera comer. Venía con una ración de frijoles. Y además, había pedido una ración de tomates, otra de puné de papa y un plato hondo del famoso chile con carne súper picoso de Marva. Para cuando empezara a entrarle al caldillo y a los panes, yo ya le habría hablado a Irma y ella vendría por la autopista I-10 a rescatarme.

Pero no sucedió así. La línea estaba ocupada. Luego me dio miedo. ¿Por qué estaba hablando por teléfono Irma a las tres de la mañana? Tenía que tratarse de una emergencia, la excusa perfecta. Salí corriendo del baño y encontré que Chago ya se había terminado su comida y había seguido con la mía. Se había refinado así todas mis papas fritas con crema agria y chile, un mejunje que Ramón había preparado especialmente para mí.

"Chago, es una emergencia, tengo que irme a casa *ahorita* mismo".

"¿Qué pasó?".

"No sé, pero algo anda mal. Me late".

"¿Es tu mamá?".

Aunque no lo creas, a Albinita le caía bien Chago, se había metido a su casita de muñecas como un gran y apabullante espectro silencioso, y él la adoraba a ella.

"No sé, ojalá que no, es decir, no es la vibra que me llega".

"¿Vibra?".

"Te lo explico en la troca".

"Así que, ¿qué pasó?".

"El teléfono estaba ocupado".

"¿El teléfono de quién?".

"El de Irma".

"¿De Irma? A ver, barajéamela más despacio . . ."

Traté de explicarle a Chago que la Wirma y yo teníamos algo así como telepatía mental, que si algo andaba mal, la otra lo sabía inmediatamente.

"La Wirma es una gran transmisora de energía espiritual. Sus chakras son muy profundas, tiene poderes y ve señales. Está llena de *deste*".

Chago ya mero me entendía lo que le decía. Descendía de unos indios de allá por Chimayó, Nuevo México, y sabía lo que podía ser el poder, ese tipo de poder. Había tocado la tierra santa que curaba a los pecadores y había visto su prueba, las muletas desechadas y los aparatos ortopédicos sobre la pared del pequeño cuarto detrás del Santuario. Había visto los milagros que daban testimonio de la cura de ojos, pechos y pulmones. Había leído los testimonios, los relatos y poemas y sabía lo que era tener fe en un poder mayor que uno. Y era muy considerado con Albinita y con mi comadre Irma porque los hombrones como él son respetuosos, pues conocen la verdad de su poder y saben que no tienen que andarlo enseñando siempre porque tienen otros dones que nadie ve.

Regresamos a Cabritoville como de rayo. Cuando llegamos a la casa de Irma las luces estaban prendidas y la mayoría de las socias del Club de Admiradores estaban reunidas en la sala vestidas de todo tipo de pijamas, algunas llevaban batas encima de algún ligero camisón, otras traían puesta ropa dispareja que habían agarrado a la carrera. Tina Reynosa llevaba una camiseta que decía "Bebé a bordo" y unos shorts negros chafas. Ofelia Contreras traía puesto todo el maquillaje y tubos en el pelo. María Luisa Miranda se frotaba las manos, y Sista Rocha trataba de consolarla. Olí café.

"¿Dónde demonios estabas?", me dijo Irma. Vio que Chago entraba tras de mí y se calló. A mi comadre se le dibujó una sonrisita de felicidad. Ella creía que yo quedaba mejor con Chago que con Lucio, y me lo dijo varias veces. Yo sentía lo mismo de ella y Sal, mejor él que el señor Wesley. Sólo que Sal había muerto y

Chago estaba allí parado, con metro y noventa y cinco de estatura para vergüenza e infernal chismorreo de varias del Club de Admiradores, que se estaban desparramando llaves en mano, listas para rastrear los estacionamientos de los moteles locales en busca de Ubaldo Miranda, quien había llamado a su madre para decirle que iba a matarse.

"¿Qué, qué?", grité. "¡Ay no, Ubaldo no!". Chago me sostuvo con su cuerpo grande y macizo.

"¿Cuándo sucedió?", le pregunté a Irma, quien parecía la más sensata del grupo. Ella había reunido las tropas y marchaban a batalla. Era digno de verse. Elisa y Ofelia se habían arrodillado y rezaban en el centro de la sala, mientras que Tina Reynosa le cambiaba las pilas a una linterna de Irma. Merlinda entró con un termo de café caliente y se lo dio a Irma quien lo metió en su mochila.

"Hace como una hora que traté de llamarte a tu casa pero no estabas".

"Andaba bailando con Chago", le dije con sentido de culpa.

"Ya lo veo".

"No es lo que tú piensas".

"Prepárate para defenderte ante Lucio y la mitad del pueblo. Ya conoces a Ofelia y a Elisa, tienen las lenguas con permiso de portación".

Mientras tanto, Concepción se había agarrado de Chago porque se había dado cuenta de que traía ponchada una llanta. Chago había salido a prender los faros de su troca y aluzar el carro de Concepción.

Faltaba mucho para que amaneciera, aunque, a pesar de la hora, todas parecían estar muy alertas. Las ideas principales brotaban del pensamiento colectivo, de hormigas que intentan salvar el nido y a una de sus paisanas. La Reina, Nyvia Ester, estaba sentada en la cocina, tomando café y sugiriéndole ideas a Irma de dónde buscar a Ubaldo.

"Chécate atrás del Come-On and Drop-In y también atrás de la carnicería donde se juntan los chavalos, y está todo pintarrajeado. Acuérdate del parking de la choncha. Yo he visto a gente durmiendo allí debajo de los árboles".

Irma le dio sus órdenes a todos.

"Chéquense todos los estacionamientos de los hoteles y moteles. No olviden de preguntar en las oficinas a ver si el Ubaldo no se registró. Elisa, tú y Ofelia váyanse al Motel Holiday House de la Carretera 478. Merlinda y Margarita, ustedes vayan rumbo a Anthony y el Merry Manor. Y hay que checar las calles de los lados. Concepción, tú vete al Holiday Inn y al Sheraton. Pancha, pasa por el Lariat y el Desert Sky. Tina, chécate el Motel Plains. Y el Cactus Inn. Yo voy a pasar por el Lazy T y de regreso paso por La W Voladora y tú, Tere, agárrate el Sands".

"¿El Sands?".

"Todos se reportan aquí mismo. Sra. Miranda, usted quédese aquí con Sista y Nyvia Ester. Yo paso con el Tuche a ver si puede ayudarnos".

"La última vez que lo vi estaba con el Tino en la Tempestad".

"Ni modo. Ya sabes que duerme como un tronco. Si no puedo despertar al Tuche voy a llamar a la Patrulla Fronteriza. Todavía trabaja allí tu primo el Junior, ¿verdad Pancha?".

"Es el barrendero. Nomás trabaja allí a tiempo parciál, mientras termina en la Academia de Policía".

"¿Sabe dar primeros auxilios? Nos hace falta alguien que sepa de primeros auxilios".

"¡Primeros auxilios!", gritó María Luisa Miranda, y Sista se la llevó a la recámara de Irma para que se acostara.

"Yo sé de primeros auxilios", dije al salir y en eso me di cuenta allí en medio de la calle oscura de que no me había traído el carro y que Chago ya no estaba.

25

LAS ARENAS MOVEDIZAS

Fue muy difícil zafármele al Chago. El hombre se me pegó como grasa de pollo a una vieja sartén quemada. Sus intenciones eran buenas y eso que le di una oportunidad, pero ya que se la dabas tenía una manera de meterse tanto en tu vida que te hacía olvidar el significado de la libertad.

La llanta de Concepción estaba ponchadota así que dada la urgencia de la misión, se fue con Tina. Se largaron a madres y me dejaron solita con Chago Talamantes. Supe que ya me había llevado pifas.

Eran las cuatro de la mañana y todavía hacía calor. La pelusa roja de mi blusa sin espalda estaba toda sudada y las botas raspadas me apretaban cada vez más. Una mujer no puede andarse de botas hasta medio muslo más de unas horas sin querer quemarlas. Me dolía el arco y traía las piernas adoloridas.

"Chago, ¿me llevas a mi casa? Tengo que ir por mi carro".

"Te llevo a donde quieras".

"Puede que me tarde".

"No tengo apuro".

"Bueno, tengo que ir al trabajo en un par de horas. Pensaba irme a casa, cambiarme de ropa, ir a buscar a Ubaldo y de allí irme al jale".

"¿De dónde?".

"De dondequiera que esté. Mira, no hay tiempo de discutir, llévame a casa".

"No".

"¿Cómo que no?".

"Yo me voy contigo. Podrías necesitar ayuda".

"Ay hijo de su, entonces, vámonos al Sands".

No tenía tiempo de discutir con Chago. Hablábamos en voz alta, estaba claro, y tenía miedo de que alguien se quejara. Era un barrio familiar donde todo el mundo conocía y quería a Irma y ya muchos conocían bastantes chismes de mí como para hacerme la vida cuadritos.

Imagínate mi estado mental: ¿De veras habría llamado Ubaldo a su madre para despedirse? ¿Sería cierto que le habría dicho que se iba a matar? ¿Lo habría dejado Víctor de la O? Ubaldo me repetía que Víctor era el mero mero, el único, que era su última oportunidad de amar y estupideces por el estilo. Y que si no resultaba, no sabía qué haría.

Ya no pensaba claro. El corazón se me estaba saliendo del pecho. Manejamos hasta el Sands. La luz del amanecer se extendía por el cielo. Me bajé de la troca de un brinco mientras que Chago se estacionaba frente a la oficina. Adentro estaba oscuro.

"Voy a tocar el timbre. Tere, tú busca el carro de Ubaldo. Te espero enfrente".

Habría unos veinte cuartos en el Sands, y parecía que todos estaban ocupados. Había placas de todas partes: Texas, Arizona y hasta una de California. No se veía el Camaro rojo de Ubaldo.

Ubaldo y yo teníamos tanto en común. A ambos nos encantaba el color rojo. No éramos gente color de rosa como Irma. A los dos nos gustaba el chisme, nos reíamos igual: primero una carcajada seguida de risotadas como graznidos.

Ubaldo no podía querer matarse por Víctor, ¿verdad? Aunque sabía lo que sentía porque a mí me había pasado lo mismo con Lucio.

Me vi correr por detrás del Sands como en un sueño, fisgando por las ventanas abiertas de los cuartos. Olía cada cuarto para descubrir el aroma ligero de Obsesión para hombre, la colonia favorita de Ubaldo. Había sido una noche muy larga de mucho tomar, por eso me sentía enloquecida y descontrolada.

Y aquí es donde entra la parte del sueño. Me daba cuenta de lo absolutamente ridícula que me veía, corriendo de aquí para allá, buscando a Ubaldo en el Sands, esperanzada de no toparme con Lucio, quien no esperaba verme, ni encontrármelo tampoco, mientras que Ubaldo tal vez estuviera desangrado, o estuviera tirado en un cuarto lleno de monóxido de carbono junto a una nota suicida que yacía sobre la mesa chata de serrín prensado. Por otro lado albergaba pensamientos horribles acerca de Lucio en nuestro motel con otra mujer. Luego imaginaba que Ubaldo estaba llorando en alguna parte.

Subí y bajé corriendo la enramada de madera que protegía los cuartos del motel, tocando puertas, preguntando por Ubaldo. El motel estaba lleno y los huéspedes adormilados me recibían de mal humor, algunos muy enojados. Corrí al número diecisiete y toqué con fuerza. No hubo respuesta. Otra vez.

"¡Lucio! ¡Lucio!", grité. "¡No, Ubaldo! ¿Está allí Ubaldo Miranda?". Volví a tocar, pero con las dos manos. Me asusté de mi propia fuerza.

"¿Estás allí, Lucio? Cabrón, abre la puerta. Si estás allí, vale más que me abras. No puedes esconderte, sé que estás adentro. ¡Sé que escondiste el carro más adelante! ¿Estás allí dentro con ella . . . esa . . . esa . . . güera" y luego escupí la palabra "origenada?".

Una güera que no le da vergüenza enseñar las raíces oscuras. Era una traición tan grande. Supe lo que había sentido la pobre Indita en *La mujer que yo perdí*. Lucio sabía hacerte que te sintieras inferior. ¿Dónde aprende la gente esas habilidades? Lo tuvo que haber aprendido de Cuca.

Parada allí, frente al número diecisiete, la desastrada puerta de madera tan conocida, su candado mañoso que tenías que levantar hacia la izquierda un segundito antes de abrirlo como si agitaras un palo, supe exactamente lo que sintieron todas las amantes morenas de Pedro cuando se daban cuenta de que las había rechazado y abandonado una vez más por una pelos de elote.

Escuché movimientos. Alguien se levantó despacio, pero antes de prender la luz se tropezó con el despertador que tenía un número perezoso que nunca cambiaba, no importaba cuántas veces lo estrujaras. Tropezando, por fin llegó a la puerta. Un señor de edad, sin dientes, el fino pelo gris todo parado, se asomó por detrás del candado de cadena.

Chago ya venía por mí y me alejé de la puerta a toda prisa. Le sorprendió que lo agarrara del brazo y que me lo llevara hacia el lado opuesto. Todo estaba silencioso, el estacionamiento y los cuartos tranquilos y me latía el corazón tan rápido que no veía claro.

"Ubaldo no está aquí", le dije, queriendo ocultar lo que sentía. Tenía que deshacerme de Chago y regresar para buscar a Lucio.

"No está registrado, Tere. Ya pregunté".

"Llévame a casa. Por favor, Chago".

"Revisé el registro de huéspedes".

"¿De veras? ¿No estaba ningún conocido?".

"No, nadie".

"Ya tengo que irme al trabajo".

"Si quieres . . ."

"Nomás llévame a la casa. Después hablamos".

"Ay, ésta es para ti, se me olvidó dártela".

Chago me entregó una camiseta del Vaquero Fronterizo. Era tamaño 6XXX. No entendía qué ondas con este vato. Lo más probable es que la haya comprado para él y luego haya pensado dármela. La tomé débilmente, dándole las gracias y jurándome a mí misma que jamás me la pondría.

Chago me llevó a casa. Me costó trabajo convencerlo de que todo saldría bien. Pero por fin se fue cuando le prometí llamarle a la casa de su madre en cuanto saliera del trabajo. Me quité la blusa pegajosa, y me olí los sobacos. Prometí nunca volver a ponerme aquellas botas blancas, ni la blusa sin espalda, ni la falda de imitación de cuero. Las quemaría más tarde cuando tuviera tiempo.

Me di un regaderazo. Luego cometí el errorcito de acostarme unos minutos y de inmediato me quedé dormida, soñando con Lucio y Ubaldo, Ubaldo y Lucio. Dos terribles sujetalibros kármicos. Cuando desperté ya eran casi las ocho. Horrorizada, llamé al trabajo para avisarles que iba a llegar tarde. Dorinda, la recepcionista, me dijo que el señor Perea quería verme.

Pero primero tenía que reportarme con Irma. Todavía pensando en Ubaldo, me fui corriendo. Me sentía muy mal sabiendo que debí haber hecho algo por él.

Irma aún no había regresado de su ronda, probablemente La "W" Voladora se le había atravesado en el camino. Nyvia Ester estaba en la cocina preparando su atole mañanero y María Luisa Miranda estaba dormida en un extremo del sofá de Irma roncando muy fuerte. Sista se había ido a casa. Me recibió Nyvia Ester.

"¡Tere! Todas ya se reportaron menos tú. No podemos encontrar a Ubaldito. La señora Miranda se quedó dormida rezando los misterios dolorosos. Irma fue a la policía a levantar un acta de desaparecido. ¿Quieres atole, m'ija?".

Nyvia Ester sostenía en las manos un plato de cereal para desayuno, de maíz azul, agua y harina. Se veía delicioso.

"Ubaldo no estaba en el Sands, Nyvia Ester".

"Ay, m'ija, que Dios lo cuide. Yo sabía que Ubaldito se había metido en dificultades y que lo único que iba a sacar es que le fuera peor".

"Tengo que irme al trabajo y ya voy tarde. ¿Me presta el teléfono?".

"Cómo no, m'ija. Vente a comer, María Luisa, necesitas recuperar las fuerzas", le dijo Nyvia Ester a María Luisa Miranda, quien se había despertado súbitamente por el ruido. Andaba en piloto automático y hacía todo lo que le decían. Nyvia Ester nos puso un plato de atole para cada una en la mesa del comedor.

Llamé al apartamento de Lucio de El Paso, luego a su oficina y después a su casa. Nada. No contestaba en ninguna parte.

Cuando llegué a la primaria de Cabritoville, me fui derechito a la oficina del señor Perea. Susana, la secretaria, me hizo pasar.

El señor P. me estaba dando la espalda. Se estaba limpiando la oreja derecha con una pluma Bic. Me oyó y volteó avergonzado.

"Siéntese, señorita Ávila".

Me senté enfrente de su gran escritorio de nogal. El señor Perea se sentó, después de meterse un dulce salvavidas a la boca.

"¿Gusta uno?".

"No, gracias".

El señor Perea era una persona pulcra. Tenía sus papeles muy ordenados, una carpeta color crema sobre otra. Sobre la mesa estaba una tarjeta del día del padre garabateada por un niño. La pared de atrás de su escritorio estaba llena de fotos de familia. Sus hijos estaban en la horrible etapa diente-grande. La mayoría de los que se suponía que eran dientes de perla aparecían rayados, amarillentos y como que colgaban de un hilo. No tenían muchas trazas de mejorar.

"¿Sabe por qué la llamé, señorita Ávila?".

"No, señor Perea. Siento haber llegado tarde pero un amigo mío, pues, ha desaparecido. Su mamá no lo encuentra y hemos estado buscándolo por todos lados".

"¿Quién es?".

"Ubaldo Miranda, su madre trabaja en el hospital".

"¿Qué pasó?".

"A decir verdad, nadie sabe. Ha desaparecido".

"Me da pena saberlo. Conozco a su madre. Buena gente. Yo trabajé con Ubaldo cuando era el entrenador de la preparatoria de Cabritoville. No tiene idea de cómo se bota una pelota".

"Nunca llego tarde. Andábamos buscándolo".

"Señorita Ávila, la llamé aquí porque hemos recibido una queja".

"¿De quién? ¿Quién se quejó?", le dije, levantándome. La oficina estaba sofocante. El ruidoso abanico del techo no ayudaba a que circulara el aire.

"No se lo puedo decir. Pero tengo que pedirle que se tome una licencia".

"¿Por qué?", le pregunté incrédula. "¿Qué hice? Debe de ser algún error".

"Ojalá que así fuera, señorita Ávila, Terry. No tiene nada que ver con su trabajo. Es... Es... No sé cómo decírselo, Terry, pero tiene que ver con su vida privada".

"No tengo una vida privada. Quiero decir... Trabajo duro... Siempre estoy aquí y cuando no estoy... Quiero mucho a mis chamacos, señor Perea. Soy muy buena asistente educativa".

"Tiene que ver con usted y Lucio Valadez".

"Ah". Así que lo sabía.

"Tengo que pedirle que se tome un descanso. Hablaremos de nuevo en agosto".

"¿Quiere decir que ya no tengo trabajo?".

"Quiere decir", dijo el señor Perea levantándose y soltando la barriga como manguera que se desenrosca, "quiere decir que está de licencia. Ojalá pudiera decirle otra cosa. Yo no quisiera hacerlo, pero, Terry, señorita Ávila, tiene que... Mire, le deseo mucha suerte. Usted es buena asistente, eso no es. Me aseguraré de que su seguro médico siga vigente hasta que, usted sabe...".

"Tengo que irme, Sr. Perea".

"Entiendo. Tiene que ser muy difícil perder a un amigo".

"Ubaldo no está muerto, señor Perea. Está muy vivo en algún lado, me late. Ahora, con su permiso".

Salí de la escuela primaria de Cabritoville, quizá por última vez. Los pasillos estaban callados. Los pisos de linóleo azul marino relucían sin huellas de los piececitos. La gran máquina escolar descansaba.

Más tarde llamaría a la señora Durán, la maestra de Head Start con quien trabajaba, para decirle que me habían cesado. Le diría nomás eso. Le diría que tenía esperanzas de regresar con mis chamachos y que por favor les dijera que los mandaba saludar la señorita Terry.

Regresé a casa de Irma. Estaba sentada en el sofá buscando un número en el directorio telefónico. María Luisa veía el noticiero de la televisión. Nyvia Ester se había ido a trabajar al Come-On-and-Drop-In. Los demás miembros del Club de Admiradores estaban de turno. Alguien había puesto a Ubaldo en la cadena de oración y Sista había traído un pastel de chocolate. Había empezado a llegar la comida como si alguien de la familia se hubiera muerto. Sin embargo, nadie sabía nada. Nadie había recibido noticias de Ubaldo, ni había visto nada en el noticiero que nos diera indicios de una mala jugada.

Entré a la sala de Irma con cautela y me senté en una silla, sin saber muy bien si iba o venía. Ni tampoco si querían que estuviera allí.

"¿No quieres comer algo?", me preguntó Irma.

"No tengo hambre", le dije.

"Tienes que comer".

"Lo que necesito es dormir".

"Mucha fiesta, ¿no?".

"Chago ya regresó, pero no es como piensas. ¿No han sabido nada de Ubaldo? Ay, por Dios. No entiendo cómo pudo hacer esto. Me siento muy mal, Irma. Yo habría podido ayudarle. ¡Pobre Ubaldo!".

"Nadie habría podido ayudarlo. Estaba enfermo".

En ese momento escuchamos un rugido intenso como directamente arriba hubiese pasado un avión supersónico rompiendo la barrera de sonido.

"¿Qué fue *eso?*", preguntó Irma, y las dos callamos para escuchar. El ruido había sido increíblemente fuerte; parecía que vibraban las paredes de la casa.

"No sé. ¿Qué fregados habrá sido, Wirma?".

Minutos más tarde, cuando nos tomábamos un té helado en la cocina, escuchamos ulular las sirenas de la policía.

Irma se levantó a mirar por la puerta. Una bombera pasaba a todo vuelo en dirección a su destino.

María Luisa se fue a acostar a la cama de Irma, que ahora era la suya hasta qué se resolviera la bronca, y yo me levanté a prender el radio esperando saber la causa del ruido.

"Pero qué explosión o lo que haya sido", dijo Irma al regresar.

Irma se acomodó en el sofá, levantó el vaso y preguntó: "¿Qué quieres decirme, Teresina Ávila Ambriz?".

"¿Amigas?".

"¿Nada más? ¿No hay algo que quieras decirme?", repitió.

"¿Cómo qué?".

"Como que te arrepientes de haber insultado a mi tocaya".

"Está bien, siento haber insultado a tu tocaya".

"Di su nombre".

"Siento haber insultado a Irma Dorantes. ¿Estás contenta?".

Se detuvo como para considerar si le satisfacía mi respuesta. Luego me preguntó, "¿Así que qué hiciste anoche?". Y me miró de reojo.

PARTE

V

¡VIVA MI

DESGRACIA!

26

ARDER

Me estuve en casa de Irma todo el día y regresé a casa muy angustiada en la noche. De lo preocupada que estuve por Ubaldo, no pude dormir. Nadie había sabido nada de él, a pesar de la actividad colmenar de los miembros del Club de Admiradores. Me cambié al sofá de la sala como a eso de las dos de la mañana para pensar con más claridad. En la cama no podía pensar y como no podía dormir, al menos podía pensar. Pensé en Lucio. Luego pensé en Ubaldo. Y por último pensé en mí.

Ya cuando me estaba quedando dormida, escuché un carro que se acercaba que hacía ruido por el silenciador descompuesto. Era Tina y su hijo Sammy que andaban repartiendo *La Crónica de Cabritoville*. Salí por el periódico con mi camiseta del Vaquero Fronterizo. Cuando me agaché a recoger el periódico de entre los nopales, me aseguré de apuntar las nalgas a la casa.

Entonces, me topé con el encabezado.

EXPLOSIÓN EN EL MOTEL SANDS

A las nueve de la mañana, una explosión sacudió al Motel Sands del número 390 de la calle García Norte. La gerente, La Vonda Mungler, escuchó una tremenda explosión y llamó al 911.

Un huésped del hotel, de edad avanzada, Perry A. Winkler de Shallow Water, Texas, sacó a un hombre seriamente quemado de entre las llamas de su cuarto. Winkler dijo que lo había despertado una joven que había golpeado la puerta de su habitación a eso de las cuatro y media de la mañana.

"Qué bueno que me despertó", declaró Winkler. "Ya no pude volverme a dormir, así que estaba mirando la televisión cuando olí el gas y luego escuché la explosión en el cuarto de al lado. Me levanté y salí corriendo. Escuché que alguien gemía adentro y entonces tiré la puerta a patadas y saqué al hombre que se incendiaba. Estaba solo allí. Nomás él, tirado en lo que había sido la alfombra. El cuarto estaba destrozado, los muebles tirados por todos lados. Cuando lo saqué de allí, todavía estaba ardiendo. Quiso hablar pero estaba demasiado débil. Me di cuenta de que lo estaba perdiendo. No había manera de darle primeros auxilios. Estuvo terrible. No podré olvidarlo mientras viva".

El jefe de policía, el capitán Pánfilo Zertuche, afirmó: "Estamos investigando la causa de la explosión. Había herramientas cerca de la calefacción y parecía que la habían forzado", dijo. "Pudo haber sido peor si la fuerza de la explosión no hubiera escapado por la ventana de atrás". Informó que la fuerza de la explosión había desplazado la pared unas pulgadas. Cerca se encontró una carta suicida.

La policía aún no identifica al hombre que sacó Winkler del cuarto dieciséis del Motel Sands. Se estima que los daños al hotel montan a $50,000. El cuerpo no identificado fue trasladado en avión a la sección de quemaduras del Hospital Presbiteriano de Albuquerque.

Llamé a Irma. Ella le contó el asunto a Nyvia Ester, que estaba preparando el desayuno en la cocina. Luego Nyvia Ester fue a despertar a María Luisa Miranda, quien estaba dormida en el cuarto de Irma. María Luisa empezó a gritar y Nyvia Ester tuvo que calmarla. Irma llamó a las socias del Club de Admiradores. Luego llamó a la sección de quemaduras de Albuquerque. Para entonces, ya me había metido unos pantalones de mezclilla y me dirigía a casa de Irma. Todavía traía la camiseta del Vaquero Fronterizo que me había regalado Chago: "Donde se acaban las payasadas y empieza el servicio".

Del hospital nos informaron que el hombre estaba tan severamente quemado que no podían identificarlo. Irma llamó a la policía y el capitán Zertuche recomendó que María Luisa se fuera a Albuquerque y que seguía en efecto una orden general de búsqueda para encontrar a Ubaldo. Dijo que ella podría ser útil en determinar si el hombre era Ubaldo. Sista Rocha se ofreció a llevarla al hospital. Salieron a media mañana después de una reunión desesperada del Club de Admiradores. Sista prometió llamarnos cuando llegaran.

Para entonces, todas las socias del Club de Admiradores estaban rezando en la sala. Ofelia Contreras dirigía el rosario de rodillas, apoyada en el sofá de Irma. Todas estaban muy espichadas y los responsos salían más bien apáticos. Había llorado tanto que traía los ojos casi cerrados y un dolorazo de cabeza. Sentía como si hubiera sufrido una contusión. Me daba miedo acostarme porque sabía que el dolor se haría más intenso. Me dejé caer en una silla cerca de la puerta y traté de rezar. Inútil. El aire acondicionado de Irma todavía estaba descompuesto. A cada rato alguien gritaba, "¡Ay Ubaldo!". Estaba de la patada. Después del rosario, Irma puso *El álbum de oro de Pedro Infante, volumen 1,* y todas las del Club de Admiradores se tiraron en la alfombra y meditaron acerca de Pedro Infante, Ubaldo, y lo efímero de la vida. Cuando empezó *No volveré,* se levantó un sonoro lamento y hasta Ofelia empezó a llorar. Eventualmente el llanto se fue apagando y entre los lloriqueos sordos se escuchaban los ronquidos de Merlinda. Yo me escabullí a la cocina para hacer una llamada.

Marqué el número de Lucio. Nadie contestó. Como tonta, dejé un recado. Tenía que contarle lo de Ubaldo. No había más que esperar. ¿Sería Ubaldo el hombre del cuarto del motel? ¡Ay, Ubaldo!

Sista se iba a tardar más o menos cinco horas y media para llegar a Albuquerque.

Regresé a la sala. Elisa le sobaba la cabeza a Ofelia que lloraba desbocada. Nunca le había caído bien Ubaldo y me repateaban de lo hipócritas sus lágrimas de cocodrilo. Tina sugirió que las socias del club dejaran de rezar un rato y que se fueran al *Arby's*. Todas estuvieron de acuerdo. Se fueron y prometieron regresar. Por fin nos quedamos solas Irma y yo.

Irma me miró y me dijo un poco incierta: "Va a venir Wes".

"¿Wes?".

"El Sr. Wesley".

"Ah", le dije finalmente, "El señor Wesley".

"Está muy trastornado por lo de Ubaldo".

"Mira, Irma, no es seguro que sea Ubaldo".

"Tiene que ser, Tere. ¿Quién más puede ser?".

"Él no es de los que hacen eso, Irma. Yo conozco a Ubaldo, es un error terrible".

"Ya no tarda Wes. No es necesario que venga ahora, pero quería que conociera a mi madrina de bodas".

"¿Yo?".

El señor Wesley era un vaquero medio hosco y añoso que parecía haber sido muy guapo. Si no hubiera andado tanto en el sol y tan poco en la sombra, de veras que habría sido un tipazo. Como un Roy Rogers joven, de unos treinta y tantos años, a quien lo han llevado por un polvoriento y caluroso camino. El señor Wesley era delgado, pero alto. Tenía aquella fuerza tejana que lo definía como hombre entre hombres y el mejor amigo de las mujeres. Era lo que Nyvia Ester llamaba un señor muy propio, decía mucho "Sí, señora" y "Con su permiso". Reconozco que débil no era. No era nada *deste,* lo único que le faltaba era que lo pusieran al día.

Entró a la casa de Irma como si ya la conociera bien. Se saludaron, se besaron y luego Irma dijo, "Tere, te presento a Wes Wesley".

"Buenas, señorita", me dijo Wesley.

"Buenas a usted", le dije. Irma me lanzó una mirada asesina.

"Siento mucho tener que conocerla en estas circunstancias",

dijo el Sr. Wesley queriendo consolarme. "Tengo entendido que Ubaldo era su amigo".

"Uno de mis mejores amigos", dije volteando a ver a Irma.

"¡Ay, Wes! Amorcito, no sé ni cómo empezar . . ." dijo Irma. Se me revolvía el estómago de verlos con los brazos entrelazados como reatas trenzadas.

Continuó Irma, "La señora Miranda se fue con Sista Rocha y mi madre a Albuquerque para ver si el hombre era Ubaldo. Ay, no lo puedo creer. ¡Qué horrible que haya pasado algo así justo antes de nuestra boda!", dijo Irma, abrazando a su empolvado vato.

Wesley le acarició la mejilla a Irma y luego la abrazó más fuerte.

De repente Irma se le alivianó y dijo animada, "Wes, mi amor, ¿tienes hambre? Hay mucha comida en la cocina, ¿verdad, Tere?".

"Claro que sí", le dije mordaz.

"¿No quieres algo de comer, mi vida?", dijo Irma.

"No sé, mi vida, ¿qué tienes de comer?".

"Ay pues mira. ¿Qué tal unas enchi? Rojas con huevo".

"Sip, puede ser".

"También tengo chile con carne", dijo Irma pronunciando "carne" como gringa, "carney". Hice una mueca. ¡La Wirma perdía sus raíces!

Cuando al fin entraron a la cocina, Irma cerró la puerta con el pie. Yo puse *El álbum de oro, volumen II*. Estuvieron un largo rato en la cocina susurrando y haciéndola de palomas acurrucadas. Yo los estaba oyendo. Cuando al fin salieron, Irma ya no traía colorete.

"Ven, Tere", dijo Irma. "Siéntate a la mesa con nosotros".

"No tengo hambre, Irma".

"Al menos bebe algo, Tere. ¡Ándale!".

Todo empeoró cuando el Wes empezó a comer. Casi no podían estarse quietos, agarrándose las manos uno al otro cada vez que dejaban el tenedor, cuando Irma no le estaba limpiando la comida de la cara. Uno picaba del plato del otro.

El señor Wesley tenía la mala costumbre de hablar mientras comía. Volaban trocitos de comida medio masticada por todas partes. No te convenía tenerlo de frente, y mucho menos de lado. Irma se la pasaba limpiándole algún cachito de carne de la cara o quitando un grano de elote de la mesa.

Y lo peor era que ella ni siquiera se daba cuenta de que lo estaba haciendo. Se comunicaban con su propio lenguaje por señas. Cuando se pasaba ella los dedos a la derecha o a la izquierda de la boca, quería decir, "Ojo, comida a la derecha", o "Comida a la izquierda, límpiatela", y él automáticamente levantaba la mano correspondiente para limpiarse el lado afectado.

No es que lo estuviera criticando.

Digamos que nomás me sentía muy *deste*.

Irma estaba muy atenta a los soplidos y silbidos del señor Wesley. Se notaba su atención a todas las cosas que las mujeres tienen que hacer para mantener a un hombre arreglado y presentable en público.

Por ejemplo, hay muchas mujeres que deberían tener más cuidado con los pelos de las orejas de sus esposos. Noté que el señor Wesley traía varios pelos en las orejas. Me sorprendí de que Irma todavía no se hubiera encargado. Una vez casados, ella lo controlaría.

Verlos a él y a la Wirma sentados al otro lado de la mesa, y a ella diciéndole que "queridito esto y mi amorcito aquello" me daba asco. Con asombro, me di cuenta de que sentía celos y también envidia.

Cuando Irma se disculpó para ir a la cocina, el señor Wesley me puso atención y por primera vez de veras platicamos.

"Irma me ha contado lo mucho que la has ayudado", empezó. "Ella te quiere muchísimo. Quiero darte las gracias por ser tan buena amiga de ella, Teddy".

Pronunció "Teddy" para decir ni nombre.

"Hemos sido comadres mucho años. Nos conocimos en la primaria".

"Irma me lo ha contado todo. Me da mucha pena lo de su amigo Ubaldo".

(No hay manera de explicar lo que el señor Wesley hizo con el nombre de Ubaldo.)

"Todas estamos muy preocupadas", le confesé al señor Wesley. Y, ¿por qué no? Estaba preocupada.

"Irma está fuera de sí, sabes".

Habría querido decirle al señor Wesley que no era para tanto, pero sabía lo gacho que la Wirma y la mayoría de las del club siempre habían tratado a Ubaldo. Pero me consolaba verlas arrepentidas —aunque fuera por pura culpa— de sus acciones anteriores y unidas a la causa, que en este caso era la desaparición de Ubaldo.

"Ubaldo andaba con problemas. No sabemos bien si él era el que estaba en el cuarto del motel".

"Si le hace falta ayuda, por favor dígame, en serio. Pueden disponer del motel, es decir, si tienen que alojar a los parientes para el funeral".

Agaché la cabeza y sollocé. El señor Wesley me pasó un puñado de servilletas que sacó de un contenedor. Estaban todas tiesas pero mejor eso que nada.

"Irma me dice que ustedes han pasado momentos muy amargos".

Me pregunté si el Sr. Wesley estaría hablando de mí o de Ubaldo.

"Pos mira nomás, Tere, las cosas se van a poner mejor. Ya te metiste a ese camino y lo único que puede suceder es que sigas andando".

Ay no, que no fuera un aleluya. ¡Eso no, por favor! Cualquier cosa menos eso. Sabía que por algo había tirado la blusa roja sin espalda.

Asentí con la cabeza sin mucha convicción.

"No sé si la Bunny te lo dijo . . ."

"¿La Bunny?".

"Así le digo a Irma de cariño. Le dije a la Bunny que yo ando buscando alguien que me ayude. Me hace falta un gerente. Irma me dice que tú trabajas bien con la gente. Es un buen trabajo de medio tiempo. Hablo de La 'W' Voladora. ¿Te parece, Tere?".

"Por supuesto. Mire, señor Wesley, no estoy muy segura. Déjeme pensarlo y después le digo".

¡Todo estaba sucediendo muy de a madres!

"No hay apuro, Tere. Va a estar en renovación hasta después de la boda".

Sacudí la cabeza. Irma se acercó, se besaron y se abrazaron y luego ella se acuclilló junto a su hombre.

Yo se lo agradecía al señor Wesley. Pero no sabía si podía trabajar en La "W" Voladora. El *lobby* estaba muy pasado de moda y los cuartos muy fuchi. No, no podría hacerlo.

El señor Wesley hablaba nimiedades de Irma y de la boda.

"Tere, quiero que sepas que tanto a mi Bunny como yo te queremos mucho. Y que nos sentimos muy contentos de que seas la madrina en nuestra boda".

"¿Me disculpan por favor?", les dije y me levanté de repente.

"Pásale, Tere. Aquí te estaremos esperando", dijo el señor Wesley con una compasión enorme.

Parecía que siempre me andaba escabullendo para quitarme del camino de alguien.

Me dirigí al baño rosa de Irma.

Me estaban temblando las manos. Me las enjuagué con agua tibia. La botellita ya no tenía jabón. Irma andaba tan distraída con la desaparición de Ubaldo que se le había olvidado llenarla. Era algo muy raro para Irma. No había manera de lavarme las manos. Me las sequé con la toalla y me miré al espejo.

Me sentí como Cruz, el padre embaucador de Pedro Infante, cuando se mira fijamente al espejo en *No desearás la mujer de tu hijo*. Nunca sería esposa de Lucio, la madre adoptiva de Andrea ni la nuera de Cuca. Apenas si era amiga de alguien. Y en algún lugar, Ubaldo Miranda lloraba.

En vez de una mujer de treinta y tantos años, esto es lo que vi: una chamaquita de nueve años.

Me encontraba frente al mostrador de la Farmacia de Cabritoville. La mujer de detrás del mostrador platicaba con mi papi,

Quirino. Luego se reían. Yo no la conocía. No era ni vieja ni joven. No recuerdo muy bien cómo era.

"Así que tú eres Teresina", dijo la mujer. "Tenía muchas ganas de conocerte. Yo soy amiga de tu papito. Toma, éstas son para ti".

Era muy tímida como para darle las gracias. Quería salir corriendo y esconderme. Sentía ganas de decirle que no quería que me diera regalitos, que no la conocía, que yo tenía mi mamita que me estaba esperando a que regresara a casa, y cuanto más tiempo me quedara allí parada, más tendría que esperar. Ni sé cómo entendía que si le aceptaba cualquier regalito, eso querría decir que no quería a mi mamita. Yo quería a mi mamita y ella me quería a mí. Ninguna mujer, aunque me diera regalitos, nos podría separar.

Se llamaba Consuelo, trabajaba en la farmacia y yo la vi una vez o dos después. Ya nunca hablamos. Era amante de mi papito. Casi se muere abortando un hijo suyo, pero nadie hablaba de eso. No me enteré de nada hasta que fui adulta.

Dentro de la bolsita de papel, había un estuchito de juguete para niñas, con su pequeña polvera de espejito de aluminio borroso, colorete anaranjado que sabía chistoso y un frasquito de perfume apestoso barato.

La mujer del espejo sabía lo que ignoraba la chamaquita. Que con tiempo, todo saldría mejor. Tenía que ser.

Mojé una de las toallitas rosas de Irma y me la puse en la nuca.

Andrea era una muchachita fuerte. No entendería lo que significaba todo esto hasta que un día se mirara al espejo y viera las cosas como verdaderamente son. Y en ese momento asiría la realidad, desbarnizada y sin ilusiones, de los personajes que conformaban la película de su vida.

Regresé a la sala. Irma y el señor Wesley se alegraron de que regresara. La Wirma me sonrió a mí, la pinche cabrona fénix resucitada con la toalla mojada en el pescuezo.

"¿Y eso qué es?", dijo Irma.

"Ah", le dije y enredé la toalla como pelota.

"No te preocupes, Tere, todo va a salir bien", dijo tranquilamente el señor Wesley.

El señor Wesley le sonrió a Irma y ella le acarició la mano con ternura.

Quería decirle a Lucio Valadez que se fuera a la chingada, pero en vez de hacerlo me puse a imaginar la posibilidad de una nueva carrera como gerente de La "W" Voladora.

Soy buena persona —que a veces se porta mal.

Aquel día, el señor Wesley me creció en la mente como globo gigante del desfile de Macy's y se quedó en el cielo muchísimo tiempo. Era de esos hombres que te ayudan a calmarte cuando el mundo a tu alrededor es todo cohetes y humo viejo.

Me parecía lo más natural que Irma se casara con el Sr. Wesley. Él nunca la lastimaría.

Mejor me fui a mi casa.

Tenía muchas cosas que pensar. ¿Quién había sido la persona que sacaron de las llamas?

27

RABIA

Estábamos en el lobby del Motel La "W" Voladora, donde la comadre limpiaba el mostrador. Wes había salido del pueblo y la comadre me había invitado allí a un Pedrotón. Sugirió que metiéramos unos *pays* de pollo al horno, que nos relajáramos en las sillas reclinables azules que están en el solario del motel y que nos desveláramos toda la noche.

Me sentía incómoda. Irma limpiaba el cuarto, con muchas ganas como si ya fuera suyo.

La decoración era estilo Rueda de Carreta. Sí hombre, la versión carne enlatada del Oeste: Grandes lámparas de rueda de carreta suspendidas de una cuerda decorativa, una recepción hecha de ruedas de carreta, sillas tamaño John Wayne con respaldo de ruedas de carreta y, frente al edificio, un enorme letrero de neón en forma de rueda de carreta que parpadeaba: "Motel La "W" Voladora. Propiedad americana".

"No lo puedo creer, Irma. Que María Luisa haya ido hasta la unidad de quemaduras de Albuquerque sólo para enterarse de que lo único que no se le había quemado al hombre era la entrepierna y las plantas de los pies".

"Me da mucha lástima, de veras".

"Ya te imaginarás lo horrible que debe haber sido querer averiguar si aquella era la *cómo se llama* de Ubaldo, después de no habérsela visto desde hacía tantos años. Lo que sí sabía era cómo se le veían los dedos de los pies y que Ubaldo calzaba el número diez".

"María Luisa dijo que los dedos eran diferentes".

"Ubaldo no pudo haberse matado. ¡Ubaldo no!", le dije incrédula.

Los ojos se me llenaron de agua.

"¡Pinche, Ubaldo! ¿Con un demonio, dónde estás?", grité. "¿Cómo pudiste hacerme esto? ¿Y a tu mamita? ¡Ella te quiere, cabrón!".

"Sista me dijo que tienen al hombre bajo coma inducido".

"Híjole, Wirma, no sabía que hicieran eso".

"Lo hacen con la gente que está malamente quemada, como el dolor es tan intenso tienen que hacerlo, Tere".

"¿Y la escritura? ¿Por qué no la pudieron analizar?".

"La nota estaba escrita a máquina".

"No creo que sea Ubaldo. No sabía escribir a máquina".

"No sé, Tere. Estaba *retelocotón*".

"Ni tanto. ¡No, no es Ubaldo y se acabó!", dije terca con determinación.

Miré fijamente por los grandes ventanales el letrero rojo de La "W" Voladora que parpadeaba.

"Yo quiero saber por qué la gente se esfuerza tanto para que se sepa que sus negocios son 'propiedad americana". Me saca de onda, Wirma. Los únicos que dicen 'propiedad americana' son los blancos que no se han sacado la espina de decir que son americanos o blancos. O peor aún blancos y americanos. No se ve que ningún mexicano diga que es propiedad mexicana, o aún mejor, de propiedad méxico-americana, ¿o no? No es que no seamos propietarios ni que no nos sintamos orgullosos de ser propietarios. Nomás que los mexicanos no hacen alarde de ser propietarios como los americanos gabachos".

"¿Qué quieres decir?".

"Lo que pasa es que la vida es muy extraña".

"Para que lo sepas, el letrero estaba allí desde antes de que el Sr.

Wesley comprara el negocio, Tere. Hay algo de Wes, no es de esos americanos que te dicen que ames los EE.UU o te vayas".

La Wirma había sacado todo lo que estaba en el mostrador y lo había metido en varias cajas de regalo para camisa de hombre de la Penney's. Ya estaban muy frágiles y medio destrozadas, pero eran las únicas que había encontrado. Lo único que se me ocurría era que al Sr. Wesley le habían sobrado de algunos regalos que había recibido en Navidad: unas pijamas de franela a cuadros o un suéter de poliéster gris para chocho, de ésos que empiezan a encogerse desde la primera vez que accidentalmente los lavas en agua caliente. O eso, o ella le había dado a su consentido varias cajas de pañuelos blancos de algodón.

Al terminar con las cajas, Irma trató de arrastrar, desde el otro lado del cuarto, una enorme alfombra piel de oso que estaba tirada en el piso. Me levanté y le ayudé a cargar aquella cosa por la puerta del vestíbulo.

"Ahí la dejamos que se airee un ratito", dijo Irma, queriendo recobrar el aliento.

"Ojalá que alguien se la robe", dije.

"Wes lo mató en Alaska".

"Comadre, ¿cómo puede alguien matar deliberadamente a un oso, claro está a menos que te estuviera atacando, y luego mandarlo disecar? Es bien extraño", dije, limpiándome las manos de la sobaquería del oso empolvado. "Y hablando de extraño, te juro que anoche creí oír que Ubaldo me llamaba. Luego, hoy por la mañana lo escuché cantar *Cien años,* su canción favorita de Pedro".

"Creo que te hace falta dormir, Tere".

Me paseé por el cuarto observando varias pieles y cabezas de animales y peces montados sobre las paredes con plaquitas plateadas que decían abajo: "El Gila 1974", "Montana 1963", "El Golfo de México 1955".

"¿Cómo vas a poder dormir con todos estos animales? Sabiendo que no murieron más que para convertirse en trofeo de alguien".

"A mí tampoco me gustan", confesó Irma. "Pero uno tiene que ir despacito en estas cosas. Apenas si me voy acercando de a poquito al estilo sudoeste, primero una ristra y luego un Kokopelli. Antes de que nos demos cuenta, ya estaremos hasta las narices de coyotes aulladores".

Irma caminaba de prisa por el cuarto. Ya se le había trepado el frenesí de la limpieza, rociaba la madera con cera, limpiaba el cristal del mostrador y todo sin perder pisada. Con todo y la agitación frenética y ubicua de Irma, yo estaba pensativa.

"Debí haberme ido a Albuquerque con ellas", le dije. "Habría podido identificar a Ubaldo, si es que él era el quemado".

"Ah, ¿sí?".

"Pues sí, una vez me lo caché en tu baño haciéndose una puñeta".

"¿En una reunión del Club de Admiradores? ¿En *mi* baño?".

"Tú preguntaste".

"Y . . ."

"¿Y qué?".

"¿Cómo la tenía?".

"Vamos a decir que yo lo podría identificar y allí lo dejamos".

"Y ahora, ¿por qué estás tan calladita? Sabes que podrías evitarle mucho dolor a María Luisa con esa información".

"Nadie está haciendo cola para identificarlo. Y además, apenas si se la vi rapidito de reojo".

"Ah, ¿sí?".

"La distancia distorsiona el tamaño".

"¿Cómo?".

"La tenía bien grande, ¿de acuerdo? Ya déjame en paz, Irma. Entonces, ¿quieres que te ayude o no? Yo nomás estoy aquí sentada y tú te estás aventando todo el jale".

"Ahí estate y platícame. Esta noche nomás somos tú y yo, Tere. Como antes".

"Nomás que no estamos en tu casa, ni en tu sofá con los tubos puestos y tú te tienes que preocupar de tu perro y de tu novio. ¡Y además, nada de lo que nos rodea es color de rosa! ¿Qué vas a hacer con tu casa, Irma? ¿Cómo puedes dejarla?".

"No estoy segura. Creo que una de mis sobrinas se va a cambiar allí", dijo. "Me voy a traer mis cosas poco a poco al motel".

Que quede claro que estaba contenta por Irma. Pero nuestro futuro de comadres era incierto. ¿Todavía haríamos los Pedrotones que duraran todo el fin de semana, en que cocináramos a todo dar y luego nos quedáramos dormidas pie contra pie en su sofá? ¿Me escucharía la Wirma igual que siempre, dándome consejos, tronándome la columna, trayéndome una copita de vino tinto o un vaso de *Alka-Seltzer*, lo que hiciera falta día o noche? ¿Seguiríamos yendo a El Colón a ver películas de Pedro con Nyvia Ester y luego al Súper Taco de Sofía a comernos las chimichangas especiales hasta que nos salieran llantas de repuesto en la panza? ¿A quién le llamaría a las tres de la mañana cuando me asolara la conocida pesadilla en que buscaba mi abrigo en el mismo cuartito lleno de caca? ¿Y luego en la que se me caían todos los dientes y trataba de ponerme unos transplantes ya ensangrentados? ¿Me seguiría Irma acompañando a nuestras visitas mensuales al Salón de Belleza Martiza para que nos descoloraran los vellos del bigote y nos rasuraran la piel seca de los talones de los pies con hoja de afeitar? ¿Qué pasaría con nuestro viajecito anual a los baños termales de "T" or "C", donde nos surtíamos de ostiones ahumados, galletas saladas y *root beer* de la *A & W*?

"Así que ¿que película de Pedro vamos a ver?", le pregunté a Irma. "Sé que no quiero ver *Un rincón cerca del cielo*. Cuando crees que no vas a aguantar más pobreza y angustia, que ya no aguantas ver a Pedro y a su esposa, Margarita, subir la destartalada escalera a su deprimente apartamento de la azotea, sin agua ni calefacción, una vez más, es cuando tienes que aguantarte y ver la parte donde su hijo muere porque no pueden conseguir la medicina hasta que ya es demasiado tarde y Pedro tiene que robársela pero muere el hijo igual. Irma, no quiero ver llorar a nadie. Además era una de las favoritas de Ubaldo".

"Bueno, entonces tampoco podemos ver *Nosotros los pobres,* Tere. Tiene demasiadas escenas donde Pedro llora, especialmente la escena en que acurruca en los brazos el cuerpo quemado de su hijito, El Torito".

Me volteé, demasiado triste para decir palabra. Irma se dio cuenta de que había metido la pata. Me senté en el sofá de cuero de res. Ella se me acercó y me abrazó.

"Sabes . . .", empezó Irma, y supe que iba a escuchar algo profundo. Los "sabes" de otra gente son sabes muy *deste.* Pero Irma sabe despertarte y hacerte poner atención. Y después de sus pronunciamientos, de veras sientes que sabes lo que tienes que saber, por lo menos en ese momento.

". . . la mente ayuda a curar. Y con todo, le echo de menos a Sal", me confió Irma. "Desearía recordarlo más, Tere. Y luego me pregunto, ¿y para qué recordar? Mi vida está cambiando. Wes y yo nos vamos a casar y Sal . . ."

"Yo digo que debemos recordar menos, Wirma".

"O más. ¿Sabes qué es lo que me sorprende? No me acuerdo cómo era el pene de Sal", dijo Irma triste. "Entonces ni nos fijábamos, Tere. Al menos en Cabritoville no. Es decir sí me fijaba, pero no mucho".

"¿Y esto por qué? Es decir, sí sé pero, ¿por qué estás pensando en Sal ahorita?".

"Lo malo es que muchos no recordamos el pasado como realmente fue", dijo Irma. "A decir verdad, he olvidado mucho, comadre. Pero supongo que es bueno. El amor nos pone cataplasmas de olvido".

En *La vida no vale nada,* Pedro que es Pablo quería poder vivir con Cruz y su hijito en la tienda de antigüedades. Quería quedarse con el reloj del padre de Cruz y ser muy felices para siempre. Pero su madre lo esperaba en su pueblito. La recordaba a ella, la pobreza, su pequeño jacalito de adobe, su padre brusco, despiadado y egoísta. Recordaba la vida horrible que llevaban y cómo había tratado de escapar pero nunca había podido. Y cómo por eso le había entrado al trago. Y sabía cómo el trago lo había traicionado y lo había enloquecido. Tenía que olvidar la cara de su madre, sacársela de la conciencia, olvidarse de aquel pequeño pueblo en medio del desierto y de la nada colectiva de su familia. Por eso bebía; para olvidar. Pero, ay, sólo lo hacía que recordara más. El calor. La pestilencia. Las duras lágrimas de aquel lugar terrible donde su madre vivía como perro abandonado.

Era bella la vida que imaginaba con Cruz. Pero no podía ser la vida de Pedro que es Pablo. Por eso, se escapó y regresó a buscar a su familia.

Y por eso Irma y yo todavía éramos comadres.

"Mira, Irma, no me molesta ver *Arriba las mujeres*. Sé que es una de tus favoritas, pero debo decirte que se me antoja más ver *¡Gitana tenías que ser!*".

"Está bien, vamos a verla", me dijo Irma.

"¿Sí?".

La comadre dejó su trapito de sacudir y asintió con la cabeza. El trapito había sido un pedazo de espalda de uno de los camisones viejos de algodón blanco, talla 2X, sin encaje, que yo le había regalado. A Irma le repateaba el encaje.

A las dos nos gustaban los camisones holgados, sin que apretaran ni hombros ni pechos. Antes, me había acostumbrado a dejar algo de mi ropa y de mis cosas en casa de Irma. Nunca sabía cuándo las iba a necesitar, especialmente si me daba mucho sueño durante un Pedrotón de la nuestra, y me quedara a dormir y tenía que irme de ahí al trabajo al día siguiente.

¿Qué sucedería cuando Irma se casara con el señor Wesley?

¿Me quedaría a dormir en el vestíbulo del motel en el sofá boludo que estaba cerca del ventanal de las luces que parpadeaban "Propiedad americana"?

La fregadera de todo el pinche asunto estaba en que me moría de envidia. Le hubiera vendido hasta el alma al Puto Mayor, así le llamaba Nyvia Ester al diablo, con tal de tener a quien me quisiera y me cuidara como había visto a Irma cuidar al señor Wesley y el señor Wesley cuidar a Wirma.

"Wirma, prométeme", le dije, acomodándome, "que si alguna vez cambias la decoración, lo primero que tires sean las ruedas de carreta. Y luego, el letrero de 'propiedad americana'".

"¿Me lo dices a mí?", dijo Irma.

No sabía muy bien qué quería decir. Lo que me molestaba era la interrogación al final de la oración. ¿Me estaría diciendo Irma que a ella también le molestaban las ruedas de carreta, que sabía que se veían de la fregada? ¿O me estaría diciendo que se había ofendido porque no soportaba cómo tenía decorado el negocio de su querido rucailo? Dejé que el comentario flotara en el espacio mientras fijamente miraba el cráneo disecado de una vaca que colgaba de la pared del vestíbulo.

Ya no quiero seguir hablando de que el lugar parecía el antro del infierno de un ruco gabacho blanco. En especial porque Irma estaba enamorada del ruco gabacho blanco dueño de dicho antro del infierno. No quería ofender a mi comadre, pero el gusto de su futuro esposo era, pues, pésimo.

Varias sillas desteñidas de imitación de piel color café daban a una mesa construida de placas viejas de Oklahoma, Texas y Nuevo México. En la mesa, estaba una pila de revistas *Farm y Ranch* y algunos números atrasados del *Reader's Digest*. Una exhibía de forma llamativa luces un anuncio con el número 800 de la línea de ayuda para el cáncer de próstata. Caminaba nerviosa por la recepción.

"¿Qué te pasa, Tere?", me preguntó Irma. "Sé lo preocupada que estás por lo de Ubaldo, pero menos ya supimos que él no era el de la sección de quemaduras el día que la familia reclamó el cadáver. ¡Si sientes alivio, imagínate lo que ha de sentir María Luisa! Es algo más que lo de Ubaldo, ¿o no?".

Fui por la bolsa, saqué un recorte de periódico con fotografía y se lo di a Irma.

"Lucio construyó una casa nueva. Andrea se cambió a otra escuela".

Ella lo miró cuidadosamente: era la fotografía de una casa de adobe cara, acondicionada a mano con vigas, latillas y todo tipo de detalles. Me imaginaba el interior con sus carísimas lámparas esquinadas Kokopelli de cerámica hechas especialmente a mano para y todo el santoral en los chorrocientos nichos. Pisos de Saltillo en todos los cuartos hasta el de la enorme tina de hidromasaje. Tradúcelo todo a que estaba muy celosa y muy triste de que la foto de la casa soñada de Lucio hubiera salido en la *Crónica de Cabritoville* y yo no estuviera en ninguno de los dos.

No era mi casa ni nunca lo sería. Era una casa gringa rica hecha para un rico que no fuera mexicano, y mucho menos chicano. Era de "propiedad americana", ¿me entiendes?

Nunca he sabido lo que es ser dueña de dos hectáreas o de una casa, una casa que no fuera de renta y que no arrastrara una triste historia, una casa usada, una casa llena de los recuerdos de otra gente.

La de Lucio estaba nuevecita. Seguro que olía bonito, a pintura fresca y alfombras nuevas. Sin mugre en los apagadores ni yeso desmoronado alrededor de la bañera ni huellas de frenazos de cucaracha bajo el fregadero. Lucio Valadez, según el mundo, lo tendría todo: mujer, hija, dinero, un buen negocio y casa nueva.

La casa estaba sobre una linda colina, un lugar en que una familia podría crecer y ser feliz. Era un sitio para niños. Era una casa de revista y era de Lucio y Diolinda Valadez.

Irma reconoció la troca blanco de Lucio. Miró la foto y arrugó la nariz. Luego alargó los brazos y me dio un abrazo fuerte.

"Ya olvídalo, Tere, por favor. Búscate un hombre que te quiera y que tú lo quieras a él. A lo mejor no será el hombre indicado, el mejor ni el más exótico o excitante pero déjalo que te quiera profundamente. Y correspóndele su amor como puedas. Así que, ¿qué onda con Chago? ¿Ha regresado para quedarse?", conspiró Irma.

"No hay nada que decir", entremetí.

Había evitado a Chago como la peste y de todos modos se aparecía donde menos esperaba. ¡Hasta en misa lo vi! Dijo que tenía que regresar a Califas a terminar un trabajo, pero que luego regresaría. Me preguntó si se rentaba la casa de Irma.

"Tere . . ."

"No digas nada. Calla. Si te callas yo también me callo".

Así que nos callamos largo rato.

Al fin, tuve que admitirle a Irma: "Si entonces hubiera sabido lo que sé ahora, lo más probable es que hubiera sucedido lo mismo".

Quería decir que todo había sido tan tonto, absurdo. Recordé penosa el último larguísimo beso de despedida que le di a Lucio en el estacionamiento detrás del Súper Taco de Sofía. Cachondeamos tan duro que dolió. Prometimos al vacío seguirnos viendo. Yo te llamo, tú me llamas. Pero no ahora. Éste no es *nuestro momento*. Algún momento lo será. Esa líquida y dulce voz pendeja que surgía de la ingle de sus pantalones apretados, toda la energía de su cuerito fuertemente atada al que era y al que sería. Rico. Famoso. Millonario a los cuarenta. Blah, blah, blah.

No había forma de sacarle a los hechos. Era un chaparro. Tenía la espalda chiquita. Era un mentiroso y era cruel.

Y, por encima de todo, odiaba a su madre. Y a su hermana. Y a los hijos de su hermana. Y a sus perros y gatos. ¿A quién amaría Lucio Valadez que no fuera a él mismo?

"Mira, Wirma", le dije por fin. "Estoy harta de verte jalar de aquí pa'allá y de allá pa'acá por tod el lobby chiva culeca. Vamos a limpiar este lobby de una vez por todas".

"De acuerdo, empieza a sacar las cosas de los cajones de aquel escritorio y métalas en una caja", dijo Irma, indicando un viejo escritorio que estaba a un lado con el dedo.

Miré adentro. Peines viejos de plástico, monederos verde desteñido de ésos que se aprietan para abrirse y cerrarse, tes de golf anaranjados que decían "Motel La 'W' Voladora".

"¿Tiene seguro el Wes? Si lo tiene, Wirma, por qué no le prendemos fuego a las ruedas de carreta. Viéndolo bien, ¿por qué no le metemos lumbre a todo el vestíbulo?".

"Siempre tan chistosa, Tere".

Irma andaba en uno de sus ratos de "limpiar hasta morir", lo cual me venía bien pues limpiar me impedía pensar. Traía tanta cosa seria en la mente como: ¿Dónde andará Ubaldo? ¿Estará vivo? ¿Dónde andará Lucio? ¿Con quién estará? ¿Cómo estará Andrea? ¿Y mis chamaquitos de la escuela? ¿Podré regresar algún día a mi trabajo de la Escuela Primaria de Cabritoville? ¿O, me iré a convertir en la gerente de La "W" Voladora? ¿Qué pasará con Irma y el Wes? ¿Vivirán felices para siempre? ¿Qué me pasará a mí Teresina P. (de Pelada) Ávila? ¿Viviré y moriré siendo una señora ninguna sin amor?

Le dije, "Sabes, Wirma, todo el drama de los miembros del Club de Admiradores que se movilizaron para encontrar a Ubaldo, pensando que se había suicidado, sólo para descubrir que el que se había matado era un vendedor de extinguidores deprimido, me ha puesto a pensar en la forma en que quiero vivir. Y morir".

"A mí también. Claro que la gran mayoría no podemos escoger de qué forma vamos a morir, pero sí podemos tener conciencia de cómo enfrentarnos a la muerte. Apenas esta mañana pensaba en cómo habría muerto mi tío Juventino. Nunca te lo dije".

"Ah, ¿sí?".

Irma bajó al suelo el balde de plástico azul tipo profesional que contenía todos sus artículos de limpieza: *Bon Ami, Windex* y una navaja grande que había tenido desde hacía muchos años y que ella juraba que podía raspar lo que fuera de cualquier superficie. Se quitó los guantes de hule amarillo y se sentó en el sofá de cuero, pero primero lo lavó con amoníaco con olor a limón.

"Lo mordió su mujer, mi tía Eloria, que había sido mordida por un perro rabioso".

"¡No!", le dije incrédula.

"Murió de aquella mordida. Y cuando alivió mi tía Eloria y supo que ella lo había matado, murió de pena".

Miré fijamente por el ventanal de La "W" Voladora. El constante parpadeo del letrero de neón era como latido de corazón. Escuchaba resollar a Ubaldo en alguna parte.

"Mi tío murió a principios del siglo. Un tiempo brutal para vivir. No había inyecciones en la panza con aguja de a metro contra la rabia. Eso era allá cuando la gente se moría echando espuma por la boca a las cuatro de la mañana y en casa del quinto pino sin médico que ayudara".

"Tu tío Juventino debe haber querido muchísimo a Eloria", le dije quieta.

"Sí, creo que sí", respondió Irma melancólica.

No me imaginaba que Lucio me cuidara como Juventino cuidó a Eloria. Yo sí me veía cuidando a Lucio, consintiéndolo y mimándolo, dándole tapioca tibia a cucharadas y cambiándole los pañales desechables para adulto cuando tuvieran ochenta y cuatro y yo ochenta y nueve, pero no podía imaginarme que él me trajera un vasito de agua, ni los anteojos, ni un libro, mucho menos alguna comida que me hubiera tenido que preparar él mismo.

Irma se levantó, se quitó el delantal y lo tiró encima de los *Reader's Digest*. Exactamente lo que yo sentía.

"Nomás mira estas cosas, Tere. Oye, ¿tú las comprarías?".

Miré dentro de una caja de encendedores vacíos y paquetes viejos de pastillas *Tums*.

"Ni madres".

La Wirma y yo nomás nos miramos y soltamos la risa. Ay Dios, qué bien me sentía riéndome a carcajadas con la comadre. Me sentía aliviada.

A la Wirma no le gustaban las cabezas degolladas de los pobres animales sobre las paredes, ni la empolvada alfombra de piel de oso del porche, criadero de piojos.

"Wirma, en algún lugar hay alguien que necesita una billetera tallada a mano que diga 'Cabritoville, U.S.A'. No sé, tal vez quieras quedarte con las manitas de rascar de La Tierra del Encanto y los dedales de Las Arenas Blancas".

"Está bien que un soltero tenga un motel lleno de arte vaquero chafa, pero si se casa, ya no es igual. Te puedo aguantar los cuadros de perros que juegan al póquer, Tere, quizá hasta un coyote aullador, un par de mancas para herrar y la colección de espuelas del Sr. Wesley, pero no podría vivir y trabajar en un cuarto lleno de animales muertos. El castor disecado, el venado, el gato montés, el antílope, las serpientes y el oso se van a largar junto con las ranas disecadas que tocan instrumentos musicales. Nos vamos a poner bien *New Age*. Nomás que el Wes no lo sabe todavía. Vamos a vender botanas saludables, una mezcla de nueces, pepitas y frutas, rodajas secas de plátano y paquetes de leche de soya".

"No creo que Cabritoville esté como para eso, Wirma. Pero hazle la lucha. Acá no hay muchos vegetarianos, menos tú y el Wes. Es asombroso lo rápido que se convirtieron los dos. Sólo los viejitos sin dientes que se sientan en las bancas de la plaza son también vegetarianos en este pueblo".

"Sí es posible cambiar el mundo si queremos, Tere. O cuando menos podemos cambiar nuestra manera de ver el mundo".

"Bueno, ¿entonces qué hago ahora? ¿Quieres que yo y las cabezas de venado te estemos viendo sudar la gota gorda? ¿O vas a ponerme a trabajar?".

"Trae esas cajas", dijo, y apuntó hacia unas cajas de latas de chícharos *Green Giant* que había rescatado de atrás de los Abarrotes Canales. "Vamos a meter los monederos y los peines allí y las llevaremos a la casa de los viejitos. Los palillos picadientes amarillentos de La 'W' Voladora por un lado, tíralos. Lo mismo el tabaco para masticar Red Man. Quién sabe cuánto tiempo lleva allí".

"¿No te has cansado, Irma?", le pregunté. Yo estaba sudando.

"¡N'hombre! Si apenas empiezo, Tere. Las mexicanas no hacemos ejercicios formales, ¿me entiendes? No los ritualizamos como las gringas, con pantalones morados de marca, tenis atléticos, máquinas *StairMaster* y saunas. ¡No nos queda el tiempo de tirar güeva en tinas de remolino con una bola de gabachas encueradas y arrugadas como ciruelas pasa que hablan de bioflavonoides! Yo me quiero morir con las botas puestas, trabajando a todas emes".

Ninguno de mis antepasados había muerto como los de Irma: ni de rabia, ni pariendo a caballo, ni cruzando un río encabronado después de encontrarse a la esposa poniéndole los cuernos ni después de quedar paralizado a medio río al regresar para enfrentarse con ellos, ni aún después morirse a la orilla del río echando espuma con el último resuello al decir doliente el único nombre sagrado. Casi toda mi familia había muerto de cáncer.

Yo quería morir con un gesto grandioso. Morir montada a caballo en algún pueblito remoto me parecía mucho mejor que en un cuarto impersonal y frío del Hospital Memorial de Cabritoville, al cuidado de los hermanos Joto: Danny/Mannie, dos maricones gordiflones ayudantes de enfermera, hermanos de alma, que todo mundo decía que eran amantes, Dios les ayude, a cada uno de los más de ciento cuarenta kilos de Morrell. Manteca, claro.

(Los hermanos Joto, injustamente nombrados así una vez por nada menos que Ubaldo, quien dijo que no tocaría a ninguno de ellos con un consolador de tres metros, no eran hermanos sino primos, ambos obesos de nacimiento. Sus dos madres obesas habían empujado fuera a sus hijitos más o menos en noche de luna muy llena.)

Aunque si me tenía que morir en Cabritoville, y ojalá así fuera, preferiría morirme de rabia que de cáncer y atendida por los hermanos Joto. Aunque en justicia hay que decir que Danny/Mannie eran muy tiernos con sus pacientes.

Quería morirme con las botas puestas, como Pedro y Lupe, en *Las mujeres de mi general,* volando a la eternidad entre el tiroteo enemigo.

Los hermanos Joto trabajaban en equipo; volteaban al paciente de lado cuidadosamente mientras le cambiaban las sábanas, media cama a la vez. Danny o Mannie levantaba al paciente sin esfuerzo mientras que el otro le limpiaba las nalgas o le deslizaba el pato por debajo.

Danny/Mannie eran grandes y fuertes y no se enojaban nunca, ningún olor les parecía demasiado apestoso, ni nada que vieran era demasiado horrible, tampoco ningún gemido era demasiado doloroso. Danny/Mannie lo habían visto todo, y nada de la vida o de la muerte les asustaba, ni les impresionaba. Eran piedras, montañas cuatas y si te tenías que morir en Cabritoville, U.S.A, lo más probable sería que Danny/Mannie te limpiaran para que emprendieras el último viaje por el Valle Sombrío de la Muerte. Sin praderas verdes ni aguas quietas.

Alegre, me imaginé que Danny/Mannie le ponían un pañal a Lucio.

Ahora la imagen estaba clara, sin nieve los canales.

Algo te sucede cuando te entran al cuerpo los fluidos de un hombre, cuando sus labios ardientes tocan los tuyos, cuando su pene se inserta duramente a través de lo reseco para metérsete, cuando su semen te fluye dentro, un río nocturno, oscuro y caliente. Vadeas la humedad para acostarte y ruegas poder morir en la ribera. Te han golpeado. No sabes cómo levantarte y cuando lo haces, si alguna vez lo logras, te llevas una tara, un dolorcito, alguna cicatriz jodida que sabes bien, un día te ha de matar.

Rabia/amor es una mancha en el pulmón.

El grito silencioso de tu garganta.

El nudo al fondo del estómago.

La bilis que nunca expeles.

La tos que te persigue y regresa cuando menos esperas.

Rabia/amor es un antiguo amigo que viene a visitarte.

Hola, amigo.

Te recuerda dónde está tu verdadero hogar.

El suelo.

En la oscuridad del solario del motel La "W" Voladora, la Wirma junto a mí, frente a la pantalla de la televisión que pestañea, mirando *¡Gitana tenías que ser!,* escribí **Lucio Valadez** repetidas veces sobre la palma de la mano izquierda.

Nunca se me acababa el espacio como sucede con el papel. **Lucio Valadez** sobre la línea de la vida, la línea de amor, la de los hijos, la de nacimiento, la de la muerte.

Y cuando me cansé de aquello, me escribí **Lucio Valadez** en el índice, los ojos fijos en la pequeña pantalla del televisor en que Pedro discute con Pastora de los Reyes.

En *¡Gitana tenías que ser!,* Pedro la hace de Pedro Mendoza, un charro convertido en actor que logra que le den el papel de galán en una película con Pastora de Los Reyes, una española apasionada que no lo aguanta. Es más, no se aguantan y la filmación de la película se convierte en un infierno. Y tal vez tenga que ver con que ella sea española y él mexicano.

"Ay, comadre, ya lo de Lucio y yo es una historia triste, ¿no? Una historia de esas de grandes tragedias. ¿Como Pastora de Los Reyes y Pedro Mendoza en *¡Gitana tenías que ser!?*".

"Sí, algo por el estilo", dijo Irma.

Hasta cuando hacía como que decía las palabras de Pastora de Los Reyes a Pedro que es Pedro Mendoza, "Me has hecho tanto daño", el pulgar trazaba el nombre sagrado sobre aquella al parecer interminable página del pensamiento.

Lucio Valadez. Lucio Valadez.

¿Quién más que tú estabas allí para ver, conocer y entender el nombre? Tú. Mujer dentro de mi cabeza. Chamaca sin nombre. La yo de antes. Mujer que escucha pero no entiende. Mujer que sabe pero no comprende. Mujer que mira pero no ve. Chamaca pendeja, idiota. Mujer cabrona. Mujer de noche oscura. Mujer que conoce el poder terrible del interminable fluir de palabras escondidas.

Escribí Lucio sobre el dedo por última vez cuando terminó la película e Irma prendió las luces.

Lucio Valadez.

Fin.

28

MINUTA DEL CLUB NORTEAMERICANO

DE ADMIRADORES DE PEDRO INFANTE

N° 256

*P*resentes: Nyvia Ester Granados, presidenta; Irma Granados, vicepresidenta; Tere Ávila, secretaria . . . Ya saben quiénes son quiénes.

Ausente y aún desaparecido: Ubaldo Miranda.

La señora presidenta Nyvia Ester Granados inició la junta a las 7:37 de la noche.

Tere Ávila les reportó a los miembros que faltaron a la última reunión o que habían salido del pueblo, que el hombre en la sección de quemaduras del Hospital Presbiteriano de Albuquerque definitivamente no había sido Ubaldo Miranda. Al individuo lo había identificado sin lugar a dudas un pariente según nos lo reportó el Capitán Zertuche. María Luisa había dicho que ella sabía que no era Ubaldo. El hombre del motel había fallecido. Que descanse en paz. Sista pasó un vasito de papel para recoger donaciones con el fin de ofrecerle una misa de difuntos en la Iglesia del Sagrado Corazón. María Luisa Miranda se soltó llorando y tuvimos que aplazar la reunión un rato mientras se reponía. Ella no tenía nada que reportar acerca de la ausencia de Ubaldo.

Se había llamado a reunión especial para hacerle una despedida de soltera a Irma Granados organizada por Tere Ávila. Se había tomado el tema de la despedida de *Tizoc,* la última película de

Pedro. En ella Pedro hace el papel de un indio humilde que se enamora de María Félix, quien hace de la bella hija del patrón. Tizoc está tan enamorado de María Félix, que cree que es la Virgen María. También, se equivoca al pensar que ha aceptado casarse con él cuando ella le da su pañuelo, lo que representaba un compromiso en su cultura.

Todas las del club fueron disfrazadas de época. Irma Granados, la futura novia, se puso un hermoso traje indígena de lino blanco cuya bastilla ella misma había bordado a mano y que nos llenó de envidia a todas. Lo mismo su mamá, Nyvia Ester, quien traía un huipil de colores fuertes sobre una larga falda roja, traía el pelo negro largo en dos trenzas gruesas entretejidas con cintas.

A Sista Rocha se le olvidó traer el reporte de la tesorera porque igual que la Señora Presidenta, creía que se trataba de una despedida y no de una junta.

Merlinda Calderón informó sobre *Tizoc,* notando que en el Festival de Cine de Berlín de 1957, Pedro había ganado el Oso de Oro de Berlín al mejor actor por el papel desempeñado en esa película.

Elisa Urista, que estaba a prueba, llegó tarde y empezó a quejarse de la comida tan pronto como había entrado. Cada quien iba a traer un plato al estilo *Tizoc,* pero a todo el mundo se le olvidó, así que comimos la misma mezcla mexicana de siempre.

La Señora Presidenta les recordó a los socios del Club de Admiradores que se trataba de un acontecimiento feliz y que si alguien tenía algún problema, pusiera su regalo en la mesa cercana a la puerta principal y saliera sin dar más explicaciones.

Al final de *Tizoc* paramos la sesión para ir por más comida y por otra caja de *kleenex.*

Merlinda dijo, entre lágrimas, que la escena en que María Félix muere atravesada accidentalmente por flecha había sido demasiado dolorosa para ella.

Irma la secundó. Dijo que Tizoc debió de haber querido de verdad a María Félix. Sólo un enamorado le habría sacado la flecha del pecho a su amada para clavársela en su propio corazón.

La Señora Presidenta nos hizo recordar que Tizoc quería que sus almas entraran al cielo como dos palomas para seguir cantándole a Tata Dios.

Pancha suspiró y dijo que no había cosa más romántica que dos amantes unidos para siempre.

Margarita Hinkel sintió que era necesario explicar que no había forma de que Tizoc pudiera nunca cruzar las barreras de cultura y de clase social.

Catalina Lugo dijo que nosotros no escogemos con quién nos vamos a enamorar.

Ofelia Contreras le dijo a Catalina que ella se ha casado seis veces, dos de ellas con el mismito hombre, y que era hora de que hubiera aprendido.

La Señora Presidenta le recordó a todo el mundo que aquello era una despedida de soltera y no un confesionario. Aunque, agregó, siempre que se reúnen mujeres se vuelve confesionario.

María Luisa Miranda le deseó a Irma mucha suerte.

Siguió una discusión acerca de si el señor Wesley no era demasiado mayor para Irma. Y qué exactamente significaba casarse con un hombre tan mayor.

Concepción Vallejos dijo que su padre era veintitrés años mayor que su madre y que llegaron a tener once hijos y un matrimonio muy bueno.

La Señora Presidenta pidió que se aprobaran las actas de la última reunión.

Margarita Hinkel se opuso. Dijo que no le gustaba la manera en que se llevaban las reuniones, ya que todo el mundo seguía fastidiándola sólo porque su esposo era el gerente de Luby's y porque tenían lana. Margarita dijo que ella era miembro del club sólo por Pedro y que creía que era su mejor admiradora.

Siguio una discusión acalorada por parte de los socios del Club de Admiradores a propósito de quién sería la mejor admiradora de Pedro.

Irma dijo que había visto todas sus películas . . .

Sista había visitado el panteón más de diez veces . . .

Ofelia conocía a alguien que había sido el peluquero de Pedro . . .

La Señora Presidenta llamó de nuevo al orden a las asistentes. Luego, preguntó si había asuntos viejos que tratar.

Merlinda Calderón pidió que levantara la mano quien tuviera interés en viajar al panteón para el aniversario de la muerte de Pedro. Dijo que nos informaría de las tarifas de avión. Mencionó que *una mujer cuyo nombre no iba a mencionar,* de la AAA, estaba averiguando lo de los boletos. Ella quiere saber con seguridad cuántas participarían en la gira. No quería que se repitiera lo del año pasado. Y no se refería a la operación de la vesícula de Concepción, sino a algunos miembros que cancelaron en el último momento. Dice que si se inscriben, van *¡a huevo!*

La Señora Presidenta distribuyó tarjetas del Motel La "W" Voladora nomás por si acaso a alguien le llegara a Cabritoville visita de fuera y necesitara dónde quedarse.

Sista propuso que brindáramos por Irma. Tere Ávila secundó la moción.

Somos el Club Norteamericano de Admiradoras de Pedro Infante Nº 256, dijo Sista, y eso nadie nos lo va a quitar. ¡Amén!

Todas estuvimos de acuerdo. Se levantaron al aire vasitos de plástico color de rosa. Irma sacó su ponche famoso —con piquete. Siguieron otros brindis, muchos de los cuales invocaban el nombre de Pedro.

Alguien puso un disco de Pedro, "Las románticas de Pedro Infante".

Sista, Pancha y María Luisa Miranda acercaron los regalos de Irma y los pusieron a sus pies.

La siguiente es una lista de los regalos de la despedida de Irma:

Nyvia Ester Granados: Un juego de sábanas —de algodón y no de seda porque el algodón es más cómodo.

Sista Rocha: Una copia del libro *Pedro Infante en la intimidad conmigo* escrito por María Luisa León, esposa de Pedro.

Catalina Lugo: Un juego de ollas y sartenes de La Casa Blanca de El Paso.

Ofelia Contreras: Una camiseta de Pedro Infante que encontró en el Mercado Juárez que dice, "Dicen que soy mujeriego".

Concepción Vallejos: Un frasco de Vitaminas *One A Day* extra fuertes, con calcio y magnesio para mujeres maduras.

Elisa Urista: Nada. Dice que se le olvidó que era despedida pero dijo que traería el regalo para la siguiente junta. Nunca ha traído regalos para las fiestas de Navidad, ni del Día de San Valentín, ni de Halloween, ni para el cumpleaños de nadie.

Pancha Urdiález: Una cobija rosa tamaño matrimonial para la cama de Irma. Todo el mundo chilló cuando Pancha dijo "cama".

Sista nos regañó diciéndonos que la mayoría habíamos tenido montones de chilpayates, abortos naturales, que habíamos conocido el parto, el divorcio y la muerte, sin mencionar a los esposos borrachos, a los hijos adolescentes que se han fugado de la casa por problemas de droga, los hijos homosexuales y una que otra sobrina lesbiana. Dijo que éramos "mujeres que cambiábamos de religión como se cambia de sombrero, ahora católicas, luego pentecostales, después testigos de Jehová vueltos a nacer y ahora de la *New Age,* eso sin señalar los cambios de alianza política de demócrata a republicana al partido verde a demócrata y finalmente a republicana, eso y todo el desmadre que viene con vivir en Cabritoville hoy en día y todavía se ríen cuando oyen una palabra como 'cama', 'sexo' y 'noche de bodas'".

Tina Reynosa: Una vela perfumada. Risa. Para aquellas noches especiales. Risa.

Alguien preguntó si sólo tenía que ser de noche. Risa.

(Señora Presidenta: No supo quién fue la que dijo eso.)

Margarita Hinkel: Un certificado para comer en Luby's. Sista señaló que era un certificado para *uno* sólo.

Tina propuso que Margarita le regalara a Irma un certificado adicional. Tere secundó la propuesta. Se votó doce a una a favor de que Margarita le regalara a Irma *dos* certificados para el Luby's.

María Luisa Miranda: Dos cojines que ella había hecho con la cara de Pedro Infante en la parte de enfrente. Todo el mundo quiso comprarle un juego de almohadas. María Luisa tomó pedidos como por media hora. En ese lapso el queso fundido de las botanas se derramó y se quemó.

Teresina Ávila:

1. Un certificado para una cena de lujo para dos en el Súper Taco de Sofía, incluyendo sopaipillas.
2. Un cassette con las "Rancheras" de Pedro Infante.
3. Un hermoso libro blanco de recuerdos con la frase "Mi boda" impresa en la portada.
4. Aceite de plátano salvaje para masaje.
5. Un *negligé* color de rosa. Talla 2X, sin encaje.

La Señora Presidenta pidió que se propusiera que termináramos la reunión. Elisa propuso y la secundó Pancha.

Concluyó la sesión a las 8:43 PM. La despedida continuó hasta las 2:30 AM.

Minuta de la junta mensual del Club Norteamericano de Admiradores de Pedro Infante Nº 256. Respetuosamente presentado por la Secretaria, doña Tere Ávila, madrina de la boda.

29

LA "W" VOLADORA

*N*yvia Ester se puso de pie enfrente a un grupo de aproximadamente cuatrocientas personas. Tenía dobladas sus grandes brazos carnosos sobre sus pequeños senos que no reflejaban su formidable gordura. Vestida con una funda rosa de mucho vuelo que la hacía parecer una muñeca inflable y con un enorme ramillete de rosas de color rosa que por mero le tapaba el lado izquierdo de la cara, se dirigió al grupo festivo con la voz rimbombante de oradora experimentada.

"*Thank jew* por venir a la boda de mi Irmita. *Jew no* que vine a los *Jew-es* a trabajar *an to get ahead*. Empecé a trabajar limpiando casas, planchando, *and* ahora trabajo en el Come-On-and-Drop-In. *I work* muy duro *to put* mis *keeds through* el colegio. La Irma, *chees my joy and pride*. Estoy muy orgullosa que es mi hija. Y cuando la veo, *I see all the* mujeres de mi familia. Eran muy *estrong*. *My* mamá, *her* mamá. Como m'ija, la Irmita. *Ok, I gonna estop talking*. Por fin llegó el día que se la *change* la vida a m'ija. Bendito sea Dios. Y les *weesh* a los novios una vida llena de amor. Y muchos *keeds*. Porque, m'ija, se nos está pasando el tiempo, *we all getting ol*. ¡Amén!".

Con ese amén, Nyvia Ester tomó del brazo a Irma y se encaminó por el pasillo de la iglesia del Sagrado Corazón al ritmo de Pedro "Paloma Querida" que tocaban Los Gatos del Sur vestidos de mariachi, que estaban parados en la parte de atrás de la iglesia vestidos de gala, grandes sombreros negros con adornos plateados, chalecos negros, pantalones negros apretados y sus corbatas de moño en rojo brillante. La escena en que Irma y su madre caminaban por el pasillo era festiva, se detenían de vez en cuando a abrazar a alguien o a tomarle la mano a una persona que les deseaba lo mejor.

Cuando llegó al altar, Nyvia Ester vaciló un momentito, se recuperó y le dio el brazo de Irma al Wes, quien estaba allí parado con sus casi dos metros, o lo que fuera, de estatura. Traía un frac estilo vaquero con una corbata negra de cinta. Se quitó el sombrero, se agachó para besar a su flamante suegra "Mamá Nyvia", y tomó la mano temblorosa de Irma.

Yo estaba parada detrás de ella, arreglándole su larga cola para que no fuera a tropezarse como yo lo había hecho a cada rato cuando caminábamos por todo el pasillo. Estaba tan preocupada con la enorme cola de seda que de veras no tuve tiempo de ver a nadie de la concurrencia. Pero no importaba. No era yo la que se casaba, gracias a Dios.

Los socios del Club de Admiradores, menos Ubaldo, se acercaron al altar. Todas de lentejuelas y levantachichis, todas con sombra de ojos café oscuro y colorete rojo, de tacones de quince centímetros, y con ramilletes de claveles rosas, para ponerles el lazo a Irma y al señor Wesley como símbolo de la irrefutable atadura que ahora los unía como marido y pronto esposa. Luego se retiraron, después de muchos abrazos y besos. Tomé un *kleenex* y le limpié los besos que le habían embarrado a Irma y luego me puse a su derecha tan cuidadosamente como pude. El padre Ronnie pidió un momento de silencio y luego empezó la misa.

Fue misa bilingüe; Irma dijo sus promesas en inglés y el Wes en español. No sabía que lo hablaba tan bien pero sí. Después cambiaron y él las dijo en inglés y luego Irma en español.

Irma y el señor Wesley habían escrito sus propias promesas. La Irma había reemplazado todos los "obedecer" de sus promesas con "respetar".

Me dio algunas buenas ideas en caso —¡ja!— de que me case otra vez.

Cuando terminaron los "Sí acepto", escuchamos un fuerte grito que había soltado Sista Rocha, un gran "¡AAAAAAYYY!", seguido de varios gritos más pequeños y chiflidos de un grupo de adolescentes de la parte posterior de la iglesia.

El padre Ronnie aplaudió y luego aplaudió toda la iglesia. Algunas personas lloraban, o sea Nyvia Ester y una viejita en quien se recargaba y que no era de los invitados a la boda pero que había echado la tradición por la borda y se había sentado en la primera fila junto a Nyvia Ester como si fuera parte de la familia.

El padre Ronnie celebró una ceremonia lindísima. Los miembros del Club de Admiradores leyeron la primera y segunda lecturas y llevaron las hostias. Durante la misa, Los Gatos del Sur cantaron una canción conocida de Pedro Infante tras otra como "Palabritas de amor" y "Las tres cosas", así como también el *Kyrie eléison,* el *Santous* y el *Padre nuestro* en español de siempre.

Unos días antes, la Wirma me había llevado a huevo a confesarme. Debí haberlo hecho hacía años, ¡me sentí bien suave! El Padre Ronnie ni se inmutó mientras le decía mi larga lista de "Perdóneme Padre". No fue una experiencia fatídica, como siniestra puerta que se corre en las tinieblas con tonos malignos. Los dos andábamos de pantalón corto en la cocina de la rectoría y nos tomábamos unas Negra Modelo. Había pasado tanto tiempo desde la última vez que había comulgado, que no me había dado cuenta de que las hostias que se te pegaban al paladar ya habían sido reemplazadas por el pan de pita integral.

Los Gatos del Sur tocaron durante todo el servicio, metiendo alguna canción de Pedro cada vez que podían. Terminaron inmejorablemente con "De colores" a medida que salíamos de la iglesia y nos dirigíamos a la recepción en la La "W" Voladora.

El patio de La "W" Voladora estaba arreglado con muchas mesas de manteles rosas. Cada una lucía un centro de mesa hecho por un miembro del Club de Admiradores bajo la dirección de María Luisa Miranda. De cada florero color de rosa salía un collage de retratos pegado a un palito de madera, una foto instantánea de ésas que toman los fotógrafos ambulantes en México y que se había ampliado. Las caras sonrientes de Irma y el señor Wesley aparecían recortadas y pegadas dentro de un círculo de corazones. En cada corazón había una imagen o de Nuestra Señora de Guadalupe o de Pedro Infante. Abajo, a la izquierda, había una foto del panteón donde estaba sepultado Pedro. A la derecha había un ramillete de rosas. Los centros de mesa habían sido idea de María Luisa. La señora tenía una vena artística que florecía ahora que Ubaldo no estaba. Vendía las almohadas de Pedro a una boutique en El Paso. Hacía unos días que alguien de una galería de Albuquerque le había dicho que quería presentarla en una muestra de arte textil.

Habían colgado extensiones de luces blancas encima de la alberca y alrededor de los cuartos del motel. Lo habían cerrado durante esa semana para que allí pudieran quedarse los parientes de Nyvia Ester que venían de México.

La fiesta se derramó hasta el vestíbulo del motel; afortunadamente, los animales disecados, las cabezas y los bustos, ya no estaban. Eso dejó mucho espacio libre. Habíamos echado el mostrador de la recepción hacia atrás, lo cubrimos con un mantel blanco y pusimos un *ankh* egipcio encima del pastel de chocolate. En lugar del tradicional pastel blanco y la conocida taruga pareja de novios pusimos el símbolo de la vida —la idea fue de Irma.

Se había contratado al Súper Taco de Sofía para servir la comida y la mismísima Sofía fue quien lo dirigió todo. Traía puesto un elegante traje azul claro de pantalón que había comprado en el Merry-Go-Round, una tienda para mujeres de Las Cruces, protegido con un delantal blanco. La comida era la de siempre de Sofía, sólo que era mucha más, en bandejas plateadas gigantes y, aunque no lo creas, mejor al aire libre que adentro.

Las del club sirvieron de anfitrionas. Todas andaban rete curras. Había de todo, desde blusas de lentejuela, hasta el traje de china poblana que llevó María Luisa Miranda, que se veía medio mamón, hasta que se levantó a cantar un popurrí de canciones de

Pedro incluyendo "Amorcito de mi vida", "Corazón, corazón" y "Paloma querida", y se oía igualito que Lola Beltrán. Los Gatos del Sur la acompañaron y luego tocaron para el bailongo. Sista Rocha y su esposo iniciaron la marcha con su lenta y tradicional manera de años de práctica. Se veía que lo habían hecho miles de veces y que lo harían miles más antes de separarse en sendos bailes eternos, o si lo creías, como Irma y yo, se irían a encontrar en el baile de nubes y de lluvia, como parte integral y bendita de la multitud de fragmentos más pequeñas y más grandes de la vida.

Como madrina de la boda, sinceramente que me veía bien chida en mi vestido de satén rosa chillón de corte imperio. Irma nos hizo todos los vestidos, incluyendo el suyo. Yo había adelgazado mucho —es lo bueno del sufrimiento. Se acabaron los desayunos *Grand Slam* con *hotcakes* de *buttermilk* a las dos de la mañana en el Village Inn o Especiales *Roundup* con papas fritas. Ah, no. Chago se regresaba a California y prometió estar en contacto. Veremos.

Cuando Chago fue a despedirse de mí a La "W" Voladora una semana antes de la boda, sentí en la panza un *cuchi cuchi*. Pero pudo haber sido algo que me había desayunado. Eran como las ocho y media de la mañana.

"Ya voy jalando, Tere", dijo, parado en la entrada de La "W" Voladora. Yo estaba en la recepción registrando la llegada de alguien de Indio, California.

Primero lo vi de reojo, pura fuerza bruta de chamarra de mezclilla que siempre usaba y que yo le había comprado para Navidad hacía dos años, unos Levi's apretados que le quedaban muy bien tomando en cuenta que era tan alto que nunca encontraba nada de su talla en Cabritoville. Me imaginé que le iría mejor en California, pues allá sí hay chorros de tiendas de esas *Big and Tall* para hombres grandotes en aquellos enormes centros comerciales.

"Discúlpeme, señor", le dije al hombre de Indio. Se veía muy cansado de tanto manejar, se lo noté cuando le di la llave. "Aquí tiene, señor . . . Dexler . . ."

El señor Dexler salió del lobby, volteando hacia arriba para ver a Chago, quien seguía parado en la puerta como columna de sal.

"Entonces, ¿ya te vas?", le dije, y salí de detrás del mostrador.

"Sei, ya me voy", dijo, entrando de a poquito a la habitación.

"Ya lo veo".

"Vine a despedirme".

"Adiós, Chago".

"Adiós, Tere".

"Oye, buena suerte".

"A ti también".

"Yo siempre ando de buena suerte", me burlé. "No te creas".

Y allí fue cuando me le acerqué tanto que me llegó el olor de su loción. Grave error de mi parte. Chago se me acercó, me abrazó y me besó, fuerte, como Pedro besó a Sarita Montiel el *El enamorado,* con innegable bravura como si tuviera derecho, y sin embargo tierno, casi tímido y respetuoso, como si no tuviera derecho. Un beso de ésos que te rompen el corazón.

"Pues . . .", le dije, zafándome. Y se me hizo difícil.

"Pues . . .", dijo él. "Seguiré en contacto".

"Sí, claro que sí, Talamantes", le dije, sorprendida de mí misma.

"Ahi te guacho, chulis".

Y luego, el chavo se descontó.

Después, durante la recepción de la boda, casi deseaba que Chago hubiera estado allí. Seguro que me habría ayudado a distraerme y además, habría tenido una excelente pareja de baile.

El padrino de la boda, el del Wes, era un mexicano chaparro de Terlingua que se llamaba Al que dijo que sabía bailar pero no era cierto. Le tuve que enseñar a hacer pininos y fue puro sufrir toda la noche. Pero el Al era chistoso, no me imaginaba que la gente de Terlingua fuera tan divertida.

No había manera de que Irma se zafara de pedirle a Graciela que fuera madrina. Llegó con su prometido, el abogado cacarizo. Él la mantuvo ocupada y tranquila. Cuando Los Gatos tocaron "Tiburón", Graciela por vez primera se comportó.

De pie en el centro del vestíbulo mirando las luces del letrero de La "W" Voladora que parpadeaban "propiedad americana", los alambres blancos entrelazados por las vigas de imitación de madera que no iba a ninguna parte, veía a la Wirma y al Wes sentados en la mesa de los novios junto a la alberca. Seguían agarrándose uno del brazo del otro como si fueran chalecos salvavidas. Se daban de comer pastel de boda y hasta brindaron cruzados de serpentina como lo hacen los novios cuando brindan con champaña. (Resultó un poco difícil porque Irma es mucho más chaparra que el Sr. Wesley.)

Estaba allí el Butch, hermano de Irma; lo vi parado al lado de su sufrida esposa tipo Bilbiana. No lo aguantaba, sobre todo porque cuando se emborrachaba siempre me echaba los perros, aunque ya tenía veinticino años de casado y lucía una barriga que parecía costal de chile.

Lo bueno es que nadie se emborrachó, o al menos, lo disimularon muy bien y se portaron como seres racionales. Es más, nadie se vomitó frente al motel, ni entre los matorrales. Muy civilizados. No hubo pleitos. Nadie se las tronó ni se puso hasta atrás de borracho ni se puso a tirar chingadazos indiscriminadamente al grupo de mexicanos y gabas. La boda estuvo lo que se llama mezclada, eso es lo que me encanta de Cabritoville, que toda la gente, la plebe y los bolillos pueden mezclarse cuando quieren.

No hubo gente indeseable. Andaban muchas chavalitas lindas que te provocaban la sonrisa al verlas girar con sus largas faldas color pastel, chavalitos vestidos de traje oscuro sintiéndose muy orondos. Las mujeres sesentonas sentadas en sillas de jardín de brazos cruzados sobre los grandes senos disfrutaban del aire nocturno y de haber salido de la casa, y estar lejos de la estufa. Los viejitos bien pulcros toriqueaban con los compas y se chupaban un Camel de vez en cuando al recordar aquellos tiempos cuando Cabritoville estaba lleno de cabras y gallos y pollos, y no había tanta gente como ahora y se tenía que caminar a la escuela pero no importaba porque caminaban por campos conejeros. La escuela estaba lejos, pero no tanto como para no llegar a tiempo. No había cercas ni alambre de púas ni casas altas que taparan la vista. Eras feliz porque Cabritoville terminaba detrás de tu cuadra. No había más que el cielo azul, las nubes blancas que daban una sombra maravillosa, el mezquite interminable y de noche un universo de estrellas tan brillantes que parecían planetas. Te recostabas afuera sobre una cobija y mirabas los aerolitos y una increíble lluvia de estrellas y luego te quedabas dormida, sin miedo ni dudas bajo el cielo interminable del patio trasero de tu pueblo natal. Cabritoville, U.S.A.

Los W se fueron a San Diego a su luna-de-empalagosa-y-pegajosa-miel. Se fueron manejando; pararon en Tucson a ver el Museo del Desierto y todo tipo de cosas desérticas secas y empolvadas. Se habían ido de vacaciones a tomarse su tiempo. Que yo supiera, el Sr. Wesley no se había ido de vacaciones desde hacía años e Irma nunca se había tomado vacaciones, con excepción de unos cuantos viajecitos a Santa Fe y aquel largo viaje cruzando todo el país, hasta Pensilvania que había hecho con Sal.

Mientras anduvieron fuera, me instalé en La "W" Voladora como la nueva gerente. ¡No se reconocía! Irma le había metido tanto trabajo. Pintó el lobby de un ocre acogedor. El mostrador estaba lleno de buenas botanas. Desaparecieron las postales que decían: "Cabritoville: diez millas del agua y un pie del infierno". Todo estaba limpio, fresco y nuevo.

El día después de la boda junté al equipo de limpieza y a los recepcionistas en el *lobby*. Era un lindo día, bajo el calor implacable de los meses del verano aunque al mismo tiempo tenían de maravilloso las noches frescas, la forma en que todo florecía, el ocotillo de puntitas rojas, el cerco de rosales alrededor de la alberca, las aves del paraíso, las yucas de lustrosas flores blancas.

Al observar las inmediaciones del motel, supe por qué Wirma se sentía orgullosa de La "W" Voladora. No sólo había renovado el *lobby,* también habían remodelado las habitaciones del motel con todo al estilo suroeste. Cada habitación rebosaba de *deste.* La Irma Granados Wesley, "la señora de Wes", se había fletado la mayor parte.

Al señor Wes le habían encantado los cambios. Este hombre que sabía que había entrado a casa después de un largo y caluroso día para encontrar su sombra.

Aquella primera noche, me sentía nerviosa, de andar caminando por los cuartos del Sr. Wesley, pero al rato me sentí como en mi casa, porque era casa de Irma, la suya y del señor Wesley. Ojalá que después de todo, Irma no se haya aguantado hasta la noche de bodas y se haya acostado en la dulce oscuridad de La "W" Voladora con su consentido empolvado.

Cuando Pedrito, el perro de Irma, durmió conmigo aquella primera noche, supe que todo iba a salir bien.

Irma se había traído su televisor de pantalla gigante al solario de La "W" Voladora. También había metido allí los dos sillones reclinables azules, húmedos, a gusto del Wes y estaba una mesa llena de juegos: Monopolio, dominós, Parchís. (¿Quién demonios jugaba al Parchís todavía?)

Mi copia de la autobiografía de Santa Teresa de Ávila estaba en una de las mesitas plegables junto a uno de los sillones. Estaba inmersa en el capítulo dos. ¿Cuál era mi separador? El gastado Punto Azul.

Revisé la lista de programas de televisión de *La crónica de Cabritoville,* que traía la información de los dos canales en español. La Irma me había llamado esa tarde más temprano para decirme que había leído en *TV Guide* que iban a pasar una película de Pedro Infante por Univisión y que se la grabara.

A las cinco de la tarde empezó *Pedro Infante, ¿vive?* La película era un relato moderno de amor moderno pero con desenlace sorpresivo. La joven reportera y su compinche, un fotógrafo mayorcito, llegan al panteón durante las festividades del quince de abril por el aniversario del fallecimiento de Pedro.

La reportera conoce a un joven novelista en el panteón, e inmediatamente se sienten atraídos al otro. Resulta que él ha estado investigando la vida de Pedro Infante y cree que está vivo.

Al transcurrir los eventos del día, el fotógrafo saca fotos al azar. Después, en el cuarto oscuro, le llama la atención la foto de un señor mayor bien parecido que andaba en el panteón caminando agarrado de la mano de una linda señora de edad. Al inspeccionar la foto más de cerca, descubre que el parecido del hombre con Pedro Infante es increíble, si no fuera por las cicatrices de la cara.

¡Después de intensa investigación y de hacerles entrevistas a los amigos de Pedro, llega a la conclusión de que el hombre de la foto es Pedro de verdad!

¿Será posible?

La periodista y el escritor siguen viéndose. Una cosa los lleva a otra, hasta llegar a un pueblito para localizar a Pedro y a la mujer que caminaba en el panteón. El joven escritor pobre se enamora de la periodista de clase alta y familia acomodada. El novelista se entera de que el hombre de la foto sí es Pedro. La periodista quiere publicar las fotos pero el novelista le ruega que no lo haga. Contra los deseos de su jefe (un hombre sin escrúpulos que es el editor del periódico y cuyo interés en ella es más que paternal), la periodista decide dejar que Pedro y su esposa vivan en paz. Se va con el novelista quien la quiere de veras. Es un final feliz para todos, menos para el editor del periódico.

A veces pienso que si Pedro está en alguna parte, yo lo podría encontrar o cuando menos a alguien como él. Eso si quisiera a alguien como Pedro, ya no estoy tan segura. Bueno, me conformo con que sea alguien que se parezca a él y cante y hable como él. Por lo demás, no sé, no salió con final feliz María Luisa, la mujer de Pedro. Alguien la encontró muerta sentada a la mesa, estaba solita.

Doña Refugio, la madre de Pedro, murió hace mucho. Las demás mujeres que vivieron con Pedro, Lupe Torrentes e Irma Dorantes, aún viven aferradas a sus recuerdos.

Lo cual me hace pensar en Ubaldo. Él anda allá en alguna parte buscando a su Pedro. Siento que respira. Y de vez en cuando lo escucho llorar. Algún día recibiré una postal suya, o una carta, o me va a llamar, probablemente por cobrar, o me mandará una foto de él con algún clono de Pedro en algún pueblito en casa de no sé quién, abrazados. No sé cómo pero saber que Ubaldo aún ande buscando a su Pedro y que Chago ande por allí, comprometido de seguir en contacto, me da esperanza. Ay, a lo mejor me puedes ver la "p" invisible de pendeja en la frente cuando te lo digo, pero no me importa. Nadie es perfecto.

Ni siquiera Pedro. Era diabético, pues. Ya tenía el pelo ralo en la cabeza —no me digas que no te diste cuenta de que usaba peluquín. Si de veras falsificó su muerte, ¿sería porque le preocupaba tanto envejecer y que no quería defraudar a sus admiradores? ¿Habrá fabricado su propia caída con tal de guardar las apariencias? Pero entonces, ¿dónde estará? ¿En el pueblito cerca de la Sierra Nevada donde todo el mundo lo conoce y lo protege?

¿O se miraría en el espejo una noche y se daría cuenta, como Cruz, su padre en *No desearás la mujer de tu hijo,* que hasta él envejecería y moriría? ¿Lo destruiría darse cuenta de que algún día ya las mujeres no lo mirarían como antes, con los ojos muy abiertos y temblando de deseo? ¿Se tendría lástima? ¿Entendería que algún día perdería el amor de quienes dijeron amarlo? ¿Estaría triste cuando pensaba que algún día nadie se sentiría atraído por él menos las mujeres de cierta edad, mujeres mayores ya molachas huangas y gruesas que ya habían perdido casi todos los sueños? ¿Sería demasiado para él darse cuenta de que ya muy poca gente se sentiría atraída por él y por las mismas razones?

Si Pedro creía eso, entonces estaba equivocado. Mientras tenga resuello, siempre lo querré, exactamente como era.

Sonó el teléfono, se me había olvidado descolgarlo. Pensé que tal vez fuera Irma, para ver si había grabado su película. Ojalá que no fuera ella. No tenía por qué llamarme durante su luna de miel, al menos de noche no.

Cuatro timbrazos, luego pausa y luego sonó otra vez.

Era Lucio. Cuando te olvidas de un hombre, es cuando se quiere acercar.

Contesté con cautela.

"Tere, soy yo, Lucio".

"¿Cómo sabías que estaba aquí?".

"Me dijeron que te habías cambiado a La 'W' Voladora. Pollo, el cantinero de La Tempestad, me dijo que eras la nueva gerente".

"Así que, ¿qué quieres, Lucio?".

"Cuca está enferma".

"Lo siento, Lucio".

"La llevamos al hospital. Los dos tipos enormes la amarraron a la cama porque estaba amenazando a todo el mundo. Agarró a Velia del cabello y no la dejaba. Le dieron morfina para el dolor, pero ni eso la ayudó. Se me empezó a descomponer el estómago como tú ya sabes, y me dio un dolor. Creí que me iban a internar a mí también. Y ya sabes como es Velia . . . no sirvió para nada. Allí estaba su novio y eso molestó a Cuca. La Dio también se ha estado haciendo de las suyas. ¿Te desperté?".

"Lucio, por favor. Ya no quiero que me llames".

"Tenía que llamarte. Qué no teníamos nuestra clave".

"¿Un código?".

"Cuatro timbrazos, cuelgo y vuelvo a llamar. Dondequiera que estés, sabes que soy yo".

"El único código que tienes es que me llamas cuando te pega la gana".

"Creí que te gustaría saber".

"Gracias por llamarme. Lo siento por tu madre. Adiós".

"¿Qué, no podemos seguir siendo amigos, Terry?".

"No, ya te lo dije. No quiero ser tu amiga. Ya no".

"Hice una cita con el doctor por lo del estómago".

A Lucio siempre le dolía el estómago. Probablemente moriría de cáncer del estómago o de algo relacionado con el ano.

"Estoy preocupado, Terry. Creo que Dio me está poniendo los cuernos. Alguien me dijo que la había visto con un joven en la parada de camiones *El Vaquero Fronterizo*".

Solté la carcajada, y eso lo confundió a Lucio.

"¿Qué te pasa?.

"¿Cómo que qué me pasa? Por primera vez desde hace mucho tiempo no me pasa nada".

"Te oyes rara, pensé que tal vez podría llegar a verte . . . Quiero verte, Terry".

"Nomás, no agarras la onda, ¿verdad, Lucio? Por favor no me llames ya. ¡No me preguntes cómo estoy, no me busques, no me digas lo mucho que me echas de menos y no vengas a verme! ¡Ahora, adiós!".

Y luego colgué.

No quería que me interrumpieran.

Era una noche tranquila y seguiría siéndolo.

Pedrito quería atención. Los ruidos fuertes lo molestaban, el timbre del teléfono, una voz aguda de la televisión. Era un perrito nervioso. No estaba acostumbrada a los chihuahueños. Nunca en mi vida había querido un perro chihuahueño —ni de ninguna otra raza para acabar pronto. Era exigente y siempre requería atención. Aunque también era tierno. Dormía en una canastita de paja durante el día. Por la noche tenía que levantarlo de la cama para que durmiera conmigo. Olía a animal húmedo, suave y caliente. El olor de perrito.

Pedrito me trajo su *pelotín-tilín*.

Le lancé la pelota y corrió lejos —hasta el otro lado del cuarto. Saltó al aire y agarró la pelota con el hociquito. Perrito. Sólo quería jugar. Para él todo era un juego y podría jugar toda la noche. Me trajo la pelota, se la tiré de nuevo, me trajo la pelota, se la tiré. Le hablaba como antes le hablaba a Lucio: Te quiero, mi nene, mi amorcito, te quiero, mi precioso, cómo eres lindo, mi muchachito. Le acaricié la piel a Pedrito. Me trajo la pelota, se la tiré. Me la trajo, se la tiré otra vez. Ahora me traía sus juguetes. De uno en uno. El pajarito, la muñequita. Era un perrito inteligente. Le tiraba la pelota tan lejos como podía, pero nunca lo suficientemente lejos. Tan pronto le había tirado la pelota como Pedrito venía corriendo hacía mí de nuevo con sus piernas cortitas. No se cansaba.

Otro timbrazo. Luego otro, y otro y luego el último.

Desconecté el teléfono.

Pedrito me trajo la pelota, quería seguir jugando.

Ay, m'ijito. ¿No te has cansado?

El juego no terminaría, hasta que yo me cansara y le pusiera fin.

Llega el momento en que tienes que parar.

Tienes que hacerlo.

Tiré la pelota lo más lejos que pude. Pedrito me la trajo, entusiasmado. Como toda criatura, siempre queremos más.

Guardé la pelota. Apagué la televisión. Agarré las llaves de mi carro y salí. La noche era joven para los muy jóvenes.

No, no iba hacia La Tempestad. Iba para donde estaba Gabina.

Aquel árbol enorme. El árbol madre. Me sentaría allí un rato en la oscuridad de aquellas raíces profundas y respiraría la inmensidad de aquel viejo y firme álamo. Diría la oración que me había pasado por la mente. Aquella vieja oración conocida. Oración de hacía mucho. Y luego miraría las montañas, vería el atardecer y después me iría a casa.

> 1917–1957
> "Pedro Infante no ha muerto.
> Vive en el corazón del pueblo mexicano."
> Bandera del Club de Admiradores de Pedro Infante

Nació en Mazatlán, el 18 de noviembre de 1917, en la calle Constitución, 88.

LA ESCRITORA COMO TRADUCTORA

"Los chones son calzones que son calzoncillos menos cuando son chones."

Los mexicanos pueden ser muy rusos. A mi padre le pusieron Epifanio por su padre, Epifanio Chávez, quien nació en el día de la Epifanía. También le decían Ernesto aunque no se sabe a ciencia cierta si Ernesto era su segundo nombre o uno que se había inventado para quitarse el Epifanio que le parecía medio anticuado. Siempre me pareció que él había llevado callada la carga de su nombre a medida que gravitaba el Júnior de su padre hacia el futuro. Se oía mejor Epifanio Ernesto que Epifanio a secas. Pero para su familia, era Chano. Los conocidos que lo querían lo apodaron Ernie. Para Delfina, mi madre, que siempre fue Delfina y que seguido era formal, era Ernest pero en los momentos que no lo era, era Vidita. Para mí siempre fue mi Papi.

En el mundo profesional, mi padre era abogado y todos lo conocían como E. E. Las puras iniciales. Estas hacían las veces del Epifanio y del Ernesto y del Ernie y del Chano pueblerino y le abrieron la puerta al mundo anglosajón de los negocios. Había podido salirse de su barrio, Chiva Town, y estudiar derecho en la Universidad de Georgetown durante los años 20, algo nunca visto en un chamaco del quinto infierno, o sea, de su terruño, a cuarenta y dos millas de la frontera mexicana. La frontera oficial.

Para los que vivimos en la frontera, esta tierra siempre será parte de México o, cuando menos, de un México espiritual, algo más que intento manifestar en mi escritura. La gente tiene que darse cuenta de que los mexicanos regresan a esta tierra porque forma parte de la tierra ancestral que les quitaron. Esta tierra fue y es México. Vivo a dos millas del lugar donde se firmó el Tratado de la Mesilla. En 1853, dicho tratado entregó 45,535 millas cuadradas a Estados Unidos, lo que hoy en día son Nuevo México y Arizona, a cambio de $10,000.

La frontera de antaño ha cambiado. Hoy es la nueva frontera, la Frontera Divina. Y en un lugar así mucho se puede transformar y sanar también. Los que vivimos sobre la raya entre los mundos conocemos el poder que poseemos para efectuar un cambio positivo.

¿Dónde comienza la frontera? Yo digo que empieza cuando abro la puerta y salgo de mi casa. Mi mundo son las fronteras reales e imaginarias entre Nuevo México, Texas, Arizona y el norte de México.

No sé si me explico. Ya que estás en la frontera, te fronterizas. Y si no, pues no. Aquí la gente habla distinto. Si no sabes lo que quiere decir "aventarse", déjame que te lo explique. Literalmente significa lanzarte a algo, acosarlo con toda el alma y con todo el corazón, echarle todas las ganas, a todo dar. Tal vez hasta más. Y cuando decimos que alguien "se aventó" queremos decir que él o ella de veras se lanzó. Pero de veras, de a de veras. Le dio con todo lo que tenía y lo logró. ¡Híjole! ¡Uf! Y luego puedo decirte que ella regresará en unos cinco minutos y cuando regrese, pa'trás vale más que estés lista porque regresa totalmente enchulecida, emperifollada con su levantachichis. Y su padre, el hombre de los ocho nombres, se encuentra en el jardín de atrás jugando a las arandelas o, como les llamamos por acá , las huachas, y su hermano está de pie junto a su troca listo para irse al Tastee Freeze, que es como un Dairy Queen pero diferente, con sus chamacos y la mamá que está en la sala chismeando con su comadre. ¡Ay cómo me encanta el güiri güiri!

¿Agarras la onda?

A mí me toca explicártelo. Soy la traductora, la artesana de la palabra, la galena del verbo y del alma de las gentes. Y me he encontrado a compañeros médicos, mis traductores, Ricardo Aguilar y Beth Pollack, otro tipo de doctores que te traducen lo traducido para que entiendas lo mejor posible y sepas como se siente el calor, valores la lluvia y escuches una lengua viva y divina. Me enorgullece su trabajo. Me atrapa el latido de mi raza y le da pulso y sentido a nuestro mundo. Les agradezco su valentía y su talento. Todos corrimos riesgos. Trocar palabras implica peligro para cualquiera. Sigue siendo peligroso y lo será. La gente vive y muere por la palabra. Y para nosotros, los traductores, las palabras son sagradas.

La vida, el ánimo de un pueblo, vive en esta traducción. Los escritores sureños como Faulkner o Carson McCullers nos han traducido a su pueblo y su lenguaje. Otros escritores universales también lo han hecho y lo han hecho muy bien: Dostoyevsky, Federico García Lorca, Lillian Hellman, Isaac Bashevis Singer, Thomas Wolfe, Rodolfo Anaya, Toni Morrison, Sandra Cisneros.

Es importante reflexionar acerca de la pluralidad de lugar y celebrar las extraordinarias voces de todos aquellos que nos han abierto tantos mundos, mundos desligados de las ataduras de tanto lindero percibido que nos limita, nos controla. Yo vivo en una tierra anteriormente intraducida cuyas fronteras tal vez al principio no te parezcan muy definidas. Este libro inicia ese proceso de aculturación que ya hace mucho debió haber empezado.

Quisiera que sintieras y luego escucharas la brisa agradecida que refresca aquellos días interminables de verano, de 115 grados a la sombra, para que luego te deleitaras con el ocaso, con las quiméricas nubes lenticulares cuyos matices llegan de otro mundo, un mundo mejor, un mundo divino.

En Cabritoville U.S.A todo está bien. Sí, es un sitio. Su propio sitio. Y en ese lugar todo es como debe ser.

—Denise Chávez
Las Cruces, Nuevo México

AGRADECIMIENTOS

Mi redactor de la casa editorial Farrar, Straus y Giroux, John Glusman, dice que no puedo escribir cinco cuartillas a renglón seguido de agradecimientos. Yo quiero saber por qué no. Así que ésta es la versión corta. Si quieren saber si están en la lista larga, escríbanle a él.

Un agradecimiento especial a las siguientes personas:

A mis padres, Delfina Rede Faver Chávez y E. E. Chávez, por su amor y su fe en mí en esta vida y en la otra.

A mi esposo, Daniel Zolinsky, cuya feroz lealtad me ha sostenido en los momentos de duda, y quien me ha dado el amor y el espacio para desempeñar mi mejor trabajo.

La Mera Honcha, mi comadre Susan J. Tweit, quien creyó en este libro y soñó que yo bailaba con Pedro.

Pa'la Sandy B. —Sandra Benítez— que lloró y se rió conmigo tantas veces y de tantas maneras.

A Sandra Cisneros, querida amiga, comadre del corazón, que quería a su papito como yo quería al mío.

A los Jerrys, Wright y Niebles, que nunca dejaron de buscar a Pedro.

Gracias a Jorge FitzMaurice y Lisa Muñoz por haberme prestado sus películas de Pedro, toditas, y por haberme dado lugares y espacios para poner mis libros y arte para recordarme la belleza de la vida.

A mis hermanas, Margo Chávez-Charles y Fairde Conway, por la nébeda y el chisme.

A todos los *Pedrófilos* que compartieron su energía, historias, fotografías, carteles y revistas conmigo: Cynthia Farah; Francisca Tenorio; Richard Becker; Rebecca y Raúl Montaño; José Luis Hererra; Dolores Dickinson; y mi mejor cuate, Rich Yáñez, vecino del Chuco Town.

Gracias a Tey Diana Rebolledo, amiga de muchos años, la comadre que me ayudó a ver con más claridad y quien confirmó que no andaba tan perdida.

A Kenneth Kuffner. Hay justicia en el mundo, nunca lo dudes.

A mis amigos y compañeros artísticos del alma, Kate y Russell Mott, por su estímulo y amistad durante estos años de trabajo.

A la familia Salom de El Paso, John y Marta, sus hijas Sandra y su esposo Jefferson, y Susan y su esposo Matt, por su increíble ayuda y apoyo al hacer investigación sobre El Colón.

A Ronald y Violeta Cauthon, queridos amigos que me enseñaron tanto acerca de la generosidad del corazón, y lo que significa servir.

A mis comadres especiales que entienden tanto: Margie Huerta, "la comadre de al lado", Kathleen Jo Ryan, quien hizo que me atreviera a extender mis horizontes de maneras que nunca imaginé posibles, Barbara Earl Thomas, la comadre que conoce el tecolote salvaje que hay dentro de mí, y por supuesto, Doña Ruth Kirk, la sacerdotisa del mundo natural.

Gracias, siempre, a mis queridos amigos Rudolfo y Patricia Anaya. Me encanta ver las estrellas en el techo de su cuarto de visita.

A la memoria de Genoveva "Gen" Apodaca, mi querida guía espiritual. Gracias, Gen, por Casa Genoveva y tus muchos consejos.

Gracias a Norman Zollinger, el mejor hermano literario que uno puede tener. Hasta luego, compadre.

Gracias a mis dos pueblos, los mejores lugares para vivir y amar: El Chuco y Chiva Town.

A la División de Artes de Nuevo México, la doctora Margaret Brommelsiek, por su estímulo y buena voluntad.

A mis hermanas de las trincheras del Consejo para las Artes de Doña Ana: Heather Pollard; Nancy Meyers; y Judy Finch.

A Susan Bergholz, mi agenta literaria, por no sólo compartir su don de mímica y apreciar mis varios estados de ánimo, sino también por su amistad y profesionalismo. Ella es la mejor y más feroz comadre del mundo.

A John Glusman, mi redactor y amigo de la casa editorial Farrar, Straus y Giroux. Gracias por su fe en aquel desigual y frenético primer capítulo, y por quedarse conmigo toda la trayectoria aun cuando nos dimos cuenta de cuán lejos teníamos que ir.

A todos en Farrar, Straus y Giroux, mi agradecimiento por su amistad y por un trabajo bien hecho.

Mi profunda gratitud a la Fundación Lannan, por su fe en mi trabajo y por haberme dado el tiempo y la paz para terminar este libro. Mi amor y gratitud a Patrick Lannan, un visionario de este y de todos los tiempos. Un agradecimiento especial y amor a la maravillosa familia creativa de la Fundación Lannan: Janet Vorhees; Saskia Hamilton; David Martino; y la junta directiva.

Mis bendiciones y gracias a la Fundación Lila Wallace-Reader's Digest por su apoyo y fe en la comunidad y por dejarme recordar las historias de la vecindad: mi frontera divina. Y a la PEN USA y Carolina García, hermanita del Krishna multicolor. ¡Y a Los Divinos, mis "Divinidades" —los estudiantes de mi clase de historia oral y del taller de creación literaria— por ayudarme a recordar mis raíces más profundas!

Aquí voy a parar. "El John" no quiere que siga.

Mi cariño y agradecimiento para el doctor Ricardo Aguilar Melantzón: hermano, amigo, traductor y poeta. Nuestro mundo es el mísmo: querido e inolvidable. Con esta pieza fronteriza de salón nos has hecho un gran regalo. ¡Gracias! Les agradezco también a quienes nos ayudaron a vislumbrar el mundo de Cabritoville: la co-traductora, la doctora Beth Pollack, y la lectora Selene Leyva Ríos.

—DENISE CHÁVEZ
Las Cruces, Nuevo México